dtv

Wer mit dem Tod aufgewachsen ist, weiß viel über das Leben, davon ist Samuel Ehrlich, Bestattersohn und Ich-Erzähler, überzeugt. Doch viel ist nicht genug. Sam kann ziemlich genau den Tag benennen, an dem sein Leben rasante Fahrt aufnimmt: Seine Großmutter stirbt, er macht sich einen Polizisten zum Feind, seine Ehe gerät in ihre tiefste Krise und eine alte Liebe flammt wieder auf. Dass er sich auch noch mit der Verwicklung seines Vaters in einen RAF-Mord auseinandersetzen muss, ist schon kaum mehr das dramatischste Ereignis in dieser turbulenten Zeit. In seiner Familie, das hat Sam immer gewusst, muss man stets mit dem Unerwarteten rechnen.

Ewald Arenz, geboren 1965 in Nürnberg, studierte in Erlangen Anglistik und Amerikanistik sowie Geschichte und publiziert seit Beginn der neunziger Jahre. Für sein literarisches Werk wurde er mehrfach ausgezeichnet, 2004 erhielt er den Bayerischen Staatsförderpreis für Kultur. Ewald Arenz lebt mit seiner Familie in Fürth.

Ewald Arenz

Ehrlich & Söhne

Bestattungen aller Art

Roman

dtv

Von Ewald Arenz
ist bei dtv außerdem lieferbar:
Der Duft von Schokolade (14615)

**Ausführliche Informationen über
unsere Autorinnen und Autoren und ihre Bücher
finden Sie unter www.dtv.de**

4. Auflage 2021
2011 dtv Verlagsgesellschaft mbH & Co. KG, München
© 2009 ars vivendi verlag GmbH & Co. KG, Cadolzburg
Umschlagkonzept: Balk & Brumshagen
Umschlaggestaltung nach einem Entwurf von Armin Stingl
unter Verwendung einer Fotografie von Susanne Casper-Zielonka
Druck und Bindung: Druckerei C.H.Beck, Nördlingen
Gedruckt auf säurefreiem, chlorfrei gebleichtem Papier
Printed in Germany · ISBN 978-3-423-14051-5

EHRLICH & SÖHNE

Bestattungen aller Art

1

Es war der ideale Tag für eine Beerdigung. Der Himmel wirkte herbstlich und tief. Nieselregen kam in Schwaden, die Bäume trieften. Trostloser konnte die Stimmung kaum sein. Johannes stand auf der anderen Seite des Sarges, der auf den Brettern über dem offenen Grab ruhte, und vermied es, mich anzusehen, aber es entging mir nicht, dass er sich in den Zeigefinger biss. Um seine Mundwinkel zuckte es trotzdem. Ich konnte nicht anders – ich suchte seinen Blick, aber er sah konsequent weg. Ich spürte, wie das Lachen wieder in mir hochstieg. Die Trauergemeinde war jetzt auch bis zum Grab herangekommen, der Pfarrer suchte sich einen schwankenden Platz auf den Brettern, die über die Grube gelegt waren, und begann zu sprechen. Eine Bö ließ die Ewigen Lichter auf den Nachbargräbern flackern und klebte ihm den Talar an die Beine. Das half auch nicht. Ich blickte schnell zu den Wolken hoch, aber sogar die sahen komisch aus. Ich versuchte, nicht darüber nachzudenken, damit ich nicht lachen musste.

Johannes hatte damit angefangen. In der Aussegnungskapelle. Bevor wir den Sarg zuschrauben konnten, war der Pfarrer in die Halle gekommen und hatte überall und sehr nervös nach etwas gesucht. Johannes und ich sahen uns an. Wir kannten ihn nicht, aber das hatte nicht viel zu bedeuten – wir waren ja auch Jahre nicht mehr hier gewesen. Er sah jung aus, vielleicht war er sogar noch Vikar. »Können wir helfen?«, fragte ich höflich. »Nein, nein«, winkte er leicht abwesend ab, »nur die Predigt. Ich weiß, ich hab' sie irgendwo hier gelassen.« Er ging in der Sakristei suchen, er kam wieder in die Halle, er sah auf und unter den Stühlen nach, und schließlich, als Johannes und ich eben den Deckel anhoben, machte er eine fahrige Handbewegung, ging mit ein paar schnellen Schritten zum Sarg und hob zerstreut das Kissen an einer Ecke etwas an, als ob sich seine Predigt dort versteckt haben könnte. Im Sarg. Unter dem Kissen. Unter dem Kopf des Toten. »Nee«, murmelte er dann halb zu sich, halb zu uns, »da auch nicht.« Schließlich eilte er aus der Kapelle, und ich sah ihm verblüfft nach. In all den Jahren hatte ich so etwas noch nie erlebt. Ich sah zu Johannes hinüber; er hob auch nur die Schultern. Aber dann grinste er, zischte »Pst!« und machte eine kleine Kopfbewegung zum Sarg hin. Zuerst dachte ich, Johannes hätte die Predigt vielleicht versteckt, aber dann sah ich, was er meinte. Während ich nämlich dem Pfarrer nachgesehen hatte, hatte Johannes dem Toten eine Augenbraue nach oben gezogen. Der verstorbene Richter Bader machte auf einmal ein Gesicht, als sähe er dem zerstreuten Pfarrer leicht tadelnd hinterher.

»Nicht lustig!«, sagte ich halb betroffen und musste dann doch grinsen.

»Doch!«, sagte Johannes vergnügt, aber weil in diesem Augenblick die Tür aufging und der Organist hereinkam, konnten wir das nicht vertiefen.

Dann begann der Gottesdienst, und als sich unsere Blicke wieder trafen, als der Pfarrer das zweite Mal von »der lieben Verstorbenen« sprach, zog ich sehr langsam die Augenbraue hoch, und Johannes musste sofort wegsehen, aber sein Rücken hörte lange nicht auf zu vibrieren.

Und nun standen wir am Grab und bemühten uns, einander nicht anzusehen, aber es hatte keinen Sinn. Der Sarg war sehr schön und sehr schlicht. Er stand schwarz und nass glänzend zwischen uns. Die Blumen leuchteten in der Regenluft, und die Bänder hatte der Regen glatt auf den Lack geklebt. »Aus der Ferne in Liebe. Herbert und Eva.« – »Schlaf wohl. Deine Kollegen.« Und dann gab es ein Band, auf dem wohl »In unvergesslicher Liebe« stehen sollte, aber zwei unglückliche Falten machten den letzten Gruß zu »unerlicher Liebe.« Ich konnte aus den Augenwinkeln sehen, wie Johannes die Augenbraue wieder hob, und ich deutete unauffällig auf das Trauerband, biss mir auf die Lippen, so fest ich konnte, spürte jedoch, wie das Lachen glucksend hochstieg, und kämpfte dagegen an. Als ich aber hörte, wie Johannes leise prustende Geräusche machte, hielt ich es auch nicht mehr aus. Mit einem Hustenanfall, der niemanden täuschte, rannte ich zu einer Birke ein paar Meter weiter. Johannes tat, als müsse er mir helfen, und kam mir nach. Wir lehnten uns an den Stamm und lachten, wie es nur unter Brüdern möglich ist, versuchten, das Lachen zu unterdrücken, um nicht aufzufallen, und lachten doch hilflos immer weiter.

»Du gefühlloses Monster«, flüsterte Johannes atemlos, »du gottloses Schwein!«

Ich holte auch tief Luft. »Wir müssen den Sarg runterlassen«, keuchte ich, noch immer lachend, »hör auf jetzt! Hör auf!«

Der Pfarrer war fast am Ende seiner Ansprache und sah besorgt in unsere Richtung. »Denn von der Erde bist du genommen«, sagte er unsicher, »und zu Erde sollst du wieder werden.«

Johannes und ich kamen hinter dem Baum hervor. Wir gaben uns wirklich Mühe, aber ich glaube, jeder konnte sehen, dass hinter diesem Baum nicht getrauert worden war. Ich hustete noch ein- oder zweimal, aber wahrscheinlich konnte ich niemanden überzeugen. Es gab jetzt mehr als eine hochgezogene Augenbraue, als wir uns zu beiden Seiten des Sarges aufstellten und die Gurte ergriffen.

»Jetzt!«, murmelte Johannes, ohne mich anzusehen, und wir hoben an. Der Friedhofsgärtner zog die Bretter weg.

Wir ließen den Sarg hinunter. Ich hatte die Schleife mit der unerlichen Liebe noch glatt ziehen wollen, um meine Pietätlosigkeit wiedergutzumachen, aber jetzt sank sie mit ins Grab, wie sie eben lag. Ich konnte Johannes noch immer nicht ansehen. Er ließ die Tragschlaufen von den Schultern gleiten, und ich zog die Seile auf meiner Seite nach oben. Dann, endlich, konnten wir zurücktreten. Ein Trauergast nach dem anderen kam nach vorne, schob sein Schäufelchen in den Erdhaufen neben dem Grab und warf etwas davon auf den Sarg.

»Lass uns gehen«, flüsterte ich Johannes zu, »die laden uns sowieso nicht zum Leichenschmaus ein. Niemals.«

»Undank ist der Welten Lohn«, sagte Johannes nicht eben leise, und wir wandten uns zum Gehen.

Der Regen hatte aufgehört, aber der Wind wehte stetig durch den Friedhof, und überall tropfte es von den Bäumen. Die Kuppel des Krematoriums schimmerte kupfergrün zwischen den Kastanien durch, unter denen überall die braun glänzenden Früchte lagen. Der Herbst hatte eben erst begonnen, und es war ein wunderbarer Tag, als ich mit meinem Bruder den langen Weg vom Südende des Friedhofs bis zur Aussegnungshalle ging, wo unser Leichenwagen stand. Für mich ist es immer dieser Tag gewesen, an dem die Geschichte angefangen hat.

Ich fuhr. Schon als Kind hatte ich mir immer gewünscht, den Wagen fahren zu dürfen. Obwohl es natürlich hin und wieder neue Wagen gegeben hatte, hatten sie doch alle gleich ausgesehen: Lang und hoch, damit auch große Särge bequem hineinpassten, schwarz glänzender Lack und dunkle Scheiben – ich hatte nie gefunden, dass sie traurig aussahen. Ernst und vornehm, aber nicht traurig. Ich mochte den silbernen Olivenzweig, der unaufdringlich aus den verchromten Handgriffen der hinteren Türen hervorging. Sonst gab es keinen Schmuck und auch keinen Namen – mein Vater war immer der Ansicht gewesen, dass sein Name auf den Leichenwagen nichts zu suchen hatte. Der Wagen gehört den Toten, hatte er irgendwann einmal gesagt, wer ihn fährt, will keiner wissen.

»Wie lange hast du Urlaub?«, fragte ich Johannes.

»Bis Mittwoch«, sagte er, »aber ich muss am Dienstag schon zurück sein. Wäre gut, wenn wir morgen schon fahren könnten.«

»Ich habe die ganze Woche«, sagte ich, »wir fahren ja sowieso mit zwei Autos, dann kann ich noch zwei Tage in Berlin bleiben und mich um Großmutters Wohnung kümmern und so.«

»Um Großmutters Wohnung kümmern«, wiederholte Johannes ernst, »klar. Und mit osteuropäischen Straßenbahnschaffnerinnen in den Friedrichshain ziehen. Womöglich mit zweien gleichzeitig. Ich kenne deine dunklen Neigungen. Alle.«

»Mein lieber Bruder«, sagte ich ebenso ernst, »nicht jeder hat ein so unverkrampftes Verhältnis zu mehrdimensionalen Beziehungen wie du. Euch Ärzten ist ja nichts Menschliches heilig.«

»Ich bin kein Arzt«, sagte Johannes heiter, »ich bin Pathologe. Das ist was völlig anderes. Es ist der beste Beruf von allen. Ich stehe unter keinerlei Erfolgsdruck. Ich muss nichts reparieren. Ich bin so was wie ein Mechaniker, der auseinandernehmen darf, ohne wieder zusammensetzen zu müssen.«

»Ja, klar«, sagte ich, »das macht dann Papa. Mit sehr viel Schminke. Ihr Pathologen seid Metzger! Wenn die Angehörigen die Leichen so zu sehen bekämen, wie ihr sie liefert ...«

»Ich muss bloß herausfinden, warum jemand gestorben ist. Und da ich so lange an den Toten herumfummeln kann, wie ich will, klappt das auch meistens. Würdest du bitte anhalten«, sagte Johannes in unverändertem Ton, »die Ampel ist rot.«

Ich trat auf die Bremse.

»Spießer«, murmelte ich. »Wenn du dich anschnallen würdest, hättest du keine Angst vor roten Ampeln.«

»Samuel«, sagte Johannes streng, »nenn mich nicht Spießer. Ich bin der Einzige, der die Familientradition weiterführt. Das ist nicht spießig. Das ist wertekonservativ.«

Die Ampel sprang wieder auf grün. Ich gab Gas. Johannes wurde in den Sitz gedrückt. Ich sagte lächelnd: »Es hat in dieser Familie noch nie einen Teilzeitpathologen gegeben, der den größten Teil seines Geldes mit Saxophonspielen in einer Bigband verdient. Das ist nicht wertekonservativ. Jazz ist wirklich bloß spießig.«

»Neid«, sagte Johannes lässig, »aus dir spricht der blanke Neid, weil du nur mit Toten spielen darfst, wenn du übers Wochenende bei den Eltern bist. Du hättest was Ordentliches lernen sollen.«

»Zu spät«, seufzte ich, »zu spät, zu spät.«

Wir bogen in den Hof unseres Elternhauses ein. »Friedrich Ehrlich« stand in strengen, kühlen Buchstaben über dem Tor, »Bestattungen aller Art«.

Wir waren zu Hause.

2

Im Jahr 1965 fuhr Friedrich Ehrlich mit einem hellblauen Volkswagen, 34 PS, auf der neu gebauten Autobahn von Würzburg nach Kassel. Seine Frau saß neben ihm, als sie auf der Höhe der hessischen Mittelgebirge die Ausfahrt zum Knüllwald nahmen. Auf dem Rücksitz saß ein Irischer Setter. Der Setter gehörte Gesine Ehrlich, und dieser Setter stellte die einzige Mitgift dar, die sie in die Ehe hatte einbringen können. Friedrich Ehrlich dagegen hatte den Volkswagen mitgebracht, der aus der Autowerkstatt eines seiner Brüder stammte. Er war das Hochzeitsgeschenk seiner acht Geschwister gewesen. Genauer gesagt: Die Reparatur dieses total zerknautschten Volkswagens, den man in der Nähe von Würzburg aus einem Landstraßengraben gezogen hatte, war das Hochzeitsgeschenk gewesen. Der hellblaue Volkswagen war das einzige farbige Auto, das Friedrich Ehrlich je fahren würde, aber das wusste er noch nicht, als er an jenem Tag durch hessische Dörfer immer höher in den Knüllwald kurvte, bis seine Frau plötzlich »Halt!« rief und »Links!«, woraufhin Friedrich versuchte, nach links abzubiegen, aber dann kurz vor dem Abzugsgraben ruckartig auf die Bremse stieg. Der Irische Setter saß jetzt plötzlich auch vorne und wirkte verblüfft.

»Gesine«, sagte Friedrich ruhig, »wohin links? Hier ist ein Acker.«

»Ach, du weißt genau, dass ich ›rechts‹ meine, wenn ich ›links‹ sage«, sagte Gesine fröhlich und tätschelte den Setter. »Rechts. Da – der Feldweg! Jetzt kennst du mich schon so lange – und wieso fährst du nach links, wenn da nur Acker ist?«

»Sechzehn Monate«, sagte Friedrich düster und legte den Rückwärtsgang ein, wobei ihm der Setter im Weg war, »und davon sind wir anderthalb verheiratet. Sag in Zukunft bitte ›rechts‹, wenn du ›rechts‹ meinst. Bei der Trauung hast du übrigens ›ja‹ gesagt. Hast du da auch ›nein‹ gemeint?«

Gesine lachte und schob den Setter wieder nach hinten. »Fahr schon.«

Der Feldweg war von Holunderbüschen und Birken überwachsen. Die herbstlich schräge Nachmittagssonne drang kaum durch die Hecken. Als das Gebüsch lichter wurde, konnte man sehen, dass rechts vom Weg ein Steinbruch steil ins Tal abfiel. Der Weg war voller Schlaglöcher, und Friedrich fuhr vorsichtig, während Gesine aufgeregt auf dem Sitz hin und her rutschte. »Gleich muss es kommen«, sagte sie, »er hat gesagt, direkt nach den Ulmen. Die sind hier.«

Friedrich fuhr unter einer sehr kurzen Ulmenallee entlang und kam auf dem grasüberwachsenen Pflaster eines Aussiedlerhofes zum Stehen. Friedrich sah sich um, stellte den Motor ab, stieg aus, sah sich den Hof noch einmal an und sagte dann zu Gesine: »Man kann nicht genau sagen, ob dein Bruder im Haus oder in der Scheune wohnt. Ist dir aufgefallen, dass beide kein Dach haben?«

Der Hof sah aus wie ein Bild von Caspar David Friedrich. Sehr romantisch. Sehr kaputt. Das Bauernhaus war ein wunderbares Fachwerkhaus und hätte noch sehr viel eindrucksvoller gewirkt, wenn nicht die Fenster und das Dach gefehlt hätten. Es gab einen Brunnen, an dessen Kette ein Melkeimer baumelte. Es gab ein Gebäude, das wahrscheinlich früher mal eine Scheune gewesen war, vielleicht aber auch eine römische Grenzanlage. Der Zustand der Grundmauern ließ keine genauere Deutung zu. Und dann gab es noch einen heruntergekommenen Volvo, der mitten im Hof stand und auf dessen Dach ein Geigenkasten sowie eine

Mörtelwanne voller Ziegel geschnallt waren. Gesine hatte sich auch umgesehen.

»Es war ganz billig«, sagte sie, als ob sie sich für ihren Bruder entschuldigen müsste, »Klaus hat gesagt, er hat nur zehntausend Mark bezahlt.«

Friedrich sah dem Setter zu, der fröhlich durch Hof und Garten tobte.

»Hoffentlich waren es Reichsmark«, sagte er trocken.

»Grüß Gott!«, kam es fröhlich vom Haus. Das »r« wurde bairisch gerollt, was sich ein wenig affektiert anhörte. Klaus stand vor der Tür auf der kleinen, vollständig mit Efeu überwachsenen Freitreppe. Sein Bart war seit der Hochzeit noch länger geworden, und Friedrich fand, dass sein Schwager genau so aussah, wie man sich einen Revolutionär vorstellte: schlank und groß, im Rollkragenpullover, mit langen Haaren und langem Bart. Den jungen Dozenten für Psychologie jedenfalls hätte man nicht vermutet. Aber es war ja alles im Aufbau und im Umbruch. Wenn die Kasseler Hochschule nicht so dringend junge Professoren gebraucht hätte, dachte Friedrich, dann wäre Klaus wohl noch immer außerordentlicher Professor. Friedrich war sich noch nicht schlüssig, was er von ihm halten sollte. Ihm war nicht klar, dass er auf seine Weise ebenso revolutionär war wie Klaus. Friedrich fand sich selbst völlig normal und durchschnittlich und war sich niemals richtig bewusst geworden, wie ungewöhnlich er in Wirklichkeit war.

»Wo werden wir schlafen?«, fragte Friedrich, als sie in der Küche saßen, in der es immerhin einen Herd gab. Strom dagegen gab es nicht. Von der Decke hing eine Petroleumlampe, aber das machte nichts, weil das Küchenfenster sowieso ausgebaut war.

»Ach, das wird sich finden«, sagte Klaus fröhlich und streichelte Gesines Hund.

Es fand sich in der Tat. Sie schliefen im Kaminzimmer. Es war ruhiges Herbstwetter, deshalb regnete es in den zwei Nächten nicht, und sie konnten durch die Ritzen in der Decke in den offenen Dachboden und weiter in den Himmel sehen. Es war in mancher Hinsicht sehr romantisch.

»Dein Bruder«, sagte Friedrich nachdenklich, als sie nach einem langen Abend voller hitziger Diskussionen in ihren Schlafsäcken auf alten Matratzen lagen, »ist vielleicht ein kluger Mann. Aber er glaubt, er sei das Zentrum der Welt. Und er will die Welt so umbauen, dass sie ihm passt. Wen hat er bestochen, um mit achtundzwanzig auf einen Lehrstuhl berufen zu werden?«

Gesine drehte sich nicht zu ihrem Mann um, sondern betrachtete die schmalen, hellen Streifen, die der Mond durch die Ritzen in der Decke auf die lehmverputzten Wände warf.

»Wir sind Flüchtlingskinder«, sagte sie, »wir hatten nichts anderes als uns. Wir mussten fleißig sein. Ehrgeizig. Besser als die anderen. Und irgendwie war die Welt oft ungerecht gegen ihn. Vielleicht kommt das davon. Er war immer krank und viel schwächer als die anderen. Ich musste ihn dauernd beschützen, als er klein war. In Flensburg habe ich mich für ihn schlagen müssen. Und Mutti hat in München gearbeitet. Wir haben sie zweimal im Jahr gesehen.«

»Er kann sich jetzt selber ganz gut schlagen«, sagte Friedrich. »Deinem Bruder ist nichts heilig. Er ist ein gefährlicher Mann.«

Gesine lachte leise.

»Was?«, fragte Friedrich.

»Das hat Klaus von dir auch gesagt«, sagte sie.

»Dass mir nichts heilig ist?«, fragte Friedrich mit gespielter Entrüstung. »Ich komme aus einer Familie der

Herrnhuter Bruderschaft – mein Vater hat manchmal sogar gepredigt. Wir sind eine durch und durch christliche Familie.«

»Ja«, sagte Gesine, »aber er hat das Gewehr im Auto gesehen.«

Friedrich holte tief Luft.

»Ich habe dir das schon erklärt. Ich weiß noch nicht, ob ich es kaufen will. Und in der Stadt kann ich es nicht ausprobieren. Du hast gesagt, dein Bruder lebt jetzt mitten in der Wildnis, und da habe ich mir gedacht, dass man es da ja mal ... na ja, da hört einen keiner.«

Gesine schwieg eine kleine Weile. Von draußen hörte man die Grillen, die Nächte waren noch warm genug. Vom fernen Waldrand rief ein Käuzchen, aber sonst war es still – ganz anders als in der Stadt.

»Waffen gefallen dir, hm?«, fragte sie schließlich.

»Ich komme aus einer Familie der Herrnhuter Bruderschaft«, wiederholte Friedrich, aber diesmal hörte es sich ein klein wenig spöttisch an, »ich bin sehr christlich erzogen worden. Tu dies nicht. Tu das nicht. Ich habe mich fast nie geprügelt, ich habe nicht mit Holzschwertern und nicht Räuber und Gendarm gespielt, jedenfalls nicht zu Hause. Und dann ... der Müller ist schließlich auch Jäger und im Schützenverein. Er hat mich einfach mitgenommen. Mir gefällt das Schießen. Wusstest du, dass für die japanischen Mönche Bogenschießen ein Weg zum Ich ist? Eine Philosophie?«

»Im Auto liegt aber kein Bogen«, sagte Gesine.

»Ach was«, sagte Friedrich vergnügt. »Schießen ist eine Philosophie. Ob Gewehr oder Bogen, das ist alles eins.«

Sie schwiegen, und Gesine wurde allmählich schläfrig. Aber noch bevor sie einschlief, in dem Augenblick, in dem die Gedanken von der Leine gelassen werden und im Kopf herumstreunen, bevor sie sich alle leise davonstehlen und man über die weiche Kante des Wachseins in den Schlaf gleitet, in diesem Augenblick hatte sie ein warmes Gefühl von Liebe zu diesem eigenartigen Mann neben ihr, der Gewalt ablehnte und ein Gewehr im Auto spazieren fuhr, der Philosophie studierte und wie Buddha tagelang hungerte, der um Erkenntnis rang und im nächsten Augenblick mit ernster Miene ungeheuer komisch sein konnte. Und der leider manchmal schnarchte, wie sie eben merkte. Sie stieß ihn an, er rollte sich zur Seite und sie kuschelte sich an ihn. Dann schlief sie auch ein. Durch das Haus ohne Dach strich der Nachtwind, und in der Ruine der Scheune saß Klaus, der Revolutionär, und spielte Geige.

3

Johannes und ich saßen beim Frühstück. Es war ein seltsames Gefühl gewesen, in meinem alten Zimmer zu übernachten. Das Bett war dasselbe geblieben, und auch wenn das Zimmer jetzt mit allen möglichen Kisten vollgestellt war, der Blick auf die großen Bäume in unserem weitläufigen Garten hatte sich nicht verändert. Als Junge war ich in diesen lauen Nächten, wenn der Spätsommer allmählich in den Herbst überging, oft lange wach gelegen, hatte heimlich geraucht und sehr leise Radio gehört; all die Musik, die tagsüber nicht gespielt wurde. Ich hatte mir aus dem Rauschen der nächtlichen Stadt und der Musik und den Düften aus dem Garten meine Träume von Mädchen in fremden Städten gewebt. Damals war alles noch offen gewesen, alle Sehnsüchte noch unerfüllt, aber alles noch möglich. Das, dachte ich jetzt über dem Tisch, an dem ich so oft gesessen hatte, war kein schöner Gedanke mehr, wenn man auf die vierzig zuging.

Dorothee kam ins Esszimmer und sah uns. Sie hatte wohl Nachtdienst gehabt, denn sie war noch in Weiß und roch nach Desinfektionsalkohol.

»Ach nee«, sagte sie, »schon auf?«

»Wir müssen ja bald los«, sagte Johannes. »Willst du Kaffee?« Er schenkte ihr ein.

»Hoffentlich hast du heute Nacht keine Sterbehilfe geleistet, Do«, sagte ich.

Dorothee war unsere Spötteleien gewöhnt und zuckte nicht mit der Wimper, als sie erwiderte: »Wieso? Hat Papa keine Särge mehr?«

»Nee«, sagte ich, »aber Johannes und ich brauchen beide Autos in Berlin. Wahrscheinlich müssen wir trotzdem zwanzig Mal fahren.«

»Ach was«, sagte Johannes, »Großmutters Wohnung ist doch nicht groß.«

»Aber voll«, sagte Dorothee, »und wahrscheinlich will sie sich von nichts trennen. Alle alten Leute sind so.«

Dorothee arbeitete auf der urologischen Station des städtischen Krankenhauses. Von meinen beiden Schwestern war sie die warmherzigere – und die pragmatischere. Sie machte sich überhaupt keine Illusionen über das Alter. Sie hatte auf der Station fast nur mit alten Menschen zu tun, mit dementen, bösartigen, altersschizophrenen, apathischen Alten. Und während ich meine Großeltern immer in einem milden Glorienschein sah – vielleicht, weil ich von uns vier Geschwistern der Älteste war und sie noch mitten im Beruf, mitten im Leben erlebt hatte –, hatte Dorothee einen scharfen und unerbittlichen Blick für die vielen kleinen Anzeichen des Verfalls. Aber trotzdem wohnte sie immer noch zu Hause bei unseren Eltern.

»Ich wundere mich sowieso, wie Papa sie dazu gekriegt hat, ins Heim zu gehen«, sagte sie und nahm sich ein Brötchen. »Sie ist genauso stur wie ihr Schwiegersohn.«

»Wird hier von mir gesprochen?«

Papa war ins Esszimmer gekommen. Eigentlich war es ungewöhnlich, dass er um diese Zeit schon auf war. Er liebte es, nächtelang zu lesen und erst am frühen Morgen ins Bett zu gehen, was bedeutete, dass er normalerweise auch erst am späteren Vormittag aufstand. Er war zwar schon angezogen, trug aber über Hemd und Hose seinen geliebten, völlig abgeschabten Morgenmantel. Niemand, der ihn je in einem seiner tadellos sitzenden schwarzen Anzüge gesehen hatte, hätte glauben wollen, dass es sich um denselben Menschen handelte, wenn er dieses Ding anhatte. Meine Mutter hasste es. Der Morgenrock war mindestens fünfunddreißig Jahre alt, und das wusste ich, weil ich ihn seit meiner Kindheit kannte. Im Gegensatz zu den zeitlos eleganten schwarzen Anzügen, die er in seinem Beruf trug, war dieser Morgenrock ein verblasster Musterkatalog aller Farbverfehlungen aus den späten sechziger Jahren. Aber wahrscheinlich hatte das mein Vater nie bemerkt. Er mochte es einfach nur, den Vormittag, wann immer er konnte, im Morgenmantel zu verbringen.

»Wieso bist du schon wach?«, fragte Johannes und fügte boshaft hinzu: »Senile Bettflucht?«

Dorothee lächelte. Unser Vater setzte sich an den Tisch, sah misstrauisch auf seinen Teller und deklamierte dann: »Es frieret selbst im wärmsten Rock der Säufer und der Hurenbock. In meinem Zimmer ist es kalt.«

»Papa!«, sagte Dorothee tadelnd. Ich musste lachen.

»Hättest du etwas Ordentliches gelernt«, sagte ich zu ihm, »dann hättest du jetzt genügend Geld, um dein Zimmer zu heizen.«

Papa goss sich Kaffee ein. Randvoll, wie immer. Dann gab er Milch dazu, bis die Tasse überlief, was er völlig ungerührt betrachtete. Danach schaufelte er drei Löffel Zucker hinein.

»Papa«, sagte Dorothee warnend, »irgendwann kriegst du Altersdiabetes.«

Papa rührte heftig, bis die Tasse nur noch zu drei Vierteln voll war. Bei ihm hatten Untertassen wirklich einen Sinn. Dann hob er die Hand und sah mich an. »Aufgemerkt!«, sagte er. Ganz offensichtlich war er gut gelaunt. Vielleicht genoss er es auch nur, dass er uns um sich hatte. Das kam nicht mehr so oft vor.

»Undankbare Brut!«, fuhr er dann freundlich fort. »Ich *habe* etwas Ordentliches gelernt. Ich bin Doktor der Philosophie. Ein unfreundliches Geschick sowie die unziemliche Hast, mit der eure Mutter die Erzeugung von Nachkommen aufgenommen hat, führten dazu, dass ich den mir bestimmten Beruf aufgeben musste.«

»Was hätte das sein sollen?«, fragte Johannes amüsiert. »Ethikberater bei Smith & Wesson?«

»Schweig stille!«, sagte Papa und schlürfte einen Schluck Kaffee. »Anders als meine pflichtvergessenen Söhne war ich zur Stelle, als mein Vater starb, und habe das Familienunternehmen weitergeführt.«

Ich sah Johannes an. Dann sagte ich höflich: »Wir sind zur Stelle, Papa. Noch bis neun Uhr. Wenn du willst, kannst du jetzt sofort sterben. Wir übernehmen dann das Geschäft.«

Johannes und Dorothee lachten. Unser Vater blieb ernst. Er beherrschte das bis zur Vollendung.

»Ich kann aber keinem von euch«, sagte er bedächtig, »das Bestattungsunternehmen Ehrlich vermachen, weil ihr nicht einmal in der Lage seid, eine Bestattung ordentlich zu begleiten, ohne dem Pfarrer seine Predigt zu stehlen.«

»Hat er das gesagt?«, fragte Johannes in gespielter Entrüstung. »Hat er wirklich angerufen, diese miese Petze? Er hat sie einfach verlegt. Und *wir* haben dir überhaupt nur aus der Patsche geholfen. Wir kommen hier an, und das Erste, was wir tun müssen, ist bei einer Beerdigung aushelfen. Ich habe das seit zwanzig Jahren nicht mehr gemacht!«

»Und du wirst es auch nie wieder tun«, sagte Papa, »man hat sich über euch beschwert.«

»Mal wieder«, sagte Dorothee grinsend. Ich stieß sie an. Dorothee hatte kein Recht zu grinsen. Sie war früher mindestens so schlimm gewesen wie wir. Im Alter von zehn hatten andere Leute sie oft für einen Jungen gehalten, weil sie so wild war.

»Dass das auch nie aufhört«, murmelte Papa, »nie! Meine Söhne sind vierzig Jahre alt und immer noch pflichtvergessene Verbrecher. Wann kommt ihr zurück?«, fragte er dann übergangslos. »Ich brauche die Autos bald wieder. Meine Tochter Dorothee ist die Einzige, die mir hier zur Hand geht und dafür sorgt, dass das Geschäft nicht pleitegeht, indem sie ab und zu jemanden umbringt.«

»Morgen Abend oder übermorgen früh«, sagte Johannes, »es darf halt jetzt keiner sterben. Oder wir mieten doch einen Laster.«

»Laster mieten«, empörte sich Papa, »einen Laster mieten! Denkst du, ich bin Krösus, oder was? Da habe ich Gott sei Dank von Berufs wegen zwei riesige Autos, in die man sogar Doppelsärge stellen kann und die jeden Laster ersetzen. Auf der Sollseite dagegen habe ich viel zu viele Kinder. Und dann soll ich einen Laster mieten? Und«, sagte er nach einer kleinen bedeutungsschwangeren Pause, »was noch erschwerend hinzukommt, ist, dass eure Mutter kaufsüchtig ist.« Er wies auf einen ziemlich großen Flachbildfernseher im Wohnzimmer, der mir auch schon aufgefallen war. »Jeden Monat entdecke ich ein neues elektronisches Gerät, von dem sie dann entweder behauptet, es sei schon immer da gewesen, oder aber, es sei ganz billig gewesen. Leider vergisst sie manchmal, die Preisetiketten abzuziehen. Auf jeden Fall kann ich mir keinen Laster leisten, solange sie sich Laster leistet. Faules Pack! Es ist bloß ein Umzug. Geht mir aus den Augen!«

Er machte eine dramatische Handbewegung, und dann nahm er die Zeitung vom Tisch und fing an zu lesen. Johannes und ich standen auf.

»Bis morgen«, sagte ich, »und schlaf schön, Do.«

»Bis morgen«, sagte Papa und streckte die Hand mit den beiden Autoschlüsseln aus, ohne hinzusehen. Brav nahm sich jeder von uns einen, dann gingen wir zur Garage.

Ein Bestattungsunternehmen ist ein eigenartiges Geschäft. Es stellt außer Illusionen nichts her. Und es ist ein wenig wie ein letztes Hotel. Es gibt einen Fahrdienst, es gibt eine ganze Menge kühler Betten, es gibt einen Beautysalon und sogar Garderoben. Ein Restaurant hingegen gibt es nicht. Tote brauchen viel Aufmerksamkeit, aber sie beschweren sich selten übers Essen. Vielleicht lag es daran, dass meine Mutter mit einem Bestattungsunternehmer verheiratet war – Kochen war jedenfalls keine ihrer Leidenschaften. Deshalb hatten wir Kinder alle schon früh kochen gelernt. Johannes und ich gingen an den Schränken vorbei, in denen die Leichenhemden aufbewahrt wurden. Totenhemden in allen Größen und Formen, aber alle nur in einer Farbe.

Johannes ging durch den Waschraum vor und öffnete die Doppeltür zur Garage. Die beiden Leichenwagen standen nebeneinander. Sie waren frisch gewaschen und sahen beeindruckend düster aus.

»Ich mag diese Autos«, sagte Johannes voll boshaften Vergnügens, »wirklich. Es geht nichts über einen Leichenwagen, wenn man Frauen kennenlernen will.«

»Oder wenn man sie nicht mehr braucht«, merkte ich sarkastisch an.

Johannes sah zu mir herüber. »Ach ... Ärger mit Vera?«, fragte er. »Schon wieder?«

»Ich nehme den Benz«, sagte ich statt einer Antwort.

»Vergiss es«, sagte Johannes, schubste mich zur Seite und rannte um den Benz herum. Als er aus der Garage rollte, ließ er das Fenster herunter und lehnte sich weit aus dem Wagen.

»Wer zuerst in Berlin ist, ja?«

»Nein«, rief ich aus dem Volvo, in den ich eben eingestiegen war, »kein Rennen! Wir fahren kein Rennen!«

Aber Johannes war schon auf die Straße gerollt und wartete auf mich. Als ich mit dem Volvo herausgefahren war, ließ er den Motor aufheulen, und der Mercedes schoss vorwärts.

»Also gut«, grinste ich, »wie du willst, mein Herz!«

Ich drehte das Radio auf volle Lautstärke und trat auch aufs Gas. Es war fast wie früher.

4

Die Tage auf dem Herrenhof waren für Friedrich eine neue Erfahrung. Sein Schwager war eine höchst eigenartige Mischung aus Gelehrtem und Don Juan, aus Revolutionär und rückwärts gewandtem Romantiker, aus Weltferne und praktischer Begabung.

Klaus stand im offenen Dachstuhl seines Hauses und nagelte neue Dachlatten auf die Balken. Es war ein schöner Herbstmorgen, und ein leichter Wind wehte durch das ganze Haus. Gesine half ihrem Bruder und reichte eine Latte nach der anderen hoch, während Friedrich eben erst aufgestanden war und nun in der Küche saß. Die Küche war der einzige Raum, in dem man schon einigermaßen wohnen konnte. In Klaus' Zimmer dagegen bestand die Decke nur aus den Tragbalken, man konnte direkt in den Dachstuhl sehen. Trotzdem stand dort schon ein riesiges, selbst gezimmertes Regal mit hunderten von Büchern. Friedrich hatte am Tag zuvor darin gestöbert. Neben kommunistischen Kampfschriften, regenbogenfarbigen pädagogischen Werken und einer Ausgabe des *Kamasutra* gab es unzählige wissenschaftliche Bücher, die Klaus offenbar auch gelesen hatte, wie Friedrich widerstrebend hatte zugeben müssen, als er ein paar Bände zur Hand genommen und überall Anstreichungen und Bleistiftnotizen gefunden hatte. Ein eigenartiger Mann. Friedrich wunderte sich, wie verschieden er und Gesine waren.

Im Herd war noch ein Rest Glut, und die halbvolle Kaffeekanne simmerte leise. Friedrich saß auf der Holzbank vor dem schweren Eichentisch, hatte das Fenster in den völlig verwilderten Garten geöffnet und hörte Klaus' und Gesines Stimmen vom Dach. Es war sehr friedlich. Er trank seinen

Kaffee, dachte nach, und dann blieb sein Blick an einem der Bilder hängen, die ihm schon am Abend aufgefallen waren. Erst hatte er gedacht, die Bilder seien ein Überbleibsel der ehemaligen Besitzer, die Klaus noch nicht entfernt hatte oder die er vielleicht mit ironischer Absicht hatte hängen lassen. Aber Klaus, so viel wusste Friedrich jetzt schon, war eher selten ironisch. Er verstand auch Witze nur schwer und meistens erst, nachdem man sie ihm erklärt hatte. Ironie war ihm weitgehend fremd. Das Bild zeigte Jesus und ein paar seiner Jünger in einer Landschaft, die der Maler wohl als das Heilige Land verstanden haben wollte. Eine pompöse Sonne ging eben über einigen Tempelruinen unter. In Ölzweigen nisteten übergewichtige Tauben. Jesus hatte einen sanften Schein um sein blondes Haupt. Die Jünger waren neben ihm zu Boden gesunken und hatten die Hände zu ihm erhoben. Die Unterschrift war auch nicht hilfreich. In Fraktur stand da: »Herr, bleibe bei uns, denn es will Abend werden.« Friedrich war in einer durch und durch protestantischen Familie aufgewachsen. Christliche Werte waren ihm nicht fremd. Aber Bilder wie diese hatte er bisher nur aus altbayerischem Bauerntheater gekannt. Bilder wie diese waren in seiner Welt bisher nicht vorgekommen, und Friedrich hatte sich nicht vorstellen können, dass Klaus sie so meinte, wie sie da hingen. Als er dann aber beim Mittagessen am Tag zuvor ein lateinisches Tischgebet gemurmelt hatte, war Friedrich allmählich klar geworden, dass Klaus' Innenleben nicht ganz widerspruchsfrei war. Im Verlauf des Mittagessens war es nämlich zu einer Diskussion über Politik gekommen. Klaus hatte von einer Welt ohne Geld geschwärmt, hatte dem Kommunismus das Wort geredet und vom bewaffneten Kampf gegen die Kapitalistenschweine gesprochen.

»Deswegen baue ich das hier auf«, hatte er gesagt, »das wird eine herrschaftsfreie Kommune. Ich werde Ziegen haben, Hühner, Enten, und wir werden von dem leben, was wir hier anbauen.«

»Und von deinem Dozentengehalt an der Uni Kassel«, warf Gesine ein. »Oder hast du etwa gekündigt?«, fragte sie entsetzt nach. Klaus schüttelte den Kopf.

»Man muss diesen Staat von innen heraus zerstören«, sagte er voller Pathos, »man muss die Jugend von Anfang an herrschaftsfrei erziehen. Meine Seminare sind gewaltfrei.«

»Es gibt keine Erziehung ohne Herrschaft«, sagte Friedrich gelassen, »und wahrscheinlich ist auch kein Kommunismus möglich. Weil nämlich die eine Hälfte des Volkes dumm ist und die andere schlecht erzogen, aber beide wollen immer ein größeres Stück vom Kuchen, als ihnen bekommt.«

»Das«, sagte Klaus voller Energie, »ist der Fehler des Bürgertums. Immer und immer wieder fehlt das Vertrauen ins Volk! Immer und immer wieder reißen die Intellektuellen die Herrschaft an sich, weil sie glauben, sie wissen, was für das Volk gut ist. Diktatur. Unter dem Mantel der Demokratie.«

Die Diskussion nahm an Fahrt auf. Friedrich war ein präziser Denker. »Und was genau tust du hier?«, fragte er. »Eben das, oder? Das hier wird eine Kommune unter deiner Herrschaft, oder sehe ich das falsch?«

»Aber geistige Führung ist doch etwas total anderes als Unterdrückung!«, rief Klaus. »Das ist doch ein Vorangehen! Ich baue hier die erste Zelle des Widerstandes auf.«

»Widerstand wogegen?«, fragte Friedrich nach. »Gegen mich? Gegen den Kapitalismus? Gegen die Dummheit? – Da wäre ich dann dabei«, sagte er spöttisch.

Klaus blieb immer freundlich, auch wenn er sich erhitzte, aber völlig unbeirrbar. Argumente prallten von ihm ab.

»So«, sagte Gesine zu Friedrich, »war er schon immer.«

»Scheint eine Familientugend zu sein«, murmelte Friedrich.

»Was hast du gesagt?«, fragte Gesine nach, die genau verstanden hatte.

»Nichts«, sagte Friedrich und musste lachen.

Die Diskussionen wurden weitergeführt. Abends, nachdem Klaus den Dachstuhl auf der Hofseite tatsächlich fertig eingelattet hatte, hatte er im Hof aus den alten Dachlatten ein großes Feuer gemacht. Zwei weitere Autos waren im Laufe des Nachmittags auf das Grundstück gefahren. Eines hatte ein ausländisches Kennzeichen, das Friedrich nicht zuordnen konnte. Eine junge Frau mit einem kleinen Kind auf dem Arm stieg aus. Sie trug ein langes Kleid und trotz des lauen Abends eine Pelzmütze auf dem Kopf.

»Lovisa«, stellte sie sich vor.

»Luisa?«, fragte Friedrich nach.

Lovisa lachte. »Nein«, sagte sie, »versuch es noch mal. Ein kurzes u und ein ganz weiches v.«

Friedrich versuchte es und wurde immer besser. »Wo kommen Sie her?«, fragte er.

Lovisa kam aus Schweden. Erst nach einer ganzen Weile merkte er, dass sie nur ihren einen Arm benutzen konnte. Der andere war verkürzt und schien gelähmt zu sein. Lovisa bemerkte seinen Blick: »Kinderlähmung«, sagte sie achselzuckend. Die eine Schulter hob sich nur wenig, und so sah die Geste ein wenig grotesk aus. »Zum Glück ist es der linke Arm.«

Aus dem anderen Auto war ein junger blonder Mann gestiegen, ein Lehrer aus dem Nachbarstädtchen, der Klaus offensichtlich ohne Einschränkung verehrte. Sein Haar war lang und lockig, eigentlich hieß er Otto, aber Klaus nannte ihn Otando. Friedrich war längst aufgefallen, dass Klaus dazu neigte, seinen Freunden andere Namen zu geben. Es klang einerseits wie eine Auszeichnung, andererseits war es eine Kennzeichnung, eine Besitznahme: Er gab den anderen neue Namen, also gehörten sie ihm. Otando hing an Klaus' Lippen, egal was er sagte. Lovisa unterhielt sich zwar vor allem mit Friedrich und Gesine, saß aber den ganzen Abend eng an Klaus gedrückt auf den großen Steinen, die er um das Feuer angeordnet hatte. Ihr kleines Mädchen hatte lange auf dem Hof mit Gesines Hund herumgetollt, war aber schließlich auf Lovisas Schoß eingeschlafen.

Klaus holte seine Geige und fing an zu spielen. Eine Etüde.

»Weißt du, dass Friedrich auch Geige spielt?«, fragte Gesine ihren Bruder. Der setzte die Geige ab.

»Wollen wir zusammen spielen?«, fragte er.

»Oh ja«, sagte Lovisa, »das wäre schön.«

»Ich habe keine Geige dabei«, sagte Friedrich zurückhaltend.

Klaus war ins Haus gelaufen und kam mit einer zweiten Geige zurück. Friedrich nahm sie bedächtig unters Kinn und stimmte sie. Klaus begann eine Sonate. Friedrich setzte zögernd ein. Gesine saß zwischen Lovisa und Otando und hörte zu. Klaus spielte besser als Friedrich, aber was sie an Friedrich mochte, das war auch in seinem Geigenspiel – ein behutsam zärtliches Vibrato, das der Musik Wärme gab.

Lovisa, Gesine und Otando applaudierten. Funken stoben aus dem Feuer in die Luft, als ein feuchtes Scheit knackte. Von unten, aus dem Dorf, hörte man einen Hund bellen und Gesines Setter spitzte die Ohren.

»So kannte ich dich noch gar nicht«, sagte Klaus zu Friedrich.

»Kennenlernen dauert ein ganzes Leben«, sagte Friedrich.

»Bei Frauen nicht«, sagte Klaus leichthin, »Frauen kennt man, wenn man mit ihnen geschlafen hat.«

Gesine schwieg, aber ihr Mund wurde schmal. Das war etwas, das sie an ihrem Bruder nicht leiden konnte. Otando lächelte. Lovisa sagte auch nichts, sondern strich nur ihrer Tochter die Haare aus dem Gesicht. Man wusste nicht, was sie dachte.

»Das ist Quatsch«, sagte Friedrich schroff. Er wunderte sich, dass er so stark reagierte.

»Nein«, sagte Klaus, als ob er eine Lehrmeinung verkündete, »das ist so. Frauen kennt man erst, wenn man mit ihnen geschlafen hat, aber dann kennt man sie. Das ist immer so.«

Lovisa nahm ihr Kind hoch und sagte: »Ich bin müde.«

Sie ging ins Haus. Man sah, wie in Klaus' Zimmer die Fenster hell wurden.

Otando, Gesine, Klaus und Friedrich saßen noch eine Zeitlang ums Feuer, aber es wurde nicht mehr viel geredet. Schließlich brach Otando auf. Klaus verabschiedete ihn und ging dann auch hinein, zu Lovisa.

Friedrich und Gesine waren am Feuer sitzen geblieben.

»Schön hast du gespielt«, sagte Gesine.

»Dein Bruder spielt viel besser«, antwortete Friedrich zurückhaltend, »er ist sehr gut.«

»Er war bei den Symphonikern«, sagte Gesine, »und bei der Bundeswehr im Musikkorps.«

»Hat er da den Bart auch schon gehabt?«, fragte Friedrich.

Gesine lachte. »Nein«, sagte sie, »der Bart, die langen Haare, das ist alles erst in den letzten Jahren gekommen. Er sieht aus wie Rasputin, oder?«

Friedrich musste auch lachen. Das traf es sehr genau. Dann schwiegen sie lange. Schließlich sagte Gesine: »Wir kriegen ein Kind. Wenn es ein Junge wird, möchte ich ihn gerne Samuel nennen.«

»Samuel ist kein schlechter Name«, sagte Friedrich nach einer ganzen Weile gelassen.

»Klaus heißt mit zweitem Namen Samuel«, erklärte Gesine, »und er ist mein einziger Bruder.«

»Na ja«, sagte Friedrich, »da wir ihm nicht die acht Namen meiner Geschwister geben können, soll er eben Samuel heißen. Wenn es ein Junge wird.«

»Es wird ein Junge!«, versprach Gesine voller Überzeugung.

»Samuel Ehrlich.« Friedrich lauschte dem Namen nach und sah ins Feuer. »Wie klingt das?«

5

Der Polizist starrte auf meinen Führerschein. Dann trat er etwas zurück und betrachtete den Wagen. Der Autobahnparkplatz war voller Autos und Polizisten. Es hatte wieder angefangen zu nieseln, und die Stimmung war entsprechend schlecht. Bei den Polizisten wegen des Wetters, bei den Autofahrern, weil sie die Radarfalle übersehen hatten. Ich war noch keine fünf Minuten auf der Autobahn, als ich schon wieder herausgewunken wurde. In der regnerisch diesigen Ferne konnte ich sogar noch die Türme des Doms sehen.

»Samuel Ehrlich«, las der Polizist und sah auf. »Sind Sie das?«

»Nein«, sagte ich und deutete mit dem Daumen nach hinten, »der liegt da drin. Aber da er ja seinen Führerschein jetzt nicht mehr braucht ...«

Der Polizist unterbrach mich. Er war ziemlich jung und nahm seinen Beruf offensichtlich sehr ernst. »Steigen Sie bitte aus und öffnen Sie den Kofferraum.«

Ich stieg aus und ärgerte mich. Ich hätte den Mund halten sollen. Aber jetzt war es sowieso schon zu spät. Ich fröstelte in der kühlen, feuchten Luft ein wenig, und einen Augenblick lang tat mir der Polizist leid. Aber wirklich nur einen Augenblick. Auf dem Parkplatz standen mindestens vier Mannschaftswagen. Überall wurden Papiere studiert, krochen Polizisten unter Lastwagen oder nahmen Protokolle auf. Es war ganz schön was los.

»Leichenwagen«, sagte ich gelassen, »haben keinen Kofferraum. Hätten Sie gerne, dass man Ihre Großmutter später mal im Kofferraum zum Friedhof fährt? Wir haben eine Sarglafette. Was wollen Sie da hinten überhaupt sehen?

Haben Sie vielleicht ein irgendwie seltsam gesteigertes Interesse an Leichen?«

Ich redete mich gerade um Kopf und Kragen.

»Verbandkasten und Warndreieck«, sagte der Polizist mit schmalem Mund, »und dann hätte ich gerne Ihren Ausweis gesehen. Herr Ehrlich!«, fügte er mit Betonung hinzu.

Ich hatte keine Ahnung, ob wir in dem Auto ein Warndreieck und einen Verbandkasten hatten. Die Passagiere meines Vaters brauchten im Allgemeinen keine Erste Hilfe mehr. Ich kramte unter dem Beifahrersitz und fand tatsächlich ein Warndreieck. Den Verbandkasten fand ich nicht.

»Der Verbandkasten ist unter der Lafette. Soll ich die ausbauen?«, fragte ich ziemlich mürrisch und öffnete die Heckklappe.

Der Polizist sah neugierig hinein. Mein Vater hatte den Boden mit grau lasiertem Buchenholz auslegen lassen; die Wände waren mit grauem, eng gefälteltem Tuch ausgeschlagen, und die Scheiben waren dunkel getönt. Es sah beeindruckend ernst aus.

»Ist ja leer«, sagte der Polizist etwas enttäuscht. »Ihren Ausweis bitte!«

Ich holte meine Brieftasche heraus und gab ihn ihm. Er verglich die Bilder aus Führerschein und Ausweis.

»Mit achtzehn hatten Sie noch ganz schön viele Haare«, stellte er fest. Ich konnte nicht sagen, ob er das in einem Anflug von Bosheit gesagt oder es tatsächlich ernst gemeint hatte. Er gab mir die Papiere zurück.

»Wollten Sie eigentlich immer Polizist werden oder war das so eine Art Notlösung?«, fragte ich.

Der Polizist wedelte mit einem Formular herum.

»Sie waren neunzehn Stundenkilometer zu schnell«, sagte er, »schade. Einundzwanzig hätte ich Ihnen gerne gegönnt. Das wäre dann richtig teuer geworden. Haben Sie eigentlich was getrunken?«

Man konnte erkennen, dass er tatsächlich boshaft veranlagt war. Irgendwie machte ihn das menschlicher. Trotzdem war ich reichlich überrascht.

»Was?«, fragte ich zurück. »Hören Sie, es ist zehn Uhr morgens. Und nein, ich habe nichts getrunken. Ich würde jetzt einfach gerne weiterfahren. Ist das in Ordnung? Ich habe noch einen Termin.«

»Ich nehme an, Sie müssen zu irgendeiner Leiche«, sagte der Polizist unentschlossen, »aber ich schätze, Ihr Kollege ist eher da. Sie kriegen den Auftrag sowieso nicht.«

»Mein Kollege?«, fragte ich verständnislos.

»Na ja«, sagte der Polizist, »Sie sind heute schon der zweite Leichenwagen, den wir rausgezogen haben. Der war genauso so flott unterwegs wie Sie.«

Johannes. Was für ein blöder Hund, dachte ich, verrät sein eigen Fleisch und Blut. Rauscht in die Radarfalle und ruft mich nicht an.

»Hat er Punkte gekriegt?«, fragte ich hoffnungsvoll.

Der Polizist schüttelte den Kopf. »Aber den kriegen wir noch«, sagte er selbstzufrieden, »ich kenne solche Typen. Die fahren immer zu schnell. Auch wenn man sie zehn Minuten vorher geblitzt hat. Sie können fahren.«

Ich stieg ein, knüllte den Strafzettel ins Handschuhfach und startete den Motor. Der Polizist ging zu seinem VW-Bus. Ich fuhr hinter ihm her, langsam, bis ich auf seiner Höhe war. Dann ließ ich die Scheibe herunter. Er beugte sich in widerwilliger Neugier noch einmal zu mir herab.

»Wissen Sie was«, sagte ich sehr höflich, »Sie haben recht. Sie haben uns gekriegt. Aber ich verspreche Ihnen was. Ganz zum Schluss«, ich deutete wieder über die Schultern nach hinten, »ganz zum Schluss kriegen wir Sie.

Ungesunde Sache übrigens, den ganzen Tag im Nieselregen zu stehen«, merkte ich noch an, gab sanft Gas und ließ den Polizisten stehen. Ich hatte noch eine Chance. Johannes wusste nicht, dass in Berlin der Mariendorfer Damm gesperrt war. Wenn ich Glück hatte, würde ich doch noch vor ihm bei Großmutter sein.

Die thüringischen Hügel sahen friedlich und grün aus und so, als warteten sie auf den Herbst. Die Scheibenwischer waren nicht ganz genau eingestellt und schlugen nach jedem Halbkreis sanft an die Kühlerhaube. In diesen gemächlichen Rhythmus mischte sich das stete Ta-Tack der Reifen auf der Straße. In Thüringen gab es immer noch Strecken, auf denen die alten DDR-Platten lagen. Ich trommelte am Lenkrad Synkopen dazu und ließ die Gedanken kommen und gehen. Diese drei, vier Tage waren ein bisschen wie Urlaub in der Jugend. Unbeschwert. Verspielt. Ich mochte es, mit Johannes unterwegs zu sein wie auf unseren Studentenfahrten. Es kam nicht mehr oft vor, dass wir uns alle sahen. Als wir noch Kinder waren, hatten wir uns nicht vorstellen können, nicht mehr beieinander zu wohnen. Und jetzt, wo wir uns nur noch selten trafen, merkte ich mit jedem Jahr mehr, wie sehr meine Kindheit mein Leben geprägt hatte.

Ich freute mich darauf, meine Großmutter Margitta in Berlin zu besuchen, auch wenn sie sich endlich entschlossen hatte, ins Altersheim zu gehen. Betreutes Wohnen. Wunderbare Worte. Man konnte sich dann einbilden, man wäre noch genauso unabhängig wie vorher, nur besser geschützt. In Wirklichkeit musste man die Hälfte seiner Möbel aufgeben. Seinen Lebensstil. Die Katzen. Und – was für Großmutter vielleicht das Schlimmste war – ihr Atelier. Unter ihrer Wohnung in Berlin lag ein alter Laden, den sie zum Atelier gemacht hatte, als sie eingezogen war. Ich mochte den Laden sehr. Als sie ihn mietete, war ich fünfzehn. Ich half ihr beim Umzug, und während meine Eltern schon zurückgefahren waren, sollte ich noch zwei Tage bleiben, um dann mit dem Zug heimzukommen. Damals war Berlin noch geteilt und eine Zugfahrt durch die Zone ein Abenteuer.

Großmutter hatte im Supermarkt acht Halbliterbecher Buttermilch gekauft und sie in einen Eimer geschüttet. »Jetzt«, hatte sie lächelnd gesagt, »hängen wir Vorhänge auf.«

Dann hatte sie mir einen Pinsel in die Hand gedrückt und selbst angefangen, die Scheiben bis auf halbe Höhe mit Buttermilch einzustreichen. Alles fing an, nach Buttermilch zu riechen, säuerlich, aber gut. Wir strichen alle Scheiben bis in Schulterhöhe, drei, vier Mal. Danach trug ich unglaublich schwere Kisten mit Mosaiksteinen ins Atelier. Die Steine kamen von Murano, der Glasbläserinsel. Ich mochte sie. Das verschiedenfarbige Glas, das leuchtende Grün der Rückseite der Goldsteine, das Jettschwarz der Platten, die erst noch gebrochen werden mussten, das waren Farben, die es sonst nicht gab.

Nach dem Krieg hatte meine Großmutter in München gearbeitet. Von einer selbsternannten Studentin hatte sie sich hochgearbeitet, bis man sie auf einmal wollte. Die besten Professoren hatten sie eingeladen, mit ihnen zu arbeiten. In den bekanntesten Ateliers. Überall wurde ja gebaut, und Mosaik war plötzlich in Mode und an jedem Bau zu sehen.

Und das alles hatte sie aufgegeben, als sie wieder geheiratet hatte. Es scheint in unserer Familie zu liegen, aus Liebe die größten Dummheiten zu begehen. Erst viel später, als sie nach Berlin gezogen war, konnte sie endlich wieder das machen, wofür sie sogar ihre Kinder bei ihrer Mutter in Flensburg gelassen hatte: Kunst.

Als wir mit Einräumen fertig waren, am späten Nachmittag, als die Sonne so stand, dass sie in den Laden schien, konnte ich sehen, was mit den Scheiben geschehen war. Die Buttermilch war getrocknet und hatte eine wunderbare Struktur auf ihnen ergeben, durch die das Licht so gestreut wurde, dass es aussah, als hätte man überall auf den Tischen und dem Boden fast unsichtbare, milchweiß und unscharf schimmernde Perlen hingestreut.

»Solches Licht braucht man für Mosaik«, sagte Großmutter, »es darf nichts spiegeln oder glänzen. Die Farben müssen aus sich heraus leuchten.«

Man konnte zu Großmutter nicht »Oma« sagen. »Oma« hatte etwas Altes. In »Großmutter« steckte Respekt, und ich hatte immer Respekt vor ihr gehabt. Sie war eine Künstlerin, eine Frau, die sich von ihrem zweiten Mann frei gemacht und alles hinter sich gelassen hatte, um nach Berlin zu gehen.

Der Regen hatte aufgehört, der Himmel war aufgerissen und die Wolken zogen schnell. Es war windig geworden. Die Landschaft war minutenlang sonnig und lag dann wieder graugrün da. Es hätte auch Frühling sein können. Ich dachte an meine Großmutter und daran, dass ich erst jetzt, längst erwachsen, richtig verstand, was für eine mutige Frau sie war.

Mein Handy klingelte. Ich klappte es auf und warf einen Blick auf die Nummer. Johannes.

»Wo bist du, Bruder?«, fragte er scheinheilig.

»Hey«, log ich, »hast du mich nicht gesehen? Ich hab' dich vor einer halben Stunde überholt. Hatte es irgendeinen Grund, dass du nach der Baustelle rausgefahren bist? Da stand Polizei, oder?«

Ich hörte ihn fluchen und grinste. »Na, dann drück mal drauf, Alter«, sagte ich, »wenn du dich noch traust. Ich warte *Bei Mutter* auf dich ...«

Bei Mutter war die Kneipe in Großmutters Straße. Eine richtige Berliner Eckkneipe, die es gab, seit wir Großmutter besuchten. Mein erster ordentlicher Bierrausch hatte dort stattgefunden.

Die Autobahn war abgetrocknet, und ich trat aufs Gas. Ich stellte mir vor, man könnte die Autobahn von oben betrachten und sehen, wie zwei Leichenwagen um die Wette nach Berlin schossen. Ich fühlte mich zum ersten Mal seit langem plötzlich frei. Richtig frei.

6

Udo Kniest stand am Fenster seiner Wohnung und sah unglücklich in den Regen. Unten, in der Straße vor dem Haus, wurde gebaut. Udo sah dem Bagger zu, wie er den Asphalt der Straße Stück für Stück aufbiss. Ein zweiter Bagger schaufelte Schotter und Sand heraus. Der Graben wurde immer länger und tiefer. Udo seufzte und legte den Brief, den er bis jetzt in der Hand gehalten hatte, zurück auf den Tisch. Er wusste, dass er nicht besonders klug war. Er konnte gut Schach spielen, aber er war trotzdem nicht besonders klug. Es hatte über dreißig Jahre gedauert, bis er sich das eingestanden hatte. Und eigentlich war das eine große Erleichterung gewesen. Er hatte sein Leben immer anstrengend gefunden, im Grunde genommen, seit er sechs Jahre alt gewesen und in die Schule gekommen war. Und eigentlich hatte er sein ganzes Leben nie etwas anderes gewollt, als entspannte Tage zu verbringen. Aber weil die Schulen der sechziger Jahre auf dem Land weit davon entfernt waren, entspannte Tage anzubieten, hatte er irgendwann angefangen, sich seine Entspannung selber zu machen. Er war dreizehn, als er zu trinken begann. Das war eigentlich nichts Ungewöhnliches, jedenfalls nicht in Werste, dem winzigen westfälischen Dörfchen. Da tranken sie alle. Aber dann kamen die Lehre und die Berufsschule mit Lehrern, die immer noch ein bisschen stolz darauf waren, an der Kongresshalle in Nürnberg mitgemauert zu haben. Der Führer hatte sie extra holen lassen. Das hörte Udo jede Woche. Weil die westfälischen Maurer so gut arbeiteten. Und so kräftig waren. Udo war auch kräftig, aber er wollte kein Maurer werden. Nur – Metzger oder Bauer wollte er noch weniger werden. Deshalb hatte er eine

Maurerlehre begonnen. Auf dem Bau wurde wenigstens getrunken. Der Polier hasste Udo vom ersten Tag an. Er hatte immer noch ein paar Reste blonden Haares auf dem Kopf und war damals in Nürnberg auch dabei gewesen. Als Lehrling, wie er nicht müde wurde zu erzählen. Udo war noch nie in Nürnberg gewesen, aber nach zweieinhalb Jahren auf westfälischen Baustellen konnte er am Tag vierzehn Flaschen Bier trinken und kannte jeden einzelnen Stein des Reichsparteitagsgeländes. Er war damals noch kein politisch interessierter Mensch, aber nach diesen zweieinhalb Jahren war eines völlig klar: Altnazis waren ganz wesentlich dafür verantwortlich, dass Leute wie Udo kein entspanntes Leben führen konnten. Udo war nicht besonders schlau, aber er hörte Radio, und im Radio wurde immer häufiger von Studenten berichtet, die protestierten, auf die Straße gingen, Sit-ins machten. Er konnte sich unter einem Sit-in nichts vorstellen, aber das Singen im Hintergrund der Berichte, die skandierten Rufe, das Brausen der Massen, wenn die Stimme des Reporters sich überschlug, weil das Signalhorn der Polizei immer näher kam, das war wie eine abenteuerliche Welt, in der die Leute darum kämpften, ein Leben zu führen, wie sie es wollten. Udo glaubte damals noch, dass alle Menschen denselben Traum wie er hatten: Einfach ein gelassenes Leben zu leben. Erst viel später merkte er, dass das ein sehr seltener Traum ist, und dass er ihn geträumt hatte, war für ihn der letzte Beweis dafür, dass er nicht besonders klug war.

Udo war nicht besonders klug, aber er war mutig. An dem Abend vor seiner Gesellenprüfung blieb er länger als sonst im Betrieb. Es war ein Maienabend, und die Luft war voll von süßen Gerüchen und von einem späten, dunstig schönen Licht, das von dort kam, wo die Sonne vor einer Stunde untergegangen war. Udo holte den großen

Leiterwagen aus der Remise, lud so viel Steine darauf, wie er am Nachmittag ausgerechnet hatte, stellte die Mörtelwanne dazu, packte noch drei Sack Mörtel auf und holte seine Kelle. Dann zog er den Leiterwagen vom Hof. Glücklicherweise hatte der Gummireifen, deshalb hörte man ihn kaum, als Udo ihn die lange, gerade Werster Hauptstraße entlang nach Westen zog, wo der Bahnhof lag und dahinter die Siedlung der Kumpels. Die wenigen Bauern, die jetzt noch von ihren Feldern nach Hause tuckerten, die Wagen voller Heu, nickten Udo zu. Es gab in Werste wahrscheinlich niemanden, der nicht wusste, dass Udo am nächsten Tag seine Gesellenprüfung hatte. Ob er noch üben wolle, hatte einer von ihnen in diesem trockenen westfälischen Ton gefragt und auf den Leiterwagen gedeutet. Ja, hatte Udo gesagt, es sollte ja wohl ein Meisterstück werden. Kurz vor dem Bahnhof bog er ab und musste sich dabei mit aller Kraft gegen die Deichsel stemmen, denn sein Polier wohnte unten am Bach. Es war jetzt lange nach zehn Uhr, aber der Himmel war noch hell. In den Gärten der Werster Kumpel schliefen hunderte von Kaninchen in ihren Ställen. Udo setzte sich auf seinen Leiterwagen und wartete. Zum Glück ging man damals auf dem Land noch früh zu Bett. Man musste ja auch früh wieder heraus – auf Arbeit. Als die Lichter in der Straße alle aus waren, sprang Udo vom Wagen, nahm den Eimer aus der Mörtelwanne und schöpfte Wasser aus dem Bach. Dann rührte er Mörtel an und schlug aus dem teuren Zehn-Kilo-Sack, den sie nie verwenden durften, Schnellbinder zu. Und dann begann er zu mauern, Stein auf Stein und schön im Verbund, wie er es gelernt hatte.

Als Udo am nächsten Morgen sehr müde und sehr zufrieden seine Prüfung vor der Kammer ablegte, war der Polier nicht dabei. Damals gab es noch längst nicht in allen Häusern Telefon, und wahrscheinlich dauerte es eine Weile, bis der Polier endlich aufgewacht war, weil ja die Sonne in kein einziges Fenster des Hauses scheinen konnte. Und wahrscheinlich dauerte es auch noch ein wenig, bis der Polier eine der Mauern vor Tür oder Fenster aufgebrochen hatte. Auf jeden Fall war es – aus welchen Gründen auch immer – schon ein Uhr nachmittags, als der Polier mit seinem Opel schäumend auf den Hof der Werkstatt einbog und auch noch die Stoßstange verkratzte, weil er vor lauter Wut beim Bremsen eine Schubkarre umfuhr. Um diese Zeit hatte Udo seinen Gesellenbrief schon in der Hand und saß mit den anderen in der Wirtschaft *Zur Kanne*. Es war eine kurze Feier. Um drei Uhr nachmittags war er kein Geselle mehr, um halb fünf saß er auf der Wache in Bad Oeynhausen und um sechs unterzeichnete er ein Geständnis, in dem von Diebstahl, Freiheitsberaubung und Sachbeschädigung die Rede war. Später gab es einen Prozess, den Udo mit fassungslosem Staunen verfolgte, weil das, was er getan hatte, und das, was an diesen zwei Tagen verhandelt wurde, nichts, aber wirklich gar nichts miteinander zu tun hatten. Im Prozess war die Rede von moralischem Abgleiten, von krimineller Energie und von Aufsässigkeit, die rechtzeitig und mit harter Hand gebrochen werden müsse. In Bad Oeynhausen hatten die Richter zwar schon von der großen Strafrechtsreform gehört, die bald kommen sollte, aber das hieß ja noch lange nicht, dass man sie auch gut fand. Udos Richter und Udos Polier verstanden sich ausnehmend gut, und ihre Ansichten über Erziehung schienen ähnlich zu sein. Immer noch staunend saß Udo eine Woche später auf einem sehr einfachen Bett in einer sehr einfachen Zelle. Am Anfang war es noch ein ungläubiges Staunen, aber als er erst nach sechs Monaten auf Bewährung entlassen wurde, weil er, wie es im Gutachten der Gefängnisleitung hieß, »ein renitenter und uneinsichtiger Häftling«

war, hatte sich dieses Staunen in eine wütende Sehnsucht nach Freiheit verwandelt. Seine Eltern besuchten ihn in den sechs Monaten kein einziges Mal. So begann Udos Karriere als Krimineller.

Und jetzt, mehr als dreißig Jahre später, stand er am Fenster seiner Wohnung und musste über sein Leben nachdenken, weil er einen Brief bekommen hatte – wieder einmal von einer der Behörden, die ihn sein Leben lang verfolgt hatten.

»... *da Sie auf rechtliche Einwendung verzichtet haben und auf unsere letzten Schreiben wiederholt nicht reagiert haben, ist auf Antrag der Landesbehörde für Straßenbau die Enteignung folgender Flächen aus dem in Ihrem Eigentum befindlichen Grundstück mit folgender Flurnummer ... gerichtlich festgesetzt worden ... Entscheidung steht im Einklang mit dem Bundesfernstraßengesetz sowie dem nordrhein-westfälischen Enteignungsgesetz ... sind keine weiteren Rechtsmittel möglich ... mit freundlichen Grüßen* ...«

Freundliche Grüße. Udo lächelte freudlos. Freundliche Grüße aus einem Ort, den er in den letzten dreißig Jahren nur noch einmal besucht hatte; freundliche Grüße aus einer Zeit, die er eigentlich hinter sich gelassen hatte. Unter anderen Umständen hätte er das witzig gefunden: Eine Bundesstraße wollten sie bauen, durch den geliebten Garten seines Vaters, quer über die Kaninchenställe, die er als Kind schon gehasst hatte, mitten durch sein Kinderzimmer mit den winzigen Fenstern. Er hatte sich nie um das Haus gekümmert. Ihm war egal, wer dort wohnte, seit seine Eltern tot waren. Aber jetzt gab es ein Problem. Noch einmal sah er nach unten auf die Straße. Die Bagger waren am Kanal angekommen, und die Arbeiter machten eine Pause. Udo seufzte noch einmal und ging zum Telefon.

7

Ich sah Johannes, als er eben von der anderen Seite in die Stauferallee einbog. Er hatte tatsächlich die Umleitung genommen. Ich blinkte ihn mit der Lichthupe an und fuhr hoheitsvoll winkend an ihm vorbei. Jetzt ging es nur noch darum, wer zuerst einen Parkplatz fand. Ich kurvte um die Blocks, so schnell ich konnte, aber es war schon früher Nachmittag und einfach nichts mehr frei. Schließlich entschied ich mich, es einfach darauf ankommen zu lassen und auf den Nimbus des Leichenwagens zu vertrauen. Ich stellte mich halb auf den Gehsteig und schaltete die Warnblinker an. Dann beeilte ich mich, zu *Mutter* zu kommen.

Wir sahen uns, als wir fast gleichzeitig aus zwei verschiedenen Nebenstraßen kamen, und starteten beide durch. Ich laufe gerne, aber Johannes rannte wie der Teufel und schlug an der Tür an, als ich noch fünf Meter entfernt war.

»Frei!«, keuchte er grinsend, »Gewonnen!«

»Du schuldest mir vierzig Euro«, sagte ich kurzatmig, »warum hast du nicht angerufen?«

»Ach!«, sagte er, immer noch atemlos, immer noch grinsend, und drückte die Tür auf. »Dich haben sie auch erwischt?«

Bei Mutter war es brechend voll. Es gab keinen einzigen freien Tisch. Wir gingen an die Theke und bestellten, was wir immer bestellen, wenn wir *Bei Mutter* sind: Kleines Pils, Nachos, scharfe Salsa.

»Auf Berlin!«, sagte ich und hob das Glas.

»Auf Berlin und auf Großmutter«, sagte Johannes.

Als wir aus der Kneipe kamen, mussten wir blinzeln. Der Himmel war auf einmal blau, herbstlich blau mit wenigen, schnell ziehenden Wolken, die Sonne schien schräg zwischen den gelben Blättern der Platanen um den Winterfeldplatz hindurch, und die Ahornbäume an der Stauferallee hatten sich überraschende, rotorange leuchtende Tupfen in ihre Kronen gesetzt. In der Silberpappel vor der Kirche flirrte der Wind in den Blättern: dunkelgrün, silbrig weiß.

»Dies ist ein Herbsttag, wie ich keinen sah ...«, sagte ich, halb für mich, »... die Luft ist still, als atmete man kaum.«

Ich mochte den Herbst schon immer; Tage wie dieser waren ein so seltenes, unverhofftes Glück.

»... denn heute löst sich von den Zweigen nur, was von dem milden Strahl der Sonne fällt«, ergänzte Johannes nach ein paar Augenblicken in einem schwebenden Ton. Man hätte nicht sagen können, ob er ironisch oder ernst war. Wir gingen zusammen durch raschelndes Laub zu Großmutters Haus. Es war ein schönes, schwer zu bestimmendes Gefühl. Dass da einer war, mit dem man sich verstand, ohne sich etwas zu schulden.

»Du hast mindestens sechs Zeilen ausgelassen«, sagte ich.

Johannes antwortete nicht. Erst als wir vor dem Haustor standen und er in seinen Taschen nach dem Schlüssel fischte, sagte er: »Du hast bloß keine Ahnung von moderner Poesie. Das hat überhaupt nichts mit meinem Gedächtnis zu tun. Wenn man in der Literatur etwas auslässt, heißt das Ellipse und ist Absicht.«

Wir gingen durch den Hof, in dem eine einzige, riesige Linde stand, die auf der Südseite schon gelb, auf der Nordseite noch fast völlig grün war. Ihre Äste reichten an alle vier Hauswände; wenn man wollte und mutig genug war, konnte man von einem Küchenfenster in die gegenüberliegende Küche klettern. Solche Höfe gab es eben nur in

Berlin. Wir gingen ins Rückgebäude und stiegen die zwei Treppen hoch. Ich klingelte, aber Großmutter war ausgegangen. Sie gehörte nicht zu denen, die zu Hause saßen und stundenlang auf den Besuch wartete. Ich streckte die Hand aus, und Johannes gab mir den Schlüssel.

Als wir in den Flur traten, atmete ich den Duft meiner Kindheit ein, diese Mischung aus Kaffee und dem Rauch orientalischer Zigaretten. Großmutter rauchte nie mehr als abends eine oder zwei Zigaretten, deshalb roch es nie nach kaltem Rauch, sondern immer nur nach Tabak. Meine erste Zigarette war eine aus ihrem Etui gewesen.

»Großmutter?«, rief Johannes, als wir ins Wohnzimmer gingen, um sie nicht zu erschrecken, falls sie die Klingel nicht gehört hatte. Wir sahen uns um. Wenn man umzieht, bekommen Möbel plötzlich eine andere Qualität. Was bisher schön war, ist auf einmal nur noch schwer.

»Die kriegen wir nie ins Auto«, sagte Johannes und zeigte auf die Vitrine aus den zwanziger Jahren. Sie war voller Puppen. Großmutter hatte direkt nach dem Krieg eine kleine Puppenwerkstatt aufgemacht und Puppen verkauft. Sie waren aus Lumpen gemacht gewesen, aus alten Uniformen und Fahnen, hatten Nieten als Knöpfe und geschliffene Flaschenscherben als Augen, aber sie waren die besten Puppen, die ich kannte. Weil sie nicht niedlich und nicht schön waren. Es gab den Puck aus dem *Sommernachtstraum*, eine stolze Titania, dämonisch aussehende Zentauren, eine Sphinx aus sandfarbenem Leinen ... Wir hatten als Kinder alle mit ihren Puppen gespielt.

»Dann hol du mal die Axt«, sagte ich zu ihm, »ich mache uns so lange Kaffee.«

Johannes öffnete halbherzig die Tür der Vitrine.

»Meinst du nicht, wir sollten auf Großmutter warten?«, fragte er.

»Geh die Kartons holen«, rief ich aus dem Flur, »wir haben nur zwei Tage Zeit.«

Dann ging ich in die Küche. Ich sah Großmutter auf dem Boden vor dem Kühlschrank liegen und wusste eigentlich schon, dass sie tot war, bevor ich mich neben sie kniete. Sie war noch im Nachthemd. Es war ihr hochgerutscht, weit über die Oberschenkel, und das Erste, was ich tat, war, das Hemd wieder hinunterzuziehen, als ob das jetzt noch wichtig wäre. Ihre Augen waren halb offen. Das war etwas, woran ich mich bei Toten nie gewöhnen konnte. Ich fasste nach ihrer Hand. Sie war kühl, und Großmutter musste sich beim Hinfallen am Herd geschürft haben, auf ihrem Handrücken war ein bisschen eingetrocknetes Blut. Die Sonne fiel durch die Linde im Hof auf den Küchenboden. Ein Mosaik von Schatten und Sonnenflecken lag auf den alten Fliesen, und ich dachte einen Augenblick, dass ihr das gefallen hätte. Ich hörte, wie Johannes mit den Kartons nach oben kam, und ich wollte auf einmal um jeden Preis vermeiden, dass er irgendetwas Witziges sagte.

»Hannes!«, rief ich, »Hannes, komm mal.«

»Ich stelle gerade die Kartons ab«, sagte er, »warte mal.«

Dann kam er in die Küche und sah mich neben Großmutter knien und Großmutter auf dem Boden liegen.

»Ach, Scheiße«, sagte er, aber es klang nicht wie ein Fluch, sondern nur erschüttert.

»Lass mich mal«, sagte er dann und wartete, bis ich zur Seite gegangen war. Er kniete sich neben ihren Kopf, suchte an ihrem Hals den Puls, zog sehr vorsichtig ein Augenlid hoch.

»Sie ist tot«, sagte ich sanft.

»Ach Sam«, sagte Hannes, »was für eine Scheiße.«

Ich war überrascht, als ich sah, wie seine Augen nass wurden. Ich hatte ein seltsam schwebendes Gefühl, ich war nicht einmal traurig. Es war alles geschehen, wie es geschehen war, es gab nichts, was man tun konnte. Es war, als sei alles nur so möglich, wie es eben war. Eigentlich war es ein sehr friedliches und schönes Bild. Johannes neben unserer Großmutter auf dem Boden, mit unbewegtem Gesicht weinend. Die Sonnenflecken auf beiden, die eine komplizierte Verbindung aus Licht- und Schattenmustern zwischen ihnen herstellte. Der Küchenboden aus altroten und weißen Fliesen. Es gab nichts, was an diesem Bild falsch war. Nach einer Weile stand Johannes auf.

»Komm«, sagte er, »wir legen sie aufs Sofa.«

Wir wollten sie nicht an Armen und Beinen nehmen, sondern nahmen sie so, dass jeder von uns eine Seite trug. Sie war leicht – nicht mehr als fünfzig, sechzig Kilogramm. Erst, als wir sie auf das Sofa gelegt hatten, sah sie endgültig tot aus, fand ich. Ich versuchte, ihre Augen zu schließen, aber die Lider zogen sich langsam wieder zurück, und deshalb ließ ich es.

Johannes suchte in Großmutters Telefonbüchlein.

»Wir müssen den Arzt anrufen«, sagte er.

»Mann«, sagte ich, »wie sollen wir das bloß Mama sagen?«

Der Arzt kam, und das half Johannes, sein Gleichgewicht wiederzufinden. Sie sprachen von Kollege zu Kollege, der Arzt untersuchte Großmutter und stellte Herzversagen fest, er füllte den Totenschein aus und gab mir dann die Hand.

»Herzliches Beileid«, sagte er, »Sie waren ganz schön schnell. Ein Bestattungsinstitut haben Sie ja schon. Ich habe unten den Wagen gesehen. Die meisten Leute brauchen immer jemanden, der das für sie macht.«

Johannes vergaß er. Vielleicht kam es ihm aber auch nur komisch vor, einem Kollegen zu kondolieren. Dann klappte die Tür, und wir waren allein. Es war Abend geworden, und im Wohnzimmer wurde es dunkel. Wir ließen es dunkel werden. Es maunzte leise.

»Die Katze«, sagte Johannes, »hörst du?«

Ich stand auf und ging zur Wohnungstür. Großmutter hatte immer Katzen gehabt, und es war schwierig gewesen, ein Heim zu finden, in dem Katzen erlaubt waren. Papa hatte mehr als einmal mit den Augen gerollt, als er die Altersheime durchtelefonierte. Als ich die Tür öffnete, schlüpfte die Katze durch den Spalt und spazierte in die Küche. Unbeirrt und wahrscheinlich so wie immer. Ich gab ihr zu fressen, dann ging ich zurück ins Wohnzimmer. Johannes saß im großen Sessel und sah aus dem Fenster.

»Ich rufe Mama an«, sagte ich.

»So habe ich mir diesen Berlinausflug nicht vorgestellt«, erwiderte Johannes nach einiger Zeit lapidar, »so nicht.« Er stand auf. »Ich mache uns mal Kaffee. Rufst du gleich an?«

Ich nickte.

Während Johannes in der Küche war und die Geräusche des Wasserkochers und der klappenden Schranktüren wieder etwas Leben in die Wohnung brachten, telefonierte ich mit unserer Mutter. Es machte ihr weniger aus, als ich gedacht hatte.

»Ich hatte schon so ein Gefühl«, sagte sie. »Ich sag's Friedrich, wenn er heimkommt. Wie ist das mit euch? Kommt ihr auch noch zurück?«

»Morgen«, sagte ich, »das war heute ein bisschen viel. Dorothee ist ja bei euch.«

»Ihr bringt ... ihr bringt sie doch mit, ja?« Eine sehr zögerliche Frage.

»Klar, Mama«, sagte ich, »morgen Abend sind wir wieder da, denke ich. Wir müssen jetzt noch ein paar Sachen regeln, Telefon abmelden und so. Du musst ja dann sowieso noch mal kommen. Die Möbel nehmen wir jetzt aber nicht mit. Oder sollen wir?«

»Na ja«, sagte Mama, »ihr habt doch sowieso zwei Autos dabei.«

Manchmal merkte man, dass sie mit dem Tod vertrauter war als wir. Trotzdem wirkte sie nie kalt – sie hatte einfach eine Art warmherzigen Pragmatismus, den man als Frau eines Bestatters wohl brauchte.

Später saßen Johannes und ich im Wohnzimmer, tranken Kaffee und hielten so eine Art Totenwache bei unserer Großmutter. Johannes sah ihr Zigarettendöschen auf dem Tisch, zog es zu sich, klappte es auf und hielt es mir hin. Ich nahm eine, obwohl ich schon lange nicht mehr rauchte. Johannes nahm sich auch eine.

»Für Großmutter«, sagte er und gab mir Feuer.

»Für Großmutter«, sagte ich.

8

Samuel und Johannes hatten aus Lego einen Straßenzug aufgebaut. Selbstvergessen hatten sie gespielt und gebaut, während der Samstagvormittag in dem großen Haus nur an Geräuschen gemessen verging. Das Bellen der Hunde im Garten, wenn der Milchlaster kam. Die weiche Glocke der Kirche gegenüber, deren Schlag aber beide nicht zählten, weil Johannes noch zu klein war und Samuel sie im Spiel kaum hörte. Das Geschirrgeklapper unten aus der Küche, wenn es gegen Mittag ging. Das Läuten der Türklingel, wenn der Postbote kam. Samuel und Johannes bauten Häuser, reichten sich Fenster, errichteten, die Zunge in höchster Konzentration zwischen den Zähnen, freischwebende Legodächer. An den Fenstern waren über Nacht die Eisblumen hochgewachsen, jetzt schmolzen sie allmählich ab, und man konnte sehen, dass draußen ein klirrend kalter, sonniger Januartag war. Die beiden Jungen ordneten die Legostraße so an, dass die Sonne durchs Fenster genau längs der Häuser fiel. Gesine stand in der offenen Tür des Kinderzimmers und beobachtete die beiden schon eine ganze Zeitlang. Sie war so voller Glück, dass für einen Augenblick alles umstrahlt wirkte – ihre beiden Kinder, der abblätternde Putz an den alten Wänden, der abgetretene Strohteppich im Kinderzimmer. Sogar das Tauwasser auf den Fensterbrettern, das sie im Winter jeden Tag wegwischen musste, glitzerte fröhlich.

»Sam«, sagte sie schließlich sanft und ging in die Hocke, »Johannes. Kommt mal her.«

Zögernd sahen Samuel und Johannes auf. »Gleich.«

Im Wohnzimmer spielte das Radio *I never promised you a rose garden*. Gesine mochte die Melodie, und obwohl sie nicht genug Englisch konnte, um alles zu verstehen, passte dieser Rosengarten irgendwie ganz wunderbar in diesen Wintertag.

»Jetzt«, sagte sie und wedelte mit dem Briefumschlag, »kommt mal her, alle beide.«

Samuel und Johannes hörten aus der Stimme ihrer Mutter die Aufregung und kamen. Gesine zog ein paar Fotos aus dem Briefumschlag mit den exotischen Briefmarken, den sie vor fünf Minuten bekommen und auf den sie fast vier Monate gewartet hatte.

»Hättet ihr gerne eine Schwester?«, fragte sie.

»Ja«, sagte Samuel, und Johannes nickte. Neugierig versuchten sie, auf das Bild zu gucken. Gesine drehte es um, so dass sie es sehen konnten. Ein kleines Mädchen auf dem Arm einer Nonne.

»Eine Chinesin«, sagte Samuel, »warum hat sie keinen Strohhut?«

Er kannte Chinesen bis jetzt nur aus seinem Lesebuch.

»Vietnamesin«, korrigierte ihn seine Mutter, »sie ist aus Vietnam, nicht aus China.«

»Tut ihr das weh?«, fragte Johannes und tippte auf das Foto. Dem kleinen vietnamesischen Mädchen auf dem Bild fehlte die linke Hand. Gesine sah sich das Foto noch einmal an.

»Nein«, sagte sie dann, »schon lange nicht mehr. Was meint ihr, wie soll sie heißen?«

»Schneewittchen«, sagte Johannes, dem man zurzeit jeden Abend dasselbe Märchen vorlesen musste, was Samuel jeden Abend ärgerte.

»Dummkopf«, sagte er altklug, »Schneewittchen kann keine Chinesin heißen. Hat sie noch gar keinen Namen?«

»Nur einen vietnamesischen«, sagte Gesine und musste selber lachen, als sie den Namen auf dem Foto zu lesen versuchte: »Nguyen.«

»Wann kommt sie denn?«, fragte Johannes. »Heute Abend?«

Gesine lachte wieder.

»Dummerchen«, sagte sie, »das dauert noch viel länger. Sie muss mit dem Flugzeug kommen. Papa und ich warten schon seit über einem Jahr auf sie. Wenn der Frühling da ist, an Ostern, dann kommt sie wahrscheinlich. Jedenfalls steht das in dem Brief.«

»Ach so«, sagte Johannes, dem das deutlich zu lang war, »dann spiel' ich jetzt wieder.«

Er wandte sich ab und ging zum Lego zurück. Samuel sah sich noch ein wenig das Bild an.

»Wenn sie nur eine Hand hat«, fragte er seine Mutter schließlich, »kann sie dann nicht schwimmen?« Er hatte in diesem Sommer schwimmen gelernt und träumte jetzt oft davon.

»Ich weiß es nicht«, sagte Gesine, »wir werden sehen.«

»Woher ist das«, fragte er schließlich zögernd, »das mit der Hand?«

Johannes baute ein Auto zusammen und sah nicht einmal auf.

»Vom Krieg«, sagte Gesine, »in Vietnam ist Krieg. Vielleicht von einer Bombe oder einer Granate, man weiß es nicht.«

»Aha«, sagte Samuel.

Er warf noch einmal einen Blick auf das Foto, dann ging er ohne ein weiteres Wort zu Johannes.

»Die Räder sind zu klein«, sagte er und nahm ihm den Wagen aus der Hand, »ich zeig' dir, wie man das machen muss.«

Gesine stand auf und lehnte sich wieder an den Türpfosten. Ihre beiden Söhne spielten, und sie dachte an das kleine Mädchen auf dem Bild. Tochter, dachte sie und versuchte, das Bild und den Klang dieses Wortes zusammenzubringen: Tochter.

9

»Nein«, sagte Johannes, »das mache ich nicht. Das kann ich nicht. Sam, wirklich, das ist ... das ist scheiße.«

Er hatte ein Glas Bier in der Hand. Sonst trank Johannes gerne aus der Flasche, aber vielleicht hatte er das Gefühl, es sei Großmutter gegenüber pietätlos.

»Hannes«, sagte ich, »du bist Pathologe. Du hast jeden Tag mit Leichen zu tun. Du bist der Sohn eines Bestattungsunternehmers. Wo ist das Problem?«

Johannes wies auf das Sofa, wo Großmutter lag. Das Wohnzimmerfenster war genau auf der Höhe der Straßenlaterne, und weil wir das Licht in der Wohnung nicht angemacht hatten, war es im Raum halb dunkel, eine nächtlich private Stimmung, wie man sie nur mit wenigen Menschen teilt.

»Da«, sagte er in fast komischer Verzweiflung, »da ist das Problem. Das ist Großmutter. Das ist nicht irgendjemand! Großmutter. Ich kann das nicht.«

»Hannes«, sagte ich geduldig, »du sollst sie ja nicht aufschneiden. Wir müssen sie bloß zurechtmachen. Soll Papa das vielleicht machen?«

»Ich ... es kommt mir einfach komisch vor«, sagte Johannes. »Mann!«, schrie er auf einmal. »Ich wollte meine Großmutter einfach nie so sehen!«

»Geh runter«, sagte ich sanft, »geh runter und hol den Koffer, ja?«

Johannes stellte sein Glas auf die Vitrine und ging hinunter zum Wagen, um die Tasche zu holen. Ich rückte den Küchentisch in die Mitte und räumte ihn ab. Dann stellte ich den Boiler an. Eigentlich braucht man kein warmes Wasser, um Leichen zu waschen, aber Papa hatte das auch schon immer so gemacht, und es war einfach in jeder Beziehung viel wärmer.

Johannes kam zurück, stellte das Köfferchen auf einen Küchenstuhl und öffnete es. Papa behauptete immer, dass er am Anfang seiner Karriere als Bestatter einfach einen Werkzeugkasten schwarz lackiert und alles, was man als Bestatter so braucht, darin aufbewahrt hatte. Es sei viel praktischer gewesen, beteuerte er immer wieder, aber die Leute seien jedesmal ein bisschen zusammengezuckt, wenn er ihn mitgebracht hätte. »Monteur des Todes« hätte ihn einer genannt, und dann hätte er den Kasten doch gegen eine Arzttasche getauscht. Wir glaubten ihm kein Wort, aber wir mochten die Geschichte, und manchmal wurde Papa wirklich »Monteur des Todes« genannt, aber nicht von den Kunden.

»Komm«, sagte ich, und wir gingen hinüber ins Wohnzimmer. Dann zogen wir sie aus. Ich hatte das seit bestimmt fünfzehn Jahren nicht mehr gemacht. Es ist schwierig, eine Tote auszuziehen. Meistens werden die Kleider deshalb einfach zerschnitten. Der Rigor mortis hatte am Nacken und an den Armen schon begonnen, aber Johannes bog Großmutters Arme sehr sanft und dabei kraftvoll nach oben, so dass wir ihr das Nachthemd abstreifen konnten. Alles andere war nicht so schwierig, und dann trugen wir sie in die Küche. Johannes holte Waschlappen und Handtücher aus dem Bad, und wir wuschen sie.

»Die Haare auch?«, fragte Johannes.

Ich schüttelte den Kopf. Die Haare hatte sie wohl am Morgen noch selbst gewaschen. Sie rochen so, wie sie immer gerochen hatten – nach dem Rosenshampoo, das sie schon verwendet hatte, als ich noch ein Junge war. Nachdem Johannes sich überwunden hatte, arbeitete er völlig gelassen. Er holte die Wattebäusche für die Nasenlöcher aus dem Koffer, tränkte sie und gab sie mir, während er die Nadel einfädelte. Aber als ich vorsichtig Großmutters Kinn nach unten drückte, zögerte er doch. Er sagte nichts, aber ich konnte sehen, dass er ... einfach nicht wollte. Ich auch nicht, aber ich nahm ihm die Nadel aus der Hand.

»Crem sie ein«, sagte ich. Johannes holte die Dose und fing an, sie einzucremen, sehr sorgfältig. Sonst benutzt man Handschuhe für die Leichenwaschung, aber wir hatten beide keine aus dem Koffer genommen. Ich überwand mich und stach die Nadel in den Unterkiefer. Das war das Schlimmste. Es war, als ob man ihr wehtäte. Ich beeilte mich. Ich machte nur drei oder vier Stiche, um den Unterkiefer mit der Nasenscheidewand zu verbinden. Dann war ihr Mund geschlossen und sie sah auf einmal so aus wie immer – gelassen.

»Fertig«, sagte ich und atmete auf.

»Ich auch«, sagte Johannes. »Was ziehen wir ihr an?«

Wir gingen in ihr Schlafzimmer und sahen den Kleiderschrank durch. Großmutter hatte immer großen Wert darauf gelegt, gut angezogen zu sein, aber zwischen all den Kostümen und Kleidern waren wir plötzlich unsicher, was wir ihr anziehen konnten. Irgendwie schien nichts mehr zu passen. Bis Johannes plötzlich überraschend grinste und einen Bügel von der Stange nahm.

»Das hätte ihr gefallen«, sagte er.

Ich sah das Kleid an, das er hochhielt. Ich sah Johannes an.

»Johannes Ehrlich«, sagte ich ernst, »ich glaube, der Kummer hat dich wahnsinnig gemacht.«

Was Johannes in der Hand hielt, war ein bodenlanges Paillettenkleid, schwarz glitzernd, hochelegant; der Ausschnitt mit kleinen roten Federn besetzt. Schulterfrei. Trägerlos. Ein ganz großes Abendkleid. Es war wunderschön, aber eigentlich unmöglich. Ich zögerte.

»Doch«, sagte Johannes, »im Ernst. Es hätte ihr gefallen. Es hätte ihr wirklich gefallen, und du weißt das ganz genau.«

»Ja«, gab ich zu, »die Frage ist wohl mehr, ob es Mama gefällt.«

»Ich glaube, ja«, sagte Johannes fast vergnügt und nahm es vom Bügel, »such du mal die richtigen Schuhe dazu.«

Es war nicht schwer, die richtigen Schuhe zu finden. Es konnte zu diesem Kleid nur ein Paar geben: Rotes Lackleder – passend zu den Federn. Ich hatte die Schuhe nie an ihr gesehen, aber ich konnte mir vorstellen, wie sie damit auf einer Vernissage aufgetaucht war – eine wunderbare, schöne alte Frau. Eine Frau, nach der man sich umdreht und sich dabei wünscht, im Alter auch einmal so auszusehen.

Als wir sie angezogen hatten, trugen wir sie hinüber in ihr Schlafzimmer und legten sie auf ihr Bett.

»Wie Dornröschen«, sagte Johannes, nachdem wir eine Weile vor ihrem Bett gestanden hatten, und das, fand ich, war die schönste Leichenrede, die ich jemals gehört hatte.

Wir schliefen im Wohnzimmer. Johannes lag auf dem Sofa, ich auf dem Boden auf einer der Isomatten, die wir mitgenommen hatten. Von draußen hörte man den Verkehr der nächtlichen Großstadt; entferntes Hupen, das klingende Stoßen der S-Bahnen von der Brücke über dem Gleisdreieck, das gleichmäßige Rauschen, das fast nie aufhört. Nachts in Berlin. Das hatte ich als Kind schon gemocht. Ich konnte hören, dass Johannes noch wach war. Ganz früher hatten wir zusammen in einem Kinderzimmer geschlafen.

»Schläfst du schon?«

Die obligatorische Frage. Alle nächtlichen Gespräche begannen damit.

»Nein.«

»Eigentlich möchte man so sterben, oder?«, sagte ich.

»Eigentlich möchte man gar nicht sterben«, sagte Johannes lakonisch.

»Als wir ganz klein waren«, sagte ich, »hab' ich geglaubt, dass Papa nicht sterben kann.«

Johannes wartete.

»Na ja«, sagte ich, »weil er doch wie der Tod war. Er hat die Leute begraben. Irgendwie hab' ich gedacht, wer die Leute begräbt, kann selbst nicht sterben.«

»Wie im Märchen«, sagte Johannes leise und mokant, »wer mit dem Tod auf Du und Du steht, dem tut er nichts. Blödsinn.«

»Du bist nicht zufällig Pathologe?«, erkundigte ich mich beiläufig.

Johannes schwieg eine Weile. Das Licht der Straßenlaterne nahm fast alle Farben aus dem Zimmer und ließ es noch mehr wie einen bürgerlichen Salon aus den sechziger Jahren wirken. Die abstrakt geometrischen Bilder an den Wänden, die altmodischen Bodenvasen, die geschwungenen Mosaiktischchen – auf einmal wirkte alles vergangen.

»Ich habe keine Angst vor dem Sterben«, sagte Johannes, »ich habe Angst davor, mein Leben nicht richtig gelebt zu haben.«

»Ja«, gab ich nach einer kleinen Pause zu, »das ist das Schlimmste. Das habe ich einfach viel zu oft. Das Gefühl, das Leben läuft immer auf der anderen Seite. Die Abenteuer. Die großen Dinge.«

»Die schönen Frauen.«

Ich hörte an seiner Stimme, dass Johannes lächelte.

»Die schönen Frauen«, bestätigte ich. Und dann fiel es mir ein.

»Oh mein Gott«, sagte ich entsetzt, »wunderbar.«

»Was?«, fragte Johannes.

»Vera«, sagte ich, »ich habe vergessen, Vera anzurufen. Jetzt ist es wieder passiert. Die ganze Familie weiß, dass Großmutter tot ist, und sie erfährt es als Letzte. Klar. Wie spät ist es?«

»Halb zwei«, sagte Johannes, »zu spät, oder?«

»Sie wird mich hassen«, sagte ich düster. »Sie sagt sowieso, dass ich immer zuerst an meine Familie denke, dann an fremde Frauen und dann an sie. Ach, verflucht ...«

»Hasst ihr euch nicht sowieso schon?«, fragte Johannes in nachlässigem Ton.

»Nein«, sagte ich, »doch. Ach, ich weiß nicht. Es ist einfach schwierig.«

»Der Eindruck drängt sich manchmal auf«, bestätigte Johannes. »Ihr seid nicht das Paar, dem das Ordnungsamt bedenkenlos einen Waffenschein erteilen würde.«

Ich musste lachen.

»Hannes«, sagte ich, »auch wenn das von der Warte eines Pathologen aus ungewöhnlich erscheint – in Deutschland gibt es so was wie Scheidung. Man muss sich nicht umbringen, wenn man sich trennen will.«

»Und«, fragte er trocken, »willst du?«

Ich sah durch das Fenster, wie ein halber Mond zwischen den Glockentürmen der Kirche am Winterfeldtplatz schien.

»Lass uns schlafen«, sagte ich dann, »es ist spät.«

»Gute Nacht, Bruder«, sagte Johannes.

»Gute Nacht, Bruder«, sagte ich.

Alle nächtlichen Gespräche hörten so auf. Schon immer.

10

»Du siehst nicht gerade glücklich aus!«

Gesine war beleidigt. Sie hatte den Tisch schön gedeckt. Sie hatte Kerzen aufgesteckt, und an Friedrichs Teller hatte sie das Foto von Nguyen gelehnt. Sie hatte sich beherrscht, was ihr nicht eben leicht gefallen war, weil sie eher impulsiv war, aber sie hatte sich beherrscht und kein Wort gesagt, bis Friedrich ins Esszimmer gekommen war und den Tisch sah.

»Ich ... doch«, sagte Friedrich und wirkte sprachlos. Das kam so selten vor, dass in Gesine der Ärger hochwallte.

»Wir haben jetzt ein Jahr auf dieses Kind gewartet, und du sagst kein Wort!«

»Gesine«, murmelte Friedrich schwach, »ich bin nur etwas ... sagen wir: überrascht.«

Gesine holte den Suppentopf aus der Küche und setzte ihn so heftig auf den Tisch, dass er etwas überschwappte.

»Überrascht! Du hast doch gewusst, dass es wahrscheinlich irgendwann so kommt. Die Leute von Terre des hommes haben immer gesagt, dass man sich absolut sicher sein muss, auch wenn sie in Vietnam Krieg haben. Irgendwann kommen sie alle raus, haben sie gesagt.«

»Gesine«, sagte Friedrich, »reg dich nicht auf. Ich ... es ist nicht deswegen. Bergmann hat heute angerufen. Er hat gesagt, dass er letzte Woche aus Bombay Bescheid bekommen hat. Vielleicht hätten wir uns nicht für zwei Kinder anmelden sollen ...«

»Oh«, sagte Gesine und setzte sich jetzt auch hin. Aus dem Kinderzimmer hörte man die Kassette, die Johannes und Samuel gerade hörten. *Rumpelstilzchen*.

»Bergmann sagt, wenn wir zusagen, ist sie in vier Wochen da.«

»Wenn er letzte Woche Bescheid bekommen hat«, fragte Gesine laut, »warum hat er dich dann nicht angerufen? Dann hätten wir vielleicht ...«

»Er hat gesagt, dass es ihm leidtut. Er hat es einfach vergessen. Zu viel zu tun. Menschen sind so. Es ist ja nicht Bergmann, der ein Kind aus Indien adoptieren will und ein Jahr lang wartet. Wir müssen ja nicht ... wir müssen nicht zusagen, Gesine. In Indien ist kein Krieg.«

Gesine zeichnete ruhelos mit der Gabel Striche ins Tischtuch, glättete sie wieder und malte neue.

»Zwei Kinder auf einmal sind ein bisschen viel, oder?«, fragte sie unsicher.

Friedrich sagte nichts. Gesine dachte laut nach.

»Wenn man Zwillinge bekäme, hätte man auch keine Wahl.«

Friedrich musste trotz der Spannung lachen.

»Das wären die ersten Zwillinge mit unterschiedlicher Hautfarbe.«

Nach einer kleinen Pause sagte er: »Sieh mal. Ich habe einfach nicht erwartet, dass es bei beiden klappt. Ich habe nicht einmal ernsthaft auf *eins* gehofft. Wenn dein Bruder uns nicht die Gutachten geschrieben hätte, wären wir gar nicht in die engere Wahl gekommen. Zwei Kinder ... außerdem sind es Mädchen!«

Das hatte er boshaft gesagt. Gesine achtete nicht darauf und wechselte fließend die Taktik:

»Du kommst doch aus einer großen Familie!«, argumentierte sie heftig, »du musst doch selbst wissen, wie sehr ...«

»Eben«, unterbrach Friedrich sie trocken, »ich weiß um die Segnungen einer kinderlosen Ehe. Leider habe ich schon zwei missratene Söhne. Soll ich jetzt noch zwei Töchter dazunehmen?«

»Ich wollte immer ein Kind aus Indien«, sagte Gesine nachdenklich, »schon als kleines Mädchen. Meine Mutter musste mir immer indische Puppen machen.«

»Negerpuppen?«, fragte Friedrich interessiert nach. »Im Krieg?«

»Nein, indische«, widersprach Gesine, »mit bunten Saris. Ich kannte die aus den Märchen.«

Samuel und Johannes kamen herein.

»Gibt's Essen?«, fragte Johannes.

»Nein«, belehrte ihn sein Vater, »neue Geschwister. Esst also lieber jetzt, in ein paar Monaten gibt's nur noch die Hälfte. Eure Mutter hat euch zwei Schwestern gekauft.«

»Echt?« Samuel sah seine Eltern fragend an.

»Für jeden eine«, sagte Gesine und griff impulsiv quer über den Tisch nach Friedrichs Hand.

»Das sind die modernen Zeiten«, bemerkte Friedrich ironisch, »nur ja nichts mehr selber machen. Sogar die Kinder kommen aus dem Ausland.« Er seufzte theatralisch: »Armes Deutschland.«

11

Udo trat aus dem Bad Oeynhausener Bahnhof auf den Vorplatz und wurde sofort angeschnorrt.

»Haste mal 'ne Kippe, Alter, oder 'n bisschen Kleingeld? 'n Euro oder so?«

Bei dem Fragesteller handelte es sich um einen wohlgenährten Punk, der mit seiner Freundin und einem Hund mit rot-weiß kariertem Halstuch auf den Treppenstufen saß. Udo konnte nicht anders. Er war einfach so konditioniert, dass er automatisch in die Jackentasche griff und den Tabak herausholte.

»Ich hab' aber nur Tabak«, sagte er dann und reichte dem Punk den Beutel.

»Ich kann gar nicht drehen, Alter«, sagte der Punk und gab ihn zurück, »könnteste mir eine machen, bitte?«

»Klar«, sagte Udo und zog ein Papierchen aus dem Päckchen, aber er tat es mit demselben Gefühl, mit dem er Petitionen gegen Walfang unterschrieb. Man wusste, es nutzte nichts, man hatte keine persönliche Beziehung zu Walen, aber man tat es aus einem vagen Pflichtgefühl heraus, weil man das eben einfach so machte, wenn man links war.

»Da«, sagte er und reichte dem Punk die fertige Zigarette. Der nahm sie und wollte sie eben anstecken, als er sie noch einmal aus dem Mund nahm.

»Die ist ja ohne Filter«, sagte er, »hast du keine Filter? Ich pack' es echt nicht, wenn ich immer Krümel im Mund hab'. Außerdem sind die total ungesund und ...«

»Arschloch«, sagte Udo ruhig, nahm seinen Rucksack auf und ging. Der Punk und seine Freundin riefen ihm eine Menge ziemlich einfallsloser Schimpfwörter nach, die Udo alle schon ehrlicher und wütender gehört hatte. Aber nicht hier. Er seufzte und versuchte, sich gegen das graue Regengefühl zu wehren, das ihn in Bad Oeynhausen schon vor über dreißig Jahren niemals losgelassen hatte. Hier hatte sich nichts verändert. Gar nichts. Ich auch nicht, dachte er, ich trage immer noch meinen blöden Zopf und die gleichen Pullover und immer noch die gleichen blöden Schuhe aus Naturleder. Nichts gelernt in all den Jahren, dachte er, nichts.

Er ging die Strecke vom Bahnhof in Bad Oeynhausen nach Werste zu Fuß. Werste gehörte längst zur Stadt, aber wenn man genau hinsah, erkannte man doch noch das Dorf seiner Kindheit. Es gab noch ein paar Bauernhöfe, und die Straßen waren jetzt im Herbst voller Erde und Lehm von den riesigen Traktoren, die man jetzt hatte und die alle amerikanische Namen trugen. Hier und da lagen Strünke von Zuckerrüben in den Rinnsteinen. November. Zuckerkampagne. Er erinnerte sich an neblige, dunkle Morgen, an denen er frierend auf dem Feld stand und darauf wartete, dass der Vater mit dem Hänger wiederkam, damit sie weiter Rüben aufladen konnten. Er hatte es gehasst. Er wunderte sich und blieb einen Augenblick stehen. Selbst nach all diesen Jahren kam die Wut auf seine Eltern wieder genau so klar und heiß hoch, wie sie damals gewesen war. Er hatte in den vielen Jahren seiner Kommunen und Wohngemeinschaften viele Leute gesehen, die mit den richtigen Eltern aufgewachsen waren. Eltern, die wenigstens versuchten zu verstehen, was in einem Jungen vorging, der anders war. Aber bei ihm musste ein Fehler passiert sein. Seine Eltern und er hatten nie zueinander gepasst.

Es war ein ganz feiner Regen in der Luft, der den Namen kaum verdiente. Auf dem Pullover hingen tausend Tröpfchen, und obwohl Udo von dem raschen Gang bis in die Vorstadt warm geworden war, kam ihn ein Gefühl von

Klammheit an. Er bog in die Seitenstraße ein und stand vor dem Haus seiner Eltern. Die Läden im Erdgeschoss waren geschlossen. Der Garten war ein wenig verwildert, aber es sah so aus, als hätte ein ordnungsliebender Nachbar sich ab und zu erbarmt und den Rasen gemäht. Vielleicht hatte er auch nur den Wildwuchs in dieser ordentlichen Reihe von Vorgärten nicht ertragen. Udo sah, wie der Putz am Sockel sich blähte und an manchen Stellen abzufallen begann. Er ging zögernd auf das Gartenpförtchen zu und öffnete es. Er hatte natürlich keinen Schlüssel zum Haus. Den hatte er schon vor vielen Jahren verloren. Er strich einmal rund um das Gebäude. Keiner bemerkte ihn. Es war später Vormittag, und in den Nachbarhäusern war nichts los. Die Mütter waren einkaufen und die Männer auf Arbeit. So war das hier. Nach dem Vietnamkrieg, nach Afghanistan, nach Tschernobyl und nach dem Mauerfall: Kinder in der Schule. Frauen einkaufen. Männer auf Arbeit. Er stand jetzt auf der Terrasse und sah sich unentschlossen um. Seltsam. Er hatte in seinem Leben schon viele Steine und Flaschen geworfen. Er hatte sogar einmal ein Haus angezündet. Und jetzt stand er vor einem Haus, das sowieso bald abgerissen würde, und traute sich nicht, es anzurühren. Er musste lachen, und dann trat er mit voller Wucht gegen den Laden vor der Terrassentür, immer wieder, bis er aus den Angeln flog. Er bückte sich und lockerte einen Stein aus der Rasenkante, die sein Vater irgendwann einmal ordentlich befestigt hatte. Es klirrte befriedigend, als er das Glas der Verandatür einwarf.

»So«, sagte er grimmig, als er vorsichtig durch das Loch griff und die Klinke drückte, »willkommen daheim!«

Es klingelte erst am späten Nachmittag an der Tür. Udo wunderte sich, dass die Klingel überhaupt noch ging, aber er wunderte sich nicht, dass es klingelte. Er hatte die Läden im Erdgeschoss geöffnet und war dann einkaufen gegangen. Er musste ja immerhin zwei Tage bleiben.

Er ging zur Tür. Draußen stand ein Mann, den er nicht kannte.

»Tach«, sagte er in dem kurzen westfälischen Ton, den Udo längst abgelegt hatte, »was machen Sie denn hier? Das Haus ist eigentlich unbewohnt.«

»Jetzt nicht mehr«, sagte Udo. »Wer sind Sie?«

»Knischewski«, sagte der Mann, »wir wohnen nebenan, und da haben wir gesehen, dass hier die Läden auf sind. Die alte Kniest ist doch schon lange im Heim.«

»Die alte Kniest«, sagte Udo, »ist schon lange tot. Sind Sie irgendwie verwandt?«

»Nee«, sagte Knischewski halb grimmig, halb verlegen. Udo brachte ihn durcheinander. »Ich wollte bloß mal sehen. Ich hab' ... ich hab' hier immer den Rasen gemäht«, sagte er mit einem Anflug von Stolz, als gäbe ihm das ein Recht am Haus.

»Na ja«, sagte Udo gelassen, »ich hab' den Rasen hier nie gemäht, aber ich bin irgendwie verwandt. Ich bin Udo Kniest. Der Sohn«, setzte er dann noch hinzu.

Knischewski sah ihn zweifelnd an.

»Kniests haben einen Sohn gehabt?«, fragte er zweifelnd nach. »Da weiß ich ja gar nichts von. Elisabeth!«, brüllte er unvermittelt quer durch den Garten, »Elisabeth, hatten die Kniests 'nen Sohn?«

Ein Frauenkopf erschien überraschend schnell im Küchenfenster. Udo sah erst jetzt, dass es schon die ganze Zeit offen gestanden hatte, und lächelte innerlich. Nichts hatte sich verändert.

»Nee«, schrie Elisabeth zurück, »oder doch. Warte mal. Udo hieß der.«

»Udo«, wiederholte Udo, »sehen Sie?«

Knischewski verwandelte sich und war plötzlich ganz der kollegiale Nachbar.

»Sie wissen aber schon, dass das Haus abgerissen wird?«, fragte er vertraulich. »Lohnt sich gar nicht mehr, einzuziehen. Wir werden hier alle abgerissen«, sagte er stolz und machte eine Armbewegung über die Straße, »alle hier.«

»Ja«, sagte Udo, »deshalb bin ich ja hier. Ausräumen und so. Die wichtigsten Sachen abbauen.«

»Wenn ich helfen kann«, sagte Knischewski eifrig, »bloß mal rüberkommen und klingeln. Haben Sie überhaupt Strom?«, fragte er dann noch.

»Ich komme schon zurecht«, sagte Udo ruhig, »danke.«

Knischewski warf noch einen neugierigen Blick an Udo vorbei ins Haus, dann wandte er sich zögernd zum Gehen.

»Nichts für ungut«, sagte er im Gehen, »aber man weiß ja nie ... gibt ja alle Sorten Menschen, nicht?«

»Ja«, sagte Udo trocken, »alle Arten. Manche würden sogar was aus einem Haus klauen, das bald abgerissen wird. Da muss man aufpassen. Gut, dass es solche wie Sie gibt.«

»Ja, nicht wahr?«, rief Knischewski erfreut, aber Udo hatte die Tür schon geschlossen.

Was sind das bloß für Menschen, dachte er müde, das ganze Leben lassen sie einen nicht in Ruhe. Nirgends. Immer gibt es einen Knischewski.

Aber dann nahm er sich zusammen und ging hinunter in die Waschküche, wo sein Vater vor vierzig Jahren die Werkzeuge aufbewahrt hatte. Er hätte mit geschlossenen Augen hinab gefunden, und genauso blind hätte er nach dem Hammer greifen können, so sicher war er, dass er dort hing, wo sein Vater ihm den Platz bestimmt hatte. Sein alter Maurerhammer. Er wog ihn in der Hand. Dann holte er tief Luft. Er konnte genauso gut schon einmal anfangen, bis Gerhard kam. Es würde auch mit Gerhard zusammen keinen Spaß machen. Udo ging hinüber und öffnete die Metalltür zum Erdkeller.

»Arschloch«, sagte Udo zum zweiten Mal an diesem Tag, aber diesmal meinte er es bitter ernst. Er wusste nicht einmal mehr, wie oft sein Vater ihn in diesen Keller gesperrt hatte.

»Arschloch!«, brüllte er noch einmal und fing wütend an zu hämmern.

12

Diesmal fuhren wir kein Rennen. Wir hatten den Vormittag damit verbracht, Möbel zu zerlegen und Kisten zu packen. Es war ein kalter, klarer Herbstmorgen, wir waren mit einer eigenartig heiteren Trauer aufgewacht, als es hell wurde und das herbstliche Morgenrot die Wände des Wohnzimmers färbte und die Mosaiktische in starken Farben leuchten ließ. Wir hatten gemeinsam in Großmutters Küche gefrühstückt, und es war trotz Großmutters Tod eine Stunde von zerbrechlicher Schönheit geworden.

»Ich habe mal gelesen«, sagte Johannes, während er Toast machte, »dass manche Männer im Krieg die glücklichsten Augenblicke hatten. Mit toten Kameraden neben sich, ohne Essen, mitten in Stalingrad, nur weil die Sonne wieder aufging und sie wieder einen Tag überlebt hatten.«

»Was soll ich dazu sagen«, antwortete ich, »ich bin auch glücklich, wenn ich wieder eine Nacht überlebt habe. Vor allem zu Hause.«

Johannes sah mich grinsend an und ich ihn, und nach ein oder zwei Sekunden mussten wir so lachen, dass die Katze erschrocken ins Wohnzimmer floh.

Es war später trotzdem nicht einfach, die Wohnung auszuräumen. Nachdem wir die ersten Bilder von der Wand genommen, den Inhalt der ersten Schränke in Kisten geräumt und die Mosaiktischchen zusammengestellt hatten, war die Wohnung unvermittelt fremd geworden. Es war ein bisschen so, als hätte man dem Tod jetzt erst erlaubt, endgültig einzutreten und Platz zu nehmen. Ich war froh, als wir gegen Mittag Johannes' Auto so gepackt hatten, dass er losfahren konnte.

»Wir sehen uns dann«, sagte er und nickte mir zu. Der Wagen hing ganz schön tief, obwohl die Autos ja alle Spezialanfertigungen mit verstärkten Stoßdämpfern sein müssen. Särge sind schwer. Aber Mosaik auch, und wir wussten, dass Mama vor allem die Kunstsachen ihrer Mutter wollte.

Ich war noch einmal nach oben gegangen, um die Wohnung abzusperren und die Lichter auszumachen, da strich mir noch im Treppenflur auf einmal die Katze um die Beine. Wir hatten sie vollkommen vergessen, und hier konnte sie ja nicht bleiben.

»Fräulein Titania«, murmelte ich und bückte mich nach ihr. Großmutter hatte den *Sommernachtstraum* fast genauso geliebt wie ihre Katzen. Deshalb hatten sie immer Namen nach Shakespeare gehabt. Es hatte einmal sogar einen riesigen, grauen, unglaublich geilen Kater namens Oberon gegeben. Sie hatte ihn nach einer Reihe von Abenteuern mit zahlreichen unerwünschten Nachkommen im Viertel schließlich kastrieren lassen müssen, was meinen Vater zu einem mokanten Kommentar über seinen Schwager Klaus verleitet hatte, der, wie er behauptete, Oberon in jeder Beziehung ähnlich war.

»Vielleicht solltest du ihn auch sterilisieren lassen«, hatte er zu seiner Schwiegermutter gesagt, denn Klaus hatte damals eben die vierte Frau geschwängert.

Margitta hatte das – obwohl sie Papa sonst wirklich sehr mochte – nicht lustig gefunden. Kein bisschen. Sie hatte fast vier Wochen lang kein Wort mehr mit ihm gesprochen.

Titania war anders. Eine schlanke, nicht sehr große Katze, die auf den ersten Blick schwarz wirkte, in Wirklichkeit aber unauffällig dreifarbig war. Nur ein kleiner weißer Fleck, schief neben dem Nasenrücken, stach ein wenig heraus.

»Was machen wir mit dir?«, fragte ich sie und nahm sie auf den Arm. Ich rede mit Tieren nur, wenn ich allein bin.

Eigentlich ist es mir peinlich. Eigentlich tun das nur Idioten, die ihre menschlichen Beziehungen nicht auf die Reihe kriegen. Aber dann musste ich an Vera denken und leicht selbstironisch grinsen. Ich holte das restliche Futter, stellte in der Wohnung den Strom ab, versperrte die Türe und ging dann, mit der Katze auf dem Arm, nach unten zum Auto.

»Mal sehen, wie dir das gefällt«, sagte ich skeptisch, als ich die Beifahrertür nur handbreit geöffnet hatte, damit sie mir nicht entwischen konnte, »ab mit dir.«

Fräulein Titania sprang aber auf den Sitz, als wäre sie schon tausend Mal Auto gefahren, rollte sich sofort zusammen und kniff in aller Gemütsruhe die Augen zu. Dann fuhren wir los.

Als ich Berlin hinter mir gelassen hatte, wurde die Autobahn etwas leerer, und ich konnte gleichmäßig fahren. Die Katze schnurrte, aber irgendwann, als ich bremsen musste, streckte sie sich, stand auf und sprang neugierig vom Sitz. Ich musste lächeln, weil mir das gefiel, aber gleichzeitig überlegte ich, ob ich sie mit nach Hause nehmen konnte. Ich hatte keine Ahnung, ob Vera Katzen mochte. Wir waren uns immer einig gewesen, dass wir in der Stadt keinen Hund wollten, aber über Katzen hatten wir irgendwie nicht geredet. Dabei gefiel mir der Gedanke, Fräulein Titania mitzunehmen. Jedenfalls bis Bayreuth. Da schoben sich vor mir zwei Laster nebeneinander den Berg hoch, und ich trat auf die Kupplung, um zurückzuschalten. Das heißt, genauer gesagt trat ich auf Fräulein Titanias Schwanz, der irgendwo auf dem Pedal war. Ein schreiender, schwarzer Blitz aus Fell flog an mir vorüber, ich erschrak so, dass ich instinktiv auf die Bremse trat und der schwarze Fellblitz gegen die Scheibe knallte. Hinten rauschte irgendwas Hartes gegen meinen Sitz und drückte mich in den Gurt.

»Gottverfluchtes Katzenvieh!«, schrie ich. »Weg!«

Zum Glück hatten es hinter mir alle noch geschafft zu bremsen. Dafür zogen sie jetzt an mir vorbei, hupten wie wild und machten auf verschiedene Weise deutlich, dass sie mich für minderbegabt hielten. Manche versuchten auch zu vermitteln, dass sie mich für ein minderbegabtes, schwules und gemeingefährliches Arschloch hielten. Dazu brauchten sie aber meistens beide Hände, deswegen versuchten es nur wenige. Ich fuhr auf die Standspur. Mir zitterten die Knie und ich atmete tief durch. Die Katze stand jetzt mit gesträubtem Fell auf dem Armaturenbrett und sah auch nicht mehr ganz frisch aus.

»Fräulein Titania«, sagte ich, als ich mich etwas beruhigt hatte, »das machen wir nicht noch mal. Ab nach hinten.«

Ich packte sie und stieg aus. Es war laut. Die Autos rauschten an uns vorbei den Berg hoch. Fräulein Titania krallte sich leicht durch meinen Pullover, als ich sie nach hinten trug, aber sie wehrte sich nicht. Ich öffnete eine der Türen, und sie sprang von meinem Arm in den Wagen.

»Schlaf«, sagte ich, »hier ist es dunkel und es gibt keine Pedale. Und benimm dich.«

Dann fuhren wir weiter. Wahrscheinlich hatte Johannes genau in diesen fünf Minuten versucht, mich anzurufen, sonst wäre ich die nächsten hundert Kilometer nicht wieder zu schnell gefahren. Aber die Baustelle war ja auf der anderen Seite, ich war fast schon zu Hause, und wer glaubt schon, dass der Blitz zweimal in denselben Baum einschlägt.

»Ach nee«, sagte der Polizist überrascht, als er sich bückte, um in den Wagen zu sehen, »Sie wieder. Beten lohnt sich doch.« Er begann zu grinsen: »Erinnern Sie sich? Ich hatte Ihnen einen Punkt versprochen. Diesmal kriegen Sie ihn.«

Ich war einigermaßen sprachlos. Ich bin kein Buddhist. Ich glaube nicht an karmische Beziehungen. Aber das hier war doch ein bisschen viel.

»Hören Sie«, fing ich an, wusste aber nicht genau, wie ich ihm erklären sollte, dass ich in einer Ausnahmesituation war. Der Polizist unterbrach mich.

»Und auf ein Neues«, sagte er, »Fahrzeugschein und Führerschein.«

»Bitte?«, fragte ich ungläubig, »Führerschein? Wieso? Wir kennen uns doch jetzt leider schon.«

»Vielleicht haben Sie ihn ja in der Zwischenzeit verloren«, sagte der Polizist fast vergnügt, »so wie Sie fahren.«

Als ich mich zähneknirschend nach dem Fahrzeugschein bückte, miaute es von hinten. Der Polizist erstarrte.

»Was war das?«, fragte er.

»Was meinen Sie?«, versuchte ich Nichtwissen vorzutäuschen. Aber er achtete kaum auf mich.

»Das Miauen«, fragte er misstrauisch noch einmal, »woher kommt das?«

»Was wollen Sie von mir?«, fragte ich auf einmal sehr wütend. Irgendwie fand ich, dass er kein Recht hatte, mich heute aufzuhalten. Obwohl er nichts von Großmutters Tod wissen konnte, fand ich, dass er pietätlos war.

»Sind Katzen neuerdings Drogen?«, fragte ich schneidend. »Hat irgendjemand pulverisierte Katze geschnupft und ist dann im Staatsministerium Amok gelaufen? Oder ist in Bayern plötzlich die Einfuhr von Katzen verboten worden, weil jemand mit zwei Perserkatzen in der Hand die Landesbank überfallen hat? Was ist los mit Ihnen? Sind Sie bescheuert?«

»Vorsicht!«, sagte der Polizist auf einmal sehr kalt, »Vorsicht! Keine Beleidigungen. Und jetzt steigen Sie aus und öffnen den Kofferraum.«

»Sie lernen auch nichts dazu«, sagte ich resigniert, als ich ausstieg und um den Wagen herumging, »Leichenwagen haben keinen Kofferraum.«

Dann öffnete ich beide Türen. Es dauerte eine ganze Weile, bis der Polizist das Bild erfasste. Vielleicht wollte er etwas sagen, aber zunächst stammelte er bloß. Dann nahm er sich zusammen.

»Sie haben ... da ist eine tote Frau«, sagte er dann.

»Hallo?«, sagte ich boshaft, »Was haben Sie denn erwartet? Das ist ein Leichenwagen. Wir transportieren Tote.«

»Aber, aber«, stotterte der Polizist, »die liegt im Bett.«

Das stimmte. Wir hatten das Bett in den Wagen gestellt und Großmutter hineingelegt. Es hatte eine kurze Diskussion zwischen Johannes und mir gegeben, aber in einem waren wir einig gewesen: Papa hätte es uns nie verziehen, wenn wir einen Sarg bei der Berliner Konkurrenz gekauft hätten.

»Na ja«, sagte ich, »so habe ich sie gefunden.«

Der Polizist schnaufte schockiert.

»Aber sie hat ... sie ist ... sie sieht aus wie ein Star«, stammelte er dann, vielleicht, weil er nicht wusste, was ihn so unglaublich störte.

Großmutter lag tatsächlich da wie eine Diva aus vergangenen Zeiten. Die schwarzen Federn der Stola bewegten sich leicht in der kalten Luft.

»Lola Montez«, sagte ich bedeutungsvoll. Ich konnte nur hoffen, dass der Polizist keine Ahnung von der Geschichte seines Landes hatte. Ich sah Großmutter an. Ihr hätte diese Szene gefallen, dachte ich. Der Polizist wurde jetzt nervös. Seine Ausbildung hatte ihn auf solche Herausforderungen nicht vorbereitet, und die Situation, in der er noch vor zwei Minuten so schön die Oberhand gehabt hatte, entglitt ihm immer mehr.

»Aber ... wieso liegt sie nicht im Sarg? Müssen die nicht im Sarg liegen? Da gibt es doch Bestimmungen, oder?«

Jetzt war ich auf sicherem Terrain und er verunsichert.

»Wenn kein Geld da ist ...«, sagte ich kühl und zuckte die Achseln.

»Dann nehmen Sie die Betten mit?«, fragte er nach einer kurzen Pause entsetzt.

»Solange die Toten nicht verunglimpft werden, kann ich sie sogar stehend transportieren«, sagte ich geschäftsmäßig, »da gibt es keine festen Regeln.«

»Aber die Katze? Was ist mit der Katze?«

Man merkte jetzt, dass der Polizist durch die Situation an seine Grenzen geführt wurde. Fräulein Titania lag auf der Bettdecke, mit der wir Großmutter zur Hälfte zugedeckt hatten, wandte dem Polizisten ihr Gesicht zu und maunzte. Wahrscheinlich hatte sie Hunger.

»Die wird mit verbrannt«, sagte ich hart, »steht so im Testament.«

»Das dürfen Sie nicht!« Der Polizist schrie fast.

»Vorsicht«, sagte jetzt ich, »Sie wissen anscheinend nichts über das deutsche Bestattungsgesetz. Klar darf ich das. Vielleicht schläfern wir sie vorher ein, aber wir müssen nicht. Die spürt davon fast nichts, so schnell geht das. In so einem Ofen hat es ungefähr tausend Grad. Die explodieren, sobald sie reingeschoben werden.«

Fräulein Titania sah jetzt mich an und maunzte gemütlich. Dann stand sie auf und ging gemächlich und vertrauensvoll quer über Großmutter auf mich zu.

»Du bleibst drin«, sagte ich, so gemein ich konnte, und schlug die Türen wieder zu.

Der Polizist schwankte.

»Sie ... vielleicht könnte *ich* die Katze nehmen«, sagte er schwach.

Ich war überrascht, und auf einmal tat er mir fast ein bisschen leid. Aber dann dachte ich an Großmutter und an Johannes und dass ich ihnen das hier schuldig war.

»He«, sagte ich freundlich, »Sie sind ja doch ein guter Mensch. Aber tut mir leid, ich darf Ihnen die Katze gar nicht geben. Das wäre Diebstahl, wissen Sie? Leichenfledderei. Obwohl – schade. Ist eine hübsche Katze, nicht?«, sagte ich dann sachlich.

Der Polizist weinte jetzt fast.

»Ich habe selber zwei«, sagte er dann, »muss man sie wirklich ...«

Ich nickte teilnahmsvoll.

»Wissen Sie was«, sagte ich dann gönnerhaft, »ich verspreche Ihnen, dass wir sie erst einschläfern, okay?«

Da machte er eine unsichere Handbewegung, die ich erst nicht deuten konnte, bis er schließlich murmelte: »Fahren Sie weiter!«

Dann drehte er sich schnell um. Ich hatte den Eindruck, dass er sich über die Augen wischte, als er die Mütze kurz abnahm, aber das konnte auch täuschen, denn ich war losgefahren, bevor er es sich noch einmal überlegen konnte.

»Danke, Großmutter«, murmelte ich nach hinten, aber von dort kam nur ein schläfriges Schnurren von Fräulein Titania.

Zehn Minuten später bog ich in den Hof meines Elternhauses ein, wie schon hunderte Male zuvor, aber diesmal war doch alles anders. Heute brachte ich Großmutter heim.

13

Gesine stand in der Tür des Kinderzimmers und betrachtete die vier Kinder, die alle auf dem Boden in Schlafsäcken lagen und endlich schliefen. Samuel und Dorothee zusammen in einem, weil Dorothee nicht alleine hatte schlafen wollen und Samuel dann einfach seinen Schlafsack noch einmal aufgemacht hatte, damit sie zu ihm schlüpfen konnte.

»Was sagt sie?«, hatte Samuel seine Mutter gefragt, weil Dorothee etwas Englisches gemurmelt hatte.

»Danke«, übersetzte Gesine. Dorothee. Ashana Anagha. Sie war sich nicht ganz sicher, ob es richtig gewesen war, dem Kind einen neuen Namen zu geben. Aber es war sowieso alles neu, und vielleicht war es besser, wenn sie einen deutschen Namen hatte. Wenn beide deutsche Namen bekamen. Dorothee und Maria. Nguyen hieß jetzt Maria, und Gesine hatte jetzt vier Kinder, sie hießen Samuel, Johannes, Dorothee und Maria, und sie schliefen alle zusammen im neuen Kinderzimmer der Mädchen, das Friedrich frisch getüncht hatte, obwohl er handwerklich komplett unbegabt war. Maria lag neben Johannes, Arme und Beine weit von sich gestreckt und so, als sei sie endlich zu Hause angekommen. Johannes und Maria hatten sich die Gesichter im Schlaf zugewandt. Samuel dagegen lag auf der Seite, und Dorothee hatte sich an seinen Rücken gekuschelt. Die Puppe aus dem indischen Waisenhaus hatte sie noch immer im Arm.

Gesine war sehr müde. Es war ein langer Tag gewesen. Sie hatten am Frankfurter Flughafen sechs Stunden warten müssen. Dorothee war schon am frühen Morgen angekommen. Eine furchtbar ernst aussehende kleine Inderin, die sich von der Stewardess nicht auf den Arm hatte nehmen lassen wollen, die sehr einsam in der Wartehalle gestanden hatte, während die Stewardess Gesine und Friedrich suchte. Und dann war sie zwischen Johannes und Samuel gesessen, und obwohl beide sich sehr um sie bemüht hatten, war sie still und steinern sitzen geblieben; fast die ganzen sechs Stunden, bis endlich das Flugzeug mit Maria kam, die zu der Zeit schon achtzehn Stunden Flug hinter sich hatte: im französischen Militärflugzeug aus Saigon über Paris nach Frankfurt.

»Hallo«, hatte Friedrich zu dem Püppchen gesagt, das ihm von der französischen Stewardess gereicht wurde, und das Püppchen hatte irgendetwas Vietnamesisches gezwitschert, und da hatte Dorothee das erste Mal aufgesehen, ernst gelächelt und dann nach Samuels Hand gefasst.

»Was wird das?«, fragte Friedrich, der unvermittelt hinter Gesine getreten war. »Nächtlicher Besuch im Zoo? Oder betrachten wir gerade bewundernd unsere Einkäufe?«

»Friedrich«, sagte Gesine, »sei leise. Sie schlafen.«

»Ja«, brummte Friedrich, »können wir das jetzt auch? Wenn wir nämlich noch länger warten, sind sie wieder auf, und dann ist es wahrscheinlich vorbei mit jedem Schlaf.«

»Sei froh, dass die schon größer sind«, sagte Gesine, »kein Babygeschrei.«

»Schön«, sagte Friedrich und nahm seine Frau am Arm, »dann haben wir ja das Bett für uns.«

Gesine verdrehte die Augen.

»Fürs Erste reichen mir vier«, sagte sie in etwas müdem Spott, und dann, übertrieben ergeben: »Aber gut. Ich komme.«

In Friedrich Ehrlichs Haus war diese Nacht, wie eine Maiennacht sein kann: Laue Luft aus dem Garten, mit den Geräuschen der Nachtvögel darin, strich durch die geöffneten Fenster. Flüstern und leises Lachen im Schlafzimmer des alten Hauses. Das sanfte, tiefe Atmen schlafender Kinder. Das friedliche Knacken der Balken im Dachboden.

In Frankfurt dagegen, das die Familie Ehrlich am späten Nachmittag in einem völlig überladenen Renault 12 verlassen hatte, explodierte in dieser Nacht eine Bombe mit der Sprengkraft von 60 Kilogramm TNT und tötete einen amerikanischen Oberstleutnant. Gesine hörte das am nächsten Morgen im Radio, als sie Frühstück machte. Paul Bloomquist hieß er, und er war im Vietnamkrieg gewesen. Er hatte Helikopter geflogen. Aber in einer Sanitätseinheit. Als Gesine ins Zimmer kam, um die Kinder zum Frühstück zu wecken, sah sie Maria, die gestern noch Nguyen geheißen hatte, wie sie schlief, mit ausgebreiteten Armen und Beinen, wie in großer Sicherheit, aber am linken Arm fehlte die Hand, und man konnte nicht wissen, ob es vielleicht Bloomquist gewesen war, der sie vor dem Verbluten gerettet hatte, oder ob es nicht vielleicht Bloomquist gewesen war, aus dessen Helikopter in wilder Flucht blind in eine vietnamesische Menge geschossen worden war. Man konnte es nicht wissen, und man würde es nie wissen. Er war tot, und Maria schlief. Das war alles, was für Gesine wichtig war.

14

Noch während ich die Tür aufschloss, glitt Fräulein Titania von meinem Arm und durch den Türspalt in unsere Wohnung, als ob sie zu Hause wäre. Katzen sind so, glaube ich. Ich dachte daran, dass die Gehirnforschung herausgefunden hatte, dass die meisten Entscheidungen schon in der Gehirnchemie feststehen, bevor wir glauben, sie zu treffen. In diesem Fall war es wahrscheinlich nicht meine Gehirnchemie gewesen, sondern Fräulein Titania, die sich ihren neuen Besitzer ausgesucht hatte, bevor der darüber nachgedacht hatte. Um genau zu sein, waren es Fräulein Titania und meine Mutter gewesen, die alle Entscheidungen bezüglich der Zukunft der Katze getroffen hatten.

»Sie verträgt sich nicht mit den Hunden«, hatte meine Mutter gesagt, als wir aus der Garage gekommen waren. In der Tat hatte Titania mit gesträubtem Fell und einem ungeheuer buschigen, unruhig wedelnden Schwanz in der Türe gestanden und die Hunde angefaucht.

»Mama«, hatte ich alarmiert gesagt, »ich weiß nicht, ob Vera einverstanden ist, wenn ich eine Katze mit nach Hause bringe. Wir wohnen mitten in der Stadt.«

»Do kann sie nicht nehmen«, hatte meine Mutter geantwortet, »und dein Vater lässt sich scheiden, wenn hier noch ein einziges Tier dazukommt. Wo wir doch jetzt wirklich viel Platz haben, seit ihr aus dem Haus seid.«

Es war ein Gespräch, das wir beide nur führten, damit die Welt sich einigermaßen normal anfühlte und nicht so, als sei Großmutter gestorben. Ich hatte mich halb umgedreht.

»Mama«, hatte ich gesagt und auf das Wohnzimmer gewiesen, wo auf verschiedenen Decken drei Hunde lagen. Der vierte, Troll, lag auf dem Fernsehsessel meines Vaters.

»Mama! Papa muss mit Troll jedes Mal um seinen Platz kämpfen, wenn er im Wohnzimmer ist. Ihr hattet, als wir ausgezogen sind, eine Menge Platz, aber du hast ihn sofort mit weiteren Hunden gefüllt. Und, ja, du hast gewonnen. Ich nehme sie mit.«

»Siehst du«, hatte meine Mutter, wieder mal völlig unlogisch, geantwortet.

Wenn ich von einer Reise zurückkam, fand ich oft, dass die Wohnung ihre Atmosphäre während meiner Abwesenheit verändert hatte. Ich wusste nicht genau, woran es lag. Meine Bodenvase mit den geometrischen Mustern aus den Fünfzigern stand im Flur wie immer, das Licht der Deckenlampe – viel zu schwach für eine Altbauwohnung mit fast vier Meter hohen Decken – glänzte auf den Dielen wie immer, Veras Bilder hingen zwischen den Türstöcken wie immer. Vielleicht lag es am Geruch. Während ich den Geruch von altem Holz und den kalkigen Geruch des alten Putzes mochte, der an den Wänden zum Treppenhaus immer kalt war, konnte Vera ihn nicht leiden. Wahrscheinlich putzte sie immer den Gang, wenn ich nicht da war.

»Vera?«, rief ich, während ich den Mantel aufhängte.

»Hier!«, rief sie aus dem Arbeitszimmer zurück. Ich ging hinüber. Sie saß an ihrem Schreibtisch, mit geradem Rücken, und schrieb an irgendeinem Gutachten. Ihr Haar, glatt wie ein Helm, weil sie einen straffen Zopf geflochten hatte, schimmerte im indirekten Licht der Schreibtischlampe. Obwohl der Bildschirm des Laptops ihr Gesicht beleuchtete, war es gar kein modernes Bild. Die indirekte Beleuchtung, ihr gerades Profil, das glatte Haar – Vera an dem alten Schreibtisch vor den dunklen, spiegelnden Erkerfenstern hätte von Rembrandt gemalt sein können. Ein schönes Bild, dachte ich.

»Hallo«, sagte ich und trat neben sie. Sie sah zu mir auf.
»Hallo. Na, lange Fahrt gehabt?«

Ich küsste sie, wie immer, wenn ich nach Hause kam. Wieso werden diese Dinge zu Ritualen, dachte ich, wieso kann man Küsse nicht einfach weglassen, wenn einem nicht nach ihnen ist, ohne dass es falsch gedeutet wird und ein Gewicht bekommt. Ich wusste nicht, wie ich Vera sagen sollte, dass Großmutter tot war. Irgendwie war es sogar leichter gewesen, meiner Mutter zu sagen, dass ihre Mutter gestorben war.

»Ging schon«, sagte ich.

»Hey«, sagte sie, etwas abwesend und mit einem Blick auf den Bildschirm, streckte aber die Hand nach meiner aus, »schön, dass du wieder da bist.«

Ja. Es war schön. Ich freute mich auch, sie zu sehen. Es war ein Nachhausekommen. Und trotzdem wäre ich gerne noch weg geblieben, wäre lieber noch eine Nacht lang spazieren gegangen, hätte in einer Nachtbar getrunken, wo niemand mich kannte, hätte am liebsten eine Nacht lang kein einziges Wort gesagt. Aber aus irgendeinem Grund ging so etwas nicht. Nie.

»Großmutter ist tot«, platzte ich heraus.

»Nein«, sagte Vera mehr überrascht als erschrocken. Sie drehte sich im Stuhl um, wandte mir ihr schönes Gesicht zu und sagte dann, nach einer kleinen Pause: »Das tut mir leid, Sam.«

»Sie hat ... ich glaube, es ist ziemlich schnell gegangen«, sagte ich nach einer Weile zurückhaltend. Es fiel mir schwer, mit ihr darüber zu sprechen. Wieso sah sie eigentlich immer so ... ganz aus? Mir fiel kein anderes Wort ein für das, was Vera war. Ganz. Aus einem Guss. Gerade. Ohne Brüche. Sie konnte auch wütend werden, sie war manchmal schlecht gelaunt und sie konnte überschäumend fröhlich sein, aber sie war dabei immer ganz. Vera lebte in einer ordentlichen Welt, in der alles seinen Grund hatte. Manchmal – vor allem, wenn ich nach einer Reise nach Hause kam – fragte ich mich, was wir aneinander fanden. Aber wahrscheinlich war es genau das.

»Wie ist es passiert?«, fragte Vera freundlich-sachlich, nachdem sie eine Minute gewartet hatte. »Als ihr sie ins Heim gebracht habt? Die Aufregung?«

»Nee«, sagte ich fast grob, »sie war schon tot, als wir ankamen. Lag in der Küche vor dem Kühlschrank.«

Vera klappte den Laptop zu und schwieg eine Weile.

»Ich mache uns mal Tee«, sagte sie dann und stand auf. Ich hörte an ihrem Ton, dass sie betroffen war, aber ich hoffte natürlich, dass es an der Nachricht lag. Ich ging hinüber in unser Wohnzimmer. Plötzlich war ich einfach nur noch müde. Von meinen Eltern bis nach Hause waren es noch einmal zwei Stunden Fahrt gewesen.

In der Küche fiel etwas herunter und zersplitterte.

»Oh Scheiße!«, schrie Vera halb wütend, halb erschrocken. »Was ist das denn?«

Ich war so blöd. Ich war so unglaublich blöd. Ich hatte die Katze vergessen.

Vera erschien in der Wohnzimmertür.

»Hast du diese Katze mitgebracht?«, fragte sie in dem hohen Ton, der immer Ärger bedeutete.

»Ja«, sagte ich eilig, »hör mal. Das ist Großmutters Katze. Wir konnten sie ja nicht in Berlin in der leeren Wohnung lassen. Ich habe sie ... ich musste sie mitnehmen.«

»Warum?«, fragte Vera, in der Hand immer noch die Scherben der Teekanne, während hinter ihr in der Küche der Wasserkocher sprudelte. »Warum musstest *du* sie mitnehmen? Was ist mit Johannes? Oder deiner Mutter? Warum hast du sie nicht bei deiner Mutter gelassen, die doch sowieso schon das Haus voller Tiere hat?«

»Johannes ist viel zu selten daheim«, versuchte ich mich zu rechtfertigen, aber gleichzeitig ärgerte ich mich, dass alles nach Entschuldigung klang. Wieso konnte ich nicht einfach eine Katze mit nach Hause bringen?

»Warum rufst du nicht einfach vorher mal an?«, fragte Vera, »Warum fragst du mich nicht einfach vorher?«

Weil ich deine Antwort schon kenne, dachte ich, weil ich ... ach, Scheiße, weil manche Sachen zwischen uns einfach nicht funktionieren.

»Vera, ich hab's vergessen. Ich hab's einfach vergessen. Ich ... wir haben die Wohnung ausräumen müssen, und dann der ganze Kram mit dem Arzt und dem Totenschein und so ...«

»Hast du deine Eltern angerufen?«, fragte sie kühl.

»Gott, ja!«, sagte ich laut. »Klar! Meine Mutter. Schließlich war es ihre Mutter, oder?«

»Schließlich bin ich deine Frau«, gab Vera wütend zurück. »Du bist drei Tage weg, deine Großmutter stirbt, du verspätest dich um einen halben Tag, du bringst eine Katze mit nach Hause, aber du rufst kein einziges Mal an. Nicht mal, wenn deine Großmutter tot in der Wohnung liegt, rufst du an.«

Fräulein Titania kam aus der Küche und strich um meine Beine. Ich wusste nicht, was ich sagen sollte. Ich kam mir dumm und unterlegen vor. Ich saß im Sessel, Vera stand vor mir und sah der Katze zu. Das Schweigen wurde unangenehm, aber je länger es dauerte, desto weniger konnte ich irgendetwas sagen. So war es oft, wenn wir stritten. Irgendwann kam immer der Punkt, an dem sich in mir so viele Dinge anstauten, die herausgemusst hätten, dass ich gar nicht mehr sprechen konnte. Was sollte ich sagen? Wovon sollte ich erzählen? Vera spürte wahrscheinlich genau das, was ich nicht über die Lippen brachte. Dass es mir gefiel, mich drei Tage fortzustehlen. Mit Johannes nach Berlin zu fahren. Dass es mir schwerfiel, die Trauer um Großmutter mit Vera zu teilen, weil ich ihr insgeheim gar nicht so viel von meinem Leben zugestand. Oder besser, weil ich einen kleinen Rest meines Lebens für mich behalten wollte. Weil ich ihn nicht mit Vera teilen wollte, mit der ich sonst so viele Dinge teilte: Tisch und Bett und Freunde und viele Urlaube und sehr viel Alltag.

»Vera«, sagte ich, »wie soll ich das erklären ... irgendwie hat es einfach nicht gepasst.«

»Sam«, sagte Vera jetzt, »das ist es nicht. Sondern es ist so, dass ich immer erst nach deiner Familie komme. Dass das immer noch deine Familie ist und nicht ich deine Familie bin.«

»Das ist was anderes«, beharrte ich, jetzt auch wütend, vielleicht, weil sie den Kern der Wahrheit getroffen hatte, »das ist doch was ganz anderes. Wir sind ... du bist meine Frau. Ich meine ... ach, keine Ahnung.«

Ich war eigentlich viel zu müde, um zu streiten. Fräulein Titania sprang auf meinen Schoß, und obwohl das mitten in dieser Auseinandersetzung wie ein Verrat aussah, fing ich an, sie zu streicheln. Vera starrte uns einen Augenblick an, dann drehte sie sich wortlos um und ging zurück in die Küche. Ich hörte, wie sie wütend die Scherben der Kanne in den Mülleimer schmiss. So hatte ich mir das Nachhausekommen nicht vorgestellt. Fräulein Titania schnurrte und krallte sich behaglich in meinen Oberschenkel.

»Mistvieh«, flüsterte ich, aber so leise, dass Vera es nicht hören konnte, weil ich – ehrlich gesagt – nicht genau wusste, wen ich meinte. Fräulein Titania schnurrte weiter, von allem menschlichen Streit unberührt. Es war nicht das erste Mal, dass ich mir wünschte, eine Katze zu sein.

15

»Onkel Klaus ist da!«, flüsterte Johannes aufgeregt.

»Was?«, fragte Samuel verschlafen, richtete sich im Bett auf und rieb sich die Augen. »Was?«

»Das heißt: Wie bitte?«, ahmte Johannes vergnügt seinen Vater nach. »Onkel Klaus ist da. Er schläft im Esszimmer auf dem Boden.«

Samuel glitt sofort aus dem Bett.

»Komm, wir gehen rüber.«

Es war September und die Sonne schon vor einer Stunde aufgegangen, aber es war doch noch ziemlich früh am Morgen, jedenfalls, wenn man bedachte, dass Samstag war. Sie gingen über den langen, zugigen Gang zum Esszimmer, das neben Marias und Dos Kinderzimmer lag. Samuel öffnete leise die Tür. Zwei Männer lagen in grüne Armeeschlafsäcke gewickelt auf dem Boden und schliefen tief und fest. Einer war Onkel Klaus, den anderen kannten sie nicht.

»Sie schlafen noch«, stellte Johannes zufrieden fest, und sie schlichen sich zu Onkel Klaus.

»Bei drei!«, wisperte Samuel, und Johannes nickte. Sie zählten mit den Fingern auf drei, und dann setzten sie sich gleichzeitig auf Onkel Klaus. Klaus stöhnte unwillig und versuchte sich zu drehen, was mit zwei Kindern auf dem Bauch sehr schwierig ist.

»Runter«, brummte er mit geschlossenen Augen. Samuel und Johannes glitten herunter, aber Johannes griff nach Klaus' Bart. Klaus hatte den längsten Bart, den man sich vorstellen konnte. Leider war er nicht weiß, aber auch so war er phantastisch.

»Onkel Klaus«, sang er, »aufstehen!«

Klaus brummte noch einmal, weigerte sich aber, die Augen aufzumachen. Die Tür zum Mädchenzimmer ging auf. Maria und Do standen dort. Maria hatte ihren Seehund im Arm.

»Onkel Klaus ist da«, sagte Samuel, »er will nicht aufstehen.«

»Kitzeln«, sagte Maria und stolperte auf Klaus zu. Sie sprach meistens nur ein oder zwei Worte, aber man verstand sie.

»Lasst mich schlafen«, sagte Klaus verschlafen, aber bestimmt. »Raus.«

Die vier Kinder nahmen keine Notiz davon. Sie wandten ihre Aufmerksamkeit dem anderen Mann zu. Sein Bart war deutlich kürzer, aber immerhin hatte er einen. Und er war viel jünger als Onkel Klaus. Samuel stupste ihn mit dem Fuß an. Eine Hand schoss aus dem Schlafsack und hielt ihn am Knöchel fest. Samuel erschrak. Der junge Mann öffnete ein Auge und sah Samuel an.

»He«, sagte er, »wer bist du denn?«

»Sam«, sagte Samuel, »also eigentlich Samuel. Und du?«, fragte er vorlaut, obwohl die Hand immer noch seinen Knöchel festhielt. Der Mann öffnete auch das zweite Auge und lächelte.

»Eigentlich Udo«, sagte er.

»Hast du schon mal eine Leiche gesehen?«, fragte Samuel.

Udos Augen wurden weit.

»Eine tote Leiche!«, bekräftigte Do.

»Dummi«, sagte Johannes überlegen zu Do, »alle Leichen sind tot.«

»Nee«, sagte Udo zögernd, »wieso?«

»Willst du mal?«, fragte Samuel weiter. »Wir haben zwei unten im Kuhlschrank.«

»Nicht vor dem Frühstück, okay?«, sagte Udo müde amüsiert und gähnte. »Wollt ihr nicht noch mal schlafen gehen?«

»Es ist schon fast Mittag«, behauptete Johannes fest, »wenn wir nicht rechtzeitig aufstehen, weckt Mama uns. Dich auch. Und Onkel Klaus.«

Klaus zog den Schlafsack noch höher und weigerte sich weiterhin, die Augen zu öffnen.

»Bist du ein Freund von Onkel Klaus?«, fragte Do.

»Freund?«, echote Maria.

Udo nickte.

»Dann musst du mit uns spielen«, bestimmte Johannes. »Kannst du Lego?«

Als Gesine eine halbe Stunde später in das Kinderzimmer der Jungs schaute, um sie zum Frühstück zu holen, fand sie Udo, wie er mit allen vier Kindern eine Legostadt baute. Sie war sich nicht sicher, ob sie ihn jetzt besser leiden konnte, denn am Abend zuvor hatte sie seinetwegen einen heftigen Streit mit ihrem Bruder gehabt. Udo hatte nämlich, als es schon lange nach Mitternacht gewesen war, seine Pfeife herausgeholt und angefangen, sie nicht nur mit Tabak zu stopfen. Gesine hatte lange gebraucht, um zu verstehen, dass Udo in ihrem Wohnzimmer Haschisch rauchte; eigentlich war es ihr erst in dem Augenblick klar geworden, als er die Pfeife herumgereicht und Friedrich abgelehnt hatte – aber erst nach einem kleinen Zögern. Vielleicht war es das gewesen, was sie so wütend gemacht hatte, dass sie Klaus mit einem zornigen Blick aufgefordert hatte, nach draußen zu kommen.

»Drogen!«, zischte sie erbost, als sie mit ihrem Bruder in der Küche stand. »Das darf doch nicht wahr sein! Du bringst Drogen in mein Haus? Ich habe vier Kinder, und du bringst mir Drogensüchtige mit? Wer ist dieser Mann? Wieso erlaubst du ihm ...«

»Gesine«, beschwichtigte Klaus, »Haschisch ist doch nicht mal eine richtige Droge. Alle rauchen das. Haschisch hat gar nichts zu bedeuten ... Udo ist doch kein Fixer. Er ist einfach ein Freund.«

»Wenn du hier noch länger als fünf Minuten bleiben willst, dann sagst du ihm sofort, dass er seine Drogen aus dem Haus bringt!«, bestimmte Gesine, immer noch wütend und mit der fast vergessenen Autorität der älteren Schwester. »Sofort! Sonst kann er draußen schlafen.«

Klaus hatte nachgegeben. Als sie wieder ins Wohnzimmer gekommen waren, hatte er Udo einfach gebeten, im Haus nicht mehr zu rauchen, und Udo hatte verstanden.

Und jetzt, im Morgenlicht einer Septembersonne, saß Udo, bärtig und in einem bunten Hemd über zerfransten Jeans, barfuß und mit langen Haaren, im Kinderzimmer und baute ihren Kindern eine Stadt aus Lego.

»Frühstück ist fertig«, sagte sie nach einer Weile und Udo sah auf.

»Gleich«, sagte er, »nur noch das Dach aufbauen.«

Gesine nickte und machte die Tür wieder zu.

Sam sah Udo an.

»Willst du was ganz Geheimes sehen?«, fragte er ihn.

Udo war belustigt.

»Kommt darauf an«, sagte er, »was ist es denn?«

Sam war sich nicht ganz sicher. Aber er wollte Udo gerne beeindrucken – wie man vor neuen Freunden eben gerne ein bisschen prahlt.

»Komm mal mit«, sagte er, und zu den Mädchen: »Ihr bleibt hier. Das dürfen nur Jungs sehen.«

Udo lächelte, stand auf und folgte ihm.

Am Nachmittag ging Friedrich mit den beiden Mädchen spazieren. Klaus schloss sich an. Es war ein warmer Septembertag, und Udo hatte sich auf der Terrasse in der Sonne wieder schlafen gelegt. Die beiden Jungen spielten im Garten. Gesine war in der Küche und spülte ab; sie hatte das Fenster zu Veranda und Garten geöffnet, und vor dem alten Haus schwärmten die Bienen, als wäre Frühling. Es war sehr still in ihrem Viertel. Nur von ferne hörte man manchmal die schweren Diesel der amerikanischen Laster, die auf der Landstraße zum Wald hinausfuhren, wo das Herbstmanöver begonnen hatte. Jedes Jahr kamen sie, und für die Jungs war es jedes Mal wie ein großes Abenteuer; das Manöver gehörte zum Jahresablauf wie die Kirchweih im Spätsommer oder die Kartoffelernte. Gesine dagegen erinnerten die Panzer immer an die Flucht. Es ging noch, wenn es so warm war wie heute, aber wenn es kalt war und die Kolonnen der Panzer und Jeeps durch die Straßen donnerten, dann musste sie immer an die Nacht denken, in der sie geflohen waren. Auf dem offenen Pferdewagen; Klaus in den Armen ihrer Mutter, ununterbrochen schreiend, während ihm die Tränen in den Wimpern gefroren. Gesine schüttelte unwillig den Kopf. Die Sonne schien. Sie hörte die Bienen. Auf der Veranda schlief Udo und sah nicht aus wie ein Drogensüchtiger, sondern wie ein großer, müder Junge. Sam und Johannes bauten sich Bögen aus Haselnussgerten. Der Krieg war lange vorbei.

Zur selben Zeit waren Klaus und Friedrich in eine hitzige Diskussion verwickelt. Sie waren auf den Feldweg eingebogen, der vom Stadtrand quer an den Maisfeldern entlang zum Wald führte. An normalen Herbsttagen fuhren dort allenfalls ein paar Schlepper mit ihren Hängern zur Maisernte, aber jetzt war der Weg von Panzerketten tief zerwühlt, und überall standen noch Pfützen in der aufgerissenen Erde.

»Es genügt nicht, wenn man sein Gewissen beruhigt, indem man ein vietnamesisches Kind adoptiert«, sagte Klaus eben mit der Überheblichkeit des Fanatikers, »ihr unterstützt das System doch nur!«

»Wir unterstützen das System, indem wir ein Kind adoptieren?«, fragte Friedrich scharf und in ungläubigem Ton. »Wir unterstützen den Krieg?«

»Natürlich«, sagte Klaus, »du gibst ihnen Argumentationshilfen an die Hand. Der Artikel über euch! Hast du den eigentlich mal richtig gelesen? Hast du verstanden, worum es da geht? Das ist ja fast schon faschistische Propaganda. Du wirst instrumentalisiert! ›Vietnamesische Kriegswaise findet neues Heim.‹ Das impliziert doch ...«

»Klaus«, sagte Friedrich fast erheitert, »das hier ist nicht die Universität. Eine Adoption impliziert zunächst mal, dass man ein Kind mehr hat. Oder zwei, in meinem Fall. Das ist alles. Das hat nichts mit Politik zu tun.«

Über ihnen flog ein Geschwader Hubschrauber vom Armeestützpunkt kommend in Richtung Wald. Maria und Do saßen einander gegenüber im Kinderwagen und spielten selbstvergessen mit dem Seehund, den Maria mitgenommen hatte.

»Alles hat mit Politik zu tun«, sagte Klaus, »das versteht ihr nicht. Alles. Da!«, er wies auf die Jeeps und die zwei Kampfwagen am Waldrand, »Da! Was, denkst du, tun die da gerade? Die üben Krieg. Die üben Morden. Nächste Woche werden sie nach Vietnam geflogen, damit es dort weitergehen kann. Damit noch mehr Kinder sterben oder verkrüppelt werden.«

»Still!«, fuhr Friedrich Klaus an. »Muss denn das sein? Vor den Mädchen?«

»Was ist verknüppeln, Papa?«, fragte Do aus dem Wagen.

»Wenn man ... es heißt verkrüppeln, Dorothee«, sagte Friedrich, »wenn man zum Beispiel nur noch eine Hand hat. So wie Maria. Dann sagt man verkrüppelt. Aber sag lieber verletzt.«

»Verknüppelt«, sagte Do und wandte sich wieder dem Spiel zu.

»Ich glaube«, sagte Klaus zu Friedrich, »dass du genau weißt, was ich meine. Aber deine bürgerliche Kindheit ... das hast du noch nicht abgeschüttelt.«

Friedrich blieb ungläubig stehen. Die Hubschrauber waren wieder näher gekommen, und er musste schreien, um sich verständlich zu machen.

»Unfassbar! Klaus! Ich muss meine Bürgerlichkeit abschütteln? Du und Gesine – ihr kommt doch aus dem Danziger Großbürgertum! Du und deine Schwester – ihr beide habt doch den Herrn Senator als Großvater gehabt, dein Vater war doch der Lebemann, der Hallodri, der vom Geld der Eltern gelebt hat. Geige spielen! Bücher lesen! Studieren! Das ist dir doch alles in den Schoß geworfen worden, trotz der Flucht! Ich habe acht Geschwister, und nur zwei von uns haben studieren dürfen, und das auch nur, weil die anderen sich krumm gelegt haben. Das ist Politik, Klaus, nicht dein dummes Geschwätz von ...«

Klaus deutete auf seine Ohren und zuckte lächelnd die Schultern. Der Hubschrauberlärm war so stark geworden, dass man nichts mehr hörte. Friedrich sah auf. Das Hubschraubergeschwader hatte sich aufgelöst, und einer von ihnen war in ihre Richtung gekommen. Er flog sehr tief und sehr langsam. Do und Maria hatten aufgehört zu spielen und sahen jetzt auch hoch. Und dann, während Friedrich erst gar nicht verstand, was geschah, näherte sich der

Hubschrauber immer mehr, bis er schließlich direkt über ihnen hing, nicht mehr als zehn Meter. Friedrich ärgerte sich über den Piloten und duckte sich unwillkürlich. Rings um sie hatte sich ein kleiner Sturm erhoben, der den Mais in den Feldern niederdrückte. Es rauschte und donnerte, so dass Friedrich erst nach einem Augenblick merkte, dass Do schrie. Do schrie, aber Maria saß nur im Kinderwagen, in den Augen ein solches Entsetzen, wie Friedrich es bei einem Kind noch nie gesehen hatte, ein völlig starres, alles lähmendes Entsetzen, und Friedrich verstand, was der Hubschrauber für Maria bedeutete. Er riss die Kinder aus dem Wagen und rannte mit ihnen davon, voller Wut, voller Panik, bis der Hubschrauberpilot das Spiel satthatte und die Maschine nach oben zog und Friedrich mit den beiden Kindern auf dem Weg völlig außer Atem stehen blieb. Er setzte sie ab, kniete neben ihnen und hielt sie im Arm, während Klaus mit dem leeren Kinderwagen nachkam. Er wollte etwas sagen, aber Friedrich schrie ihn an:

»Nein! Kein Wort! Kein Wort!«

Klaus wartete unbeeindruckt. Friedrich bemühte sich trotz seiner Wut, Maria zu beruhigen. Schließlich ließ sich Do, die mehr durch Marias totale Panik Angst bekommen hatte, wieder in den Wagen setzen und von Klaus zurückschieben, während Friedrich Maria auf dem Arm behielt, bis sie wieder zu Hause waren.

»Diese Schweine«, murmelte er, er konnte nicht anders, »diese Schweine!«

Später, beim Abendessen, als sich alle beruhigt hatten und die Kinder durcheinander redeten und bei Tisch »Armer Mann – reicher Mann« spielten, als Udo erzählte, dass er heute seine erste Leiche im Kühlraum gezeigt bekommen hatte, da hörte Friedrich nicht zu, sondern hatte immer noch den Lärm des Helikopters im Ohr und Klaus' Worte: Alles ist Politik.

Ja. Vielleicht war wirklich alles Politik.

Mitten in der Nacht klingelte das Telefon. Die Kinder schliefen so fest, dass sie es nicht hörten. Gesine baute das Läuten in ihren Traum ein, in dem sie mit einem Zug einen Fluss hoch nach Indien fuhr. Sie wunderte sich nur, dass die große Pfeife klingelte. Klaus schlief so fest wie die Kinder. An diesem Abend hatte es keinen Streit mit Gesine gegeben, die ihre Kinder unsäglich autoritär erzog, wie Klaus fand. Er hatte auch keine Diskussionen mehr mit Friedrich angefangen. Sie hatten zusammen Geige gespielt. Wenn sie Geige spielten, verstanden sie sich nicht nur, sie ergänzten sich auf besondere Weise. Klaus war ein hervorragender Techniker; er machte keine Fehler. Friedrich war wenig mehr als ein begabter Amateur, aber sein Spiel war warm und voller Ideen; er fügte manchmal einen Triller ein, wo in den Noten keiner stand, oder er hielt ein Vibrato ein Sechzehntel länger als vorgesehen. Klaus spielte unbestritten die erste Geige, und Friedrich erkannte seine Fähigkeiten neidlos an. Sie spielten Mozart und Schubert. Udo hatte still und exotisch auf dem Sofa gesessen. Seine leuchtend orangefarbenen Schlaghosen machten die Katze neugierig, die immer wieder um ihn herumschlich. Er roch nach einem schweren, außergewöhnlichen Parfum, das sich für Gesine von nun an immer mit Udo verband.

Udo schlief nicht. Er lag in seinem Schlafsack, sah durchs Fenster in eine mondlose Herbstnacht und wusste nicht, warum er sich von dieser Familie so seltsam angezogen fühlte, die doch so ganz und gar bürgerlich war – mit einem eigenen Haus, mit einer altmodischen Ehe und vier Kindern. Er hörte das Klingeln des Telefons, aber das

Telefon hier ging ihn nichts an, und er dachte daran, wie ihm die Kinder stolz die Leichen gezeigt hatten, die Becken und die Schminksachen, die Särge und die Urnen. Und lächelte wehmütig über Sam, der ihn so vertrauensvoll in sein Geheimnis eingeweiht hatte, der so kindlich begeistert von Pfeil und Bogen und Messern und Pistolen war. Irgendwie schlief er trotz des Klingelns über diesen Gedanken ein.

Als Friedrich das Telefon endlich hörte, war er unvermittelt wach. Trotzdem brauchte er ein paar Sekunden, um sich zurechtzufinden, weil er so tief geschlafen hatte. Dann stand er schnell auf und ging ins Arbeitszimmer hinüber, ohne Licht zu machen. Wenn bei einem Bestatter nachts das Telefon klingelt, gibt es nur drei Möglichkeiten: Selbstmord. Unfall. Und, ganz selten, Mord. Deshalb meldete sich Friedrich auch nachts formvollendet mit Firma und Namen. Es war, wie fast immer in solchen Fällen, die Polizei. Friedrich hörte zu, dann legte er den Hörer auf und war schon auf dem Weg, Gesine zu wecken, als er es sich anders überlegte und hinüber ins Esszimmer ging, wo Klaus schlief.

Sie fuhren hintereinander her. Es war schwer gewesen, Klaus wach zu bekommen, aber das Gute an ihm war, dass er direkte Bitten nur schwer abschlagen konnte. Deshalb fuhr er jetzt den zweiten Leichenwagen. Außerdem trug er einen von Friedrichs schwarzen Anzügen und sah mit seinem langen Bart endgültig wie ein russischer Berufsrevolutionär aus. Friedrich hatte ihn gebeten, auf den bodenlangen Mantel mit dem Pelzkragen zu verzichten, aber Klaus fror schon an lauen Sommerabenden, und so hatte Friedrich zähneknirschend dem grauen Pullover zugestimmt, den sich Klaus unters Jackett zog.

Die Unfallstelle war schon von Weitem zu sehen. Das Blaulicht der Krankenwagen und Polizeiautos markierte die kleine Kreuzung auf der Landstraße zur nächsten Kreisstadt. Die Polizisten hatten die Türen ihrer Käfer offen gelassen. Als Friedrich langsamer wurde und sich der Kreuzung näherte, sah er auch noch zwei Jeeps der amerikanischen Militärpolizei. Was er allerdings nicht sehen konnte, waren die Unfallwagen. Er hielt hinter den Polizeiwagen am Straßenrand an, stieg aus und wartete auf Klaus. Dann gingen sie zur Kreuzung. Die Scheinwerfer eines Feuerwehrautos beleuchteten die Unfallstelle, aber Friedrich brauchte trotzdem einen Augenblick, bis er den dunklen, verwirrend riesigen Umriss auf der Straße richtig einordnen konnte. Es war ein Panzer. Deshalb die Militärpolizei. Jetzt verstand er.

»Oh«, sagte Klaus. Es klang so erschrocken, dass Friedrich sich zu ihm umdrehte. Sein Schwager streckte die Hand aus. Jetzt sah er den Unfallwagen auch. Oder das, was von ihm übrig war. Der Panzer hatte ihn überrollt. Einer der Polizisten kam auf Friedrich zu.

»Sind Sie der Bestatter?«, fragte er vergleichsweise leise. Friedrich nickte und wies auf die beiden Wagen.

»Wir müssen ... der Panzer muss erst noch ein Stück vor«, sagte der Polizist fast verlegen, als könne er etwas dafür, »wir kriegen sie sonst nicht raus. Wir warten noch auf einen Fahrer ... der andere hat einen Schock.«

Er zeigte auf einen amerikanischen Soldaten, der zwischen zwei amerikanischen Militärpolizisten mit weißen Gamaschen saß.

»Soll ich das Auto holen?«, fragte Klaus. Man sah ihm an, dass er irgendetwas tun wollte. Friedrich nickte.

»Fahr rückwärts her. Ich schaue mal, wie wir ... wie wir es machen«, sagte er dann.

Plötzlich kam Bewegung in die Szene. Die Feuerwehrleute hatten an dem Wrack einen Haken angebracht. Ein weiterer Jeep kam an, ein Soldat kletterte auf den Panzer, stieg ein, und dann sprang der Diesel an. Friedrich war kalt. Die eine Panzerkette mahlte auf der Straße, der Panzer bewegte sich widerstrebend nach links und gab das Autowrack frei. Ein Opel Kapitän. Die Winde der Feuerwehr ruckte an und zog ihn zwischen den Gleisketten hervor. Die fast völlig waagerecht stehenden Felgen kreischten über den Asphalt. Der Wagen war auf ein Drittel zusammengedrückt; er war so flach, dass er Friedrich kaum noch bis zur Hüfte ging. Er zog die Schultern hoch und drehte sich nach Klaus um, der mit dem Wagen zurückgestoßen war. Friedrich öffnete die Heckklappen und zog die Lafette mit dem ersten Sarg heraus. Vom Notarztwagen kam jetzt ein Mann in Weiß herüber.

»Dr. Grabinger«, sagte Friedrich fast erleichtert. Sie kannten sich vom Krankenhaus und dem einen oder anderen Unfall. Der Arzt hob müde die Hand. Er war schon über fünfzig, sah aber mit seinem grauen Kinnbart immer noch sehr gut aus – so, wie man sich einen Landarzt vorstellt, dachte Friedrich. Ehrlich. Immer im Dienst.

»Die ganze Familie«, sagte Grabinger.

»Oh nein«, seufzte Friedrich. »Kinder?«

Grabinger hob zwei Finger.

»Ach, verdammt«, sagte Friedrich.

Vom Wrack her sprühten Funken in weißem Bogen. Die Feuerwehr schnitt die völlig verknickten Stahlstreben, die das Dach noch hielten, auf einer Seite durch. Dann schlugen sie es einfach um. Metall schrie, als die beiden anderen Streben brachen. Friedrich nahm sich zusammen und ging hin. Dicht zusammengepackt lag eine Familie in den Trümmern des Wagens. Gott sei Dank, dachte Friedrich, die Gesichter sind heil. Er meinte die Kinder. Der Mann war gefahren, und der Panzer hatte sein Gesicht in das Lenkrad gedrückt. Klaus kam dazu. Er war sehr bleich, aber er hielt sich gut.

»Ach, Scheiße«, sagte Friedrich auf einmal und setzte sich auf den Sarg, den er schon hervorgezogen hatte, »was für eine Scheiße.« Einen Augenblick lang bedeckte er die Augen mit einer Hand. Er war nicht professionell, das wusste er, aber manchmal gab es keine Professionalität mehr, die einen schützte. Eines der Mädchen ging mit Sam in die Schule. War mit ihm in die Schule gegangen. Bis heute. Er stand auf.

»Fass an«, nickte er Klaus zu, und dann hoben sie das erste Mädchen in den Sarg.

Später, als alle vier Särge in den Autos lagen, ging er noch einmal zu den Polizisten, um die Papiere zu unterschreiben.

»Wie ist es passiert?«, fragte er.

Der Polizist zuckte die Schultern. »Der Panzerfahrer hat sie nicht gesehen«, sagte er. »Konnte er nicht. Außerdem ist er eben erst aus Amerika gekommen. Zwei Wochen hier. Kann kein Wort Deutsch. Wahrscheinlich irgendwo aus Texas. Der Panzer war noch halb im Graben, bevor er auf die Straße eingebogen ist – da siehst du durch den Sehschlitz gerade mal den Himmel, vielleicht noch einen Laster, aber kein normales Auto mehr. Tausend Mal geht das gut – wer ist denn um die Zeit noch unterwegs? Aber im Manöver dürfen sie ja auch nur ohne Licht fahren ... da kommt alles zusammen.«

Friedrich nickte, ging zu seinem Auto und stieg ein. Hinter ihm startete Klaus den Motor des anderen Wagens, und sie fuhren los. Was hatten sie auch hier zu suchen, dachte Friedrich, während sie langsam nach Hause fuhren, was hatten sie hier Krieg zu spielen? Er wusste, dass es falsch war, so zu denken, aber heute konnte er irgendwie nicht anders. Es war, als ob jemand schuld sein musste. Gegen wen führten diese Amerikaner eigentlich Krieg? Gegen wen? Es waren sinnlose und falsche Gedanken, und der Philosoph Friedrich wehrte sich gegen sie, aber der Vater Friedrich war in dieser Nacht voller Hass. Auf die Amerikaner, auf sich und nicht zuletzt auf Klaus, weil der heute auf bizarre Weise recht behalten hatte.

16

Es hatte an der Tür geklingelt. Der Lärm des Hammers klang ihm noch in den Ohren, aber er war sicher: Es hatte geklingelt. Udo seufzte. Knischewski. Der Mann ging ihm allmählich auf die Nerven. Er legte den Hammer hin und kletterte über die Schwelle der Metalltür in den eigentlichen Keller. Es klingelte wieder. Udo klopfte sich den Kalkstaub ab, ging die Treppe hoch und öffnete die Tür. Zwei Polizisten standen dort, und bei Udo setzten sofort die alten Reflexe ein. Scheiße, dachte er, Scheiße. Er überlegte kurz, ob er die Tür zuschlagen und irgendwie durch den Garten abhauen konnte, aber er wusste, dass sie ihn dann gleich hatten.

»Ja?«, fragte er. Seine Stimme war unnatürlich hoch und zitterte, aber er konnte nichts dagegen tun. Er hasste sie. Er hatte einfach eine Scheißangst vor den Bullen.

»Herr Kniest?« Es war eine Frage.

»Ja.« Udo hatte seine Stimme immer noch nicht in der Gewalt.

»Können wir Ihren Ausweis mal sehen?«

Toll. Der Ausweis war in seiner Jacke im Wohnzimmer.

»Ja. Augenblick«, sagte Udo.

»Dürfen wir reinkommen?« Der Polizist war professionell freundlich, aber bestimmt.

»Nein«, sagte Udo. Das immerhin hatte er gelernt, und außerdem war es seine einzige Chance. »Tut mir leid. Das Haus ist ... das Haus wird gerade ausgeräumt. Sie können im Gang warten«, bot er dann doch an. Er wollte sie nicht verärgern, aber auch nicht im Haus haben. Kompromiss, dachte er hektisch.

Die Polizisten traten in den Gang und schlossen die Haustür. Udo ging ins Wohnzimmer und holte seine Jacke.

Noch im Gehen fingerte er den Ausweis heraus und reichte ihn dem Polizisten, der nur einen Blick darauf warf und ihn dann seinem Kollegen weitergab, der eins von diesen Geräten dabei hatte, mit denen sie die Ausweise lesen konnten.

»Herr Kniest«, sagte der freundliche Polizist »arbeiten Sie hier im Haus?«

»Ja«, sagte Udo, aufs Äußerste gespannt, »ich ... na ja, Sie wissen doch, dass hier alles abgerissen wird. Und ich räume aus.«

»Die Nachbarn beschweren sich, dass hier gehämmert wird ... was?« Das »was?« war an den zweiten Polizisten gerichtet, der Udos Ausweis eingelesen hatte und seinem jüngeren Kollegen jetzt das Display des Geräts vors Gesicht hielt. Udo spürte, wie sich die Stimmung schlagartig änderte, sah, wie die Körperhaltung beider Polizisten sich veränderte, wie auf einmal diese Mischung aus Aggression und Angst in der Luft war, die er so gut kannte.

»Würden Sie bitte Ihre Taschen leeren?«, fragte der Ältere der beiden.

Udo zitterte, als er vorsichtig den Tabak aus der Jacke holte, sein Taschenmesser, die Fahrkarten und schließlich das Schreiben der Bahn.

»Stellen Sie sich bitte an die Wand«, sagte der Jüngere jetzt, »die Beine gespreizt. Die Hände an die Wand.«

Er tastete ihn ab. Udo war froh und dankbar, dass er nichts mitgenommen hatte. Der andere Polizist durchsuchte den Tabak, klappte das Taschenmesser auf, faltete den Brief auf und überflog ihn.

»In Ordnung«, befand der Jüngere, nachdem er Udos Socken sorgfältig abgefühlt hatte und aufgestanden war, »sauber.«

Der andere Polizist reichte Udo den Brief zurück. »In Ordnung, Herr Kniest«, sagte er dann. »Sie wissen, dass Sie das Haus bis nächste Woche geräumt haben müssen. Und Sie dürfen nicht mehr hämmern.«

»Okay«, nickte Udo, vor Erleichterung weich in den Knien, aber immer noch vorsichtig. Sie waren noch nicht aus dem Haus. »Ist klar. Tut mir leid ... aber Sie ... Sie haben's ja gelesen. Das Haus muss geräumt werden, und ich ... also ...« Er stammelte. Vorsicht, dachte er, Vorsicht. »Ist okay. Ich ... ich mache dann morgen weiter. Ist ja auch schon spät.«

»Eben«, sagte der ältere Polizist und gab ihm seinen Ausweis zurück. Dann drehten sich beide zum Gehen.

»Wiedersehen«, sagte Udo, als sie in der Tür waren.

Der jüngere Polizist drehte sich noch einmal um und lächelte: »Sauber bleiben, Kumpel, ja?«

»Ja«, versicherte Udo schwach und versuchte ein Lächeln, »klar.«

Dann klappte die Tür. Udo lehnte sich an die Wand. Ein oder zwei Minuten tat er nichts anderes, als nur zu versuchen, wieder langsamer zu atmen. Sein Herz klopfte wie auf einem Scheißtrip, als wäre er auf Koks, und er bekam es nicht ruhig. Dann, endlich, kam er ganz allmählich runter.

»Ich brauche gar keine Drogen mehr«, murmelte er in bitterer Selbstironie, »jeder Bulle eine Line. Oh mein Gott. Oh mein Gott, war das knapp.«

Dann stieß er sich von der Wand ab und ging mit zitternden Knien hinunter in den Keller zu seiner Leiche, die seit fünfundzwanzig Jahren unter fünfundzwanzig Zentimetern Estrichbeton auf ihn wartete.

17

Wir hatten dann doch Sex gehabt. Das passierte in letzter Zeit öfter, wenn wir vorher Streit hatten. Dafür schliefen wir in den normalen Zeiten seltener miteinander. Vielleicht war Streit einfach so eine Art Strategie, sich mehr Sex in einer Beziehung zu verschaffen, wenn das Verlangen nacheinander über die Jahre nachgelassen hatte. Ich war zwar viel später als Vera ins Bett gegangen, weil wir den Rest des Abends nicht mehr miteinander geredet hatten und ich keine Lust gehabt hatte, in hässlichem Schweigen neben ihr zu liegen, aber als ich kam, war sie noch wach gewesen, warm und schläfrig und schön, und hatte sich an mich gedrängt. Wir redeten dann zwar auch nicht, aber dieses Schweigen war dann doch deutlich entspannter. So endete das oft. Wir führten unsere Gespräche nicht zu Ende. Wir rissen Gräben auf, aber schütteten sie nicht zu, sondern gingen dann im Alltag einfach um sie herum. Auf die Dauer wurde das ein bisschen schwierig.

»Was wird jetzt mit der Katze?«, fragte Vera. »Wie heißt sie überhaupt?«

Wir saßen beim Frühstück. Samstagmorgen. Keiner von uns beiden musste zur Arbeit. Es war ein Herbsttag, wie man ihn eigentlich nur aus englischen Filmen kennt: Triefend nass, dabei neblig und kalt. An den hohen Fenstern unseres Esszimmers rann der Regen in Schlieren herab und machte die Sicht unsicher und vage, aber dafür saß man innen umso wärmer.

»Fräulein Titania«, sagte ich. Gestern hätte ich ihr den Namen nicht sagen wollen – Vera hatte wenig Verständnis für die Verrücktheiten meiner Familie mit Tieren. Wenn meine Mutter behauptete, ihre Hunde verstünden sie, wenn sie ihnen vorlas, dann bekam ich das von Vera manchmal beißend höhnisch Tage später zu hören, wenn es um ganz andere Dinge ging, die zwischen uns nicht klappten.

»Fräulein Titania«, sagte ich noch einmal, »nach dem *Sommernachtstraum*. Irgendwie sieht sie auch so hoheitsvoll aus, findest du nicht?«

Fräulein Titania lag auf der Fensterbank und schlief.

»Fräulein Titania wird trotz ihrer Hoheit ein Katzenklo brauchen«, sagte Vera ruhig, »und du willst sie also behalten?«

Ich nickte und grinste. »Ich mag Katzen. Katzen können all das, was ich nicht kann. Überall und immer sofort einschlafen. Sex haben, mit wem sie wollen. Auf dem Schoß schöner Frauen liegen. Und nachts um die Häuser ziehen.«

»Katzen werden oft überfahren, wenn sie nachts um die Häuser ziehen«, bemerkte Vera. »Kannst du mir die Marmelade reichen?«

»Was immer du willst, verehrtes Weib«, sagte ich und bot ihr die Marmelade dar. Das Einverständnis war wieder hergestellt. Es half, wenn man vor solchen Gesprächen Sex hatte. Ich machte mir eine geistige Notiz. Schade, dass die Leute, mit denen ich beruflich zu tun hatte, im Allgemeinen nicht die Leute waren, mit denen ich vor wichtigen Gesprächen Sex haben wollte.

Die Musik aus dem Radio passte zum Samstag. Hintergrundmusik, leicht, unkompliziert. Für einen Augenblick war die Welt in Ordnung.

»Wann ist die Beerdigung?«, fragte Vera nach einer Weile.

Ich zuckte die Schultern. Der Augenblick war verflogen.

»Ich weiß es nicht«, sagte ich, »ich muss Papa anrufen. Ich denke, Montag oder Dienstag.«

»Ich kann am Dienstag nicht«, sagte Vera, »am Dienstag habe ich einen Gerichtstermin.«

Vera war Gerichtsdolmetscherin. Meistens übersetzte sie in Asylangelegenheiten, manchmal auch in einem Strafprozess, wenn Chinesen darin verwickelt waren. Oder andere Leute, die Mandarin sprachen. Eigentlich war es ein bizarrer Zufall, dass wir uns kennengelernt hatten. Ich hatte als Zeuge in einem Gerichtssaal aussagen müssen, wo Vera in dem vorangegangenen Prozess übersetzt hatte. Ihr Mantel schleifte beim Hinausgehen auf dem Boden, und sie hätte ihn beinahe verloren, weil sie die Hände so voll hatte. Ich hatte ihn höflich aufgehoben, sie hatte mich angelächelt und mir den Tag hell gemacht – man konnte es nicht anders sagen, denn wenn sie lächelte, war sie einfach sehr schön. Zufällig waren wir uns dann nicht einmal eine Woche später bei einer Geburtstagsparty wieder begegnet. Vera behauptete übrigens immer, ich hätte sie damals zum ersten Mal angesprochen, dieses Treffen im Gerichtssaal hätte es nie gegeben und ich hätte einfach irgendetwas erfunden, um sie auf der Party anmachen zu können. Natürlich war diese Geschichte schmeichelhafter als die Originalversion, weil sie voraussetzte, dass ich mich nach Vera erkundigt hatte, bevor ich sie auf der Party ansprach, aber leider war sie nicht wahr.

»Ich bin schlicht gestrickt«, hatte ich zu Vera gesagt, »ich erfinde keine Geschichten, wenn die Wahrheit bequemer ist. Wenn allerdings Lügen einfacher sind, lüge ich.«

Das hatte ihr gefallen. Damals. Ich bezweifelte, dass es ihr heute auch noch gefallen würde. Wie kam es, dass fast alle Geschichten, die skurril und spannend und schön begannen, irgendwann nicht einmal endeten, sondern einfach nur zu einem Arrangement mit dem Mittelmaß wurden? Großmutter hatte das vielleicht auch gespürt, aber sie war konsequent gewesen und hatte einen Schnitt gemacht, als sie nach Berlin gezogen war.

Es regnete jetzt stärker, der Nebel hatte sich aufgelöst. An den Scheiben rann das Wasser in immer neuen Schlieren und Mustern herab. Vera hatte gelesen, aber jetzt sah sie auf.

»Was ist los, alter Mann?«, fragte sie.

Vera war knapp fünf Jahre jünger als ich. Aber ich hatte schon immer älter ausgesehen, als ich war, und irgendwann hatte sich zwischen uns dieses Spiel entwickelt. Doch heute hatte ich keine Lust zu spielen.

»Nichts«, sagte ich, »ich denke über den Alltag nach. Der Alltag ist wie ein Holzwurm. Wenn man still genug ist, hört man, wie er im Leben tickt wie im Holz, und es wird immer leichter und morscher.«

Vera drehte sich wortlos auf ihrem Sessel zur Stereoanlage und drehte das Radio lauter. Dann lächelte sie. »Du bist doch der Sohn eines Beerdigungsunternehmers. So ist das Leben. Wenn du geboren wirst, infizierst du dich mit dem Tod. Damit musst du klarkommen.«

Ich grinste schwach. »Vera, Darling«, sagte ich spöttisch, »es ist nicht der große Tod, den ich fürchte. Es sind die vielen kleinen Tode, die mir Angst machen.«

Sie sah mich einen Augenblick nachdenklich an, dann nahm sie die Zeitung wieder hoch und las schweigend weiter. Sie hatte ja recht, dachte ich, es änderte nichts, wenn man darüber sprach. Es war wie mit dem Regen. Es änderte nichts, wenn man sagte: Es regnet.

Tja, dachte ich und starrte durch das Fenster nach draußen in den verschwommenen Herbst, dann müsste man es eben machen wie Großmutter. Wenn dir nicht gefällt, dass es regnet, zieh dorthin, wo die Sonne scheint. Oder wenigstens nach Berlin. Aber das, dachte ich dann, waren gefährliche Gedanken, die ich nicht denken wollte.

»Ich geh' mal ein Katzenklo kaufen«, sagte ich schließlich und stand auf. Fräulein Titania lag auf dem Fensterbrett und beobachtete Vera aus schläfrigen Augen. Vera hatte ihr den Rücken zugedreht und las weiter. Das, dachte ich im Hinausgehen plötzlich wieder heiterer, sind zwei Frauen in einem Raum, die sich nicht verstehen. Auf eigenartige Weise gefiel mir das, und ich ging vergnügt in den Regen.

18

»Mama«, sagte ich zwei Tage später geduldig ins Telefon, »es liegt im Wesen von Beerdigungen, dass sie kurzfristig sind. Ich kann auch nichts dafür. Ich glaube, Großmutter hatte sich nicht vorgenommen, so unangekündigt zu sterben. Und Vera kann dem Richter nicht sagen, er soll den Termin absagen.«

Man hörte mir aufmerksam zu, obwohl die meisten Menschen in der Schlange vor mir so taten, als interessierten sie sich für Zigaretten oder die Wühltische mit No-Name-Batterien und No-Name-Taschentüchern und No-Name-Dingen, von denen wahrscheinlich nicht einmal die Hersteller wussten, wozu sie gut waren, weshalb sie dann auch nicht mehr als 1,99 kosteten. Ich hörte eine ganze Weile zu und schubste den Einkaufswagen Stück für Stück dem Fließband zu.

»Mama«, sagte ich, »es geht wirklich nicht. Wenn diese Chinesen am Dienstag nicht vor Gericht stehen, müssen sie am nächsten Tag freigelassen werden. Und da der Richter kein Mandarin spricht, muss Vera dort sein.«

Ich war endlich am Band vor Kasse 14 angelangt und begann jetzt, meinen Einkauf aus dem Wagen zu holen. Mama hatte ich zwischen Ohr und Schulter geklemmt, was schwierig war, weil mein Handy eines von diesen schicken, flachen Dingern ist, die kaum auftragen. Jedenfalls waren ruckartige Bewegungen jetzt nicht mehr möglich. Meine Mutter versuchte höflich zu sein, aber sie hat in ihrem Leben zu viele Tiere gehabt und versteht nicht, dass »Setz dich da hin!« nicht dasselbe ist wie »Bitte, nimm doch Platz.« Deswegen sagt sie sogar dann, was sie denkt, wenn sie glaubt, sie sei höflich.

»Mama!« Ich wurde allmählich laut und ungeduldig. Das Band ruckelte das Toastbrot und die Weinflaschen vorwärts. Die Leute hinter mir grinsten, ich spürte es genau. Meine Mutter sagte wieder etwas, und ich hätte am liebsten die Arme in die Luft geworfen und gebrüllt. Ich blieb aber weitgehend ruhig, nur meine Stimme hob sich:

»Mama, das darf sie nicht! Nein! Nein, sie macht es nicht mit Absicht. Sie hat keinen Einfluss auf den Richter ... und nein, es sind keine netten Asylanten ... nein, Mama. Die haben einen Restaurantbesitzer umgebracht – mit diesen chinesischen Beilen ... und du willst, dass ...«

Die Kassiererin blickte auf. »Sind das nicht die Japaner, die solche Beile haben?«, fragte sie, aber mit zwei Frauen gleichzeitig zu sprechen hatte mich schon immer überfordert. Ich starrte sie verständnislos an.

»Sechsundvierzig dreiundachtzig«, sagte die Kassiererin daraufhin schüchtern.

»Mama«, sagte ich erschöpft, während ich mit der freien Hand das Portemonnaie herausnestelte, »ich muss aufhören. Ich ruf dich später wieder an.«

Ich hatte eben gezahlt und packte jetzt meinen Einkauf in einen der Kartons, die herumstanden, als das Telefon schon wieder läutete. Um mich herum schaltete alles sofort auf Zeitlupe. Jeder sah zu mir herüber. Ich erwog kurz, der versammelten Kundschaft zu erzählen, dass meine Mutter selbst lange Jahre im Gefängnis verbracht hatte und einen Fememord an einem chinesischen Geschäftsmann nicht so schlimm fand, weil sie überzeugte Rassistin war, aber dann wies ich den Anruf einfach ab. Familie war manchmal so anstrengend.

Ich glaube, dass die Familie für alle Beziehungen so etwas wie ein Lackmustest ist. Wenn man sich nicht gerade von seiner

Blutsverwandtschaft losgesagt hat oder sich in Erbstreitigkeiten befindet, will man, so modern diese Welt auch ist, doch irgendwie, dass die Frau, die man da für sich gefunden hat, in die Familie passt. Und vielleicht galt das bei uns noch viel stärker als in anderen Familien, weil mein Vater so viele Geschwister gehabt hatte und auch meiner Mutter die Familie so wichtig war. Vielleicht auch, weil wir vier Kinder auf besondere Weise zusammengehörten. Wir hatten uns so oft dagegen wehren müssen, dass Dorothee oder Maria nicht als unsere Schwestern angesehen wurden, dass man auf unsere Proteste oft begütigend gesagt hatte: »Na ja, aber die beiden sind doch keine *richtigen* Schwestern!«, dass wir vier umso enger zusammengerückt waren. Wir hatten sogar einmal in einem feierlichen Ritual dafür gesorgt, dass der Spruch »Blut ist dicker als Wasser« in Zukunft auch für uns galt. Do hatte das vorgeschlagen. Johannes hatte aus dem hölzernen Nähkästchen unserer Mutter eine Nadel geholt, und jeder hatte aus seiner Fingerkuppe ein bisschen Blut in ein Glas Wasser gedrückt. Ich hatte Maria helfen müssen, weil sie sich mit dem Armstumpf nicht selbst auf den Zeigefinger hatte drücken können. Seltsamerweise hatte jedes Blut eine leicht unterschiedliche Farbe, als es sich wie eine rote Wolke im Wasser ausbreitete. Und dann hatten wir alle davon getrunken. So waren wir als Kinder gewesen, und deshalb war es heute auf irgendeine Weise immer noch wichtig, was die Familie zu unseren Geliebten sagte.

Als Vera und ich das erste Mal gemeinsam meine Eltern besuchten, waren zuerst nur Papa und Dorothee da. Ich hatte Mama zwar gesagt, dass wir zum Kaffee kommen würden, aber wie das Schicksal so spielt, hatte einer der Hunde eine Kolik bekommen, und sie war mit ihm zum Tierarzt gefahren. Papa dagegen saß im Wohnzimmer, um uns zu empfangen. Im Morgenrock. Er stand höflich auf, reichte Vera formvollendet die Hand und sagte dann mit Blick auf mich:

»Sie wissen, dass mein Ältester schwachsinnig ist, ja? Nur für den Fall, dass Sie Kinder planen.«

Vera brauchte einen Augenblick, um zu verstehen, dass mein Vater nicht selbst schwachsinnig war, aber dann lächelte sie und sagte: »Sie erzählen mir nichts Neues. Ich habe ihn mir nicht wegen seiner Intelligenz ausgesucht.«

Das gefiel Papa. Und als er dann noch herausfand, dass Vera Chinesisch sprach, entwickelte sich eine sehr angeregte Unterhaltung, die schließlich in eine gelehrte Diskussion über buddhistische Beerdigungsriten mündete. Do hatte Tee gemacht und unterhielt sich ausschließlich mit mir. Ich konnte sehen, dass sie von Vera nicht sehr begeistert war. Vielleicht lag es an Veras betonter Intellektualität. Do war schlagfertig, aber sie gab sich manchmal betont einfach.

»Sprecht langsam mit mir«, sagte sie, »ich bin doof. Ich bin farbig. Ich habe nur Hauptschule.«

Sie erklärte mir, dass diese Taktik sich bei arroganten Oberärzten phantastisch bewährt habe, weil die dann sofort ihr soziales Gewissen und ihre politische Korrektheit entdeckten und sich von da an schuldbewusst und überhöflich verhielten.

»Das ist sophistisch und raffiniert, Schwesterherz«, merkte ich an, »und diese beiden Adjektive kommen in keiner Prüfung des Hauptschulabschlusses vor!«

Do sah mich starr an.

»Rede langsam mit mir«, artikulierte sie dann mühsam, »ich bin farbig. Ich habe nur Hauptschule.«

Und wir fielen fast um vor Lachen.

Vera und Papa jedoch verstanden sich ausgezeichnet. Wahrscheinlich lag es daran, dass Vera auch noch gut aussah. Als wir an jenem Abend nach Hause fuhren, war Vera angeregt und zwiegespalten.

»Ich mag deinen Vater«, sagte sie, »er ist ein bisschen wie ein schlampiger Gentleman. Und er weiß unglaublich viel.«

»Ja«, antwortete ich lakonisch, »vor allem über Dinge, die sonst keiner wissen will.«

Vera lachte.

»Er hat mir die Hand geküsst«, amüsierte sie sich.

»Das heißt gar nichts«, sagte ich, »das tut er nur, weil er deinen Namen vergessen hat.«

Vera lächelte mich an. »Du sagst auch auffällig oft ›Liebling‹ zu mir«, merkte sie süffisant an. Ich hob die Schultern: »Ich bin der Sohn meines Vaters«.

Dann fuhren wir eine Zeitlang schweigend, und ich versuchte, mir über meine Gefühle klar zu werden. Mir war erst, als ich mit Vera in das Haus meiner Eltern gekommen war, aufgefallen, wie schlampig manche Ecken waren, wie sehr es im Treppenhaus nach Hund roch, wie abgewetzt die Türen aussahen, die seit Jahren von Hundepfoten bekratzt und manchmal auch geöffnet wurden, wie vollgestopft die Regale waren und wie wild durcheinander die Einrichtungsstile. Vera hatte höflich und rücksichtsvoll darüber hinweggesehen, aber später sollte in unseren immer heftiger werdenden Streits manchmal die eine oder andere Bemerkung fallen, die mir klar machte, wie wenig Vera sich in so einem Haus jemals hätte zu Hause fühlen können.

»Deine Mutter, glaube ich, kann mich nicht so leiden«, sagte sie dann nach einer Weile sehr vorsichtig.

Ich grinste. »Du hättest die Namen der Hunde nicht durcheinanderbringen sollen. Da versteht sie keinen Spaß.«

»Na ja«, gab Vera süffisant zurück, »die meisten Menschen glauben nicht ernsthaft, dass Tiere eine unsterbliche

Seele haben und dass sie aus zwanzig Kilometer Entfernung spüren, wenn ihr Frauchen in Gefahr ist.«

»Schau«, sagte ich, »jeder ist anders albern. Deine Mutter gibt mir nicht die Hand, wenn ich sie nach dem Ankommen nicht zuerst gewaschen habe. Selbst wenn wir nur spazieren gegangen sind.«

Vera war milde entrüstet. »Das ist doch was völlig anderes! Sie ist da ein bisschen speziell, gut, aber das ist doch bloß hygienisch! Schadet dir doch nicht, wenn du dir einmal mehr die Hände wäschst.«

Wir sahen uns an und dann lachten wir. Ich mochte Veras Eltern eigentlich. Ihr Vater war Chirurg, und weil ich durch Johannes einiges wusste und mich außerdem auch für seinen Beruf interessiert hatte, waren wir uns auf angenehm distanzierte Art näher gekommen. Ihre Mutter war so, wie man sich eine schleswig-holsteinische Dame vorstellte. Ich hatte nicht oft ein Haus gesehen, das so perfekt geordnet war wie ihres. Dabei war sie nicht pedantisch – eine perfekte Gastgeberin, aber eben immer eine Gastgeberin. Vielleicht fühlte sich nicht einmal ihr Mann bei ihr richtig zu Hause.

Damals, auf der Heimfahrt, hatten wir gemeinsam über unsere Mütter gelacht. Damals. Wir waren verliebt und das Wichtigste war der andere, nicht seine Familie.

»Wahrscheinlich ist es sowieso nur der phantastische Sex, der uns zusammenhält«, hatte ich neckend gesagt.

Vera hatte mich gespielt mitleidig angesehen und geantwortet: »Das gilt nicht für alle von uns.«

Trotzdem sollten wir auch in dieser Nacht noch viel Spaß haben. Manchmal fragte ich mich, wo das hingekommen war.

Als ich wieder im Amt war, richtete mir Schneider aus, dass meine Mutter für mich angerufen hätte. Er tat das mit sorgfältig neutraler Betonung, aber dahinter konnte ich eine leise Verachtung spüren, die wahrscheinlich eher mit mir als mit meiner Mutter zu tun hatte. Schneider konnte mich nicht leiden. Schneider war der andere Denkmalpfleger, und er fühlte sich mir in fast jeder Hinsicht überlegen. Ich musste zugeben, dass er das in vielen Dingen auch war. Er verstand mehr von Bausubstanz und Statik als ich. Er hatte nach dem Studium vier oder fünf Jahre als Kirchenrestaurator gearbeitet, ich nur ein halbes Jahr bei einem Möbelrestaurator, der auch schon mal mit einer mit Salz geladenen Schrotflinte auf allzu neue Schreibtische schoss, um ihnen die gebotenen Wurmlöcher zu verleihen. Er wusste über Kunstgeschichte sicher mehr als ich. Mir war es schon passiert, dass ich ein barockes Kapitell in die Renaissance versetzt hatte. Aber Schneider konnte nicht mit Leuten umgehen. Er ging sowieso nicht gerne auf Baustellen. Er sah sich Fotos und Pläne und Beschreibungen an. Für Leute wie ihn war das Internet wahrscheinlich erfunden worden. So musste er kaum noch vor Ort erscheinen. Und er hatte eine Art, die bei den Leuten nicht ankam. Die Zimmerleute mochten ihn nicht. Die Maurer konnten ihn nicht leiden. Und die Bauherren hassten ihn aus tiefstem Herzen, weil er keine Kompromisse einging. Wenn ein Kaufhaus eine Tiefgarage baute und man in der Baugrube mittelalterliche Bebauungsreste fand, die 1920 und dann noch einmal 1950 dokumentiert worden waren, dann verfügte Schneider eine neue Grabung und eine neue Konservierung, die den Baubetrieb sechs Wochen aufhielt und in Wirklichkeit nichts Neues brachte. Mich hasste er, weil er fand, dass ich die Arbeit des Denkmalpflegeamtes zerstörte. Weil ich alles verriet, was er verteidigte. Er war ein Denkmalpfleger alter Schule. Er liebte seinen Beruf nicht, oft genug stöhnte er unter der vielen Arbeit, aber er hielt ihn heilig. Wahrscheinlich, weil er außer dem Beruf nur eine farblose Frau hatte. Er hasste mich, weil ich mit den Zimmerleuten hoch auf dem Gerüst Richtfest feierte, weil ich mit den Maurern gut auskam, weil ich die Grabungsvorschriften manchmal zugunsten der Bauherren auslegte und weil ich überhaupt lieber draußen vor Ort war, sooft es nur ging.

Ich liebte meinen Beruf ja auch nicht. Ich hatte nie Denkmalpfleger werden wollen. Ich hatte Kunstgeschichte studiert, ohne einen Gedanken daran zu verschwenden, ob es dazu irgendwelche Berufe gab. Aber als ich dann anderthalb Jahre nach dem Studium immer noch öde und geistlose Hilfsarbeiterjobs hatte und mir an den Wochenenden als Bedienung in einer Jazzkneipe zunehmend lächerlich vorkam, war mir überraschend doch noch eine Stelle als Denkmalpfleger angeboten worden. Zu diesem Zeitpunkt hatten sich meine Bedenken gegen das System schon deutlich abgenutzt, und es war mir beschämend leicht gefallen, mich in die Sicherheit des Beamtentums zu verkaufen. Nach und nach hatte ich dann allerdings gemerkt, wie viele Vorteile dieser Beruf hatte. Wenn man zum Beispiel zu denkmalgeschützten Häusern fuhr oder zu Grabungen oder zu Terminen mit Kirchenpflegern oder den Kollegen vom Bauamt, dann ließ sich schwerlich auf die Minute festlegen, wann man wieder am Schreibtisch sein musste. Ich hatte mir deshalb im Lauf der Jahre in der Stadt ein Netz von Cafés erarbeitet, in denen man ohne weiteres für eine halbe Stunde aus dem Lauf der Welt ausscheiden und in Ruhe Zeitung lesen konnte. Nicht zuletzt deshalb fand ich es einigermaßen bizarr, dass es nicht Schneider gewesen war, der letztes Jahr die neu eingeführte Leistungszulage bekommen hatte, sondern ich. Für besonderes Engagement im Außenbereich. Das Verhältnis zwischen Schneider und mir hatte sich dadurch nicht wesentlich verbessert.

»Meine Großmutter ist gestorben«, sagte ich, »morgen ist die Beerdigung.«

Schneider verzog keine Miene und sah auch nicht auf. Manchmal fand ich es sehr lästig, dass wir uns ein Büro teilen mussten.

»Ihre Großmutter«, sagte er, wie immer in so neutralem Ton, dass man viel Übung brauchte, um die Skepsis herauszuhören. Ich hatte mir aber in den letzten Jahren gegen meinen Willen viel Übung mit Schneiders feinen Betonungsnuancen angeeignet. Deswegen fragte ich:

»Sagen Sie, habe ich Ihnen eigentlich jemals erzählt, dass ich drei Großväter habe?«

Schneiders Interesse war geweckt. Er wusste nicht, worauf ich hinauswollte.

»Na ja«, sagte ich, »meine Großmutter war zweimal verheiratet. Meine Mutter und mein Onkel kommen aus der ersten, geschiedenen Ehe, eine Tante aus der zweiten. Mein Stiefgroßvater stand mir übrigens näher«, plauderte ich im nettesten Gesprächston weiter, während ich meinen Schreibtisch in Ordnung brachte. »Mein Großvater väterlicherseits dagegen hatte schon vier Kinder, als seine erste Frau starb. Mit der zweiten hatte er dann fünf. Mein Vater hat deshalb acht Geschwister. Ich selbst habe dadurch achtzehn Onkels und Tanten – die angeheirateten natürlich mitgezählt.«

»Und?«, fragte Schneider mürrisch, der immer noch nicht wusste, worauf ich abzielte.

»Und fünfunddreißig Cousins und Cousinen«, sagte ich heiter. »Wissen Sie, was das bedeutet?«

Schneider schüttelte den Kopf, setzte aber dann an, etwas zu sagen. Ich schnitt ihm das Wort ab.

»Das, mein lieber Schneider, bedeutet bei fünfunddreißig Cousins und Cousinen noch weitere vierzehn

Hochzeiten, wenn niemand homosexuell ist, was ich nicht glaube. Dazu achtzehn Beerdigungen von Onkels und Tanten, die ich hoffentlich überleben werde. Vier weitere Beerdigungen von Großeltern.«

Ich verschwieg, dass nach Großmutter Margittas Tod wahrscheinlich nur noch der Vater meiner Mutter lebte.

»Meine eigenen Eltern lasse ich jetzt mal aus«, sagte ich maliziös, »weil ich nicht glaube, dass ich noch hier arbeite, wenn sie sterben. Das sind aber auch so schon mindestens sechsunddreißig freie Tage zum regulären Urlaub, lieber Schneider, wenn es nicht noch zusätzliche tödliche Unfälle gibt. Haben Sie eigentlich Verwandtschaft?«

In diesem Augenblick hasste er mich wirklich.

»Sie sind krank, Ehrlich«, sagte er bösartig, »Sie brauchen professionelle Hilfe. Und das mit dem Urlaub, das kriegen Sie nie durch! Nur für nächste Verwandte, das wissen Sie doch, oder?«

»Mein lieber Kollege«, antwortete ich heiter, »glauben Sie, in der Personalstelle zählt irgendjemand meine Großmütter? Ich gehe jetzt zur Dombauhütte. Falls wir uns heute nicht mehr sehen – bis Donnerstag, Schneider. Vielleicht hänge ich aber auch noch einen Urlaubstag dran, ach was, besser zwei – dann bis Montag. Ach, heute ist ja auch Montag ... na ja. Schönes Wochenende!«

Ich hörte im Gehen, wie Schneider frustriert die Schublade des Aktenschrankes zurückrammte, und lächelte. Manchmal hatte es einfach Vorteile, mit dem Tod aufgewachsen zu sein. Und eine große Verwandtschaft zu haben.

19

Es war ein sonniger Frühlingstag, der aus dem Haus die Winterkälte trieb, die sich in den fast meterdicken Mauern bis in den April hinein gehalten hatte. Gesine hatte alle Fenster geöffnet, und die laue Luft wehte durch die Zimmer, dass sich die Vorhänge bauschten. Alle vier Kinder waren in der Schule, Friedrich war unterwegs und Gesine war alleine zu Hause. Sie mochte das manchmal sehr gerne, weil sie dann endlich dazu kam, all das zu tun, was sie sonst nicht tun konnte. Es handelte sich dabei nicht um den Haushalt. In den letzten zehn Jahren hatte sich immer deutlicher abgezeichnet, dass Gesine nicht das war, was sich Friedrichs Mutter unter einer züchtigen Hausfrau vorgestellt hatte. Dazu gab es viel zu unregelmäßig warmes Essen. Dazu fuhr Gesine eindeutig zu schnell Auto. Dazu gab es in Gesines Haushalt zu viele Tiere. Im Augenblick handelte es sich lediglich um zwei Katzen sowie um die Irische Setterhündin. Die allerdings trächtig war. Gesine hatte ein Wochenende, an dem Friedrich verreist war, dafür verwendet, Elf decken zu lassen. Friedrich hatte das erst vor zwei Wochen bemerkt, als er feststellte, dass Elfs Silhouette sich deutlich verändert hatte.

»Das Hundetier wird fett«, sagte er, »man muss sich wundern. Hat es in letzter Zeit vermehrt Hühner gerissen? Habe ich Schulden bei den Nachbarn?«

Elf neigte nämlich dazu, ihrer Jagdhundnatur freien Lauf zu lassen, wenn die Gartentüre offen stand. Dann riss sie aus, und meistens verringerte sich daraufhin auch der Kleintierbestand der Nachbarn in der Vorstadt. Im Allgemeinen handelte es sich dabei um Zwerghühner, aber ab und zu war auch ein Kaninchen dabei. Die Reste eines

Meerschweinchens, die Elf einmal schwanzwedelnd angebracht hatte, waren von Gesine schnell und stillschweigend vergraben worden, wobei sie sich bemühte, das Bild eines trauernden Nachbarkindes vor ihren Augen nicht allzu deutlich Gestalt annehmen zu lassen. Jedenfalls musste Gesine Friedrich gestehen, dass es sich bei Elfs Bauch nicht um Wohlstandsfett handelte.

»Gesine«, sagte Friedrich daraufhin grabesdüster, »wir haben vier Kinder, zwei Katzen und bis jetzt immerhin nur eine Hündin. Letzte Woche hast du einen nagelneuen Kassettenrekorder gekauft und im Küchenschrank versteckt, weil du glaubst, ich finde ihn dort nicht ...«

»Ich ... er ist für die Kinder«, verteidigte sich Gesine schwach, die ein Faible für moderne Technik hatte. »Man kann sie aufnehmen. Als Erinnerung!«

»So wie mit der Filmkamera, die wir letztes Jahr gekauft haben?«, fragte Friedrich sanft ironisch nach. »Derjenigen, mit der du etwa vierzig verwackelte Minuten den Hund und versehentlich einmal Sam aufgenommen hast, wie er vom Fahrrad fällt? Gesine«, seufzte er dann nach einer Pause, »im Augenblick müssen in dieser Stadt fünf Leute pro Woche sterben, um uns zu ernähren. Aus moralischer Sicht finde ich es bedenklich, wenn sich diese Rate erhöhen muss, weil wir junge Hunde kriegen.«

»Ich kann sie verkaufen«, warf Gesine hastig ein, »ich habe schon Interessenten. Sie werden reinrassig sein. Sogar der Tierarzt will einen.«

»Es ist diese Planung von langer Hand hinter meinem Rücken«, verkündete Friedrich womöglich noch düsterer, »die mich erschüttert.«

Da läutete es an der Türe.

»Die Post!«, rief Gesine mit großer Erleichterung aus. »Ich gehe!«

Friedrich dagegen goss sich eine Tasse kalten Kaffees ein und betrachtete Elf, die sich durch den Flur schleppte, um dann mühsam auf ihren Sessel zu klettern.

»Die Ehrlichs«, murmelte er, »Untergang einer Familie.«

Gesine kam zurück. Mit einem langen Paket in der Hand. »Für dich«, sagte sie und reichte es ihm, »was ist das?«

Friedrich, der es zunächst geistesabwesend entgegengenommen hatte, las den Absender und stellte dann rasch die Tasse weg. »Nichts«, sagte er schuldbewusst, und Gesine, die sofort spürte, dass sich ihre Position aus irgendeinem Grunde verbessert hatte, war hellwach.

»Ein langes Nichts«, stellte sie fest. »Was genau ist nichts?«

Friedrich gab auf.

»Bitte«, seufzte er und riss den Karton auf, »es ist ein Luftgewehr.«

»Noch eins?«, fragte Gesine spitz.

»Es ist für Samuel und Johannes«, erklärte Friedrich matt.

»Für die Jungen?« Gesine war ein wenig entgeistert. »Friedrich. Sam ist erst zwölf!«

»Alt genug«, meinte Friedrich, »ich war acht, als ich meine erste Pistole gefunden habe.«

»Das war nach dem Krieg«, hielt Gesine ihm entgegen, »ihr habt ja nach Waffen gesucht.«

»Sieh mal«, setzte ihr Friedrich daraufhin auseinander, »ich durfte nicht einmal mit Pfeil und Bogen spielen. Nichts. Meine Mutter war da unglaublich streng. Ein Christ nimmt keine Waffe in die Hand, hat sie immer gesagt. Und was ist dabei herausgekommen?«

»Eine ungesunde Faszination, würde ich sagen«, antwortete Gesine trocken.

»Man kann nur dann Verantwortung lernen, wenn man auch die Gelegenheit dazu bekommt. Ich habe ihnen schon gesagt, dass sie auf nichts Lebendes schießen dürfen. Das ist die Bedingung. Sonst ist das Ding weg.«

»Friedrich!«, begann Gesine streng, aber da kam ein Winseln von Elf. »Oh!« Schon war sie zu der Hündin gerannt. Und Friedrich nutzte die Situation aus und entspannte sich.

»Welpen gegen Gewehr«, lautete sein Angebot, »abgemacht?«

»Jaja«, sagte Gesine abwesend und kümmerte sich darum, dass Elf bequemer lag.

Zwei Wochen später schleppte sie ebenden Sessel, aus dem Elf nicht mehr hochkam, samt Hund zu der großen, mit alten Decken gepolsterten und umwickelten Kiste, deren Anwesenheit im Flur Friedrich bisher nur beiläufig wahrgenommen hatte, wenn er das Arbeitszimmer verließ. Wollte man in diesem Haus auf alles achten, was im Wege stand, dann kam man nicht weit.

»Hilf mir mal!«, keuchte Gesine.

Friedrich fasste mit an, und schließlich lag Elf in ihrer Kiste. Offensichtlich stand da ein Geburtsvorgang kurz bevor. Friedrich trat etwas pikiert zurück und bemerkte erst jetzt die seltsame Form, die sich unter den Decken abzeichnete.

»Gesine«, fragte er nach kurzem Schweigen fassungslos, »ist das ein Kindersarg?«

»Ich brauche ihn ja nicht lange«, sagte Gesine verlegen, »nur für zwei Wochen. Und ich habe ihn abgedeckt.«

»Frau«, sagte Friedrich in tief resigniertem Ton, »ich kann nur hoffen, dass nie jemand hiervon erfährt. Sonst sind wir schneller pleite, als du ›Irische Setterhündin‹ sagen kannst.«

Dann drehte er sich um und verließ das Haus. Das hier, fand er, war Gesines Sache, und je weniger er davon mitbekam, desto besser würde es für alle sein.

Gesine war in der Küche, rannte aber alle zehn Minuten zu Elfs Kiste, um zu sehen, wie weit sie war. In der Küche stand für alle Fälle ein Topf mit heißem Wasser, und Gesine hatte ein paar alte Handtücher in Streifen gerissen. Ihr war zwar nicht ganz klar, was sie damit tun sollte, aber es fiel ihr schwer, der Natur einfach ihren Lauf zu lassen. Das nämlich war, wie sie sich selbst eingestehen musste, ganz und gar nicht ihre Natur. Sie hatte eben einen Topf Kartoffeln für ein möglichst einfaches Essen aufgesetzt, als das Telefon läutete. Obwohl Gesine das alte Haus mochte, in dem sie wohnten – die weitläufigen Flure, die dicken Mauern, in deren Nischen ganze Kommoden verschwanden, die großen Zimmer mit den schiefen Türen –, ärgerte sie sich jedes Mal über die unpraktische Aufteilung. Küche, Speisekammer und Waschküche lagen im Erdgeschoss, Ess-, Wohn- und Kinderzimmer im ersten Stock. Alles Essen, alles Geschirr und alle Wäsche musste immer erst durch die langen zugigen Flure und in den ersten Stock getragen werden. Und natürlich stand das Telefon im Wohnzimmer. Sie trocknete sich im Laufen die Hände ab, warf das Handtuch übers Treppengeländer und rannte – immer zwei Stufen auf einmal nehmend – ins Wohnzimmer.

»Ehrlich«, sagte sie atemlos in den Hörer, als sie abgenommen hatte.

»Wagner«, hörte sie die Stimme ihres Bruders, »bist du das, Gesine?«

»Ach, Klaus«, sagte Gesine, »schön, dass du anrufst. Aber hör mal, ich habe nicht viel Zeit, Elf wirft gerade ...«

»Nein«, erwiderte die Stimme, »hier ist nicht Klaus. Hier ist Wolfgang. Wolfgang Wagner. Dein Vater.«

Gesine hielt den Hörer einen Augenblick lang erschrocken vom Ohr weg. Ihr Vater. Wann hatte sie ihn das letzte Mal gesehen? In Flensburg, 1947, hatte er sie auf dem Pausenhof der Grundschule besucht. Ihre Mutter hatte davon erfahren und der Lehrerin gesagt, dass er sie nicht sehen dürfe. Aus München hatte sie ihm Briefe geschrieben, Briefe der Sehnsucht einer Zwölfjährigen nach ihrem Vater. Er war zweimal gekommen, nebenbei, auf Reisen in den Süden, für zwei Stunden. Klaus hatte ihn überhaupt nicht gesehen. Das letzte Mal hatte sie ihren Vater getroffen, als sie sechzehn war. Voller seltsamer Gefühle, voller Sehnsüchte, voller Wut auf ihren Stiefvater und voller jugendlicher Verachtung für ihre Mutter, die sich von diesem Stiefvater tyrannisieren und einsperren ließ. Ein Stiefvater, der ihrer Mutter verbot, die Mosaikwerkstätten zu besuchen. Ein Stiefvater, der sie und Klaus zwar im selben Haus mit ihrer Mutter wohnen ließ, aber in einer eigenen Wohnung im ersten Stock. Sie war auf der Suche nach einem Halt gewesen, aber ihr Vater war gekommen und hatte sie zu heißer Schokolade eingeladen, war mit ihr im Kino gewesen und dann wieder gefahren. Und jetzt war sie über dreißig und ihr Vater war am Telefon.

»Gesine?« Wisperleise und sehr weit entfernt klang es aus dem Hörer, den sie auf den Tisch gelegt hatte. Elf winselte im Flur. Gesine gab sich einen Ruck und nahm den Hörer auf.

»Hallo Vater«, sagte sie, »schön, dass du nach fünfzehn Jahren mal anrufst.«

Als Samuel, Johannes, Dorothee und Maria aus der fünften, vierten, dritten und zweiten Klasse der Volksschule in der gegenüberliegenden Straße hinter der Kirche nach Hause kamen, lagen im Kindersarg acht Setterwelpen, die blind übereinander krochen und winzige, fiepsende Geräusche von sich gaben. Die Schultaschen lagen dort im Flur, wo sie vom Rücken geschleudert worden waren, und Gesine lächelte, als sie sie aufsammelte. Die Kinder hatten sich rings um Elf und die Hundekinder auf den Boden gesetzt. Dorothee, die einmal Tierärztin werden wollte, hatte schon zwei auf dem Arm.

»So viele!«, staunte Maria.

»Acht Stück«, sagte Gesine so stolz, als hätte sie die Welpen selbst auf die Welt gebracht. Halb stimmte es auch – sie hatte ein wenig Geburtshilfe leisten müssen. Sie sagte den Kindern nicht, dass es ein Wurf von zehn gewesen war. Zwei der winzigen Welpen waren gleich nach der Geburt gestorben, und Gesine hatte sie eilig im Garten begraben – kurz bevor es ein Uhr geschlagen hatte. Johannes schnupperte mit gekrauster Nase:

»Die Welpen riechen verbrannt«, sagte er verwundert.

Gesine schnupperte auch. Es roch wirklich verbrannt.

»Ha!«, schrie sie. »Die Kartoffeln!«

Sie rannte die Treppe hinunter. Maria sah ihr nach, einen Welpen in der Armbeuge ihres linken Armes; mit der rechten Hand fuhr sie ganz sanft über das weiche Fell.

»Mama rennt immer«, sagte sie dann. Dorothee nickte zerstreut.

»Diesen hier behalten wir«, bestimmte sie und hielt ein Hundebaby hoch, aus dessen Maul schief ein winziger Eckzahn stand, »das ist der Süßeste.«

Gesine kam mit dem Topf voller angebrannter Kartoffeln wieder hoch. »Wenn man das Schwarze abkratzt, kann man sie noch gut essen«, sagte sie.

Für Samuel verband sich bei diesem improvisierten Mittagessen der leichte Brandgeschmack der Kartoffeln für immer mit diesem glücklichen, heiteren Frühlingstag voller Hundewelpen, blauem Himmel und der Brise, die nach blühendem Raps duftend durchs Fenster kam. Später ließ er manchmal, wenn er Kartoffeln machte, das Wasser verkochen, bis die Kartoffeln begannen, schwarz zu werden, nur weil damit auch dieser Tag wieder lebendig wurde.

Als Friedrich abends nach Hause kam, hatte Gesine schon lange auf ihn gewartet.

»Hast du die Welpen gesehen?«, fragte sie ihn gleich, immer noch ein wenig aufgeregt von diesem Tag.

Friedrich schüttelte abwesend den Kopf.

»Aber du musst sie dir ansehen«, drängte Gesine ihn, »und dann muss ich dir noch etwas sagen.«

Friedrich hörte an ihrer Stimme, dass es um etwas Wichtiges ging, und sah sie fragend an.

»Mein Vater hat heute angerufen«, sagte sie. »Er will uns sehen.«

»Dein Vater?«, fragte Friedrich. »Dein richtiger Vater?«

Gesine nickte und erzählte Friedrich von dem Telefonat: dass Wolfgang lange nach ihrer Adresse gesucht hatte, weil er sich ja an seine Exfrau nicht wenden konnte, dass er schließlich alle Ehrlichs durchtelefoniert hatte, bis er sie endlich gefunden hatte. Dass er wieder eine Frau hatte. »Aber sie sind nicht verheiratet«, musste Gesine anfügen, was Friedrich ein Lächeln abrang. Dass er noch zwei Kinder bekommen hatte.

»Willst du ihn denn sehen?«, fragte Friedrich ruhig, nachdem Gesine zu Ende erzählt hatte.

Gesine hatte sich das den Tag über immer und immer wieder überlegt, aber jetzt war sie zu einem Entschluss gekommen.

»Ja«, sagte sie, »was vorbei ist, ist vorbei. Ja. Ich glaube, ich will ihn besuchen.«

Das mag ich an ihr, dachte Friedrich, dass sie das Gemeine so abschütteln kann. Dass sie sich frei machen kann. Er gab sich einen Ruck.

»Ich muss dir auch etwas sagen, wegen des Luftgewehrs«, sagte er, aber Gesine unterbrach ihn.

»Wir haben doch heute die Welpen gekriegt. Du wirst ihnen doch nicht auch noch das Luftgewehr geben!«, sagte sie fast empört.

Friedrich setzte sich etwas resigniert hin und goss sich kalten Kaffee ein. Als er die Kondensmilch zugab, lief die Tasse über. Gesine seufzte, sagte aber nichts. Friedrich nahm drei Löffel Zucker und rührte heftig um. Die Tasse klirrte und die Untertasse wurde immer voller.

»Nein«, sagte er schließlich ärgerlich, »ich will es ihnen nicht geben. Aber ich habe vorhin nach den Kugeln gesucht und ...« Er stockte kurz, dann sagte er es schließlich doch.

»Mir fehlt eine Pistole.«

Gesine sah ihn an.

»Hast du überall gesucht?«, fragte sie schließlich.

Friedrich stand wütend auf. »Natürlich habe ich überall gesucht. Es fehlt keins der Gewehre und auch die Schwarzpulverwaffen sind da. Nur die Pistole ist weg. Und hundert Patronen. Ich habe schon überall gesucht, und außerdem war ich seit dem Wettschießen im Herbst nicht mehr am Waffenschrank. Ich sage dir, was ich glaube. Ich glaube, dein Bruder hat sie genommen.«

Gesine war sofort wütend. Dieser Tag war voller Aufregungen gewesen, und der alte Schutzreflex gegenüber dem kleinen Bruder griff, bevor sie nachdachte.

»Ach ja«, giftete sie, »natürlich muss er es gewesen sein! Als ob hier keine anderen Leute ein- und ausgehen würden! Natürlich wieder Klaus. Du hast einfach kein Vertrauen – nur weil du dich nicht mit ihm verstehst.«

Friedrich versuchte sich zu verteidigen, aber Gesine war viel zu wütend. Sie fühlte, dass sie in einer schwächeren Position war, weil sie vom Anruf ihres Vaters erzählt hatte. Ihre Familie war die, in der man sich betrog und alleine ließ.

»Und was ist mit Udo?«, fragte sie schließlich. »Vielleicht war es gar nicht mein Bruder, der Dieb, sondern Udo, der mit den Drogen, den du einfach hier hast schlafen lassen.«

»Gesine«, rief Friedrich jetzt ungeduldig, »dein Bruder hat ihn mitgebracht! Ich konnte ihn doch nicht rauswerfen! Dann hättest du doch auch wieder gesagt, dass ich deinen Bruder nicht leiden kann ... ach, da beißt sich doch die Katze in den Schwanz! Jedenfalls kann ich sie ja jetzt nicht als gestohlen melden!«

»Wieso?«, fragte Gesine immer noch wütend.

»Weil«, setzte Friedrich ihr auseinander, »ich ja dann deinen Bruder als Verdächtigen angeben müsste, oder? Willst du das?«

Gesine wollte das nicht. Sie einigten sich schließlich darauf, dass Gesine Klaus fragen würde, aber Friedrich machte sich nicht viel Hoffnung. Ob er sie nun mitgenommen hatte, ob es Udo gewesen war oder ob sie einfach auf einem anderen Weg abhanden gekommen war – im ersten Fall würde Klaus es nicht zugeben, im zweiten würde er, wenn er davon wüsste, Udo decken und wenn nicht, dann half es ja auch nicht, ihn zu fragen. Aber Gesine bestand darauf und war sich sicher, dass Klaus es ihr sagen würde, wenn er davon wusste. Friedrich zuckte hilflos die Achseln und setzte sich wieder. Der Kaffee schmeckte furchtbar. Sie schwiegen eine ganze Weile, und jeder hing düster seinen Gedanken nach. Schließlich straffte sich Gesine und fasste über den Tisch nach Friedrichs Hand.

»Willst du die Welpen sehen?«, fragte sie. »Dorothee hat schon einen für uns ausgesucht.«

»Ach ja?«, fragte Friedrich in komischer Verzweiflung. »Prima. Wir lassen ihn zum Sprengstoffspürhund ausbilden, ja?«

Aber dann, als er die Welpen sah, musste er doch einen von ihnen hochnehmen. Das kleine warme Fellpaketchen war wie ein Trost und sagte, dass die Welt sich weiter drehte, auch wenn es Ärger gab.

»Was für ein Tag«, seufzte er.

»Was für ein Tag«, nickte Gesine abwesend mit großen Augen, weil sie durch das offene Fenster in die dunkle Ferne sah, »was für ein Tag!«

20

Es war so, dass Großmutters Tod mich auf eigenartige Weise in meine Jugend zurückversetzte. Ich musste in diesen Tagen oft an früher denken. Während ich auf dem Gerüst am Dom herumkletterte und Schäden an Wasserspeiern protokollierte, war plötzlich die Erinnerung zurückgekommen, wie oft ich früher auf dem Dachboden der Kirche gewesen war. Als Sohn eines Bestatters verbringt man automatisch viel Zeit in Kirchen, weil man irgendwann anfängt, sich sein Taschengeld zu verdienen, indem man bei Beerdigungen den Kreuzträger macht oder beim Leichenwaschen hilft oder als Sargträger einspringt. Großmutter war eine weltoffene Frau gewesen, voller ungewöhnlicher Ideen und mit wenigen Vorurteilen. Aber die Faszination, die der Tod für uns hatte, unser Spiel mit dem Schrecken, unsere Leichtigkeit im Gespräch über Tote wollte sie nicht verstehen. »Ich lebe«, hatte sie immer gesagt, »ich denke nie an den Tod.« Ich konnte das damals nicht verstehen. Ich lächelte darüber. Nachsichtig, wie man als Jugendlicher ist, der eben die Welt verstanden hat und – der sich in seiner Jugend unsterblich fühlt. Die anderen starben, das hatte ich damals jeden Tag vor Augen. Die anderen, aber nicht wir. Weil der Tod in unserem Haus ständig zu Gast war, hatten wir keine Angst vor ihm – er konnte uns nichts anhaben.

Ich kletterte am Gerüst hinab bis auf Höhe der Empore. Dort war ein Fenster offen, durch das die Restauratoren ihre Eimer und Säcke mit Putz gereicht hatten, weil das einfacher war, als sie über die enge Domtreppe hochzuschleppen. Ich kletterte durch das Fenster und sparte mir den Umweg über das Gerüst bis ganz nach unten. An den Längsseiten des Schiffes hingen überall Stiftergemälde, die mit Folie abgeklebt waren, damit kein Putzspritzer die Farben ausbleichte. Hier oben wirkte der Dom fast profan – eine Baustelle eben. Ich ging auf der Südseite an den Bänken vorbei bis zur Kanzel, die nur durch eine Balustrade von der ehemaligen Königsloge getrennt war. Unten arbeiteten zwei Steinmetze am Relief einer Sandsteinsäule. Sie hörten mich durch den Lärm ihrer Meißel nicht. Ich sah mich um, dann kletterte ich über die Balustrade auf die Kanzel. Es war natürlich verboten, auf die Balustrade zu treten, aber sie war auch abgeklebt und außerdem aus massiver Eiche. An der Wand hinter der Kanzel – im Rücken des Pfarrers, wenn er auf der Kanzel stand – hing mein Lieblingskunstwerk. Es war ein Mosaik aus den zwanziger Jahren. Vielleicht hatte irgendein Pfarrer kurz nach der Katastrophe des ersten großen Krieges das Gefühl gehabt, dass die alten Gemälde nicht mehr ausreichten, weil sie nicht mehr wahr waren. Dass man neue Bilder brauchte, um zu verstehen, was geschehen war, um vielleicht, ganz vielleicht, in der Kirche doch noch irgendeine Hoffnung zu finden. Das Mosaik stellte Judith und Holofernes dar. Besonders war nur, dass Judith nicht, wie sonst überall, im Augenblick des Triumphes mit dem Haupt des Holofernes abgebildet war. Das Mosaik zeigte sie vorher – in der Liebesnacht mit ihrem Todfeind. Judith lag schlangengleich auf Holofernes, der den Kopf – wie in einer Ahnung des Todes – in höchster Ekstase nach hinten geworfen hatte, während sie, schön und kühl und trotz aller Lust seltsam unberührt, ihn beobachtete. Ihre Haare waren in schwarzem Glas ausgeführt, in grob gebrochenen Stücken, und wirkten wild und ungebändigt. Die fast ganz geschlossenen Augen des Holofernes waren aus einem winzigen Splitter der golden unterlegten grünen Steine gemacht. Wäre es keine biblische Szene gewesen, hätte solch ein

Bild in keiner Kirche hängen dürfen. Es war ein Mosaik, dem man die Herkunft aus dem Expressionismus ansah – wütend und wunderschön und ein einziger Tabubruch. Eine Judith, die nicht ihre Pflicht tat, indem sie mit Holofernes schlief, sondern eine Judith, die ihre Erfüllung in der Nacht mit dem General des Nebukadnezar bis zum Letzten auskostete – um ihn danach zu töten. Wahrscheinlich hatte man das Bild nur deshalb nicht längst entfernt, weil es so hing, dass es nur an späten, langen Sommernachmittagen ganz unvermutet durch das Licht von hinten aufleuchtete und dann ein Rausch von Farben wurde. Großmutter hatte mir das gezeigt, als ich neunzehn oder zwanzig war. Sie war mich besuchen gekommen, als ich mir eben mein erstes Zimmer in einer neuen Stadt genommen hatte, in dem Sommer, bevor ich anfing zu studieren. An einem Juninachmittag war es, gegen halb sechs Uhr. Großmutter hatte nach dem Krieg auch mal hier gewohnt und fand es schön, die Stadt wiederzusehen. Ich hatte den Nachmittag mit ihr verbracht und war mir wunderbar erwachsen vorgekommen, weil ich sie ins Café einladen konnte. Wir sprachen über Kunst und über Malerei und über meine ersten, ziemlich unbeholfenen Versuche, eine Mappe zu erarbeiten.

»Frauen finde ich am schwierigsten«, gestand ich ihr und meinte das Zeichnen.

»Ich finde die Männer schwierig«, entgegnete Großmutter und lächelte, »von Anfang an.«

Da fiel mir zum ersten Mal auf, dass Großmutter immer noch eine schöne Frau war und dass sie nicht nur Enkel hatte, sondern wahrscheinlich auch noch Sehnsüchte.

»Komm mal mit«, sagte sie und drückte ihre Zigarette aus, »lass dir etwas zeigen. Die Sonne steht gerade richtig.«

Und dann gingen wir zum Dom. Damals war der Haupteingang für Besucher noch nicht gesperrt, und man musste die großen Bronzetüren bewegen. Die Kühle der Kirche war so angenehm, dass wir beide einen Augenblick stehen blieben, um zu atmen. Großmutter hakte sich lächelnd bei mir ein. Wir schritten durch den Mittelgang, bis sie kurz vor dem Chor stehen blieb und auf die Kanzel zeigte.

»Das wird ganz selten gemacht«, sagte sie und deutete auf das Mosaik, »die Steine sind aus Muranoglas und auf Glas geklebt. Die Steine dahinter hat man entfernt und ein Fenster eingesetzt, damit das Licht durchscheinen kann. Warte ... gleich steht die Sonne tief genug.«

Es war einer dieser Augenblicke, von denen man erst später merkt, dass man sie nicht vergessen wird. Eben noch war das Mosaik stumpf und dunkel, aber dann begann erst das Zeltdach des Holofernes zu leuchten, dann die Laterne, die unter dem Baldachin hing, und dann strahlte auf einmal das ganze Bild. Judiths Haare schimmerten blau und schwarz, Holofernes' Augen, bis auf einen Schlitz geschlossen, leuchteten golden, sein halb geöffneter Mund dunkelrot, dazwischen die leuchtend weißen Zähne. Judiths Busen – wie konnte man aus eckig gebrochenem Glas so lockende Brüste machen? – war so, dass ich später, in dieser langen hellen Juninacht, nicht aufhören konnte, ihn mir vorzustellen. Zum ersten Mal verstand ich, dass ein Augenblick kommen mochte, in dem man sterben wollte, weil es darüber hinaus nichts geben konnte.

»So muss man Frauen malen«, sagte Großmutter. Ihr Duft nach Zigaretten und Parfum war in dieser Kirche so fremd wie das Bild.

»Ach, malen«, erwiderte ich trotz meiner seltsamen Ergriffenheit gewollt frech, »vielleicht sollte man lieber General der Babylonier werden.«

»Assyrer, gottloser Bengel«, antwortete Großmutter lächelnd und im selben Ton, »Holofernes ist Feldherr der Assyrer.«

Seit dem Tag war zwischen uns etwas anders geworden.

Und jetzt stand ich wieder vor dem Mosaik, das von den Bauarbeiten staubig und dunkel war, und dachte an Großmutter und an ihre Männer und an Judith, deren Bild ich zwanzig Jahre später immer noch nicht losgeworden war.

»Ach Großmutter«, sagte ich leise, »kluge, schöne Großmutter.«

Und dann ging ich, um zu ihrer Beerdigung zu fahren.

21

Udo und Gerhard starrten auf den ziemlich ramponiert aussehenden grauen Müllsack, der noch von Kalkstaub und ein paar Betonkrümeln bedeckt war, aber ansonsten frei lag.

»Sollen wir ihn ... meinst du, wir sollen ihn aufmachen?«, fragte Udo unsicher.

Gerhard zuckte ärgerlich die Schultern. »Wozu denn?«, entgegnete er kurz. »Wir wissen ja, wer drin ist.«

Ja. Udo wusste natürlich, wer drin war. Aber irgendwie hatte er immer geahnt, dass er diesen Plastiksack einmal wieder würde ausgraben müssen. Und er hatte immer noch das gleiche Gefühl wie damals – diesen vagen Drang, den Plastiksack aufzureißen, um Luft an das Gesicht zu lassen. Es war wie ein Jucken an einer Stelle, die man nicht kratzen konnte. Ein Unbehagen. Auf einmal schien es überhaupt nicht mehr lange her, dass sie hier fast eine Woche lang geschuftet hatten, um diesen Plastiksack so einzubetonieren, dass man ihn niemals finden würde. Damals waren Udos Eltern im Urlaub gewesen. In Italien – wie man das damals eben machte. Drei Wochen. Deshalb hatte Udo sein Elternhaus überhaupt vorgeschlagen. Aber dann stellte sich heraus, dass es in jeder Beziehung gut war. Es war so weit vom Tatort weg, dass kein Polizist der Welt auf Werste gekommen wäre. Und Udos Vater hatte den Erdkeller immer ausbetonieren wollen, so dass Udo nichts erklären hatte müssen, außer, wieso er seinem Vater aus heiterem Himmel zur Hand gegangen war. Udo verzog das Gesicht, als er daran dachte, wie er davon geredet hatte, dass er während des Urlaubs das Haus bewohnt hatte, dass er sich hatte erkenntlich zeigen wollen, dass ... ihm waren dann die Argumente ausgegangen und alles hatte sich hohl angehört.

Aber sein Vater hatte nur den Estrich angesehen, den Udo sauber verzogen hatte – gelernt war gelernt – und hatte mürrisch gesagt: »Siehst du. Du kannst ja, wenn du willst. Hab' ich immer gesagt.«

Das einzig Gute daran war gewesen, dass sein Vater, der Spießbürger, der Kaninchenzüchter, der Kinderschläger, dass dieser Mann fünfundzwanzig Jahre mit einer Leiche im Haus gewohnt hatte.

»Fass an!«, sagte Gerhard und packte das untere Ende. Klar, dachte Udo, und ich den Oberkörper. Warum war das so? Warum war immer er derjenige, der die schweren Enden zu tragen hatte? Wahrscheinlich lag es daran, dass er einfach nicht helle genug war. Dass er zu langsam war. Und außerdem hatte er Gerhard noch nie leiden können. Vielleicht, weil der schon immer die anderen benutzt hatte.

Sie schleppten den Körper hoch. Udo kam es nicht so vor, als hätte sich viel verändert – er war so schwer wie damals. Im Flur ließen sie ihn vorsichtig auf den Boden herab.

»Ich geh' mal nachsehen«, sagte Gerhard und öffnete die Haustür. Er hatte sich von einem Freund einen Kleinbus geliehen, der jetzt vor dem Gartentor auf der Straße stand. Früher wäre es ein VW-Bus gewesen, dachte Udo trotz der Situation in einem Anflug von Wehmut, ein bemalter VW-Bus. Heute ist es irgendwas Japanisches.

Sie hatten, um den Schein zu wahren, ein paar Möbel und die eine oder andere Lampe, ein paar Bilder und ein, zwei Kisten Geschirr aus dem Haus getragen und ins Auto gepackt. Gerhard kam zurück.

»Okay«, sagte er, »schnell jetzt.«

Udo lehnte an der Wand und stieß sich ab, um wieder zuzufassen, als ihm etwas einfiel.

»Hör mal«, sagte er zu Gerhard, »und später? Wir können doch dann später nicht einfach einen Riesensack aus dem Bus schleifen! Und außerdem ... es passiert immer genau das, was keiner erwartet. Wenn wir jetzt diesen Müllsack zum Auto tragen, kommt garantiert Knischewski um die Ecke und fragt, ob da eine Leiche drin ist.«

Gerhard verdrehte die Augen.

»Die Leute sehen, was sie sehen wollen«, sagte er. »Und kein Mensch will eine Leiche sehen. Leichen bedeuten Ärger.«

»Ach ja?« Udo zog in gespielter Überraschung die Brauen hoch. »Stimmt. Das Gefühl habe ich auch gerade. Wir können sie auf jeden Fall nicht einfach so zum Auto tragen.«

Gerhard hob wütend die Arme, aber dann gab er nach und sah sich nach etwas um, in dem sie die Leiche transportieren konnten.

»Ich hätte sie von Anfang an nicht ausgegraben«, sagte er, während er durch die Zimmer ging. »Wozu? Die reißen doch hier sowieso alles ab. Das wäre nie aufgefallen.«

Udo ging ihm nach. »Nicht so laut!«, sagte er, »und das war vielleicht früher mal so. Du hast keine Ahnung vom Bau und so. Ich hab' aber in den letzten zwanzig Jahren fast jeden Sommer auf dem Bau gearbeitet. Heute wird alles getrennt. Beton. Ziegel. Holz. Und du kannst sicher sein, dass kein Baggerfahrer in Deutschland einfach einen Plastiksack auf den Laster mit mineralischem Bauschutt lädt. Weil sie dann nämlich Zuschläge zahlen müssen. Die betreiben den Umweltschutz wie ein KZ.«

»Udo, bitte!« Gerhard war auf dem Weg in den ersten Stock, um sich nach einem Schrank umzusehen, oder wenigstens nach einer Kommode, die groß genug für eine Leiche war. »Du denkst immer noch in diesen siebziger Jahre-Kategorien«, sagte er, »die Welt hat sich verändert. Faschismus war gestern. Die globalisierte Wirtschaft ...«, er hatte einen Schrank gefunden und öffnete ihn. »Zu groß«, murmelte er dann und wandte sich wieder an Udo.

»Du hast den Kampf sowieso nie verstanden«, sagte er voller Verachtung, »du warst ja sowieso immer lieber auf Droge.«

»Ja«, sagte Udo plötzlich wütend, »weil es so viel gebracht hat, dass ihr irgendwelche Banker in die Luft gesprengt habt. Weißt du was«, sagte er jetzt ziemlich laut, »vor diesem ganzen bewaffneten Scheiß hat es noch kein Vermummungsverbot gegeben und auch keine Onlinedurchsuchungen und auch keinen Scheißfingerabdruck im Ausweis. Dieser ganze bescheuerte Terrorismus hat doch bloß dazu geführt, dass ich nicht mal ein bisschen Hanf im Garten anbauen kann, weil mich irgendwelche Satelliten dabei filmen.«

Gerhard war stehen geblieben und sah Udo lang an. Dann wurde sein Gesichtsausdruck fast mitleidig.

»Udo«, sagte er schließlich resigniert, »du bist so doof, das gibt's gar nicht.«

Zwei Stunden später saßen sie endlich im Auto. Gerhard ließ den Motor an. Udo sah noch einmal hinüber zum Haus. Gut, dass er abgesperrt hatte. Knischewski war aus seinem Haus getreten und sah jetzt neugierig zum Nachbargrundstück. Udo hätte ihm zugetraut, dass er das Haus durchstöberte, wenn es offen wäre. Wird ja sowieso abgerissen, würde er sich denken. Trotz der Leiche hinten im Wagen fühlte sich Udo erleichtert. Diesmal gab es kein Zurück mehr. Er war das letzte Mal in seinem Leben in Werste gewesen. Gerhard löste die Handbremse und fuhr ruckend an. Hinten schepperte es, als die Vase umfiel, die Gerhard zum Schluss noch achtlos auf die Kisten gestellt hatte. Udo drehte sich um. Es sah fast wie ein richtiger Umzug aus. Er hätte grinsen mögen, wenn er nicht schlicht und einfach zu nervös gewesen wäre. Es war ja noch nicht vorbei. Eigentlich ging es jetzt erst richtig los.

»Wir hätten sie einfach im Wald vergraben sollen«, murrte Gerhard, während er auf die Bundesstraße einbog, die zur Autobahn führte, »einfach vergraben.«

Udo antwortete nicht. Gerhard wusste genauso gut wie er, dass man im Zeitalter des genetischen Fingerabdrucks Leichen nicht mehr einfach irgendwo vergraben konnte. Udo sah nicht viel fern, weil ein Fernseher irgendwie immer noch gegen seine Prinzipien war, aber die wenigen Serien, die er mitbekommen hatte, machten ihm schon genug Angst. Selbst wenn die deutsche Polizei nur die Hälfte der Technik verwendete, die in Amerika offenbar gang und gäbe war: Wenn diese Leiche jemals gefunden wurde, wanderte Udo für lange Jahre in den Knast.

»Fahr«, sagte er ungeduldig zu Gerhard und holte seinen Tabaksbeutel heraus. Gerhard sah kurz zu ihm hinüber und sagte dann:

»Du kannst hier drin nicht rauchen. Das ist ein Mietwagen.«

Dann drehte er das Radio auf. Supertramp. *Take the long way home.* Udo seufzte und steckte den Tabak wieder weg. Er hasste Supertramp.

22

Samuel, Johannes, Dorothee und Maria hatten ein neues Spiel entdeckt. Johannes war auf den Gedanken gekommen, nachdem Dorothee und Maria auf dem Dachboden einen Koffer gefunden hatten. Sam hatte die lange, stille, sonnig-träge Stunde nach dem Mittagessen im Kirchhof verbracht. Er mochte diesen kleinen ummauerten Garten hinter der Kirche in letzter Zeit immer mehr. Sein Vater hatte ihm gesagt, dass der Garten früher ein Friedhof gewesen war, und Sam stellte sich manchmal vor, dass alle Grabsteine im Lauf der Jahrhunderte immer tiefer gesunken waren, bis sie in der Erde verschwunden waren und nur noch Wiese geblieben war. Für einen Vierzehnjährigen, der eben begann, sich nach dem Unbedingten, nach Größe und natürlich nach der absoluten Liebe zu sehnen, war das ein guter Ort. Auf einem der Zwetschgenbäume, die dicht an der Mauer standen, hatte er seit Jahren seinen Platz in einer Astgabel auf etwa fünf Meter Höhe. Im Sommer verdeckte einen das Laub, und jetzt im Herbst gab es außerdem die noch halb grünen Zwetschgen, die Sam am liebsten mochte. Und da man außerdem von dort das Pfarrhaus sehen konnte, war er nicht umhin gekommen zu bemerken, dass vor dem Pfarramtsbüro eine lange Schlange Menschen stand. Sam spuckte nachdenklich einen Kern hinunter auf die Wiese und kam zu dem Entschluss, dass man da etwas unternehmen musste. Er trödelte die Gasse an der Mauer entlang, wartete die Straßenbahn ab, die zu dieser Stunde fast leer und müde klingelnd die Gleise entlangschleifte, und strich dann quer über die Straße. Er blieb einen Augenblick am schmiedeeisernen Zaun stehen, hinter dem ein wenig unordentlich und vom langen Sommer staubig die

Mustersteine standen, um zu sehen, ob Johannes und die Mädchen dort irgendwo waren. Es war mehr um der Gründlichkeit willen, und er war nicht überrascht, sie nicht dort zu finden. Alle Ehrlich-Kinder hielten sich eigentlich immer lieber in dem weitläufigen Garten hinter dem Haus auf, der sich fast über die Länge des ganzen Viertels erstreckte und in dessen hinterer Mauer sich eine kleine Tür zur Parallelstraße befand. Er ging um das Haus herum und fand sie.

»Wir spielen Verreisen«, lispelte Maria, die ihren Koffer kaum schleppen konnte, »nach Amerika und Eisland.«

Obwohl sie jetzt schon zehn war, sprach sie immer noch mit einem leichten Anklang an diesen Singsang, den sie ganz am Anfang gesprochen hatte, als sie zu Ehrlichs gekommen war.

»Wollt ihr mit?«, fragte Dorothee, die Elf bei sich hatte und sie geistesabwesend streichelte. Es war ein heißer Septembertag und Elf hechelte.

»Drüben im Pfarrhaus ist Konfirmandenanmeldung«, sagte Samuel, »ich finde, wir sollten irgendwas machen.«

Irgendwas machen bedeutete im Jargon der Ehrlich-Kinder dasselbe, was man lange vor ihrer Zeit einen Streich genannt hätte. Es handelte sich aber um die siebziger und nicht um die dreißiger Jahre, deswegen verwendeten sie das Wort nicht, auch wenn sie es aus ihren Kinderbüchern kannten.

Johannes sah nachdenklich auf den Koffer, den Maria jetzt geöffnet hatte, um sich hineinzusetzen. Sie hielt ein imaginäres Steuerrad und sang unmelodisch vor sich hin. Elf schnupperte mäßig neugierig an den alten Lederriemen, die vom Deckel des Koffers hingen.

»Maria«, fragte er dann nachlässig, während seine Augen rasch hin und her wanderten und Größen abschätzten, »meinst du, du passt ganz in den Koffer?«

Sam und Dorothee verstanden sofort, was Johannes meinte.

»So, dass man ihn zumachen kann, meinst du?«, erkundigte sich Maria unbefangen. »Dann ist es aber ganz dunkel.«

»Man könnte ein Loch reinbohren«, schlug Sam vor, »dann kannst du auf jeden Fall atmen.«

Dorothee hatte sich bereits neben Maria hingekniet, um ihr zu helfen. Maria war unglaublich leicht und gelenkig. Wann immer im Spiel jemand von einem Schiff abzuseilen war, wann immer es darum ging, Höhlen zu erkunden oder Schlüssel aus einem abgeschlossenen Briefkasten zu angeln, dann war Maria an der Reihe. Und trotz der fehlenden Hand war sie eine ausgezeichnete Schwimmerin, wie Samuel manchmal voller Neid bemerkte. Jetzt machte sie sich schon ganz klein, zog die Beine an und legte die Arme über den Kopf. Dorothee klappte vorsichtig den Koffer zu.

»Geht's?«, fragte sie fürsorglich.

»Geht!«, klang es dumpf aus dem Koffer. Dorothee und Johannes sahen ihn abwartend an.

»Also«, sagte Sam, »einer von uns trägt den Koffer rüber zu den Leuten, und wir lassen ihn da stehen. Und dann, nach zehn Minuten oder so, springt Maria raus.«

Johannes und Dorothee schauten skeptisch. Sam musste zugeben, dass sein Plan nicht besonders originell war.

»Wann geht's los?«, fragte Maria aus dem Koffer. »Es ist außerdem gar nicht dunkel. Überall Ritzen.«

»Komm noch mal raus«, sagte Johannes, »wir überlegen noch.«

Der Kofferdeckel klappte hoch und Maria erschien wie ein kleiner asiatischer Schachtelteufel.

»Warum hast du die Prothese nicht an?«, fragte Sam

streng. Seit sie in Heidelberg in der Klinik gewesen waren, sollte Maria eigentlich ihre Prothese tragen, um sich an sie zu gewöhnen. Aber Maria hasste die Prothese. Die Prothese sah auf den ersten Blick aus wie eine echte Hand, aber man konnte lediglich eine Klammer bewegen, die in Zeige- und Mittelfinger verborgen war. Vor allem aber steckte Marias linker Arm bis zur Ellenbeuge in dem künstlichen Plastikarm, und sie musste einen komplizierten Gurt um den ganzen Oberkörper tragen, denn nur mit den Schultern ließ sich die Klammer bewegen. Deshalb versteckte sie die Prothese einfach und weigerte sich zu sagen, wo sie war. Als Sam nach ihr fragte, verschwand Marias freundliche Miene und ihr Gesicht wurde ausdruckslos. Sie beherrschte das perfekt. Johannes dagegen lächelte auf einmal boshaft. Sam kannte dieses Lächeln. Johannes war etwas eingefallen.

»Maria«, sagte er, »hol die Prothese. Du musst sie nicht tragen, ich versprech's dir.«

Maria sah Johannes einen Augenblick lang zweifelnd an, aber dann rannte sie zur Hundehütte, kroch hinein und kam mit dem künstlichen Arm wieder heraus.

»Hast du gehofft, dass Elf sie frisst?«, fragte Sam forschend.

»Gib her«, sagte Johannes währenddessen geschäftsmäßig und streckte die Hand aus. Maria gab ihm die Prothese, und Johannes untersuchte sie.

»Sehr gut«, sagte er, »man kann die Gurte abmachen.«

Er holte sein Taschenmesser heraus und begann, die Schräubchen zu lösen. Sam hatte ein etwas ungutes Gefühl. Nicht wegen Maria, aber er war mit in Heidelberg gewesen und hatte eine vage Ahnung, dass die Prothese nicht ganz billig gewesen war.

»Wir müssen die Schrauben aufheben«, sagte er und holte ein Taschentuch heraus, in das er die Schrauben faltete.

»So«, sagte Johannes, als er die Gurte entfernt hatte, »lass mal sehen, Maria.« Er steckte ihr die Prothese auf den Stumpf.

»Du hast gesagt, ich muss sie nicht tragen!«, wehrte sich Maria.

»Jetzt warte doch mal«, mischte sich Dorothee ein, die zu verstehen begann, was Johannes vorhatte.

»Wir brauchen einen Luftballon«, sagte Johannes grinsend, »und ein Stück Schnur.«

Eine halbe Stunde später sah man ein einsames Mädchen einen viel zu großen Koffer quer über die Straße in Richtung Kirche zerren. Es war ein seltsames Bild, mitten in diesem bürgerlichen Vorstadtviertel ein indisches Mädchen in einem bunten Sari zu sehen, das sich abmühte, den Koffer über die Straßenbahnschienen zu hieven. Aber als eine ältere Dame es fragte, ob es Hilfe brauche, wehrte es brüsk ab und zog den Koffer weiter.

»Warum macht sie eigentlich immer so rum, wenn sie einen Sari anziehen soll?«, fragte Johannes Samuel, als sie etwa fünfzig Meter weiter unten die Straße querten, um von hinten an den Kirchhof heranzukommen, ohne gesehen zu werden.

»Wahrscheinlich, weil sie nicht indisch sein will«, sagte Sam gleichmütig, »ich glaube, sie will so sein wie wir.« In diesem Sommer hatte er irgendwann bemerkt, dass er plötzlich Dinge verstand, die er vorher einfach hingenommen hatte. Es war ein gutes Gefühl.

»Ist sie doch«, keuchte Johannes verständnislos, während er sich die Mauer hochzog. »Beeil dich!«

Sie liefen auf der Mauerkrone entlang, von dem leicht staubigen Grün der Obstbäume halb verdeckt, bis sie an der kurzen Seite angelangt waren, wo die Mauer den Hof des Pfarrhauses begrenzte. Sie legten sich auf die sonnenwarme Mauer und betrachteten die Szene. Etwa fünfzehn Elternpaare standen dort mit ihren Söhnen oder Töchtern geduldig in der Schlange. Manche unterhielten sich, aber die meisten standen einfach leer vor sich hinstarrend da.

»Der Weber lässt sie extra lang warten«, grinste Johannes. Sie kannten den Pfarrer von verschiedenen Beerdigungen, und sie konnten ihn nicht leiden. Er war einer von denen, die schon Faschingspistolen für Ketzerei hielten. Im Hause Ehrlich dagegen wurde im besten Fall eine Art wilde Religion praktiziert, eine nachlässige Philosophie des Glaubens und Glaubenlassens, die sich auf alle Kinder erstreckte und dazu geführt hatte, dass Johannes und Samuel mit milder Arroganz auf alle anderen herabsahen. Sie kannten die Kirchen der Stadt in- und auswendig, aber fast nur von Beerdigungen. Das hatte zu einem etwas eigenartigen Glaubensbild geführt und vor allem dazu, dass sie sich den Leuten, die nur zu Taufen und Konfirmationen in der Kirche auftauchten und sich dort fremd vorkamen, unendlich überlegen fühlten.

»Da!« Johannes wies in Richtung des Tores. Dorothee kam mit ihrem Koffer und tat genau, was Sam und Johannes ihr gesagt hatten. Sie stellte sich in die Schlange. Der Koffer stand neben ihr. Dorothee war groß genug, dass man sie für eine zukünftige Konfirmandin halten konnte, aber schon nach einer Minute musterten all die Eltern sie unauffällig. Ihre Kinder tuschelten miteinander oder mit ihren Müttern.

»Alles Faschisten«, sagte Sam zu Johannes, »das war eine sehr gute Idee.«

Johannes grinste, obwohl er noch nicht genau wusste, was Faschisten waren.

Sie warteten noch ein paar Minuten. Die Schlange rückte um ein Elternpaar vor.

»Wollen wir?«, fragte Johannes. Sam nickte. Und dann sprangen sie von der Mauer in den Hof zu den Leuten.

»He, du!«, schrien sie, »Du! Negermädchen!«

Dorothee hatte sich umgedreht und mit ihr fast alle Eltern. Johannes und Sam rannten auf sie zu. Im selben Augenblick ließ Dorothee den Griff des Koffers los und rannte weg.

»Bleib stehen!«, schrie Johannes, so wütend er konnte, »bleib stehen, du Miststück!«

»Haltet den Dieb!«, rief Sam. Das hatte er immer schon mal rufen wollen. *Emil und die Detektive* war eines seiner Lieblingsbücher. Tatsächlich machte einer der Väter aus der Schlange den halbherzigen Versuch, Dorothee nachzurennen. Er hatte keine Chance. Dorothee war die beste Läuferin ihrer Klasse und war schon durch das Tor, als der Vater noch zehn Meter entfernt war. Inzwischen waren Johannes und Sam beim Koffer angekommen und legten ihn auf die Seite. Sam zerrte an den Gurten. Johannes fummelte am Schloss herum.

»Könnten Sie uns helfen, bitte?«, flehte er. Sam hatte Mühe, nicht zu lachen. Johannes klang so perfekt nach großer Not, dass er nach unten sehen musste.

»Bitte«, jammerte Johannes, »schnell!«

Eine Mutter kniete sich tatsächlich zum Koffer und drückte auf das Schloss, das selbstverständlich ohne Weiteres aufsprang. Mittlerweile hatten die zukünftigen Konfirmanden und ihre Eltern einen lockeren Kreis um Johannes und Sam gebildet. Sam öffnete den letzten Gurt und der Deckel klappte hoch. Maria richtete sich benommen auf und blinzelte in die tief stehende Sonne. Im Pfarrhof war es still geworden. Keiner wusste, was er sagen sollte – die Situation war zu bizarr.

»Diese Schweine!«, knirschte Sam sehr echt.

Johannes war aufgesprungen und streckte die Hand aus. »Maria, komm da raus!«, schrie er.

Maria reichte ihm träge die Hand, Johannes griff zu, und dann riss mit einem hässlichen Knirschen ihr Arm ab. Johannes starrte ihn an. Blut spritzte heraus.

»Oh«, sagte er ruhig, »Mist.«

Sam und Johannes hatten lange diskutiert, aber dann hatten sie sich gegen Ketchup entschieden. Sie hatten beim Metzger Schweineblut besorgt und in den Luftballon gefüllt, den sie in der Prothese versteckt hatten. Das zahlte sich jetzt aus. Maria starrte fassungslos auf ihren blutigen Stumpf, der absolut unzweifelhaft ein Armstumpf war. Das war es, was die Leute richtig fertig machte. Bis sie den Mund aufmachte und »Aua« sagte. Nur »Aua«, und ebenso gelassen wie Johannes.

Die Dialoge waren von Sam. Er hatte damals gerade seinen ersten Buñuelfilm gesehen. Aber er war derjenige, dessen Stimme jetzt schwankte, während Maria und Johannes perfekt gewesen waren.

»Scheiße«, sagte er, »wie sollen wir das bloß Mama erklären?«

Dann rannten sie.

Der blutige Koffer stand auf dem Pfarrhof inmitten einer immer lauter werdenden, schnatternden, fassungslosen Menge, die keine Ahnung hatte, was da eben passiert war.

Johannes, Maria und Samuel rannten und lachten, lachten so sehr, dass sie Seitenstechen bekamen. Maria quietschte vor Vergnügen immer höher.

»Halt!«, schrie sie den beiden anderen zu, »Ich kann nicht mehr!«

Sie verschwanden im Toreingang eines der Nachbarhäuser.

»Aua«, wiederholten sie immer wieder exakt in Marias Ton, und jedes »Aua« hatte einen neuen Lachanfall zur Folge. Schließlich stieß Dorothee das Tor auf und gesellte sich grinsend zu ihnen.

»Der Pfarrer ist rausgekommen«, sagte sie, »da war ganz schön was los.«

»Ach, Schiet«, sagte Sam.

Der Pfarrer kannte Maria natürlich und wusste, dass sie nur eine Hand hatte.

»Das war's wert«, sagte Johannes fatalistisch und fügte noch ein »Aua« hinzu. Einen Augenblick sahen sich alle vier an, dann lachten sie so, dass sie sich aneinander festhalten mussten.

Als sie endlich zurück nach Hause gingen, war es schon später Nachmittag, und auf dem Hof vor der Garage stand schräg – so, dass er beide Tore versperrte – ein uralter grauer Fordbus. Auf den Seiten war noch immer die Werbung der Kieler Sparkasse aufgemalt, der dieser Bus mal gehört hatte. Ein Pfennigmännchen, das Johannes immer an die Zeichnungen in den Salamanderheftchen erinnerte: Ein kreisrunder, kupferfarbener Körper mit spindeldürren Ärmchen und Beinchen, das in größter Eile seinem Haus auf einer Lichtung zustrebte, das halb wie ein Lebkuchenhaus, halb wie eine riesige Sparbüchse aussah. »Dein Taschengeld gehört in die Sparkasse!«, stand in schöner Schreibschrift darunter, und über dem Ganzen: »Weltspartag 1967«.

»Onkel Wolfgang ist da«, stellte Johannes erfreut fest.

Natürlich wussten die Kinder, dass Wolfgang Gesines Vater war. Aber Gesine hatte ihnen ihren Vater bei seinem ersten Besuch vor zwei Jahren in einem seltenen Anflug von Verlegenheit als Onkel Wolfgang vorgestellt. Und der »Onkel« war hängengeblieben, obwohl sie in diesem Jahr schon das dritte Mal bei ihm an der Ostsee Urlaub gemacht hatten. Und dann war es ja auch schwierig, Großvater zu einem Mann zu sagen, dessen Töchter gerade einmal so alt waren wie Samuel. Andererseits konnte man ihn auch nicht einfach Wolfgang nennen, also war es dabei geblieben. Man dachte längst nicht mehr darüber nach.

Maria und Dorothee rannten ins Haus. Samuel und Johannes folgten ihnen in einigermaßen gemessenem Schritt, obwohl sie sich nicht weniger freuten. Besuch war immer gut.

Gesine saß mit ihrem Vater auf der Veranda, die auf den Garten hinausging. Die Sonne stand schon hinter den Spitzen der Pappeln, und auf dem Mosaiktisch flirrten Schatten und Sonnenflecken durcheinander und ließen die Glassteine grün und golden und rot aufleuchten. Sie tranken Tee, als die Kinder hereinkamen und Wolfgang begrüßten. Sie mögen ihn, dachte Gesine, als sie sah, wie Dorothee und Maria atemlos an Wolfgang hingen. Seit er sie im allerersten Sommer in seinem winzigen Segelboot auf die Kieler Förde mitgenommen hatte, waren sie ihm völlig ergeben. Wie alle Frauen eben, dachte Gesine etwas verächtlich. Aber auch Johannes und Samuel konnten ihn gut leiden. Wolfgang war ein Abenteurer, das spürten die Jungen, und es gefiel ihnen.

»Sag mal«, sagte sie erschrocken, als Maria auf Wolfgangs Schoß kletterte, »hast du dich verletzt?«

Marias Arm war blutig.

»Ah ... nein, nein«, sagte Samuel hastig, »wir haben ... das ist nur ... das ist kein echtes Blut.«

»Wir haben gespielt«, sagte Dorothee, die eigentlich nicht gut lügen konnte.

Gesine sah sie zweifelnd an, bevor sie beschloss, das Ganze nicht weiter zu verfolgen. Sie hatte eine vage Ahnung, dass es wahrscheinlich besser war, nicht alle Details dieses Spiels zu erfragen. Wenn man genauer hinsah, entdeckte man, dass auch Johannes' Hose Blutflecken hatte.

»Geht euch waschen«, verfügte sie, »wir müssen uns unterhalten, Wolfgang und ich.«

Die vier Kinder verschwanden überraschend gehorsam. Gesine nahm sich jetzt doch vor, später noch einmal nach diesem Spiel zu fragen. Sie setzte sich wieder.

»Willst du noch Tee?«, fragte sie ihren Vater.

Wolfgang schüttelte den Kopf.

»Ich muss auch noch weiter«, sagte er dann.

»Was?«, fragte Gesine fassungslos. »Vater, du bist erst seit einer Stunde hier! Ich habe gedacht, du bleibst wenigstens über Nacht!«

»Ich wollte noch bis München kommen«, sagte Wolfgang und sah sie dabei nicht an.

Sie schwiegen kurz. Gesine nahm einen Schluck Tee. »Vater«, sagte sie dann und bemühte sich, nicht ärgerlich zu klingen, »die Kinder würden sich freuen, wenn du noch bis morgen bleiben könntest.«

»Ich muss wirklich weiter«, bedauerte Wolfgang, »ich muss morgen bis Genua kommen.«

Gesine nickte. Es war ein sehr bestimmtes Nicken. »So wie früher«, sagte sie und fragte dann: »Wie geht's den Mädchen?«

Wolfgang lächelte. Er überhörte den Unterton.

»Gut«, antwortete er, »wir haben ja schon lange wieder Schule. Bei uns ist der Sommer vorbei. Morgens ist bei uns immer schon alles ganz klamm. Nicht so wie hier. Hier im Süden ist es einfach länger schön.«

Gesine hörte zu und dachte an die drei Wochen, die sie in diesem Jahr bei Wolfgang an der Ostsee verbracht hatten. Sie hatten gezeltet, und die Kinder waren mit Wolfgangs

Kindern am Strand gewesen, hatten die Strandkörbe hinuntergerollt und waren zusammen schwimmen gewesen. Und sie hatte den ganzen Sommer richtig mit ihrem Vater reden wollen, aber bis auf ein oder zwei kurze Gespräche am frühen Morgen, wenn Wolfgangs Frau in den Dorfladen einkaufen gegangen war und Friedrich noch bei den Kindern in dem großen geliehenen Familienzelt schlief, war es zu keiner richtigen Unterhaltung gekommen. Alles blieb unausgesprochen. Das war schon vom ersten Besuch an so gewesen. Nie hatten sie darüber gesprochen, dass Wolfgang ihre Mutter noch im Krieg verlassen hatte. Sie hätte gerne gewusst, wer schuld gewesen war, ob er sie vermisst hatte, was damals eigentlich wirklich geschehen war. Ihre Mutter hatte einfach nicht darüber gesprochen. Sie wusste eigentlich gar nicht, was Wolfgang suchte. Er war es schließlich, der sie angerufen hatte. Er war es auch, der sie dann gleich beim ersten Mal mitsamt seiner neuen Frau und seinen beiden Töchtern besucht hatte. Es war ein eigenartiges Gefühl gewesen, die eigenen Schwestern kennenzulernen, von denen eine sogar noch fast so hieß wie sie selbst, Regine nämlich, und die andere jünger war als Sam.

»Du wirst nicht immer wegfahren können«, meinte sie schließlich.

»Ach Gesine«, sagte Wolfgang jetzt, »du bist schon als kleines Mädchen so gewesen. So bestimmt. Dies ist falsch, jenes ist richtig. Etwas anderes gab es nie bei dir. Kinder denken so. Schwarz und Weiß.«

»Was sagt sie denn dazu?« Gesine meinte Gerda, Wolfgangs Partnerin.

Wolfgang zuckte die Schultern. »Sie kommt damit zurecht«, sagte er, »sie hat nichts dagegen.«

Gesine machte ein zweifelndes Gesicht. Gerda hatte sich zwar jedes Mal bemüht, nett und gastfreundlich zu sein, aber letztlich hatte sie wohl immer das Gefühl, dass Gesine sie auf unbestimmte Weise bedrohte. Sie war die Tochter aus Wolfgangs erster Ehe, und das bedeutete, dass Gesine für etwas stand, mit dem Gerda eigentlich nichts zu tun haben wollte.

»Vor zwei Jahren warst du für ein halbes Jahr in Spanien«, sagte Gesine, »wovon lebt ihr eigentlich? Strandkörbe wirst du ja wohl nur im Sommer vermieten können. Und viel kann das ja nicht bringen.«

»Ach, dies und das«, sagte Wolfgang und lächelte wieder dieses charmante Lächeln, das Gesine als Kind so gemocht hatte. Ein Lächeln, das bedeutete: Frag mich nicht. Sie seufzte.

»Du solltest wenigstens endlich mal Klaus besuchen. Ihr seid euch unglaublich ähnlich. Schade, dass er dein Erbe hat ... er wandert von Frau zu Frau.«

Wolfgang hob die Schultern wie zu einer Entschuldigung. »Er will mich nicht sehen. Ich habe einmal versucht, ihn anzurufen. Er hat sofort aufgelegt, als er merkte, dass ich es war.«

»Natürlich«, erwiderte Gesine, »weißt du was? Er hat noch viel mehr darunter gelitten, dass du nie da warst.«

»Er kann sich doch nicht einmal erinnern!«, verteidigte sich Wolfgang.

»Ihm hat einfach ein Vater gefehlt«, sagte Gesine, »er ist nur mit Frauen aufgewachsen, mit mir und Mutti und Omi ...«

Sie schwiegen eine Weile. Gesine dachte an ihre Kindheit – und daran, wie sehr ihr Vater ihr selbst immer gefehlt hatte. Plötzlich wurde ihr klar, dass es genau das war. Vielleicht war es gar nicht Wolfgang gewesen, sondern ein Vater, ein Wunschbild, das so aussah wie ihr leiblicher Vater. Vielleicht musste man sich frei machen von den

Kindheitssehnsüchten und ihn so betrachten, wie er war. Ganz allmählich wurde das Sonnenlicht weicher und eine kleine Brise war aufgekommen. Sie bewegte die Blätter der Pappeln, und die Reflexe auf dem Mosaiktisch wurden wieder lebendig. Wolfgang betrachtete sie und strich mit dem Finger über die Glassteine.

»Ist das von ihr?«, fragte er fast zärtlich.

Gesine nickte. Dann sah sie seinen Gesichtsausdruck und verstand.

»Ach was«, sagte sie, »du ...«

Sie führte den Satz nicht fort. Aber als Wolfgang längst weiter nach Süden gefahren war, weg von all seinen Familien, dachte sie noch einmal mit einem heimlichen Vergnügen an die kleine Bewegung seiner Finger über den Mosaiktisch und daran, dass er ihre Mutter wahrscheinlich immer noch liebte.

»Was für eine Familie!«, sagte sie in einem plötzlichen Ausbruch zwischen Wut und Belustigung beim Abendessen, aber die Kinder sahen bloß geradeaus auf ihre Teller, weil sie glaubten, ihre Mutter meinte sie. Das Blut war nämlich weder aus Johannes' Hose noch ganz aus der Prothese wieder herausgegangen, und sie waren froh, dass weder an diesem noch an den folgenden Tagen ein Wort darüber verloren wurde.

23

Das Haus war geschmückt wie für ein großes Fest. Ich war spät losgekommen, weil ich mich zu guter Letzt doch noch einmal mit Vera über die Katze hatte streiten müssen. Es hatte die ganzen zweieinhalb Stunden Fahrt gebraucht, bis mein Ärger einigermaßen verraucht war. An solchen Tagen hatte ich es einfach satt. Ich konnte einfach nicht verstehen, was das Problem war. Oder doch – ich verstand genau, was das Problem war. Es war nicht die Katze, von der Vera genervt war. Und ich war nicht davon genervt, dass Vera die Katze nicht füttern wollte, weil sie den ganzen Tag im Gericht zu tun hatte. Es war einfach so, dass wir an manchen Tagen nicht verstanden, was wir eigentlich in der Welt des anderen verloren hatten. Also war ich mit diesem vagen Schuldbewusstsein gefahren, das sich einstellt, wenn man einen Streit eigentlich ausfechten sollte, aber insgeheim froh ist, dass man weg muss. Es hatte wieder aufgeklart, und ich war durch einen kalten, hellen Herbsttag zu meinem Elternhaus gefahren. Es war schwierig gewesen, in der Straße einen Parkplatz zu finden, denn ich war spät dran, und ein großer Teil der Familie schien schon da zu sein. Als ich dann endlich durch den Hof ging, sah ich, dass der Mercedes mit Großmutter schon fort war. So war Papa schon immer gewesen. Wahrscheinlich war er schon seit zwei Stunden auf dem Friedhof. Die Haustür stand offen, ich stieg die Treppen hinauf und war sofort mitten in einem Durcheinander von Verwandten, Geschwistern und Freunden, von den Hunden ganz abgesehen, die sich aufgeregt überall dazwischen drängten. Es hörte sich an wie eine Party, über die man ein dickes Tuch geworfen hatte: Begrüßungen, Umarmungen, Gespräche – alles war herzlich, aber durch den Anlass auf halbe Lautstärke gedämpft. Wenn es Lachen gab, dann war es halb wehmütig und immer leise.

»Hallo, Maria«, sagte ich, als sie mit den Zwillingen die Treppen aus dem ersten Stock herabkam. Das Jüngste trug sie in der Armbeuge, in der Hand hielt sie eine Platte mit Kuchen.

»Auch schon da?«, fragte sie in ihrer typisch spröden Art.

»Das ist keine Geburtstagsfeier«, sagte ich, »es reicht, wenn ich rechtzeitig am Friedhof bin.«

»Hallo, Onkel Sam«, sagten die Zwillinge. Irgendwie konnte ich mich nicht daran gewöhnen, dass sie mich Onkel nannten, aber Maria wollte das so. Also nahm ich es hin.

»Wo ist Do?«, fragte ich.

Maria wies in die Wohnung. »Hilft Mama«, sagte sie, knapp wie immer. Vielleicht war ich an diesem Tag besonders empfindlich, aber ich fragte mich, was sich seit unserer Kindheit so verändert hatte. Sie war die Kleinste gewesen – mein heimlicher Liebling. Mit Dorothee hatte ich mich oft bis aufs Blut gestritten. Do war als Kind unglaublich wild gewesen, und obwohl sie zweieinhalb Jahre jünger war als ich, hatten wir uns manchmal so geprügelt, dass die Fetzen flogen. Und heute war es genau andersherum. Do und ich waren uns auch nach Wochen und Monaten Abwesenheit immer sofort nah, zwischen Maria und mir war etwas Fremdes. Aber so war es wohl.

»Sam!« Eine riesige Hand legte sich auf meine Schulter, und ich drehte mich um. Onkel Kurt. Das war ein Mann, der den Titel Onkel wirklich verdiente. Gute zwei Meter groß. Ein gepflegter, weißer Bart. Er war das, was man früher einen Herrn genannt hatte. Er war jetzt fast achtzig, aber man konnte ihm den eleganten jungen Mann aus reicher Familie noch immer ansehen, den wohlerzogenen jungen Herrn aus einer untergegangenen Welt, der meine sechzehnjährige Großmutter im Vorkriegs-Danzig im offenen Wagen abgeholt hatte. Der mit ihr zum Tanzen gegangen war – Swing in den verbotenen Hafenlokalen der Stadt. Der sie am Sonntag zum Segeln mitgenommen und sie ab und zu sogar mit dem Motorrad zur Arbeit gefahren hatte. Sie hatte mir einmal erzählt, wie eifersüchtig Wolfgang ein Leben lang auf Kurt gewesen war. Noch vierzig Jahre nach ihrer Scheidung hatte er sie nach ihm gefragt, als sie sich wieder einmal trafen. Jetzt könne sie es ihm doch sagen, hatte er gemeint, was sei damals wirklich gewesen, zwischen Kurt und ihr? Sie hatte ihm nicht geantwortet. Und mir – als ich es neugierig wissen wollte – auch nicht. »Du erbst meine Tagebücher«, hatte sie lächelnd gesagt, »dann siehst du schon. Lass einer alten Frau ein paar Geheimnisse, die sie interessant machen.«

Überrascht sah ich, dass Onkel Kurts Augen feucht waren.

»Mein Beileid«, sagte er ungewöhnlich heiser.

»Ach, Onkel Kurt«, sagte ich, plötzlich warm bewegt, und nahm seinen Arm, »dir fehlt sie doch genauso.«

Ich ging mit ihm ins Wohnzimmer. Meine Mutter und Dorothee hatten Berge von Schnittchen gemacht, die nun auf großen Platten im leergeräumten Wohnzimmer auf den verschiedenen Tischchen lagen. Möbelstücke, mit denen man aufgewachsen ist, nimmt man ja eigentlich gar nicht mehr war, aber zum ersten Mal seit langer Zeit sah ich wieder, dass einer der beiden Couchtische ein Mosaiktisch war, auf dem meine Großmutter in den geometrisch abstrakten Linien der fünfziger Jahre einen Lebenskreis gelegt hatte. Dorothee kam, begrüßte mich und kümmerte sich dann um Onkel Kurt. Mama kam mit einem Stoß Teller aus der Küche, sah mich und versuchte, mich zu umarmen, ohne die Teller abzulegen.

»Sam!«, rief sie. »Endlich.«

»Mama«, sagte ich lächelnd, »die Teller.«

»Ach was!«, sagte sie, trat aber ein Stück zurück. »Bist du allein gekommen?«

Manchmal konnte ich es einfach nicht fassen. Vielleicht konnten alle Frauen dieser Welt einfach Teile der Realität ausblenden.

»Ich hab's dir doch erklärt, Mama«, sagte ich geduldig, »Vera kann nicht.«

»Ach ja«, erwiderte sie in dem Ton, den ich aus meiner Jugend so genau kannte und von dem ich wusste, was er bedeutete. Sie stellte die Teller auf dem Mosaiktisch ab.

»Mama«, sagte ich noch einmal, »sie macht es nicht mit Absicht und nicht deshalb, weil sie dich nicht leiden kann und auch nicht, weil ihr diese Familie egal ist. Sie kann einfach nicht.«

»Jaja«, sagte Mama, so, als ob das Thema erledigt wäre, und ich gab auf. Sie holte jetzt Servietten aus dem alten Schrank und faltete sie hastig. Auf einmal sah sie sehr müde aus, und ich ärgerte mich nicht mehr.

»Schlimm?«, fragte ich leise.

Meine Mutter zuckte die Schultern und faltete weiter. Aber dann drehte sie sich zu mir um, die restlichen Servietten in der Hand.

»Ja«, sagte sie offen, »es ist schlimm. Ich vermisse sie. Und ich war nicht dabei, als sie gestorben ist. Das macht mir am meisten aus. Es ist einfach ... ach, man kann nicht mehr mit ihr reden. Nie wieder.«

Heinz Rühmann kam in den Raum gerannt. Es handelte sich allerdings nicht um den Schauspieler, sondern um einen Irischen Setter. Ein Enkel Elfs. Ich war gegen den Namen gewesen, aber man hatte mich auch erst gefragt, als er schon feststand. Meine Mutter sagte immer, dass er Dorothees Idee gewesen wäre und sie schließlich nicht völlig bescheuert sei. Dorothee behauptete ihrerseits steif und fest, dass Mama den Hund so genannt hätte. Ich neigte dazu, meiner Mutter zu glauben, denn Dorothee hatte einen ganzen Schrank voller alter Rühmann-Filme. Als der Hund mich sah, sprang er an mir hoch und winselte, legte sich dann auf den Rücken und streckte die Kehle hoch, japste, bellte und war überhaupt völlig überdreht. Wahrscheinlich regten ihn die vielen Menschen auf. Ich ging in die Hocke und kraulte ihn. Das warme, weiche Hundefell hatte etwas Tröstliches. Wie damals, als ich noch klein war. Meine Mutter musste lächeln.

»Er freut sich«, sagte sie, stutzte dann aber. »Irgendwer hat wieder die Tür offen gelassen!«, rief sie – ganz in ihrem gewohnten, aufgeregten Ton – und rannte aus dem Zimmer.

»Guter Hund«, sagte ich zu Heinz, der wieder aufgesprungen war, und tätschelte ihn, »mach Platz!«

Heinz Rühmann sah mich erfreut an, aber wie alle Hunde meiner Mutter gehorchte er nur sehr zögernd.

»Platz!«, wiederholte ich streng.

»Man hat das ja oft«, hörte ich auf einmal Johannes' spöttische Stimme, »Männer, die zu Hause nichts zu sagen haben, erziehen dann den Hund. Platz, Heinz!«, sagte er, und Heinz Rühmann legte sich.

»Von Leuten, die die Beerdigung ihrer eigenen Großmutter verpasst haben, muss ich mir nichts sagen lassen«, antwortete ich, »wo warst du? Wir haben eine halbe Stunde gewartet!«

»Netter Versuch«, sagte Johannes, »aber wir haben ein echtes Problem.«

»Außer, dass Großmutter tot ist, meinst du?«, fragte ich beiläufig.

»Es ist der Predigtpfarrer«, sagte Johannes unvermittelt. Wie immer erwartete er, dass ich seinen Gedankensprüngen folgte.

»Was?«, fragte ich fassungslos, »Der von neulich?«

Johannes nickte, und ich merkte überrascht, dass er wirklich betroffen war.

»Ich will nicht, dass dieser Idiot meine Großmutter beerdigt«, sagte er plötzlich wütend, »er wird es falsch machen. Er wird es versauen! Das ist ein Sozialpädagogenpfarrer. Der wird genau die falschen Sachen sagen, ich weiß es.«

»Blödsinn«, sagte ich, »Papa hat sicher mit ihm geredet. Und dann ... ich glaube, Großmutter wäre es egal. Sie hätte vielleicht sogar darüber gelacht.«

Johannes sah mich lange an. Dann sagte er sehr klar: »Ja. Vielleicht. Aber mir ist es nicht egal, und ich lache nicht. Ich will, dass sie richtig beerdigt wird. Klar?«

Ich kraulte Heinz Rühmann, der sich wohlig streckte, und sah nicht auf, als ich ergeben sagte: »Also gut. Wir beerdigen sie richtig.«

Es war kurz nach elf Uhr, als wir am Friedhof ankamen. Es waren schon so viele Leute im Haus meiner Eltern gewesen, dass ich überrascht war, wie groß die Menge war, die vor der Aussegnungshalle wartete. Johannes und ich gingen gemeinsam mit Dorothee und Onkel Kurt, den wir mitgenommen hatten, den langen Hauptweg vom Südeingang entlang. Den ganzen Vormittag hatte die Sonne geschienen und jetzt, gegen Mittag, war es längst nicht mehr so kalt wie heute Morgen, als ich angekommen war. Ich war erst vor einer Woche hier gewesen, aber es kam mir länger vor. Wenn jemand stirbt, dann ändert das immer alles. Die Bäume hatten in dieser Woche begonnen, ihr Laub abzuwerfen. Die Wege waren knöchelhoch mit bunten Blättern bedeckt, und es raschelte schön und heimelig, als wir vier nebeneinander zur Halle gingen. Ein ganzes Stück entfernt sah man einen Mann mit langen grauen Haaren langsam zwischen den Gräbern herumgehen, der immer wieder stehen blieb und die Inschriften las. Er wirkte seltsam verloren. Der Herbstgeruch von Kastanien war in der Luft, als müsste die Wehmut dieses Tages einen Duft haben. Wir gingen schweigend, durch die leuchtend roten und gelben und orangefarbenen Blätter raschelnd, als die Glocken zu läuten begannen. Wir Ehrlich-Kinder waren mit den Glocken dieser Stadt aufgewachsen. Die Kirchenglocken gegenüber unserem Haus hatten unsere Kindertage begrenzt: Mit dem Abendläuten hatten wir zu Hause zu sein, als wir noch nicht einmal die Uhr lesen konnten. Im Sommer um acht Uhr, im Winter um sechs. Die unglaublich tiefen Glockentöne des Doms waren der Klang der Feiertage, und wenn man sie klar hörte, dann war Westwind und der Tag würde schön werden. Und die Glocke der Friedhofskirche ... die Glocke der Friedhofskirche hatte für mich schon immer Sehnsucht bedeutet. Man konnte sie oft vormittags hören, wenn man in den Schulpausen im Hof stand, fünfzehnjährig, voller Träume, die viel zu groß für die Schule waren, und über das Flusstal hinüber zur Ostvorstadt sah. Die hohen Häuser aus den fünfziger Jahren waren wie die erste Linie einer fremden Stadt über dem morgendlichen Horizont, sie gleißten in der Morgensonne, und wenn dann das Läuten der Friedhofsglocke verweht über das Tal hinüberklang, dann wünschte man sich fort aus der Schule, fort aus der eigenen Stadt in die hundert fremden Städte, die alle hinter der leicht geschwungenen Silhouette der Ostvorstadt lagen. Das Geläut der Friedhofsglocke aus der Ferne war immer ein Versprechen gewesen, unbestimmt und lockend, obwohl ich doch der Sohn eines Bestatters war und wusste, was es eigentlich bedeutete. Aber trotzdem spürte ich auch heute noch diese seltsam süße Wehmut aus der Jugend, wann immer ich die Glocke hörte.

»So ein schöner Tag«, sagte Johannes hilflos.

Dorothee hakte sich bei ihm unter, und dann halfen wir Onkel Kurt die Stufen nach oben. Wir kamen eben rechtzeitig, um noch einmal an dem Fenster vorbeizugehen, hinter dem Großmutter aufgebahrt lag. Dorothee und Onkel Kurt stellten sich nebeneinander und betrachteten sie. Johannes und ich waren einen Schritt zurückgetreten. Durch einen Spalt in den schwarzen Vorhängen hinter dem Sarg konnte ich einen der Sargträger sehen, der dort schon bereitstand, um den Vorhang zu schließen und den Deckel auf den Sarg zu heben.

»Eine wunderbare Frau«, sagte Onkel Kurt schließlich mit kratziger, tiefer Stimme, »eine wunderbare, mutige, schöne Frau.«

»Wir müssen reingehen«, sagte Dorothee, »kommt.«

Wir waren die Letzten. Die Aussegnungshalle war voll bis auf den letzten Platz, einige Trauergäste standen sogar entlang der Wände. Es mussten über hundert Menschen sein, und irgendwie freute mich das. Als die Tür hinter uns zufiel, drehte sich Mama um und winkte uns, als ob wir nicht längst gesehen hätten, dass dort in der ersten Reihe die einzigen freien Plätze waren.

»Wo wart ihr so lange?«, zischte sie, als wir uns setzten.

Johannes deutete mit einer Kopfbewegung auf Onkel Kurt. Mama verstand und nickte. Die Orgel setzte ein. Dann wurde der Sarg aus dem Nebenraum hereingerollt und der Pfarrer stand auf. Ich spürte, wie sich Johannes neben mir versteifte, und stieß ihn an. Er beugte sich zu mir.

»Ich kann bloß hoffen«, wisperte ich fast unhörbar in sein Ohr, »dass er uns nicht wiedererkennt.«

Johannes sah mich bloß an und zog grimmig eine Augenbraue hoch. Ich lächelte.

Die Orgel schwieg und der Pfarrer begann seine Ansprache. Am Anfang war es gar nicht schlimm, nur bedeutungslos. Aber ich saß zwischen meiner Mutter und Johannes und spürte, wie beide immer unruhiger wurden. Und dann machte er den ersten großen Fehler.

»Die Verstorbene hat mit ihrem Hobby vielen Menschen Freude gemacht«, sagte er, »ihre Mosaike werden sie lange überdauern, und sie wird in ihnen weiterleben.«

»Hobby?«, flüsterte Johannes ungläubig und ziemlich laut, »Hobby?«

Er beugte sich vor und sah zu Papa hinüber. Der hob nur die Schultern und rollte kurz die Augen nach oben, wie um zu zeigen, dass man Verständnis für den Mann haben musste. Johannes hatte aber kein Verständnis. Ich, wenn ich ehrlich war, auch nicht. Aber wir hatten es ja kommen sehen.

»Sie war keine einfache Frau«, fuhr der Pfarrer in dem völlig verfehlten Versuch fort, Großmutter nicht zu glorifizieren, sondern auch im Angesicht des Todes ehrlich zu sein, »zweimal hat sie ihre Ehemänner verlassen, um ihren eigenen Weg zu gehen ...«

Jetzt bedeckte Maria mit der Hand ihre Augen, nicht aus Verzweiflung, sondern aus komischer Fassungslosigkeit und vielleicht auch, weil sie Mamas Gesichtsausdruck nicht sehen wollte. Bei Mama traten die Kieferknochen hervor, und das war nie ein gutes Zeichen. Ich hörte, wie Onkel Kurt ziemlich vernehmlich »Blödsinn!« sagte. Johannes rutschte auf dem Stuhl hin und her, und ich dachte, er würde gleich aufstehen.

»Hannes«, sagte ich leise, aber eindringlich aus dem Mundwinkel, »lass es!«

Johannes holte tief Luft, aber dann entspannte er sich ein wenig. »Der Mann begeht gerade beruflichen Selbstmord«, knurrte er sehr leise.

Ich lehnte mich zurück, sah auf den Sarg und die Blumen, schloss dann die Augen und ließ die Ansprache an mir vorübergehen. Alte Bilder tauchten auf, und ich verlor mich in Gedanken. Wir waren mit Geistlichen groß geworden – das war so, wenn man Kind eines Bestatters war. Katholische und protestantische, ab und zu auch Rabbiner. Der beste Freund meines Vaters war ein Pfarrer, und mit einigen anderen aus der Stadt kam er auch ganz gut aus. Aber aus irgendeinem Grund waren die Pfarrer, die für uns zuständig waren, in deren Gemeinde wir seit über vierzig Jahren lebten, diese Pfarrer waren immer eine Katastrophe gewesen, und eigentlich hatten wir seit unserer Kindheit Krieg gegen sie geführt. Mir wurde auch erst jetzt klar, dass es sich bei den letzten Jahren, in denen ich mit Pfarrern nur zu tun gehabt hatte, wenn es um den Denkmalschutz in Kirchen ging, wahrscheinlich lediglich um einen Waffenstillstand gehandelt hatte. Ich öffnete die Augen wieder. Dorothee hörte aufmerksam zu. Man konnte ihrer Miene nicht entnehmen, was sie dachte. Maria hatte sich vorgebeugt und flüsterte den Zwillingen etwas zu. Johannes hatte die Arme vor der Brust verschränkt. Jetzt erst sah ich auch Klaus, der wohl auch etwas zu spät gekommen war und nun links am Rand stand. Sein Bart war ergraut, die langen grauen Haare waren etwas weniger geworden, aber er sah in seinem fast bodenlangen Mantel, der am Kragen mit etwas abgewetztem Pelz besetzt war, immer noch beeindruckend gut aus. Jedenfalls, wenn man auf russische Mönche stand, dachte ich im Stillen. Er hatte seinen Geigenkasten auf den Boden gelegt. Den kannte ich. Er hatte sich seit dreißig Jahren nicht verändert. Die Frau an seiner

Seite dagegen kannte ich nicht. Überschlank, groß und vor allem höchstens so alt wie ich, lehnte sie sich hinter Klaus an die Wand und sah etwas verloren aus, wohl weil sie sich bei einer völlig fremden Beerdigung auch etwas fehl am Platze vorkam. Was Klaus dachte, konnte ich fast hören. Klaus war trotz seines anarchischen Auftretens in kirchlichen Dingen ein extremer Traditionalist. Wie man als ehemaliger RAF-Sympathisant zum katholischen Glauben konvertieren konnte, war mir bis jetzt nicht klar geworden, aber Klaus war immer eine schillernde Gestalt gewesen. Einer der interessantesten Onkel in einer an Sonderlingen nicht armen Familie. Er betete vor dem Mittagessen lateinisch. Nachdem er am Vormittag in seinem Dienstzimmer in der Uni eine Studentin verführt hatte und bevor er am Nachmittag eine Statue derselben Studentin als Göttin Artemis formte, um sie später, in Bronze gegossen, einem hessischen Städtchen als Brunnen zu verkaufen. Ein Mann, für den die musikalische Entwicklung der westlichen Welt mit Beethoven abgeschlossen war. Auf jeden Fall war er kein Freund formloser Gottesdienste – für ihn hätte die Beerdigung seiner Mutter mindestens eine Messe sein müssen – und er sah nicht erfreut aus.

Allmählich kam der Pfarrer zum Ende. Als er noch einmal Großmutters Leben Revue passieren ließ und zu ihrem Geburtsort kam, verwechselte er die Stadt Posen mit dem Land Polen, und durch die Gemeinde ging ein unterdrücktes Stöhnen. Unsicher blickte der Pfarrer auf, sprach immer hastiger und kam schließlich mit großer Erleichterung zum Vaterunser. Wir alle standen auf. In dem kleinen Augenblick der Stille roch ich die Blumen, die Papa für Großmutter ausgewählt hatte, und für einen Augenblick war es wie im Sommer. Wir standen eng, Schulter an Schulter, einer am anderen, und Großmutters Familie – Urenkel und wir Enkel und ihre beiden Kinder und ihr Schwiegersohn und ihr über achtzigjähriger Jugendgeliebter – war für einen Moment miteinander verbunden wie eine lange Kette über die Zeit.

»Ne nos ducas in tentationem«, hörte ich Klaus das Vaterunser lateinisch mitsprechen, und vielleicht irritierte das den Pfarrer so, dass er sich zu guter Letzt auch noch beim Beten verhaspelte und Beichtgebet mit Vaterunser unglückselig vermischte:

»... und führe uns nicht zum ewigen Leben, sondern erlöse uns ... nicht in Versuchung«, verbesserte er sich rasch, »... führe uns nicht in Versuchung, sondern erlöse uns von dem Bösen.«

»Ja bitte«, sagte Johannes schnell dazwischen, und ich schwankte zwischen Lachen und Wut, aber dann sagten wir schließlich alle »Amen«, und die Orgel setzte wieder ein. Die anderen setzten sich, aber Johannes und ich, Dorothee und Maria gingen rasch aus der Kapelle. Mama sah uns überrascht nach, aber wir hatten es eilig.

Fünf Minuten später standen wir hinter dem Grünhaus und warteten. Am Grünhaus standen die Sargwagen, auf denen die Särge zum Grab gerollt wurden. Daneben waren der Schuppen für die Gartengeräte der Friedhofsgärtner und der große, von drei Mauern umgebene offene Abladeplatz für die Grünabfälle. Hier lagen die alten, verwelkten Kränze, die Blumen, ausgebrannte Ewige Lichter und all die Pflanzen, die auf Gräbern nicht wachsen sollten. Manchmal hatte man als Kind, wenn man zwischen zwei Beerdigungen dort spielte, in der Erde aus den ganz alten, aufgelassenen Gräbern, die zwischen den Wurzeln der ausgerissenen Birken klebte, den einen oder anderen Knochen gefunden. Der hatte sich dann ausgezeichnet für die Festigung des Rufs in der Klasse nutzen lassen. Nichts schreckte und faszinierte

Mädchen mehr als ein nachlässig in der Pause vorgezeigter menschlicher Knochen.

Dorothee stieß mich an und zeigte auf die Aussegnungshalle. Die Türen hatten sich geöffnet, und die Leute kamen heraus und die Treppe herunter. Ich konnte Papa und Mama sehen, die ziemlich weit vorne waren. Für einen Augenblick sammelten sich alle auf dem Platz zwischen der Aussegnungshalle und dem großen Jugendstilkrematorium, dann kam von hinter der Kapelle der Wagen mit Großmutters Sarg. Der Pfarrer folgte ihm. Auf dem Platz hielten die Sargträger noch einmal kurz an, bis sich alle hinter dem Pfarrer gesammelt hatten, dann setzte sich die Prozession wieder in Bewegung. Es war jetzt Mittag und die Sonne ließ die Blumen auf dem Sarg, der langsam und lautlos und fast königlich zwischen den herbstbunten Bäumen hindurchrollte, durchscheinend schön leuchten.

Als der Sarg fast auf unserer Höhe war, trat Johannes vor, hob das Saxophon an die Lippen und ein hoher, nicht enden wollender Ton klang durch den Friedhof. Der Pfarrer drehte überrascht den Kopf. Alle anderen auch. Ich konnte sehen, dass Papa sofort erkannt hatte, was hier geschah, und dass er lächelte. Irgendwie freute mich das so, dass es plötzlich ganz leicht war, mit Do und Maria hinter Johannes zu treten. Das langgezogene E klang nach, als Johannes Luft holte. Dorothee nahm die Querflöte hoch und Maria ließ das Becken klingen. Und dann setzte ich ein:

»Summertime«, sang ich, ungewohnt hoch, aber so gut ich konnte, und Johannes stützte mich mit fast heiseren, wunderbar sanften Tönen, Maria schlug das Becken und Dorothee spielte einen Lauf, ganz leicht, »and the living is easy ...«

Großmutters Lieblingslied. Und obwohl es Herbst war, stimmten die Worte auf einmal. Es war auch nicht wichtig, ob wir den Pfarrer ärgerten oder nicht, es war nur wichtig, dass wir das Richtige taten. Spielend traten wir auf den Weg und stellten uns vor den Sarg.

»Fish are jumping ...«, sang ich, »and the cotton is high!«

Papa und Mama kamen jetzt zu uns nach vorne, und die Prozession setzte sich wieder in Bewegung. Wir vier spielten im Gehen und das Lied klang über den Friedhof. Während ich sang, sah ich den langhaarigen Mann von vorhin wieder, der immer noch zwischen den Gräbern stand, und als er ein-, zweimal mit den Fingern schnippte, musste ich im Singen lächeln. Als wir vom Hauptweg in Richtung Großmutters Grab abbogen, sah ich, wie Johannes sich plötzlich überrascht umsah. Und dann hörte ich es auch. Eine Geige improvisierte über dem Chorus, und dann war Klaus herangekommen, die Geige unter dem Kinn, Klaus, der noch niemals Jazz gespielt hatte. Er ging neben Maria, die unbeirrt den Takt mit dem Becken schlug, und ich hörte auf zu singen und ließ Johannes und Dorothee und Maria ihre Rhythmen und Töne verflechten, und weil keiner der Beste sein wollte, hörte es sich an wie eine bescheidene, fast schüchterne Liebeserklärung. Als wir fast am Grab angekommen waren, setzte ich noch einmal ein: »... so spread your wings ... and take to the sky!«, und dann waren wir da, und wir fünf traten wieder zurück in die Trauergemeinde.

Ich fing Onkel Kurts Blick auf und sah, dass er nasse Augen hatte, aber er wischte die Tränen ab und lächelte mich an.

Der Pfarrer wartete, bis der Sarg auf den Brettern über dem Grab stand, dann sagte er etwas von spontanem Gruß und anrührend und so, aber ich fand, dass das jetzt nicht mehr schlimm war und ließ mich einfach von dem alten Ritual gefangen nehmen, das ich schon so lange kannte.

»Denn von der Erde bist du genommen, zu Erde sollst du wieder werden.«

Das kannte ich. Das hatte ich immer tröstlich gefunden. Eine Wolke zog über die Sonne, und es wurde gleich deutlich kühler. Ich stand rechts vom Grab und ließ während der Gebete meinen Blick über die Trauernden schweifen, weil ich ja vorhin zu spät gekommen war. Da war Johanna, Großmutters letztes Kind, das einzige, das sie mit dem Professor gehabt hatte. Sie war vierzehn Jahre jünger als meine Mutter und trug demonstrativ weiße, weite Kleidung. Sie gehörte einer dieser leicht amerikanisch angehauchten Christengemeinden an, die in den letzten Jahren überall aus dem Boden geschossen waren. Glaubensgemeinschaften, die den Tod als freudiges Ereignis sahen, als Übergang in eine Lichtwelt, weshalb sie eben bei Beerdigungen auch nur Weiß trugen. Sie war trotzdem in Tränen aufgelöst, und Mama streckte einmal die Hand aus, um sie tröstend an der Schulter zu berühren. Sie hatte es auch nicht leicht gehabt – für den Professor war sie ein unerwünschtes Kind gewesen, und er hatte sie sehr streng erzogen. Dann gab es ein paar Verwandte, die ich selten sah und deren Namen mir nicht gleich einfielen. Eine Reihe ziemlich eleganter alter Damen, die mir schon damals alt vorgekommen waren, als sie noch regelmäßig den Jour fixe meiner Großmutter besucht hatten. Frau Heß, Frau Kilian, die kleine Frau von Ratenburg. Alle waren entweder Professorengattinnen oder selbst Ärztinnen gewesen. Eine illustre Runde. Als Fünfzehnjähriger hatte mir dieses Ritual des gemeinsamen Kaffeetrinkens so gut gefallen, weil es wie ein Echo des Klanges war, den eine längst untergegangene Welt hatte. »Vor dem Krieg« war das Zauberwort dieser Damen gewesen, ein Sesam-öffne-dich zu einer Welt großbürgerlicher Kindheiten in längst zerstörten Häusern mit silbernem Besteck, leinenen Tischtüchern und glänzendem Parkett.

Die Sonne kam überraschend heraus, und die Farben hatten wieder Kraft. Der Pfarrer war beiseite getreten. Der Sarg wurde hinuntergelassen, und Mama ging als Erste vor, stach das Schäufelchen in die Erde und warf sie in die Grube. Sie prasselte leicht und ein wenig dumpf auf dem Holz. Ich folgte nach Papa und Johannes, und als ich mich wieder zu ihnen stellte, stieß Johannes mich an und deutete mit einer fast unmerklichen Bewegung des Kopfes auf die andere Seite des Grabes. Ich sah hinüber, bemerkte wieder den hageren Mann mit den langen grauen Haaren ein Stück abseits und sah fragend zu Johannes. Der schüttelte unwillig den Kopf und nickte noch einmal mit dem Kopf in die Richtung, die er meinte. Ich folgte seinem Blick, und dann sah ich, wen Johannes bemerkt hatte. Hinter den alten Damen, eine Hand ganz leicht auf einen alten, schiefen Grabstein gelegt, das offene Haar über ihrem schwarzen Mantel in der Sonne leuchtend, stand Katja.

24

Es war Sommer in Glücksburg. Gesine fuhr mit den Kindern jedes Jahr in den Norden, ans Meer. Vielleicht eine übrig gebliebene Sehnsucht aus einer halb verlorenen Kindheit, dachte sie, als sie aufstand und durch das Fenster auf den sandigen, von Brombeeren halb überwachsenen Weg hinunter zur Förde sah. Sie konnte sich an sonnige Tage in Danzig erinnern; sie als kleines, noch kinderblondes Mädchen zwischen ihrer Mutter und ihrem Vater, die sie auf dem Weg durch die Dünen manchmal durch die Luft schwenkten und »Engelchen, flieg!« dazu sangen. Es war ein unglaublich friedliches Bild, und sie konnte sich später nur mit Mühe bewusst machen, dass dieser Sommer wohl der Sommer 1944 gewesen sein musste, mitten im Krieg. Wolfgang ... ihr Vater ... hatte eine Uniform angehabt. Aber für das kleine Mädchen Gesine hatte der Krieg erst im Januar 1945 begonnen, mit der Flucht auf dem Pferdewagen, mit der Flucht aus Posen. Davor hatte eine sonnige Kindheit gelegen. Und obwohl sie die Nordsee mochte, war es doch die Ostsee, an die es sie immer wieder zog. Danzig lag auch an der Ostsee. Aber abgesehen davon lebte ja ihr Vater jetzt in Kiel, und so konnten sie sich ab und zu sehen. Wenigstens in den Ferien.

Es war Sommer in Glücksburg, ein sehr schöner Spätsommermorgen, und Gesine deckte den Tisch vor der offenen Balkontür. Sie hatten dieses Jahr Glück gehabt mit der Ferienwohnung. Eigentlich war das ein ganzes Bauernhaus, das sie bekommen hatten. Aber diese Vermieter waren sowieso die einzigen gewesen, die Hunde und Katzen erlaubt hatten. Sie zählte die Teller. Sieben. Die Wohnung hatte nur sechs Stühle. Meistens saß einer der Jungs auf einem umgedrehten Bierkasten. Durch die Balkontür wehte der Wind von der See herein und hob das Tischtuch an den Ecken. Gesine lächelte und stellte die Marmeladengläser auf den Tisch. Auf dem Balkon tobten die zwei Siamkatzen. Dorothee war dagegen gewesen, sie mitzunehmen, weil sie immer fortliefen, aber bei Friedrich hätten sie die Katzen nicht lassen können. Er hätte schlicht vergessen, sie zu füttern. Also hatten sie sie mitgenommen, auch wenn sie dazu zwei lange Katzenleinen hatten kaufen müssen. Als sie vom Esszimmer zur Küche ging, begegnete sie Sam auf dem Gang. Er war eben aufgestanden, sah etwas zerknittert aus und murmelte einen Guten-Morgen-Gruß in ihre Richtung.

»Kannst du nach Glücksburg fahren und Brötchen kaufen?«, fragte sie ihn fröhlich.

Sam stöhnte. »Mama! Ich war noch nicht mal im Bad. Ich bin noch gar nicht richtig wach. Und außerdem habe ich, wie du genau weißt, noch keinen Führerschein.«

Gesine sah ihren Sohn streng an. »Du hörst dich an wie dein Vater. Gestern hat dich das auch nicht gestört, als du vom Strand hier hochgefahren bist.«

Sam sah sie an und gab nach. Eigentlich hätte er normalerweise sofort Ja gesagt. Er hatte schon die ganzen Ferien darauf gehofft, im Urlaub Auto fahren zu können, aber gestern hatte er bei diesem ersten Versuch im Rückwärtsfahren das Anliegerschild vor dem Bauernhof umgeknickt. Johannes, Dorothee, Peter und er hatten erst versucht, es wieder aufzustellen, aber es war so gründlich umgefahren gewesen, dass sie es einfach ausgegraben und hinter einer Hecke versteckt hatten. Ihrer Mutter hatten sie nichts davon erzählt, und die Delle in der Stoßstange war vielleicht sowieso schon vorher da gewesen. Gesine fuhr schließlich auch nicht zimperlich.

»Die Straße sieht ohne Schilder viel besser aus«, hatte Dorothee noch nüchtern bemerkt, »außerdem fahren hier sowieso nur Trecker.«

Auf jeden Fall hatte Samuels Vertrauen in seine Fahrkünste etwas gelitten, und deshalb reagierte er jetzt nicht ganz mit der zu erwartenden Begeisterung. Aber andererseits: Gestern war gestern. Und irgendwie musste man das Autofahren ja lernen.

»Schlüssel«, sagte er und hielt die Hand auf.

Gesine sah ihm vom Balkon aus nach, als er über den Hof hinaus auf die Straße ging, wo der blaue Hanomag stand. Manchmal war es unglaublich, wie ähnlich er Friedrich im Gang und in der Haltung war. Und es war unglaublich, dass fast achtzehn Jahre vergangen waren, seit er auf die Welt gekommen war. Sam hatte sich im letzten Jahr die Haare lang wachsen lassen, und sie musste lächeln, als sie ihn einsteigen sah: Halb erwachsen, halb ein Kind. Es war ein überraschend wehmütiges Gefühl, aber dann hörte sie, wie der alte Diesel ansprang und der Motor viel zu laut aufheulte, bevor Sam die Kupplung kommen ließ, und verzog den Mund. Außerdem gab es da genügend andere Kinder, die noch echte Kinder waren und um die man sich kümmern musste. Sie ging ins erste Schlafzimmer, wo Dorothee, Maria und Anja schliefen. Und Elf mit ihrer Tochter Winnetou. Gesine war gegen den Namen gewesen, aber Dorothee konnte unfassbar stur sein, also hatte die Familie nachgegeben, obwohl Gesine sich manchmal, wenn sie nach ihren Hunden rief, etwas seltsam vorkam.

Anja war die beste Freundin Dorothees, und deshalb hatte sie diesmal mitkommen müssen. Wenn die Jungs Peter mitnehmen dürfen, hatte Dorothee gesagt, dann darf ich Anja mitnehmen. Es war derselbe Ton, in dem sie sieben Jahre zuvor Winnetou ihren Namen gegeben hatte.

Es sah nett aus, wie Anjas strohblondes Haar zwischen den beiden schwarzen Köpfen in dem großen Doppelbett herausleuchtete.

»Aufstehen!«, sagte Gesine fröhlich. Sie fand, dass es reichte, wenn ihre Kinder in den Ferien bis acht Uhr schliefen. Sie selbst stand ja auch immer um sechs Uhr morgens auf. Genauer gesagt, hatte sie Mühe, sich in den zwei Stunden zwischen sechs und acht Uhr ausreichend zu beschäftigen, bis es Zeit war, die Kinder zu wecken. Und wenn es nach ihr gegangen wäre, hätten Bäckereien schon um sechs geöffnet und nicht erst um sieben. Dorothee zog sich die Decke über den Kopf. Maria schlief ungerührt weiter. Nur Anja machte die Augen auf und antwortete verschlafen: »Guten Morgen.«

»Frühstück ist fertig«, sagte Gesine. Für sie war das ein Zauberwort. Frühstück war überhaupt das Beste am Tag. Und jetzt, in den Ferien, konnte sie das auch genießen, denn Friedrich, der frühes Aufstehen fast noch mehr hasste als Dorothee, war ja zu Hause.

»Mhm«, murmelte Anja und richtete sich auf. Gesine verließ zufrieden das Zimmer und sah bei den Jungs hinein. Johannes und Peter schliefen auch noch. Natürlich. Wer weiß, wann sie heimgekommen waren. Sie waren am Tag zuvor nach Flensburg getrampt, um dort in irgendeine Disco zu gehen. Dem Geruch nach altem Bier und kaltem Rauch nach zu schließen, war ihnen das auch gelungen. Peters wüster Lockenkopf sah nur halb aus dem Schlafsack heraus, aber sein Gesicht war das eines schlafenden Cherubs. Johannes dagegen, dessen Haare mittlerweile fast so lang wie die seines Bruders waren, schnarchte, weil sein Kopf über die Bettkante hing. Gesine hob Peters Tanzschuhe auf, die im Weg lagen, entschied sich dagegen, sie jetzt schon zu wecken, aber als sie die Tür schon wieder schließen wollte, drehte sich Peter im Schlaf, und ihr Blick blieb an ihm hängen. Er hätte gut in die Familie gepasst, dachte sie, dieser Junge. Wahrscheinlich war er in der Geburtsklinik verwechselt worden. Peter tanzte und malte und schrieb Gedichte – wie ihre Kinder zeichneten und filmten und schauspielerten –, nur waren seine Eltern so hilflos bieder, dass ihnen ihr Sohn fremd und fremder geworden war. Sie verstanden nicht, dass er Ballettunterricht nahm, dass er sich in die Klassen der Akademie schmuggelte, um mit den Studenten zu malen, dass er die strahlend weißen Raufaserwände seines Zimmers mit ins Absurde vergrößerten Prilblumen bemalte. Sie verboten ihm das Tanzen umso strikter, je schlechter er in der Schule wurde, und trotzdem wurde ihm ein Stipendium an eine der bekanntesten Tanzschulen in Frankfurt angeboten. Und sie verstanden nicht, warum er es ausschlug. Seit einem halben Jahr wohnte Peter fast im Hause Ehrlich. Er ging nur zum Schlafen nach Hause, und auch das nicht immer.

Wir sind eine seltsame Familie, dachte Gesine, als sie leise die Tür zumachte, wir ziehen die Schmetterlinge an. Sie ging durch die Küche und sah ein vergessenes Einmachglas, das sie mit auf den Balkon nahm. Honig jedenfalls, dachte sie, als sie das Glas aufschraubte, ist genug für alle da.

Samuel hatte die Kurven durch das Wäldchen vor Glücksburg zu Anfang mit großer Vorsicht genommen, aber nach den ersten drei, vier Kilometern traute er sich, etwas schneller zu fahren. Der Hanomag dröhnte, aber das Radio dröhnte noch lauter.

»Take a look at my girlfriend«, sang er laut mit. Nicht, dass er im Augenblick eine Freundin gehabt hätte. Aber heute war so ein Tag, an dem man sich hätte verlieben können. Der Himmel war jetzt so, wie er nur an der See sein konnte: Hoch und sommerlich blau und mit leichten Wolken dazwischen, die vom Meer landeinwärts zogen. Ein schöner Tag. Und außerdem fuhr er alleine Auto! Als er in Glücksburg angekommen war, fuhr er wieder langsamer. Er suchte sich einen Parkplatz, aus dem er problemlos wieder herauskam, und stieg dann aus. Auf der gegenüberliegenden Straßenseite konnte man durch die hohen Pappeln den See glänzen sehen. Es war jetzt fast windstill, so dass sich die Fassade des Schlosses auf dem Wasser spiegelte. Samuel blieb einen Augenblick stehen. Es war ein schönes Bild. Plötzlich wurde ihm bewusst, was er seit einiger Zeit immer öfter fühlte: Er war in seinem Leben an einem besonderen Punkt angelangt. Nachdenklich holte er den Tabak heraus und atmete den Duft ein, bevor er sich langsam eine Zigarette drehte. Jetzt. So hieß der Punkt. Jetzt bedeutete, dass ihm bewusst wurde, dass die Dinge, die man ein erstes Mal tun konnte, immer weniger wurden. Ein erstes Mal rauchen. Ein erstes Mal küssen. Ein erstes Mal selber Auto fahren. Das war alles schon geschehen. Das wunderbare Gefühl, etwas ein allererstes Mal zu tun – vielleicht wurde das jetzt immer seltener. Ein erstes Mal am See des Glücksburger Schlosses zu stehen. Ein erstes Mal Sex zu haben. Er musste über sich selbst lachen, weil er so durchschaubar war. Alle waren sie so. Johannes und Peter und alle seine Freunde. Einmal Sex haben, bevor man stirbt. Einmal die große Liebe erleben. Dieses Gefühl, auf Abruf zu leben – als ob es kein nächstes Jahr gäbe –, das machte alles intensiver, und deshalb spielten sie so gerne mit dem Gedanken an den frühen, heroischen Tod. Sam wusste, dass er sich später an diesen Augenblick würde erinnern können, auch nach zwanzig Jahren noch, auch dann noch, wenn er über vierzig wäre, was er sich nicht vorstellen konnte. Aber dass er sich an diesen sonnigen Moment der Unvergänglichkeit, des Zaubers des allerersten Mals in allen Dingen, erinnern würde, das wusste er mit großer Sicherheit.

Als er dann aber die Stufen zur Bäckerei hochstieg und automatisch in der Tasche nach seinem Portemonnaie fühlte, fiel ihm auf, dass seine Mutter ihm kein Geld mitgegeben hatte. Und er selbst hatte sowieso keines. Er hatte seine letzten Reserven gestern auf dem Schiff nach Dänemark für zollfreien Tabak ausgegeben. Toll. Rauchen konnte er. Aber keine Brötchen kaufen. Jetzt musste er noch einmal zurückfahren. Als er zurück am Auto war und sich beim Einsteigen am Rahmen festhielt, fiel ihm etwas ein, und er musste lachen. Das Notgeld! Seine Mutter war zwar in mancher Hinsicht vollkommen leichtsinnig, in anderer Hinsicht jedoch übertrieben vorsichtig. So kam es, dass sie zwar das Auto nie abschloss, aber dafür immer einen Notgroschen genau dort versteckte. Sam zupfte den Türgummi auf der Beifahrerseite heraus, bis er an das Loch im Rahmen kam, in das eigentlich eine Schraube gehörte. Jetzt steckte dort aber eine feste Rolle aus einem Zwanzigmarkschein.

»Sechsundzwanzig Brötchen«, sagte er zwei Minuten später in der Bäckerei und reichte das Zwanzigmarkröllchen über den Tresen. Es hatte schon so lange im Rahmen gesteckt, dass es vollkommen zusammengeklebt war, aber das, fand Sam, war nicht mehr sein Problem.

Auf dem Rückweg war er noch vergnügter als vorher. Seine Mutter konnte es nicht leiden, wenn er im Auto rauchte, aber das war eben auch ein erstes Mal. Er hatte das Fenster ganz heruntergekurbelt, hörte wieder Musik und fuhr durch den immer noch taufrischen Morgen, der Tabak duftete, und es lagen noch zehn Tage Ferien vor ihm. Ein ausgezeichneter Tag!

Als er eine Viertelstunde später versehentlich in den ersten statt den dritten Gang schaltete und mit protestierend aufheulendem Motor zum Ferienhaus abbog, kam ihm ein grauer Fordbus entgegen, der Fahrer hupte kurz und wich aus, aber Samuel ließ sich die Laune nicht verderben. Er stieg aus, packte sich die zwei großen Tüten auf die Arme und stieg die Treppen hoch in die Ferienwohnung. Es roch nach frisch gewaschenen Haaren und nach Tee, und als er auf den Balkon trat, saßen schon alle am Frühstückstisch.

»Du hast ganz schön lange gebraucht!«, sagte Gesine fröhlich. »Wir haben Besuch.«

Sie wies auf das Mädchen mit den hellen Haaren, das am Tisch saß, als gehöre es dazu. Sam brauchte einen Augenblick, bis er sie erkannte. Sie hatten sich immerhin drei Jahre lang nicht gesehen, und sie hatte sich verändert. Um genauer zu sein, korrigierte er sich im Stillen: Sie war schön geworden. Aha. Dann war das vorhin im grauen Fordbus wohl Großvater Wolfgang gewesen.

»Hallo, Tante Katja«, sagte er grinsend.

»Hallo, Neffe Sam«, sagte Katja.

Johannes behauptete später, er hätte sofort gesehen, dass Sam und Katja sich in diesem Augenblick ineinander verliebt hätten. Katja in Sam. Und Sam in seine Tante Katja, die jüngste Schwester seiner Mutter.

»Und«, behauptete Johannes viele Jahre später, als er sich mit Sam in einem ihrer selten gewordenen nächtlichen Gespräche über diese Ferien unterhielt, »ich wusste gleich, dass es nicht gut ausgeht.«

25

Auf dem Rückweg vom Friedhof rief Vera an, und ich entdeckte, dass ich mein Handy während der Beerdigung gar nicht ausgeschaltet hatte.

»Gut, dass du keine richtigen Freunde hast«, sagte Johannes vergleichsweise heiter, als er das Klingeln hörte. »Soll ich für dich rangehen?«

»Ich mach' schon«, sagte ich, klemmte mir das Lenkrad zwischen die Knie und holte das Telefon aus der Innentasche meines Jacketts. Johannes griff herüber und lenkte, während ich es aufklappte. Das hatten wir früher auch schon immer so gemacht, aber damals ging es meistens darum, Zigaretten zu drehen oder eine heruntergefallene Kassette zwischen Kupplungs- und Bremspedal herauszufischen. Vera hatte eine Prozesspause und fragte, wie es mir gehe.

»Na ja«, sagte ich etwas mürrisch, »wie soll es mir gehen. War halt eine Beerdigung. Nicht lustig.« Ich hatte den Streit noch im Hinterkopf, und außerdem beschlich mich völlig grundlos plötzlich ein schlechtes Gewissen. Wegen Katja, die ich ja immerhin seit vielen Jahren nicht mehr gesehen hatte, die aber jetzt im anderen Auto mit Mama, Papa, Klaus und Dorothee fuhr, was mir irgendwie in jeder Sekunde bewusst war.

»Sam lügt«, sagte Johannes laut dazwischen, »es war sogar sehr lustig. Wir haben den Pfarrer mitbegraben.«

»Was sagt Johannes?«, fragte Vera, die ganz offensichtlich in Eile war, was mich schon wieder ärgerte. Warum rief sie an, wenn sie sowieso keine Zeit hatte, um mit mir zu reden?

»Vera«, sagte ich, »ich kann jetzt nicht telefonieren. Ich fahre gerade Auto.«

»*Ich* fahre Auto«, betonte Johannes in Richtung des Telefons, »du trittst bloß aufs Gas.«

Er stützte sich schwer auf mein rechtes Knie und damit aufs Gaspedal. Der Wagen machte einen Sprung nach vorn, und Johannes lenkte Schlangenlinien.

»Johannes!«, rief ich, griff mit der freien Hand ins Lenkrad, musste aber lachen, was jetzt wieder Vera verärgerte.

»Scheint doch ganz lustig gewesen zu sein«, bemerkte sie spitz. »Na ja. Ruf mich halt einfach an, wenn die Feier vorbei ist.«

Sie sagte das Wort »Feier« so, als ob es sich um eine Party handelte.

»Vera«, wollte ich erklären, aber sie hatte schon aufgelegt. Ich hätte auch nicht gewusst, wie ich ihr verständlich machen sollte, dass es ein seltsam leichtes Gefühl zwischen Trauer und Heiterkeit gab, dass es eine Fröhlichkeit gab, in der die Trauer nicht verschwand und in der ein Mensch, den man eben begraben hatte, nicht verschwand, sondern mitten drin war. Dass in jedem Scherz die Erinnerung mitschwang und man gleichzeitig lachen und trauern konnte. Aber vielleicht war das auch nur bei uns so. Ich klappte das Handy zu, als Johannes hastig die Hände vom Lenkrad nahm.

»Fass an!«, rief er. »Schnell!«

Ich lenkte jetzt wieder selbst, und Johannes hatte sich halb umgedreht, um den Gurt zu erwischen und sich anzuschnallen, aber es war zu spät. In meinem Seitenfenster war bereits ein Polizeimotorrad aufgetaucht, dessen Fahrer uns mit der Hand energisch Zeichen gab, an die Seite zu fahren. Aus den Augenwinkeln sah ich noch, wie unser Vater im anderen Wagen an uns vorbeizog und nur den Kopf schüttelte. Wir würden zu Hause auf ein paar boshafte Bemerkungen gefasst sein müssen. Ich fuhr an den Rand, stellte den Warnblinker an und kurbelte die Scheibe herunter.

»Das ist alles deine Schuld«, zischte ich Johannes an, der sich nur in seinem Sitz zurücklehnte und sagte:

»Ich habe nicht telefoniert. Ich habe niemanden, der mich anruft.«

Der Polizist war jetzt am Auto und nahm den Helm ab.

»Oh nein«, sagte ich resigniert, als ich ihn erkannte, »das ist nicht wahr, oder? Ist das bloß ein bizarrer Zufall oder machen Sie das mit Absicht?«

»Ihre Papiere, bitte«, sagte der Polizist völlig neutral. Johannes sah mich neugierig an:

»Ihr kennt euch?«, fragte er interessiert.

»Sie waren nicht angeschnallt«, sagte der Polizist zu ihm, »Ihren Ausweis hätte ich auch gerne.«

»Ich ... ich musste mich abschnallen, weil mein Handy runtergefallen ist«, sagte Johannes geistesgegenwärtig.

»Ein Handy«, sagte der Polizist sehr gelassen, während er meinen Führerschein studierte, als hätte er ihn noch nie zu Gesicht bekommen, »habe ich gesehen. Aber es war nicht in Ihrer Hand. Das wäre auch gar nicht gegangen, weil Sie nämlich gelenkt haben. Haben Sie beim Einsteigen einfach die Sitze verwechselt oder bringen Sie ...«, er sah auf Johannes' Ausweis, »... bringen Sie Ihrem Bruder Fahren bei?«

»Hören Sie«, versuchte ich, »wir kommen von der Beerdigung meiner Großmutter. Das war ... also, das war ein dringendes Telefonat mit unserem Vater.«

Der Polizist beachtete uns gar nicht. Er schrieb. Ich sah zu Johannes hinüber. Der zuckte nur die Schultern und flüsterte: »Vera ist nicht dein Vater. Auch wenn sie ihm manchmal ähnelt. Äußerlich, meine ich.«

Der Polizist war fertig, wandte sich uns mit einem sorgfältig professionellen Gesichtsausdruck wieder zu und reichte drei Zettel herein.

»Das sind einmal vierzig Euro für das Telefonieren. Und ein Punkt. Und dann noch eine Verwarnung zu vierzig Euro für Herrn Samuel Ehrlich, weil er die Hände vom Lenkrad genommen hat. Und für Sie«, er sah Johannes an, »vierzig Euro, weil Sie nicht angeschnallt waren. Auf den Punkt habe ich verzichtet.«

»Kann ich gleich zahlen?«, fragte Johannes höflich und holte seine Brieftasche heraus. »Und gibt es vielleicht so eine Art Zehnerkarte? Die würde ich dann gerne nehmen. Weil ich nämlich immer ohne Gurt fahre.«

Der Polizist war eben dabei, seinen Helm wieder aufzusetzen, und tat zuerst so, als hätte er Johannes nicht gehört. Aber dann konnte er doch nicht anders und beugte sich noch einmal vor.

»Meine Herren Ehrlich«, sagte er leise, aber triumphierend, »Sie fahren leider so auffällige Autos, dass ich Sie immer wieder finden werde. Immer wieder.«

Ich drehte mich zu Johannes und hob die Hände in einer Geste der Hilflosigkeit. »Siehst du? Er verfolgt mich. Seit Berlin.«

Dann sah ich wieder zu dem Polizisten und sagte: »Wissen Sie was? Mein Bruder hier ist Pathologe. Sollten Sie irgendwann mal bei einer dieser Verfolgungsjagden tödlich verunglücken, werde ich bei Ihrer Obduktion dabei sein. Und ich bringe mir Bienenstich und einen Kaffee mit.«

»In der Pathologie darfst du keinen Kuchen essen«, belehrte Johannes mich sachlich, »aber Kaffee ist in Ordnung.«

Der Polizist sah uns beide lange an. Ich fragte mich, ob wir zu weit gegangen waren, aber andererseits fand ich es zutiefst ungerecht, dass er mich an diesem Tag angehalten hatte. Und einen Punkt in Flensburg konnte ich wahrhaftig nicht gebrauchen. Außerdem war er allein.

»Ich habe mich erkundigt«, sagte er dann nach einer Weile, »Sie dürfen gar keine Katzen verbrennen. Ich hoffe für Sie, dass die Katze noch lebt. Was ich nämlich gar nicht leiden kann, ist Tierquälerei. Überhaupt nicht.«

Johannes sah mich fragend an. »Wovon redet der Mann?«

»Sie«, antwortete ich und gab mir Mühe, so nett wie möglich zu klingen, »haben in Ihrer Jugend viele Bambifilme gesehen, oder? Und den Flippersong können Sie heute noch, hm? Wahrscheinlich tragen Sie im März auch gerne Kröten über viel befahrene Bundesstraßen.«

Der Polizist hatte seinen Helm aufgesetzt. Man konnte seinen Gesichtsausdruck nicht mehr erkennen, aber man hörte den Hass in seiner Stimme, als er sagte: »Ich kann Ihnen nur empfehlen, die Straßenverkehrsordnung von jetzt an peinlich genau einzuhalten. Tag und Nacht. Warndreieck im Kofferraum. Verbandkasten. Signalweste. Denn wann immer ich Ihr Auto in dieser Stadt sehe, werde ich Sie anhalten. Jedes einzelne Mal. Schönen Tag noch.«

Er ging zu seinem Motorrad, stieg auf, und als er an uns vorbeifuhr, hob er kurz die Hand und zeigte uns den Mittelfinger. Johannes und ich sahen ihn mit hochgerecktem Finger vorbeifahren und waren beide einen Augenblick lang überzeugt, dass das einfach nicht passiert war. Dann sahen wir uns an, immer noch völlig verblüfft. Und dann – dann bekamen wir einen Lachkrampf.

Später, als Johannes sich in seinem Sitz zurückgelehnt und die Tränen aus den Augen gewischt hatte, sagte er beiläufig: »Ich weiß nicht, ob wir Papa von diesem Gespräch in allen Einzelheiten erzählen sollten.«

»Andererseits«, entgegnete ich im gleichen Ton, als ich den Motor wieder anließ, »könnte es sein, dass Papa nicht von einem hyperaktiven Motorradpolizisten angehalten werden möchte, wenn er samstags mit seinen Schwarzpulverwaffen in den Schützenverein fährt.«

»Oder in den Wald ...«, ergänzte Johannes, »... hm. Ich denke, es war sowieso deine Schuld. Also erzählst du es ihm. Was war das übrigens mit der Katze?«

Ich fuhr wieder los und fädelte mich in den Verkehr ein, wobei ich den Blinker setzte wie ein Fahrschüler.

»Diese Katze«, sagte ich, »ist eine kleine ägyptische Göttin des Streits, die Ehefrauen und Polizisten hasst.«

»Aha«, nickte Johannes verständnisvoll, »wenn das so ist. Dann wärst du ja nicht schuld an einer Scheidung, oder?«

Ich antwortete nicht, sondern konzentrierte mich darauf, die Geschwindigkeitsbegrenzung nicht zu überschreiten, und deshalb waren wir erst zu Hause, als die anderen schon Kaffee tranken.

Das Haus war womöglich noch voller als vorher. Onkel Kurt unterhielt sich im Wohnzimmer mit den Freundinnen meiner Großmutter, und man hätte den Eindruck haben können, hier fände eines der Kaffeekränzchen vergangener Tage statt. Man schwelgte wehmütig in Erinnerungen, aber ganz allmählich wanderte das Gespräch zu den Anekdoten, zu dem, was man mit Großmutter bei Kunstausstellungen erlebt hatte oder bei gemeinsamen Ferien in den Bergen, und schließlich war man bei den eigenen Geschichten angekommen. Wir kannten das. So war das bei fast allen Beerdigungen. Der Leichenschmaus holte die Trauernden ganz allmählich, fast unmerkbar, ins Leben zurück. Essen. Trinken. Reden.

Ich sah mich um, aber Katja war nirgends zu sehen. Vielleicht war sie oben. Als ich aus der unteren Wohnung kam, sah ich Klaus. Er hatte seine gegenwärtige Geliebte einfach stehen lassen und war ins Gespräch mit der Cellistin gekommen, die bei Großmutter früher mal Zeichenunterricht gehabt hatte und die extra aus Berlin angereist war. Sie standen im großen Treppenhaus am Jugendstilfenster, durch das ich mit dreizehn Jahren eine Luftgewehrkugel geschossen hatte. Versehentlich. Johannes hatte behauptet, er hätte es entladen. Das war immer noch einer dieser Fälle, in denen wir beide eine komplett unterschiedliche Erinnerung an dieselbe Geschichte hatten.

»Sieh mal«, stieß ich Johannes an, der sich den Teller beladen hatte und mir etwas ziellos nachgeschlendert war, »Klaus wittert Beute.«

»Das geht so«, sagte Johannes nicht ganz leise und mit einem boshaften Lächeln: »Erst redet er mit ihr. So wie jetzt.«

In der Tat hörte die Cellistin Klaus zu. Klaus war ein faszinierender Gesprächspartner. Wenn man ihn reden ließ. Sie strich ihr Haar zurück, lehnte sich zurück und legte dabei beide Hände auf das Fensterbrett hinter ihr, was dazu führte, dass Klaus ihr Dekolleté näher betrachten konnte. Beide beachteten uns nicht, obwohl wir nur eine halbe Treppe unter ihnen standen.

»Dann holt er die Geige«, sagte ich, und Johannes unterbrach mich, weil er wusste, was kam:

»Dann spielt er ihr Mozart vor, dann ist er plötzlich verschwunden.«

»Komm«, sagte ich, »wir schließen die Schlafzimmer ab.«

Johannes lachte und ging zurück in Richtung Küche. »Senf«, sagte er, »man kann diese gefüllten Eier nur mit Senf essen.«

Mir kam das nicht ungelegen. Ich wollte eigentlich gerne alleine mit Katja reden. Als ich an Klaus vorbeiging, hörte ich, wie er zur Cellistin sagte: »Ich habe immer Etüden dabei. Wenn Sie wollen, notiere ich das Stück für Cello ... wir könnten ein Duett probieren.«

Ich musste lächeln. »Ich hätte auch Geige lernen sollen«, sagte ich im Vorbeigehen, aber Klaus streifte mich nur kurz mit einem Blick.

Katja war auf dem Wohnzimmerbalkon, der auf den Garten meiner Eltern hinausging. Der große Ahorn, der den halben Garten beherrschte, war noch nicht völlig entlaubt. Auf dem Rasen lag ein dichter Teppich bunter Blätter. Vom ersten Stock aus konnte man gerade so über die jenseitige Mauer sehen, wo das Kupferdach der Entbindungsklinik grün gegen den herbstlich blauen Himmel leuchtete. Katja stand mit dem Rücken zu mir auf dem halb zerfallenen Sonnenmosaik, das Großmutter vor fast dreißig Jahren gelegt hatte. Ein verspätetes Hochzeitsgeschenk für meine Eltern. Sie hatte die Hände auf das eiserne Geländer gestützt und sah in den Garten. Späte, schräge Sonnenstrahlen glitzerten auf dem schwarzen Obelisken, den Papa vor dreißig Jahren für einen Kunden bestellt hatte, der aber nie bezahlt worden war. Papa hatte ihn nicht zurückgeben können, und seitdem stand er in unserem Garten. In unserer Kindheit war er Pyramide und Fort und Mont Blanc und Marterpfahl gewesen. Und natürlich der Anschlag, wenn wir an Herbsttagen wie diesen bis in den frühen Abend hinein Verstecken mit Anschlagen gespielt hatten. Die meisten Vögel waren schon fort, aber der Herbstwind war warm. Katjas Haar leuchtete, wenn der Wind es bewegte. Für einen Augenblick war es so, als hätte sich nichts verändert seit diesem windigen Spätsommertag an der Ostsee vor zwanzig Jahren.

»Er hat etwas Barockes, hm?«, sagte ich, als ich durch die Balkontür getreten war, »Dieser Obelisk ist das Memento mori meiner Kindheit.«

Katja drehte sich um, als sie mich hörte. Sie hatte sich verändert. Wie wir alle vermutlich. Aber ihr Lächeln war dasselbe geblieben.

»Hallo, Sam«, sagte sie, »lange her, oder? Wie geht's dir?«

»Nein«, sagte ich leise. Seit ich sie vorhin am Grab gesehen hatte, war ich durch einen kleinen Herbststurm an Gefühlen gegangen. Lauter Dinge, von denen ich geglaubt hatte, sie seien mit der Zeit längst vergangen. Waren sie aber nicht.

»Nein«, sagte ich deshalb, »so eine Art Gespräch führen wir nicht. Ich habe dich das letzte Mal vor fast zwanzig Jahren gesehen. Danach war ich noch mindestens drei oder vier Mal in Kiel, um dich zu besuchen. Du warst nie da, oder du hast die Tür nicht geöffnet. Ich habe dir Briefe geschrieben, die du nie beantwortet hast. Und jetzt stehst du hier. Im Haus meiner Eltern. Wie ich mir das mal gewünscht habe. Und ich habe keine Lust, ein Wie-geht's-dir-Gespräch zu führen. Wir reden richtig, ja?«

Katja sah mich an. Sie lächelte nicht mehr höflich wie eben noch. Sie sah mich an, und dann machte sie eine kleine Handbewegung, an die ich mich bestürzend genau erinnerte. Komm her, hieß diese Handbewegung, und ich kam zu ihr ans Geländer. Wir standen nebeneinander. Das Nachmittagslicht war fast wie im Spätsommer, aber es war Herbst, und heute war Großmutter beerdigt worden.

»Was hätte ich tun sollen?«, fragte Katja. »Ich war siebzehn. Siebzehn Jahre alt, ich bin zur Schule gegangen, genau wie du. Ich habe in Kiel gewohnt. Du hast hier gewohnt. Es war so eine kurze Zeit. Was für eine Geschichte hätte das werden sollen?«

In der angelehnten Balkontür spiegelten wir uns schemenhaft und verschwommen. Dahinter ging wie ein Schatten Maria mit den Zwillingen vorbei, sah aber nicht zu uns herüber. Von unten hörte man das Klingen von Besteck und Gläsern und das Klirren des Geschirrs über dem angenehm gedämpften Meergeräusch von an- und abschwellenden Gesprächen.

»Mal ganz abgesehen davon«, sagte ich ruhig, »dass du meine Tante bist.«

»Davon mal ganz abgesehen«, bestätigte Katja gelassen.

»Warum bist du gekommen?«, fragte ich. »Mich hat diese so kurze Zeit jahrelang verfolgt. Ich konnte jahrelang an niemand anderen so denken wie an dich. Warum kommst du jetzt?«

Katja zuckte die Schultern.

»Du weißt ja nicht, wie das war«, sagte sie dann ein wenig müde, ein wenig bitter, »dieses Lügen vor meinem Vater, wenn ich einen Brief von dir bekommen habe, das Misstrauen ... meine Mutter ... weißt du was? Mein Vater hat mich monatelang von der Schule abgeholt. Monatelang. Ich war siebzehn! Aber meine lieben Eltern hatten das Tagebuch gelesen, das die kleine dumme Katja geschrieben hat, und daher wussten sie, dass wir uns an der Schule getroffen hatten. Von da an: Katja, wir holen dich ab. Katja, du bleibst heute zu Hause. Katja, was schreibst du da? Warst du das in der Telefonzelle, Katja?«

»Ja«, sagte ich hart, »das war damals. Aber dann, als du schon alleine gewohnt hast, als ich dich im Herbst besucht habe, weißt du noch?«

Katja lächelte wieder. »Ja. Weiß ich noch. Wir sind noch mal schwimmen gegangen. Das war schön.«

Das war ein bisschen zu viel.

»Katja!«, rief ich wütend. »Wenn das so schön war, wieso hast du dich danach totgestellt? Wieso sind meine Briefe zurückgekommen? Du hast deine Scheißtelefonnummer ändern lassen! Wieso?«

»Weil Papa damals ertrunken ist«, sagte sie und sah dabei in den Garten.

Jetzt war ich wirklich wütend, aber es war ein kalter Zorn.

»Ach ja«, sagte ich, »Großvater Wolfgang. Vor der Küste Kroatiens ertrunken. Vermisst. Ich erinnere mich.«

Katja sah weiter in den Garten. Ich kam wieder näher und stellte mich neben sie.

»Großmutter«, sagte ich dann leise, »Großmutter war damals so traurig, dass ich dachte, sie lacht nie wieder. Dabei ist es doch nur ihr blöder erster Mann gewesen; ihr geliebter Wolfgang, der seinen Fronturlaub geheim gehalten hat, damit er nicht zu seiner schwangeren Frau musste, sondern zu seiner kleinen Geliebten fahren konnte.«

Katja hatte sich umgedreht.

»Ach«, sagte ich, »das wusstest du nicht, was? Er hat immer gern ein bisschen gelogen und betrogen.«

»Du siehst ihm ähnlich«, sagte Katja kühl.

Das hatte gesessen. Einen Augenblick lang schwiegen wir. Dann sagte ich:

»Ah, wenn wir schon beim Lügen sind – du weißt vielleicht nicht, dass ich danach noch einmal in Kiel war. Ich habe Großvater Wolfgangs Grab gesucht ...«

Ich ließ den Satz wirken, sah Katja an und ärgerte mich, dass ich dabei war, meinen Vorteil zu vergeben. Sie sah auf einmal erschrocken aus, erschrocken und sehr müde.

»Ach«, sagte sie dann und fing sich, »es gibt keins. Er ist vermisst, das weißt du. Für tot erklärt. Es gibt keine Leiche.«

Warum erzählst du mir diesen Scheiß, dachte ich wütend, warum? Jetzt war es wirklich an der Zeit, klar Schiff zu machen, damit ich endlich, endlich ihr Bild los wurde, dieses Bild einer Jugendliebe, die wahrscheinlich sang- und klanglos vorbeigegangen wäre, wenn sie nicht so bescheuert tragisch geendet hätte. »Katja«, sagte ich mühsam beherrscht, aber da ging die Balkontür auf.

Johannes sah mich und sagte: »Ach, hier bist du. Kannst du mal kommen?«

Ich hörte sofort, dass irgendetwas passiert war, und blickte Katja an. So war das wohl im richtigen Leben immer. Große Unterredungen liefen eben nicht so ab wie im Film, mit dem richtigen Knalleffekt am Ende.

»Ich warte«, sagte sie. »Wir reden später, ja?«

»Danke«, sagte ich. In diesem Augenblick sah sie sehr schön aus, wie sie gegen das Licht vor dem großen Garten stand, in dessen Bäumen der Wind mit den Schatten der bunten Blätter spielte.

»Ungetrübtes Wiedersehensglück sieht aber anders aus«, sagte Johannes, als ich ihm die Treppen hinab folgte. »Streit?«

»Geht dich nichts an«, erwiderte ich knapp. Ich hatte gerade wirklich keine Lust, mit ihm über ein nicht zu Ende gebrachtes Beziehungsgespräch zu reden. Es reichte, dass er schon immer mit geradezu unheimlicher Genauigkeit über mein Verhältnis zu Vera Bescheid wusste. Manchmal fragte ich mich, ob ich auch für andere so ein offenes Buch war wie für meinen Bruder.

»Und, was ist los?«, fragte ich ihn.

»Lass es mich so sagen«, antwortete Johannes, als er die Stahltür zum Kühlraum öffnete, wo Papa die Leichen aufbewahrte und herrichtete, »wir haben überraschende Kundschaft.«

Ich betrat die kleine Halle. Die große Kühlzelle mit den acht Fächern nahm eine ganze Wandseite ein, aber weil sie einfach wie ein großer, dunkelgrauer Wandschrank wirkte, beherrschte sie den Raum optisch überhaupt nicht. Das tat eigentlich eher der Metalltisch in der Mitte, neben dem ein Rollwagen mit den Gerätschaften zum Waschen und Schminken stand, der dem Keller etwas klinisch Kühles gab. Die hellblauen Fliesen, die man abspritzen konnte, und der Abfluss im Boden verstärkten diesen Eindruck noch. Was hingegen überhaupt nicht hierher gehörte, war die uralte Tiefkühltruhe, auf deren Deckel ein orangefarbener Spanngurt lag. Neben der Tiefkühltruhe standen Papa, der ziemlich blass war, und ein hagerer Mann mit langen grauen Haaren.

»Habe ich Sie nicht vorhin auf dem Friedhof gesehen?«, fragte ich ihn.

Der Mann sah auf und lächelte verlegen. Papa machte eine lakonische Handbewegung: »Du wirst dich an Udo erinnern. Er hat uns ab und zu besucht, als ihr noch klein wart.«

Jetzt erkannte ich ihn wieder.

»Udo! Natürlich. Oh Mann, das ist echt lange her. Bist du ... sind Sie auch zur Beerdigung gekommen?«

»Nicht zu dieser«, sagte Johannes trocken.

Udo sah sehr verlegen aus.

»Ich habe ein Problem«, sagte er, »ein richtig großes Problem.«

»Lasst mich raten«, sagte ich, »ich habe so eine vage Ahnung, dass das Problem sich in dieser Tiefkühltruhe befindet, die Udo hoffentlich vom Sperrmüll geholt hat.«

»Das ist jetzt wirklich keine Zeit für Witze«, sagte mein Vater unerwartet scharf. Johannes und ich sahen ihn überrascht an.

»Kommt her«, befahl er und machte die Truhe auf. Wir kamen näher, und ein modriger Zementgeruch stieg mir in die Nase. Dann sahen wir, was in der Truhe war. Johannes reagierte sehr professionell.

»Das da«, sagte er, »ist eine Wachsleiche.«

»Oh, gut«, sagte ich erleichtert. Papa dagegen machte kurz und enerviert die Augen zu. Johannes drehte sich zu mir um.

»Nein«, sagte er, »das ist gar nicht gut. Wachsleichen sind nicht aus Wachs. Hast du bei Papa eigentlich gar nichts gelernt? Wachsleichen sind Leichen, die nicht verwesen. Zu viel Wasser im Grab oder Luftabschluss oder so. Die Hautfette verwandeln sich in eine Art Wachs.«

Ich sah wieder in die Tiefkühltruhe. Erst dann wurde mir so richtig bewusst, dass Leichen und Tiefkühltruhen nicht zusammengehören, und Udo erschien mir plötzlich in einem ganz anderen Licht.

»Es handelt sich nicht zufällig«, sagte ich langsam, »um ... sagen wir, um jemanden, der schon länger in dieser Kühltruhe liegt? Spielen wir gerade den *Paten* nach? Ist das hier die Don-Corleone-Szene beim Bestatter?«

Mein Vater trat wortlos näher an die Truhe heran und hob sehr vorsichtig den Kopf der Leiche. Es sah aus, als wüsste er, was er tat. Ich konnte erst jetzt erkennen, dass es sich um eine Frau handelte. Eine Frau, die ein kleines Loch in der Stirn hatte. Es war nicht die erste Schusswunde, die ich in meinem Leben sah, aber trotzdem brauchte es einen Moment, bis ich endgültig verstanden hatte. Ich sah Udo an, der viel älter und verbrauchter aussah, als er sollte. Ein Althippie mit tiefen Falten, der mit hängenden Schultern und ziemlich ratlos dastand. Ich sah zu Papa, der die Lippen fest aufeinander presste. Und ich sah fragend zu Johannes, der kaum merklich die Schultern hob. Er hatte auch keine Ahnung.

»Okay«, sagte ich zu Papa, »was ist hier los?«

Und dann verstand ich. Papa. Udo war zu Papa gekommen, weil die beiden ... auf einmal waren meine Knie weich. Richtig weich, und mir wurde flau.

»Oh Scheiße«, sagte ich, »Papa. Hast du ... hast du irgendwas mit ... mit dieser Frau ...? Ich meine, hast du ... habt ihr ...?«

Ich stotterte. Ich wollte mir das nicht vorstellen. Johannes sah von mir zu Papa und wieder zu mir. Er sah so ernst aus wie sonst nie. Papa sah einen Augenblick zu Boden. Dann hob er den Kopf und sah uns beide voll an.

»Hört zu«, sagte er rau, »ihr benehmt euch wie Idioten. Glaubt ihr, ich hole euch hier runter, damit ihr euch jemanden anseht, den ich umgebracht habe? Glaubt ihr wirklich, ich hätte jemanden umgebracht? Eine Frau? Ich stehe auf der anderen Seite. Ich bestatte. Die anderen töten.«

Wir bemühten uns beide, Johannes und ich, unsere Erleichterung zu verbergen. Für einen Moment hatten wir unseren Vater mit anderen Augen gesehen.

»Ja«, sagte ich, »aber wir haben hier immer noch eine Tote in einer Tiefkühltruhe.« Ich wandte mich an Udo: »Wo hast du sie her?«

Udo kramte in seinen Taschen.

»Kann ich hier rauchen?«, fragte er. Wir sahen Papa an. Papa nickte. Udo drehte sich eine Zigarette und gab dann den Tabak wie selbstverständlich weiter. Ich warf einen Blick auf die Wachsleiche, die unschön gefaltet in der Tiefkühltruhe lag, schauderte unwillkürlich ein wenig und gab den Tabak an Johannes weiter. Der schüttelte den Kopf und wollte den Beutel an Udo zurückreichen, aber Papa griff hinüber und drehte sich eine. Johannes und ich sahen uns sehr überrascht an, sagten aber nichts.

»Das ist eine ganz blöde Geschichte«, sagte Udo dann in einer Mischung aus Verlegenheit und Trotz.

»Ja«, sagte Johannes, »das denke ich auch.«

Dann klappte er den Deckel der Tiefkühltruhe erst einmal zu und lehnte sich dagegen. Papa zündete sich seine

Zigarette an und schien vollauf damit beschäftigt, zu rauchen. Ich wartete, aber weder er noch Udo fingen an.

»Wir können auch wieder gehen«, sagte ich.

Papa ging auf und ab und strich zerstreut über die Edelstahltüren der Kühlzellen. Schließlich riss er sich zusammen und drehte sich zu uns um.

»Könnt ihr euch an den Sommer erinnern, als ihr das Luftgewehr gekriegt habt?«

Wir sahen uns an und überlegten kurz. Dann nickte Johannes.

»Als Mama weg war.«

»Ja«, bestätigte Papa, »als eure Mutter weg war.«

26

Alle Türen im Haus standen offen. Der Sommerwind bauschte die Vorhänge. Es war still – die Kinder waren in der Schule. Nur die Vormittagsgeräusche aus der Stadt klangen manchmal freundlich und angenehm durch den Garten ins Arbeitszimmer, wo Friedrich saß und ein wenig lustlos in seinem Geschäftsbuch rechnete. Eigentlich hatte er Mathematik in der Schule gemocht, aber Buchhaltung konnte er nicht leiden. Buchhaltung hatte mit Mathematik nichts zu tun, weil manche Dinge so unlogisch waren. Außerdem stellte es sich wieder einmal als Fehler heraus, dass die Fenster seines Büros zum Garten hinausgingen, denn das machte das Arbeiten bei solchem Wetter noch schwerer. Friedrich legte den Stift neben die graue Rechenmaschine und betrachtete mutlos die meterlange Papierschlange, die sich dahinter in schöne Bögen gelegt hatte. Draußen lockten die Tauben in der Kastanie. Friedrich schloss für einen Moment die Augen, und ein Bild aus den Sommern seiner Kindheit war auf einmal da. Überwachsene Ruinen des zerstörten Nachkriegsschweinfurt, in denen er und seine Brüder und ihre Freunde wilde, verbotene Spiele spielten. Lagerfeuer in zerbombten Kellern, in die durch Risse und Brüche im Mauerwerk die Augustsonne schien. Nachmittage am Main, wo er alleine auf dem Bauch am Ufer lag und den Lastkähnen nachsah. Auf einmal war der mehlige Geschmack der rohen Kartoffeln wieder da, die er damals geklaut hatte und dort im Versteck unter der Weide aß. Er hatte immer Hunger gehabt, aber gleichzeitig war dieser erste Friedenssommer unglaublich schön gewesen. Das Telefon klingelte, aber Friedrich hatte keine Lust, an den Apparat zu gehen. Gesine war irgendwo im Haus.

Er machte die Augen wieder auf und sah aus dem Fenster in den Garten. Die Schaukel an der Kastanie bewegte sich sachte. Die Seile waren schon ein wenig ausgefranst. Friedrich fragte sich, ob Sam und Johannes, Dorothee und Maria manchmal ähnliche Tage hatten. Plötzlich heulte eine Sirene auf, und Friedrich – in der Erinnerung an seine Kindheit befangen – fuhr zusammen, fasste sich im nächsten Augenblick und sah auf die Uhr. Es war zwölf. Probealarm, wie an jedem Samstag. Für einen Moment hatte er wieder diese Angst gehabt, wie damals, als die Sirenen sie in den Keller gescheucht hatten, manchmal am Tag und manchmal, was viel schlimmer war, nachts. Schweinfurt hatte kriegswichtige Industrie, und deshalb kamen die Bomber immer öfter. Er dachte an die Nacht nach seinem neunten Geburtstag. Da waren die Sirenen um halb elf losgegangen, und Entwarnung hatte es erst um drei Uhr nachts gegeben. Er war im Keller gesessen und hatte geglaubt, dass er sterben würde. Auf seltsame Weise, in diesem Kinderaberglauben, der irgendwann zwischen den halb geheimen Bibelstunden zu Hause und der Propaganda von Bestimmung und ehrenhaftem Tod im Radio entstanden war, in diesem Aberglauben war er auf einmal sicher gewesen, dass er in dieser Nacht sterben würde.

Probealarm. Auf dem Tisch, neben der Addiermaschine, lag das Telefonbuch. Er nahm es und schlug die markierten Seiten auf. Da waren die Muster der Sirenenzeichen abgedruckt. Dreimal drei auf- und abschwellende Töne: ABC-Alarm. Eine Minute auf- und abschwellend: Fliegeralarm. Er lächelte bitter. Den kannte er noch. Katastrophenalarm. Er sah in den Garten und auf die Schaukel. Sie sah sehr friedlich aus, wie sie da im Sonnenschein hing. Dann fiel ihm wieder ein, dass Maria auch ein Kriegskind war. Das war vielleicht mit ein Grund, warum sie manchmal sein

Liebling war, und nicht nur, dass sie die Kleinste war. Auf einmal, obgleich die Kinder ja alle in der Schule waren, überkam ihn eine plötzliche Angst um sie. Das alles hier war nur Fassade: Der große Garten mit dem Kinderspielzeug und der langen, sonnenwarmen Backsteinmauer gegen die Straße, das sommerluftige Haus mit den offenen Fenstern und das friedliche Summen der Bienen im Rosenstock an der verwitterten Holzterrasse. Alles Fassade und gefährliche Täuschung. Die Sirene lief aus, aber ihr ganz tiefes Brummen zum Schluss blieb noch hörbar. Atombombenalarm. Er konnte sich keine Atombombe vorstellen. Er erinnerte sich an die Einschläge um den Keller an seinem neunten Geburtstag. Das Wummern der Explosionen hatte er eigentlich am meisten im Bauch gespürt. Als ob jemand mit der Hand hineingefasst hätte und die Eingeweide schüttelte. Und sein Bruder Heinz, sechzehn Jahre alt, hatte nur gelacht und gesagt: »Die sind noch fünfhundert Meter weg!«

Beruhigt hatte ihn das nicht. Fünfhundert Meter, und trotzdem war der Mörtel schon aus den Fugen gerieselt und die Lampe hatte geschwankt.

Friedrich lehnte sich zurück und las im Telefonbuch die Anweisungen für den Fall eines nuklearen Angriffs:

Sorgen Sie für einen ausreichenden Vorrat an Jodtabletten.

Halten Sie die Fenster geschlossen.

Füllen Sie einen Wasservorrat in Badewannen und Eimer.

Er erinnerte sich, dass er im Keller auf den Zinkeimer in der Ecke gestarrt hatte, den er schon vor Jahren, als er vielleicht sechs oder sieben gewesen war, mit Sand gefüllt hatte. Wegen der Brandbomben, hatte man ihm damals gesagt. Ein Eimer Sand gegen eine Brandbombe. Er hatte schon Brandbomben niedergehen sehen, unten bei der

Kugellagerfabrik. Da hätten nicht einmal Berge von Sand etwas ausrichten können. Und hier unten stand nur ein Eimer. Seine Mutter hatte ihr Gesangbuch mit heruntergebracht und gebetet. Nicht ängstlich, sondern laut und klar und voller Gottvertrauen. Und er, in der Nacht seines neunten Geburtstags, hatte den verrostenden Sandeimer angesehen und zum ersten Mal in seinem Leben gemerkt, wie hilflos man gegen den Krieg war.

Das Telefon klingelte wieder, und Friedrich schlug das Telefonbuch lauter zu, als er eigentlich wollte. Um die Erinnerungen zu verscheuchen. Die Sirene war ausgeklungen. Friedrich stand auf und ging ans offene Fenster. Die Rosen am Rankgitter dufteten leicht und kaum wahrnehmbar. Die Welt war schön. Die Welt war schmerzlich schön, und man durfte nicht zulassen, dass sie unterginge. Er schloss die Hände zur Faust und nahm sich zusammen. Er hatte seinen neunten Geburtstag überlebt. Man würde etwas tun müssen, dachte er, als es kurz klopfte und Gesine hereinkam.

»Stell dir vor«, sagte sie aufgeregt, »Klaus hat eben angerufen. Er fährt nach Indien.«

Das war nun ein so völlig anderes Thema, dass Friedrich mit einem Ruck aus seinen düsteren Gedanken gerissen war. Er sah Gesine an, die aufgeregt in der Tür stand, und versuchte zu verstehen, was sie so bewegte.

»Ach ja? Muss er nicht ... hat er nicht Vorlesungen?«

Gesine war hereingekommen und stand jetzt direkt neben ihm.

»Ich war zuerst ganz ärgerlich«, sagte sie. »›Du fährst nach Indien‹, habe ich gesagt, ›wo ich doch eine indische Tochter habe und immer schon nach Indien wollte, das weißt du ganz genau!‹«

»Ja und?«, fragte Friedrich. »Was hat er gesagt?«

»Er hat aufgelegt«, sagte Gesine.

Friedrich nahm ihre Hand. »Bitte«, sagte er, »das kennst du doch. Du weißt doch, wie Klaus ist. Er denkt nur an sich, und Kritik kann er sowieso nicht ertragen.«

»Nein«, sagte Gesine, »er hat dann vorhin noch einmal angerufen.«

»Oh, er hat sich entschuldigt?«, fragte Friedrich spöttisch. »Das ist aber ungewöhnlich. Meistens vergisst er doch sofort die Namen der Leute, die er eben beleidigt hat. Meinen konnte er sich erst nach zwei Jahren merken.«

»Friedrich«, sagte Gesine leise. Sie hatte den Brieföffner vom Schreibtisch aufgenommen und spielte damit. Ihr Ton ließ ihn aufsehen. »Er hat mir angeboten, mich mitzunehmen.«

Jetzt war Friedrich wirklich überrascht. Er sah Gesine an, die im späten Vormittagslicht vor dem Schreibtisch stand, schmal und schön trotz der Kinder – ihre etwas spröde Mädchenschönheit, in die er sich damals verliebt hatte, hatte sich fast ungebrochen gehalten. Das lag daran, dass sie sich immer noch begeistern konnte. Diese Energie hatte ihm immer gefallen.

»Indien«, sagte er, »aha. Wann ... wie lange würdet ihr denn fahren? Und wann?«

Gesine sah jetzt sehr verlegen aus, und das machte ihr Gesicht noch jünger. Friedrich hatte so eine Ahnung von dem, was jetzt kam.

»Also«, fing sie an, »er hat gesagt, wenn ich am Mittwoch am Flughafen sein kann, dann nimmt er mich mit.«

»Am Mittwoch!« Friedrich hatte denn doch mit etwas mehr als vier Tagen gerechnet.

»Das sind fast fünf Tage«, sagte Gesine eifrig, »das wäre kein Problem.«

»Und für wie lange?«, fragte Friedrich.

Es gab eine kleine Pause. Gesine sah ihren Mann nicht an.

»Zwei Monate«, antwortete sie schließlich, »bis Ende September.«

Friedrich schwieg und überlegte.

»Gesine«, sagte er dann, »die Ferien fangen am Montag an. Wir haben ein Ferienhaus in Dänemark gemietet. Und wie soll das mit den Kindern gehen?«

Gesine wurde eifrig. Es ging um Organisation. Das konnte sie. Sie setzte Friedrich auseinander, dass sie schon mit ihrer Mutter gesprochen hatte, die zumindest für eine Woche kommen könnte. Der Urlaub sei kein Problem, schließlich könne Friedrich doch auch alleine fahren, und Sam sei ja auch schon groß genug, um ein bisschen auf die Kleinen aufzupassen. Der Hund könnte auf dem Herrenhof bleiben, wenn Friedrich sie zum Flughafen brachte; und schließlich liege der Herrenhof ja sowieso schon auf halbem Wege in den Norden, und die Kinder könnten noch zwei oder drei Tage dort sein, bis sie dann nach Dänemark weiterführen.

Friedrich sah ihr zu, wie sie ihm ihre Pläne darstellte, die sie in zehn Minuten gemacht haben musste, während er hier am Schreibtisch gesessen war, und musste gegen seinen Willen lächeln.

»Zwei Monate, Gesine!«, erinnerte er sie, und dann, ohne zu merken, dass er bereits auf dem Wege war, ihr zuzustimmen, fragte er: »Und wie soll das mit den Impfungen gehen? Du hast doch nur noch vier Tage! Man muss sich doch impfen lassen. Da gibt es Malaria und Typhus und ... ach, was weiß ich alles!«

»Ich gehe zum Professor«, sagte Gesine, »der kann mir da bestimmt helfen.«

Der Professor. So nannte sie ihren Stiefvater noch aus der Jugendzeit her. Der zweite Mann ihrer Mutter, der

Klaus und sie viele Jahre lang regelrecht gemieden hatte, der kaum ihre Existenz anzuerkennen schien. Er ließ sich immer noch siezen, aber seit Gesines Heirat war das Verhältnis besser geworden; irgendwie und fast widerwillig hatte er eine knurrige, unausgesprochene Zuneigung zu seiner Stieftochter entwickelt. Und obwohl er Friedrichs Beruf mit Misstrauen und Herablassung betrachtete, unterhielt er sich doch sehr gern über Philosophie mit ihm. Auf jeden Fall hatte Gesine recht: Er konnte sie mit allen Medikamenten versorgen, die sie brauchte – er stand dem bakteriologischen Institut vor.

»Du willst wirklich fahren, nicht wahr?«, fragte Friedrich seine Frau fast zärtlich.

Gesine nickte.

»Wird schon irgendwie gehen«, sagte Friedrich und lehnte sich zurück. Er dachte kurz an die Erinnerungen, die ihn vorhin überfallen hatten, und dass es vielleicht so war, dass man alle Gelegenheiten einfach beim Schopf ergreifen musste, solange das noch ging, solange kein Krieg war und es keine Katastrophen gab. Gesine stand neben dem Schreibtisch und sah ihn an. Eine überraschende Welle von Zuneigung rollte auf einmal warm durch seine Brust und seinen Bauch.

»Fahr nach Indien«, sagte Friedrich, »so eine Möglichkeit gibt es immer nur einmal im Leben.«

Gesine umarmte ihn stürmisch. Manchmal war sie so impulsiv wie ein Kind, dachte er und musste lachen.

»Und es wäre schön, wenn du auch wieder zurückkämest«, sagte er dann in gehobenem Ton, aber da hatte Gesine ihn schon wieder losgelassen, drückte ihm einen flüchtigen Kuss irgendwo ins Gesicht und sagte:

»So. Und jetzt muss ich packen.«

Am nächsten Tag besuchte sie ihren Stiefvater. Sie fuhr eilig und ungeduldig durch die Stadt, über das Lenkrad gebeugt wie ein Rennfahrer, gab schnell Gas, wenn sie es noch über eine gelbe Ampel schaffen wollte, und bremste immer erst im letzten Augenblick. Friedrich konnte es nicht ausstehen, mit ihr zu fahren. »Du fährst wie ein Mann«, hatte er mehr als einmal missbilligend gesagt, »und zwar wie ein sehr ungeduldiger und rücksichtsloser Mann!«

Gesine musste lächeln, als sie daran dachte. Es stimmte. Manchmal, wenn der Wagen vor ihr sich überhaupt nicht bewegen wollte, fluchte sie zum Gaudium der Kinder auf die Frau dort am Steuer. Wie ein Mann. Sie dachte daran, wie oft Omi geseufzt hatte, weil sie sich in Flensburg auf der Straße wieder einmal geprügelt hatte. Sie konnte nie erklären, dass es ja eigentlich immer nur war, weil die anderen Kinder Klaus gehänselt hatten oder weil sie beim Murmelspiel betrogen hatten, obwohl sie sich Glasmurmeln leisten konnten und Omi Gesine nur welche aus Ton kaufen konnte.

»Wie eine Zigeunerin!«, hatte Omi manchmal missbilligend gemurmelt. Gesine seufzte. Sie wusste ja selbst nicht, wieso sie und Klaus so ganz und gar anders geworden waren. Auf der einen Seite hatten sie immer noch das Danziger großbürgerliche Ideal in sich: dass es wichtig war, zu lesen und ins Theater zu gehen und ein Instrument zu spielen. Bildung. Manieren. Und das war nach der Flucht umso wichtiger geworden, weil ja sonst alles verloren war. Deshalb war Klaus eben doch Professor geworden, obwohl er sonst Che Guevara verehrte und Marx las. Und deshalb war sie wohl – widerwillig, aber dennoch – zu einer Hausfrau geworden, die mal mehr, mal weniger erfolgreich versuchte, jeden Mittag ein warmes Essen herzustellen, und dafür sogar ein weißes Tischtuch auflegte, auch wenn es manchmal bedenklich ungebügelt aussah. Dabei wäre sie doch auf der anderen Seite am liebsten fotografierend durch die Welt gezogen, mit ihren Hunden an der Seite, nur mit einem Rucksack. Sie lächelte. Das bekam sie ja jetzt.

»Sie fahren in vier Tagen nach Indien?«

Der Professor saß hinter seinem Schreibtisch, und seine Missbilligung war mehr als deutlich zu hören. »Blödsinnige Idee!«

Gesine war an den Ton gewöhnt. Sie achtete einfach nicht darauf. Es hatte sehr bittere Zeiten zwischen ihnen gegeben. Jahrelang hatte sie mit Omi und Klaus im Haus ihres Stiefvaters gewohnt. In diesen Jahren durften sie ihm nicht unter die Augen kommen, sie durften zwischen ein und drei Uhr nachmittags nicht das geringste Geräusch machen, weil der Professor dann zu Hause war, sie durften mit ihrer Mutter nur frühstücken, wenn der Professor in der Klinik war. Sie hatte ihn gehasst und verachtet und sich nach ihrem richtigen Vater gesehnt und ihm heimliche Briefe geschrieben, die nie beantwortet wurden. Erst als sie ausgezogen war und Friedrich kennengelernt hatte, der dem Professor mit seiner kühlen Intelligenz begegnen konnte, erst da hatte sich das Verhältnis gebessert. Und dann hatte Gesine ihm eines Tages Hasso mitgebracht. Den Setterwelpen. Es war ein Vabanquespiel gewesen, aber Gesine wusste, dass er im Krieg einen Hund gehabt hatte, den er sehr mochte. Sie hatte im Tierheim zwei Welpen nehmen müssen, denn der Leiter wollte sie in dem Alter noch nicht trennen, aber Gesine konnte nun nicht warten, denn sie hatte Angst, dass später womöglich beide weg sein würden. Also hatte sie die zwei ein paar Wochen lang aufgezogen und dann einen ihrem Stiefvater mitgebracht. Aufs Geratewohl und ohne ihn vorher zu fragen. Mit dem Hund hatte sie ihn gewonnen. Seit sie beide einen Hund aus demselben Wurf hatten, waren sie auf eine kühle Art zu Freunden geworden.

»Es geht nicht anders«, erklärte Gesine, »Klaus fährt nun eben jetzt, und es ist meine einzige Möglichkeit. Sie müssten das doch verstehen, oder? Sie reisen auch gerne.«

»In den Tiroler Bergen, meine Liebe«, sagte der Professor sarkastisch, »gibt es keine Anophelesmücken. Sind die Ihnen vertraut?«

Gesine zuckte die Schultern, blieb aber gut gelaunt. Der Professor prüfte alle. Ohne Ausnahme.

»Die Anopheles überträgt die Malaria. Aber für die Prophylaxe ist es jetzt zu spät.«

Gesine sah die Glastiere auf seinem Schreibtisch an. Irgendwie kam es ihr seltsam vor, dass der Professor so eine profane Sammelleidenschaft haben sollte.

»Sind das Ihre?«, fragte Gesine und deutete auf zwei Glasschwäne.

Der Professor sah kaum auf. Er schrieb einen Laufzettel.

»Sie gehen hinunter in Zimmer sechs«, sagte er, »dort geben Sie Dr. Halberling diesen Zettel. Ich lasse Sie gegen Hepatitis, Tollwut und Diphtherie ... gegen Diphtherie sind Sie doch hoffentlich schon geimpft?«

Gesine nickte zögernd. Der Professor strich etwas durch.

»Und Polio. Und wenn Sie sich nicht gerade auf einen Leprakranken legen, kriegen Sie auch keine. Impfung gibt es nämlich keine. Sie sind vollkommen verantwortungslos«, fuhr er ohne Übergang fort, »wer kümmert sich um die Kinder?«

Gesine erklärte ihm, dass Friedrich das könne, hatte aber selbst das Gefühl, nicht völlig überzeugend zu sein. Deshalb erfand sie noch eine Freundin hinzu, die regelmäßig nach den Kindern sehen würde.

»Und Mutti kommt noch für ein paar Tage.«

Der Professor reichte ihr den Zettel. »Ah ja«, sagte er kühl, »wieder einmal stehlen Sie mir meine Frau. Ich lasse Sie nur impfen, damit Sie auf jeden Fall wieder zurückkehren, um Ihre Pflichten zu erfüllen.«

Gesine stand erleichtert auf. Egal, wie knorzig er sich gab – medizinisch war sie jetzt wohl so gut wie nur möglich vorbereitet.

»Danke!«, sagte sie und reichte ihm die Hand.

»Jaja«, sagte der Professor und reichte ihr die Hand über den Schreibtisch, ohne aufzustehen, »Sie sehen ja, ich habe zu tun.«

Gesine ging zu der mit Leder beschlagenen Doppeltür, als er, mit dem Blick auf seinen Akten, noch sagte: »Und selbstverständlich ist das Glaszeug nicht von mir. Die Schwestern ...« Er deutete nach draußen.

Gesine nickte und ging. Aber als sie sich unten impfen ließ und ihr Blut untersucht wurde und alles sehr rasch ging, weil in der Bakteriologie niemand Anweisungen des Professors liegen ließ, da fragte sie eine der Schwestern: »Sagen Sie, bringen Sie alle dem Professor solche Glastiere mit?«

Die Schwester lachte. »Die? Aber Frau Ehrlich – die sind doch alle aus Murano. Jedes Mal, wenn er hinfährt, bringt er ein neues Paar mit.«

»Ah ja«, sagte Gesine vergnügt, »gut zu wissen.«

Dann bekam sie noch eine Spritze.

Vier Tage später kurvten sie mit dem völlig überfüllten Mercedes durch die Kasseler Berge.

»Mama!«, beschwerte sich Maria von hinten, »Elf muss schon wieder kotzen.«

Gesine drehte sich um. Hinten, wo sonst die Särge standen, saßen die Kinder sich auf jeweils zwei Behelfssitzen, die auf die Lafette montiert waren, gegenüber. Die Sitze waren so niedrig, dass Johannes und Samuel ihre Beine ineinander verschränken mussten, wenn sie es bequem haben wollten. Hinter den Sitzen waren die Koffer verstaut, und in dem schmalen Raum zwischen den vier Kindern lag Elf auf einer Decke. Das heißt, eigentlich lag sie nicht, sondern drehte sich im Kreise und machte einen sehr unglücklichen Eindruck, den alle Kinder kannten. Elf hasste es, Auto zu fahren, und das war in den letzten Jahren nicht besser geworden, obwohl Dorothee mittlerweile sehr geschickt darin war, ihr die Tabletten gegen die Übelkeit so in den Rachen zu schieben, dass sie sie schlucken musste. Dorothee wollte immer noch Tierärztin werden.

Im Augenblick jedoch war sie mürrisch zurückhaltend und tat alles, was man ihr sagte, nur widerwillig. Das hatte angefangen, als Gesine den Kindern von ihren Indienplänen erzählt hatte. Dorothees Gesicht war ganz fahl geworden, als sie verstanden hatte, dass ihre Mutter nach Indien fuhr. Gesine hatte das bemerkt, aber nicht herausbekommen können, wovor ihre Tochter Angst hatte – das hatte Dorothee erst Friedrich am nächsten Tag anvertraut: Dass Gesine noch ein Kind aus Indien mitbringen würde. Dass sie auf diese Weise ihre Mutter verlieren würde. Das und dazu eine vage, aber heftige Furcht vor all dem, was Indien bedeutete. Dorothee hatte das Englisch aus dem Waisenhaus so gründlich vergessen, dass sie kein Wort mehr verstand. Sie weigerte sich, irgendetwas zu tragen, das indisch aussah. Sie wollte mit Indien nichts mehr zu tun haben, und man wusste nicht, welche Erinnerungen an das Waisenhaus in Bombay sie mit sich herumtrug. Trotz aller Versicherungen und Versprechen Gesines hatte sie sich nur schwer damit abfinden können, dass ihre Mutter fort reiste. Eine leichte Spannung war geblieben, und Gesine behandelte Dorothee sehr vorsichtig.

»Kannst du anhalten?«, fragte sie Friedrich.

Friedrich seufzte. Obwohl er seiner Frau die Reise wirklich gönnte, war ihm in den letzten hektischen Tagen doch mulmig geworden. Sie hatten das Ferienhaus in Dänemark schon seit langem gebucht, und er musste jetzt für drei Wochen mit seinen vier Kindern alleine dorthin. Es war ja nicht so, dass er sie nicht liebte. Aber er konnte ja nicht einmal richtig kochen. Alles, was er konnte, war Erbswurst aufkochen, Ravioli aus der Dose und Spiegeleier. Und dann wusste er nicht so recht, was er mit den Kindern anfangen sollte, wenn sie die Mutter vermissten. Er lenkte den Mercedes auf die Standspur und sah angestrengt aus dem Fenster. Immer kam alles zusammen: Der Kühler des Hanomag war natürlich gestern noch kaputt gegangen, also hatten sie alles umpacken müssen, und er durfte jetzt mit dem Leichenwagen nach Dänemark fahren.

Sobald er angehalten hatte, schnellte Gesine aus dem Wagen und öffnete die Türen im Heck. Elf sprang heraus und stand dann würgend an der Leitplanke. Johannes las ungerührt weiter, Samuel spielte mit Maria Reiseschach. Allein Dorothee war mit herausgekommen und betrachtete die Sachlage so professionell, wie es nur eine Zehnjährige konnte. Die drohende Reise ihrer Mutter war vorübergehend vergessen.

»Da ist die Tablette wieder«, sagte sie nüchtern interessiert, »kein Wunder, dass sie nicht gewirkt hat.«

»Gebt ihr nichts mehr zu fressen«, ordnete Gesine an, und sie stiegen wieder ein.

»Diese Familie ist eine Prüfung«, murmelte Friedrich, als er den Motor anließ, »vielleicht war ich in meinem letzten Leben Großinquisitor oder so.«

»Hast du was gesagt?«, fragte Gesine.

Friedrich schüttelte den Kopf und gab Gas.

Der Herrenhof hatte sich in den letzten zehn, zwölf Jahren verändert. Als Friedrich den Feldweg entlang fuhr, fiel ihm auf, dass der Versuch unternommen worden war, die weitläufigen Gärten rings um das Haus wenigstens provisorisch einzuzäunen und den gröbsten Wildwuchs zurückzuschneiden. Vielleicht hatte aber auch die kleine Ziegenherde, die nach der nächsten Kurve ins Blickfeld kam, einen wesentlichen Anteil an der Auslichtung gehabt. Dorothee sprang fast von ihrem Sitz, als sie die Ziegen entdeckte. Tiere waren immer das beste Gegenmittel, wenn sie schlechte Laune hatte.

»Papa, lass mich hier aussteigen!«, schrie sie. »Bitte, Papa!«

Friedrich hielt an. Maria und Dorothee sprangen aus dem Wagen und rannten quer über die Wiese zu den Ziegen. Johannes und Samuel blieben sitzen. Johannes, weil er las, und Sam, weil er sich viel zu groß für so was vorkam.

»Hat dein Bruder seine Professur aufgegeben und ist Bauer geworden?«, fragte er Gesine. »Wer versorgt denn das Vieh, wenn er weg ist?«

Gesine zuckte die Achseln. Friedrich fuhr die letzte Kurve auf den gepflasterten Hof und stellte den Motor ab. Dann grinste er.

»Das hier ist ungefähr das, was Franz Josef Strauß als Vorhof der Hölle bezeichnen würde«, sagte er. Neben der Scheune, die jetzt ein Dach bekommen hatte, aber noch immer ohne Türen auskommen musste, stand im hohen Gras ein 2CV ohne Nummernschilder. Ein VW-Bus, mit bunten Farben in psychedelischen Mustern bemalt, parkte quer auf dem Hof. Immerhin hatte er Kennzeichen. Auf dem Gepäckträger waren etwa hundertfünfzig Dachlatten festgezurrt. Ein großer Hund rannte aufgeregt zwischen den beiden Autos hin und her. Elf betrachtete ihn misstrauisch und knurrte leise. Der ganze Herrenhof wirkte wie ein fröhlicher Kindergarten, aus dem die Erzieher seit zwei Wochen ausgesperrt waren.

Sam stieß Johannes an, und beide stiegen aus.

»Stark«, sagte Johannes, als er sich umgesehen hatte, »wollen wir heute Abend Feuer machen?«

»Klaro«, gab Sam zurück.

Dann entdeckten sie den Leiterwagen beim Holzschuppen und es brauchte keine weiteren Worte. In den letzten Wochen hatten sie zu Hause schon die verschiedensten Gefährte zu Seifenkisten umgebaut. Das interessanteste war ein Chopper gewesen. Gesine hatte das Esszimmer neu gestrichen und dazu die Eckbank in den Hof gestellt. Aufgrund eines bedauerlichen Missverständnisses hatte Johannes geglaubt, es handele sich dabei um Sperrmüll. Und da sie gerade auf der Suche nach einem Sitz mit Rückenlehne für den neuen Wagen waren, der vorne einen 26-zölligen Fahrradreifen, hinten aber zwei kleine Kinderwagenräder hatte, war die Eckbank genau recht gekommen. Sie hatten die Beine abgesägt und die Ecke samt Polstern auf ihren Wagen geschraubt. Der Sitz lag jetzt knapp über dem Boden, während der Aufbau des Wagens vorne steil nach oben ging, denn dort war ja das große Rad. Mit einer Lenkstange, die sie aus einem Bonanzarad ausgebaut hatten, erinnerte die Seifenkiste an eines dieser Motorräder, bei denen der Sattel ähnlich tief lag und das Vorderrad größer als das Hinterrad war. Nachdem sie dann auch noch herausgefunden hatten, dass die Hinterräder genau die Spurweite der Straßenbahnschienen hatten, war alles Weitere nur konsequent gewesen. Sie hatten die Linie 8 abgewartet und waren in den zehn Minuten zwischen dieser und der nächsten Bahn die Schienen bis zum Markt hintergerauscht. Es war nur Gesines Aufgeregtheit vor ihrer Indienreise zu verdanken, dass ihnen ein mehrmonatiger Taschengeldentzug erspart geblieben war. Gesine wollte dann wissen, wo die Eckbank war, weil man sie vielleicht reparieren konnte. Johannes und Sam waren aber während dieses Gesprächs stillschweigend zu der Übereinkunft gekommen, dass es vollkommen unnötig war, ihre Mutter auch noch mit dem Wissen um die Polizeistreife zu belasten, die den Chopper samt Eckbank sichergestellt hatte, nachdem sie klugerweise rechtzeitig ausgestiegen waren, bevor die nächste Bahn gekommen war. Sie hatten bei vergleichbaren Gelegenheiten bereits herausgefunden, dass es manchmal klüger war, das sinkende Schiff aufzugeben. Soweit sie das beurteilen konnten, hatte sie keiner der beiden Polizisten erkennen können. Beide Jungen waren schnelle Läufer. Trotzdem war es gut gewesen, dass sie am übernächsten Tag in Urlaub gefahren waren.

Während Johannes und Sam sich also dem Leiterwagen näherten und dabei angeregt Pläne diskutierten, gingen Gesine und Friedrich ins Haus, um Klaus zu suchen. Friedrich klinkte die alte grün gestrichene Bauerntür auf, und sie standen in der dämmrigen Diele. Friedrich blieb einen Augenblick stehen.

»Sieh mal«, sagte er zu Gesine und deutete auf die Wände. Sie waren alle bemalt worden. Rechts neben der niedrigen Küchentür gab es eine Wand, die an eine biblische Illustration erinnerte. Nur sah Vater Abraham, der dort unter einer Palme saß, aus wie Klaus. Und zwei blonde Söhne hatte er auch, die im Sand am Ufer spielten. Es gab noch mehr Fresken. Alle erinnerten ein bisschen an die Renaissance, und alle hatten Klaus und sein Leben oder den Herrenhof zum Thema.

»Das hat er nicht selbst gemacht, oder?«, fragte Friedrich Gesine.

»Ich dachte, das hättest du schon gesehen«, entgegnete Gesine überrascht, »das ist doch schon länger da. Die Bilder sind von Ulrich. Klaus lässt ihn bei sich wohnen und er bezahlt, indem er das Haus ausmalt. Er wohnt oben, im Dach.«

Sie wies nach oben und ging dann die drei Steinstufen aus dem Eingang zur Küche hoch. Nach über zehn Jahren vorsichtigen und manchmal recht eigenwilligen Renovierens konnte man wieder erkennen, dass der Herrenhof früher ein stolzes, großzügiges Bauernhaus gewesen war. Es gab nicht nur den steinernen Aufgang zur Haustür, sondern auch einen offenen Vorraum, in dem jetzt eine große, unbemalte Truhe stand und unter der Treppe ein Vorratsraum eingerichtet war, aus dem wieder drei Steinstufen zu dem Absatz führten, von welchem man rechts in Klaus' Zimmer, links ins Musikzimmer und geradeaus in die Küche gelangte. Es war kühl und sehr still. Ganz gedämpft konnte man von draußen die fröhlichen Stimmen der Kinder hören. Die Küche hatte sich nicht verändert, seit Friedrich das letzte Mal hier gewesen war. Nur das Fenster in den Garten war neu und viel größer. Da die Küche tiefer lag, konnte man, wenn man auf die uralte Bank stieg, direkt aus dem Fenster in den Garten gehen. Ein dicker Kater erhob sich mürrisch von seinem Sonnenplatz auf der Bank und verschwand im Haus. Gesine hockte sich vor den Ofen, knüllte Papier zusammen und schürte an.

»Es ist Sommer«, stellte Friedrich kopfschüttelnd fest, »und man muss den Ofen anschüren, um Tee zu kochen. Was ist böse an einem Elektroherd? Er hat doch auch elektrisches Licht?«

Gesine lachte.

»So ist er einfach. Ich glaube, er würde lieber im 19. Jahrhundert leben.«

»Er fährt doch auch Auto!«, sagte Friedrich, obwohl er im Stillen zugeben musste, dass ihn Klaus' Konsequenz beeindruckte. Die Küche hätte auch von 1910 sein können. Klaus hatte nur altertümliches Porzellan, schwarze Emailtöpfe, Keramikdosen für Salz und Pfeffer, eine handbetriebene Kaffeemühle. Der Küchentisch hatte eine dunkle, tief zerkerbte Eichenplatte, und die Küchenschränke waren richtige Schränke, keine Resopalkästen.

Gesine suchte nach Tee. Friedrich sah ihr zu und ließ seine Gedanken schweifen. Es war still bis auf das Knistern des Holzes im Herd. Die Nachmittagssonne schien durch das halb offene Fenster auf den Tisch. Fliegen summten.

»Butter ist auch keine da«, stellte Gesine fest, »und kein Brot. Ich fahre noch mal nach Homberg, einkaufen. Klaus kommt sicher erst spät aus der Uni.«

»Soll ich mit?«, fragte Friedrich, aber Gesine schüttelte den Kopf.

»Erhol dich«, sagte sie warm, »du hast morgen noch eine lange Fahrt bis Dänemark.«

Sie nahm den Schlüssel vom Tisch und war schon fort. Friedrich lächelte. Alles musste immer schnell gehen bei Gesine. Er saß eine Weile einfach still da und sah in den verwilderten Garten. Die Zwetschgen waren noch grün, das Gras stand hoch, der Holunder wurde reif. Hinter dem großen Garten lag ein Kornfeld, durch das der Wind ging und sanfte, stäubende Wellen schlug. Noch ein Stück höher begann dunkelgrün der Knüllwald. Auf dem Herd simmerte jetzt das Wasser, und Friedrich wurde es zu warm. Er stellte den Topf etwas zur Seite und ging wieder in den Hof, um die Schlafsäcke aus dem Auto zu holen. Die Sonne blendete ihn, als er aus dem dunklen Haus auf die Steintreppe trat, und er musste die Augen zusammenkneifen. Er sah sich nach den Kindern um, konnte sie aber erst nach einer ganzen Weile als vier winzige Gestalten ausmachen. Sie waren, soviel er erkennen konnte, mit irgendeinem Karren auf dem Weg in den alten Steinbruch, der auf halber Strecke ins Tal lag. In diesem Augenblick hörte er den Schuss. Es war kein Gewehrschuss, und er kam nicht aus dem Wald. Es war ein Pistolenschuss gewesen, und er war aus der Scheune gekommen. Friedrich runzelte die Stirn. Er wusste, dass Klaus ein mehr als offenes Haus führte. Klaus hatte einmal wie nebenbei erzählt, dass der Verfassungsschutz nachts ab und zu vorbei kam, um die Kennzeichen der Autos zu notieren, die auf dem Hof standen. Auf dem Herrenhof gingen eine Menge Leute ein und aus, die sich in der Grauzone des Gesetzes bewegten, und Klaus hatte nie einen Hehl daraus gemacht, wie sehr er mit der APO und der RAF sympathisierte. Alle taten das. Er auch. Aber Schießübungen auf dem Hof? Er ging hinüber zur Scheune, um erst einmal durchs Fenster zu sehen. Er wollte nicht versehentlich erschossen werden, wenn er hineinplatzte. Erst jetzt fiel ihm auf, dass der Bus auf dem Hof kein hessisches Kennzeichen hatte und Klaus gar nicht gehören konnte. Der Bus kam aus Berlin. Jetzt hatte er doch ein komisches Gefühl. Er ging durchs hohe Gras um die Scheune herum, fand eines der verstaubten Stallfenster, schirmte mit den Händen die Sonne ab und sah hinein. Klaus hatte sich die Scheune in den letzten Jahren zur Bildhauerwerkstatt ausgebaut. Überall standen halbfertige Tonfiguren herum; mindestens fünfzehn Zwanzigkiloklötze Ton stapelten sich, in Plastik verpackt, auf dem rohen Boden, eine Werkbank mit Bohrmaschine zog sich über die gesamte Länge des Raumes. Beherrscht wurde die Scheune von einem riesigen Brennofen, dessen Gebläse so laut schepperte, dass Friedrich es sogar durchs Fenster hören konnte. Und dieses Scheppern erklärte auch, wieso die drei Leute in der Scheune ihre Ankunft nicht bemerkt hatten.

Friedrich holte tief Luft. Er sah Udo, der etwas abseits an die Wand gelehnt stand, er sah einen hageren Mann mit Fünftagesbart, der trotz der Hitze eine schwere Motorradjacke trug. Er trug auch Motorradhandschuhe und außerdem hatte er die Pistole in der Hand. Und er sah eine Frau, die auf dem Töpferhocker saß. Sie trug Schlaghosen über den Stiefeln, eine bunte, groß gemusterte Bluse und sah sehr erschöpft aus. Friedrich war die Situation nicht klar. Keiner von den dreien sah den anderen an. Es war nicht einmal klar, ob irgendwer den anderen bedrohte. Sie schwiegen wohl. Dann ging der Mann mit der Pistole auf und ab und begann zu reden. Er gestikulierte nicht dabei, aber trotzdem schien er sehr aufgeregt zu sein. Friedrich konnte zwar sehen, dass er redete, manchmal auch schrie, aber der Lärm des Gebläses war so stark, dass man nichts verstehen konnte. Friedrich wusste nicht so recht, ob er sich bemerkbar machen sollte oder nicht. Aber dann richtete der Hagere die Pistole auf die Frau und redete auf sie ein. Friedrich schwankte einen Augenblick, aber dann klopfte er einfach an die Scheibe. Beim ersten Mal hörten sie ihn nicht, aber er klopfte noch stärker. Da drehten sich alle drei Gesichter zu ihm, und der Mann in der Motorradjacke ließ die Pistole sinken. Friedrich kam um die Scheune herum und trat ein.

»Wer ist das?«, hörte Friedrich den Hageren Udo anschreien. »Wer ist das?«

Friedrich bückte sich unter der niedrigen Tür und trat ein.

»Wer sind Sie?«, fragte er, obwohl er vor Aufregung zitterte, »Was machen Sie hier?«

Der Hagere beachtete ihn gar nicht und schrie Udo weiter an:

»Du hast gesagt, Klaus ist in Indien! Du hast gesagt, hier ist kein Mensch. Was soll ich jetzt machen, du dummes Arschloch?«

Udo zuckte hilflos die Schultern, versuchte aber, sich zu verteidigen:

»Klaus hat gesagt, er ist weg und ich soll ab und zu nach dem Haus schauen. Kann ich wissen, dass sein Schwager ausgerechnet jetzt kommt?«

»Du bist mit Klaus verwandt, oder was?«, wandte sich der Hagere jetzt an Friedrich. Friedrich erkannte nun, dass er gefährlich war. Das lag nicht an der Lederjacke und auch nicht in erster Linie an der Pistole. Es lag an der Art, wie er sprach, wie er sich bewegte und an seinem Blick. Es war etwas von großer Entschlossenheit an ihm, von einer harten Kompromisslosigkeit. Er nickte.

»Okay«, sagte der Hagere dann, »das ist mir egal.«

Er drehte sich wieder zu der Frau auf dem Stuhl um.

»Noch einmal«, schrie er sie an, scharf, aber kalkuliert, »ein letztes Mal. Warum wolltest du die Gruppe verlassen? Haben sie dich bezahlt? Haben sie deine Familie unter Druck gesetzt, oder was? Du weißt, dass du nicht aussteigen kannst. Du kannst nur für uns sein oder gegen uns. Dazwischen gibt es nichts.« Und dann wurde seine Stimme ruhig und kalt, und er wiederholte noch einmal: »Nichts!«

Die Frau auf dem Hocker hob den Kopf. Ihre Stimme schwankte zwischen zitterndem Weinen und trotziger Hysterie. Sie sah Friedrich an, und er merkte, dass ihr sein plötzliches Auftauchen Mut gemacht hatte.

»Du spinnst doch«, sagte sie, »du spinnst doch völlig. Was ist denn das für ein Kampf, wenn ihr Kinder in die Luft jagt? Was ist denn das für ein Scheißkampf? Gegen das Establishment, ja? Werner ist doch auch ausgestiegen! Den habt ihr so fertig gemacht, ihr Schweine ... so fertig gemacht. Der wollte sich umbringen.«

»Hätte er mal«, sagte der Hagere kühl, »dann müssten wir das nicht auch noch in Ordnung bringen.«

Friedrich spürte die gefährliche Spannung zunehmen. Er fühlte, wie er selbst immer noch zitterte, obwohl er nicht direkt Angst hatte.

»Hört zu«, sagte er, »könntet ihr ...« Er unterbrach sich und setzte erneut an: »Wir sollten einfach logisch nachdenken. Logisch und vernünftig, ja? Kommt rüber in die Küche und wir reden.«

Er sagte nichts davon, dass der Hagere die Pistole weglegen sollte. Er wusste, dass der das auf keinen Fall tun würde, wenn man ihn fragte. Friedrich wollte einfach versuchen, den Konflikt zu entschärfen, indem er die drei in Bewegung brachte. Aber der Hagere sah zu ihm herüber und sagte dann scharf:

»Halt's Maul. Halt einfach dein Maul, ja?«

Friedrich wusste nicht, wie er reagieren sollte. Er wusste nicht, ob er antworten sollte. Der Hagere drehte sich um und sagte zu der Frau:

»Niemand kann die Gruppe verlassen. Niemand.«

Die Frau im Minirock stand auf und sah Friedrich an.

»Du bist ein Arschloch, Gerri«, sagte sie mit schwankender, trotziger Stimme, »ich gehe jetzt.«

Da hob Gerri die Pistole und schoss der Frau in die Stirn.

Der Knall in der kleinen Scheune war ohrenbetäubend laut. Friedrich sah auf einmal alles mit einer präzisen Schärfe, die jedes Detail aufdeckte, alle Kanten und alle Farben unvergesslich machten. Die Frau fiel nicht etwa langsam um, sondern sackte augenblicklich zusammen, ihr Kopf schlug mit einem dumpfen, harten Geräusch auf dem Ziegelboden auf, und eine kleine, vielleicht dreißig, vierzig Zentimeter hohe Blutfontäne stieg aus ihrem Hinterkopf, wo die Kugel ausgetreten war. Stieg auf wie aus einem Gartenschlauch mit zu hohem Druck, sank zusammen, und dann sickerte es nur noch. Hinter der Frau waren alle halbfertigen Büsten und Statuen von einem feinen Blutstaub übersprüht. Der Knall dröhnte immer noch in Friedrichs Ohren, und er hatte dieses Gefühl von Unwirklichkeit wie damals, als er kurz vor Kriegsende gesehen hatte, wie sie einen aufhängten. Mitten auf der Straße. Sein Vater hätte ihn von der Straße weggeholt, wenn er das gewusst hätte, und er selbst hatte schreckliche Angst, aber die anderen Jungs hatten gesagt, dass alle mitgehen würden und dass er keine Memme sein sollte und das sei sowieso ein Verräter und ... damals hatte er sich übergeben müssen, als sie den Mann mit entsetzlich strampelnden Beinen hochzogen. Und abends, im Bett, hatte er die ganze Zeit geweint und nicht gewusst, ob aus Scham oder aus Mitleid.

Der Hagere hatte den Arm sinken lassen, dann schoss er noch zweimal auf die liegende Frau, drehte sich um, stieß Friedrich zur Seite und rannte aus der Scheune. Man hörte, wie ein Auto angelassen wurde und dann, wie der Kies spritzte, als er mit durchdrehenden Reifen vom Hof fuhr. Seltsam, wie die Gedanken gehen – in diesem Augenblick hoffte Friedrich nur mit aller Kraft, dass die Kinder nicht auf dem Feldweg waren, denn der Hagere würde so schnell fahren, dass er sie auf dem kurvigen Weg niemals rechtzeitig sehen würde, um zu bremsen.

»Scheiße«, sagte Udo schwach und zittrig, »oh Scheiße. Scheiße. Scheiße.«

Er rutschte an der Wand in die Hocke und sah zur Toten. Immer noch wurde der kleine Blutsee um ihren Hinterkopf größer. Die Lüftung des Ofens stellte sich ab, das Scheppern hörte auf und in der Stille hörte man ein Tropfgeräusch. Friedrich sah, wie sich an der Nase des Gänsemädchens, die hinter der Frau gestanden hatte, noch ein Tropfen Blut sammelte, der ihr – wie in einer grässlichen Parodie – von der Stirn rann, wohin es beim Schuss gespritzt sein musste. Friedrich wurde es schlecht, aber er beherrschte sich.

»Wir ... wir müssen die Polizei rufen!«, sagte er wie zu sich selbst. Er war schon auf dem Weg aus der Scheune, als ihm einfiel, dass er auf dem Herrenhof war. Kein Telefon. Klaus hatte kein Telefon. Friedrich stand in der halb offenen Tür und überlegte hektisch.

»Hast du ein Auto?«, fragte er Udo. »Hast du ein Auto hier?«

Udo nickte.

»Der Bus«, sagte er schwach, »draußen.«

»Dann fahr zur Polizei!«, bestimmte Friedrich und unterbrach sich dann: »Nein, fahr runter nach Remsfeld und ruf die Polizei. Hast du Geld?«

Udo rührte sich nicht. Friedrich wurde wütend. Es war ihm egal, dass Udo diese Situation wahrscheinlich auch nicht gewollt hatte. Vielleicht lag es nur daran, dass er Udo kannte, aber irgendwem wollte er die Schuld für diese Katastrophe geben.

»Was ist los?«, brüllte er ihn an. »Steh auf und fahr runter!«

»Ich hol' keine Polizei«, sagte Udo, »echt nicht. Ich hau' ab.«

Friedrich reichte es jetzt. Er zerrte Udo hoch. Er sah jetzt erst, wie fertig Udo war. Wahrscheinlich war er auf Drogen.

»Du gehst nirgendwo hin!«, zischte er durch zusammengebissene Zähne. »Gib mir die Schlüssel. Ich fahr' selber.«

Udo wurde panisch und begann sich zu wehren. Er war kräftig, und Friedrich war ihm nicht gewachsen.

»Die sperren mich ein!«, schrie Udo, »Ich geh' nicht in den Knast. Ich will damit nichts zu tun haben.«

»Du dummes Schwein!«, schrie Friedrich zurück. »Du bist doch schon mittendrin. Wenn du abhaust, machst du alles nur noch schlimmer. Wir holen die Polizei. Vielleicht kannst du dann ... ich sag ihnen, dass du nichts getan hast. Ich sag ihnen, dass du nichts machen konntest. Udo!«, sagte Friedrich jetzt ruhiger, fast beschwörend, »du kannst nicht einfach abhauen. Die kriegen dich doch.«

Udo sah von der Toten zu Friedrich und wieder zur Toten. Er wirkte wie ein Tier, das man in die Ecke getrieben hatte.

»Deine Pistole«, sagte er hektisch.

»Was?« Friedrich verstand nicht.

»Deine Pistole!« Udo deutete auf die Frau, als würde das etwas erklären. Friedrich brauchte einen Moment, bis er verstand. Er ließ Udo los, ging zur Frau hinüber und hockte sich neben sie hin, ohne sie anzufassen. Er betrachtete die Einschusslöcher, als könnten sie ihm sagen, dass sie nicht von seiner Pistole stammten, und ein frostiges Gefühl rauschte durch seinen Magen. Er musste schlucken und wieder schlucken. Sein Mund war auf einmal völlig ausgetrocknet. Seine Pistole, die er unzählige Male auseinandergenommen, gereinigt und wieder zusammengesetzt hatte. Wahrscheinlich waren auf dem Lauf oder dem Magazin sogar noch seine Fingerabdrücke. Aber auch, wenn nicht. Es war *seine* Pistole. Auf ihn registriert. Friedrich Ehrlich. Ganz weit entfernt konnte er das fröhliche Geschrei seiner Kinder hören, die wohl wieder auf dem Feldweg zum Haus waren. Er stand auf. Seine Gedanken rasten. Dann ging er wieder hinüber zu Udo, riss ihn derb am Jackenkragen und sagte grob:

»Hör genau zu. Wir machen es so.«

Die Lüftung des Ofens sprang fast widerwillig wieder an, und das Scheppern erfüllte die Scheune wie vorher, als ob nichts gewesen wäre.

27

»Na ja«, sagte Johannes trocken, »das erklärt natürlich, wieso du uns in Dänemark das Luftgewehr mit der starken Feder dann plötzlich doch nicht mehr kaufen wolltest.«

»Ich war so sauer«, erinnerte ich mich, »aber dann hast du uns doch noch eins besorgt. Wir haben jahrelang damit gespielt.«

Unser Vater stand neben der Kühltruhe. Udo hatte sich auf einen der Hocker gesetzt, die ich nie leiden konnte, weil sie mich mit ihrem schwarzen Kunstlederbezug und dem chromglitzernden Fahrgestell immer an die Stühle beim Zahnarzt erinnerten. Er sah grau und verfallen aus. Papa zuckte die Achseln.

»Ich hatte es euch doch versprochen. Und dann war ich ja mit euch vieren allein. Vier beleidigte Kinder ohne Mutter in Dänemark ... das hätte ich wirklich nicht brauchen können.«

Ich erinnerte mich an diesen Urlaub genau. Wir vier hatten drei unglaublich freie Wochen erlebt. Wir hatten das Gefühl gehabt, sie würden nie enden. Im Wald hinter den Dünen hatten wir mit dem Luftgewehr alle Räuberspiele gespielt, die es gab. Wir hatten das Luftgewehr und die Fiberglasbögen, die Dorothee und Maria bekommen hatten, sogar mit ins Schlauchboot genommen, waren zur Boje gepaddelt und hatten dann Walfänger gespielt. Jedenfalls solange, bis Marias Pfeil abrutschte und beide Luftkammern durchschlug. Da war ich dann einhändig durch die Dünung zum Strand geschwommen. Mit der anderen Hand hatte ich das Gewehr über den Kopf gehalten.

»Waren schöne Ferien«, sagte ich, »trotzdem.«

»Für euch vielleicht«, sagte Papa.

Papa sah auch müde aus. Ich verstand ihn. Für uns war das immer noch ein bisschen wie ein Spiel. Sogar die Wachsleiche in der Truhe. War ja nicht unsere Tote. Für Papa war das anders. Vielleicht hatte er schon seit Jahren nicht mehr daran gedacht. Ich wusste es nicht. Ich hatte nie das Gefühl gehabt, dass er sich verändert hätte. Obwohl ich mich jetzt daran erinnerte, dass er sich nach diesem Urlaub viel mehr um uns gekümmert hatte als vorher. Doch. Er war doch anders geworden, offener. Ich wusste nicht, ob das damit zu tun hatte. Aber jetzt hatte ihn – wie mit einer kleinen zynischen Handbewegung der Geschichte – die Vergangenheit eingeholt. Mit einem Mord, für den er nichts konnte.

»Und jetzt?«, fragte Johannes.

Udo drehte sich noch eine Zigarette und bot Papa den Tabak an. Nach dieser Geschichte wirkte es fast verschwörerhaft.

»Tja«, sagte Papa mit einem Anflug seines üblichen Humors, »ich hätte nie gedacht, dass ich das mal sagen würde. Aber wir müssen eine Leiche loswerden.«

»Dürfte ja hier nicht schwer sein«, sagte Udo mit einem müden Lächeln.

Johannes und ich sahen uns an, und er verdrehte ganz leicht die Augen nach oben.

»Hör mal«, sagte Johannes, »du hast überhaupt keine Ahnung. Du denkst, wir haben hier jede Menge Leichen, und die verbuddeln wir irgendwo, und dann ist alles gut. Das denken alle. Diese Witze haben wir gehört, seit wir zehn waren.«

»Ich schon eher«, warf ich ein.

Papa mischte sich ein.

»Man kann Leichen nicht einfach so entsorgen«, sagte er und verfiel allmählich wieder in seinen normalen, dozierenden Ton, was mich erleichterte.

»Man kann sie zum Beispiel nicht einfach in irgendeinen Sarg dazulegen und mitverbrennen«, erklärte er, »auch wenn sich das nach einer eleganten Lösung anhört. Warum nicht? Johannes?«

Es war so wie früher. Man wurde aufgerufen.

»Weil«, erklärte Johannes gelassen, »es beim Friedhofsschaffner für Überraschungen sorgt, wenn sich statt zweier Hüftknochen in der Asche plötzlich vier anfinden. Und vierundsechzig Zähne. Knochen verbrennen nicht. Die werden nachher gemahlen. Pro Sarg ein Mahlgang. Damit in jeder Urne nur die individuelle Asche ist.«

»Ja, und bei Erdbestattungen? Da schaut doch keiner in den Sarg!«, warf Udo ein.

»Das denkst du«, sagte ich, »weil du keine Ahnung hast. Wir würden aber das Problem bestenfalls verschieben. Gräber werden gemietet. Wenn einer die Rechnung nicht mehr zahlt oder die Zeit abläuft, dann werden sie aufgelassen. Und dann haben wir wieder vierundsechzig Zähne in einem Sarg. Davon abgesehen passen aber keine zwei Leichen in einen normalen Sarg. Und wann legst du die Zweitleiche überhaupt rein? Särge werden in der Aussegnungshalle noch mal geöffnet. Wenn da zwei Gesichter in die Trauergemeinde blicken, gibt es noch mehr Probleme.«

Papa wedelte ungeduldig mit der Hand.

»Zuallererst legen wir sie ins Kühlfach«, sagte er, »und wir besprechen heute Abend, was wir mit ihr machen. Wenn die Gäste weg sind. Aber dann gibt es noch ein Problem.«

Johannes und ich sahen uns wieder an.

»Bist du doch bei der Mafia?«, fragte ich.

Papa schüttelte ungeduldig den Kopf.

»Wenn es irgendwo einen richtigen wissenschaftlichen Fortschritt gegeben hat«, sagte er, »dann in der Forensik. Du kannst heute jedes Verbrechen aufklären, wenn du weißt, dass es eins gegeben hat. Du kannst jede Tatwaffe zuordnen. Du kannst eigentlich alles herausfinden. Und deswegen müssen wir uns auch um die Pistole kümmern.«

Wir verließen die Leichenhalle einzeln, wie Verschwörer. Ich machte mich auf die Suche nach Katja. Wie komisch das Leben war. Mein Vater hatte mir eben gebeichtet, dass er bei einem RAF-Mord dabei gewesen war. Mein Vater hatte eine Leiche im Keller gehabt – all die Jahre. Ich musste lächeln. Neben all den anderen. Und ich suchte auf der Beerdigung meiner Großmutter meine Jugendliebe.

Sie war noch auf dem Balkon. Vielleicht hatte sie in der Zwischenzeit ein wenig getrunken; sie wirkte fast aufgekratzt.

»Du warst ganz schön lange weg.«

Ich zuckte die Achseln.

»Na ja«, sagte ich und bemühte mich, gleichgültig zu klingen, »ein Bestattungsunternehmen ist keine Bäckerei. Wir haben immer auf; und manchmal muss man eben einspringen, wenn man in so einer Firma groß wird.«

»Der Tod«, sagte Katja, und es klang fast zärtlich, »Gevatter Tod.«

»Komm«, sagte ich, »wir gehen in den Garten.«

Wir gingen durch die Zimmer, in denen überall Verwandte und Bekannte saßen und miteinander redeten, im Vorbeigehen sah ich Johannes, der mit Dorothee an ihrem Klavier stand und in Noten blätterte, während Do ab und zu zerstreut einen Akkord anschlug. Als wir durchs Wohnzimmer auf die Terrasse gingen, stand Heinz Rühmann auf und strich schwanzwedelnd um unsere Beine – er wollte auch hinaus. Ich bewegte den altmodischen Türhebel und zog dann die Terrassentür auf. Seltsam, dass einem die

Geräusche der Kindheit immer vertraut bleiben. Ich hätte heute noch mit geschlossenen Augen jede Tür im Haus am Klang erkannt.

»Erinnerst du dich?«, fragte ich Katja, als wir den kiesbestreuten Weg unter den großen Kiefern zum Obelisken gingen. Katja schüttelte den Kopf. Dann blieb sie unter der großen Robinie auf einmal stehen und fasste nach einem der beiden zerfaserten Seile, die dort immer noch herunterhingen.

»Die Schaukel«, sagte sie überrascht, »jetzt weiß ich wieder: die Riesenschaukel.«

Wir Kinder hatten die Schaukel gebaut. Dorothee war damals die furchtloseste von uns allen. Außerdem konnten Johannes, Maria und ich sie gemeinsam hochziehen. Wir hatten einen Stein an ein Seil gebunden und so lange geworfen, bis der Stein über den einzigen waagerechten Ast in mehr als acht Metern Höhe geflogen war. Dann hatten wir Do das Seil um die Brust gebunden, wie Mama es uns mal nach einem Erste-Hilfe-Kurs beigebracht hatte. Und dann hatten wir sie – mit den zwei Schaukelseilen in der Hand – nach oben gezogen. Johannes, Maria und ich. Die Beine in den Boden gestemmt; in der Herbstluft gepresste Rufe wie »Halt fest!« und Keuchen und »Nicht loslassen!«

In acht Metern Höhe schaukelnd, hatte Do die beiden Seile um den Ast geknotet. Wenn ich heute daran dachte, schauderte ich nachträglich und war froh, dass Mama uns damals nicht gesehen hatte.

»Ich mochte die Schaukel«, sagte Katja lächelnd. »Wir waren ja bloß zweimal hier, aber an die Schaukel kann ich mich noch erinnern. Das war wie Fliegen.«

»Alle haben sie geliebt«, sagte ich, immer noch stolz. »Acht Meter Radius. Das ist ein Kreis von fünfzig Metern. Das war die beste Schaukel der Welt.«

Katja stieß das eine Seil an, und wir schlenderten weiter zum Obelisken. Die Sonne ging allmählich unter, und das letzte Licht färbte den schwarzen, spiegelnden Granit mit einem rötlichen Schimmer.

»Ein Grabstein im Garten«, sagte Katja mit einem Flirren in der Stimme, »was seid ihr nur für eine Familie!«

»Was sind *wir* nur für eine Familie«, sagte ich und betonte das »wir«.

Katja hatte sich auf eine der beiden Granitstufen zu Füßen des Obelisken gesetzt und sah nach Westen in das Rot der untergehenden Sonne. Obwohl kein Wind mehr war, fielen ununterbrochen die Blätter aus der Robinie und aus den Kastanien weiter unten im Garten. Es war ein Geräusch wie ganz langsamer Regen.

Meine Gedanken flogen zwischen Katja und Papas Geschichte hin und her. Es war nicht die Tote, die mich beschäftigte. Ich wusste nichts von ihr, sie berührte mich nicht. Es war mehr, dass Papa ein anderes Gesicht bekommen hatte. Und Katja hier im Garten mit mir. Nach fast zwanzig Jahren. Wie kam es eigentlich, dass Zeit in mancher Hinsicht nichts bedeutete? Ich musste wohl schief gelächelt haben.

»Was?«, fragte Katja.

»Nichts«, sagte ich, »nur dass mein Vater und ich heute beide von unserer Vergangenheit eingeholt worden sind. Komisch.«

Sie sah mich einen Augenblick forschend an. Es war ziemlich still für einen Garten mitten in der Stadt. Nur das Fallen der Blätter und die Gesprächsfetzen aus dem Haus und ab und zu das entfernte Schleifen der Straßenbahn, wenn sie vor dem Haus in die Kurve fuhr.

»Weißt du noch«, fragte Katja, »in der ersten Nacht? Du hast mir *Krabat* vorgelesen. Die ganze Nacht.«

Natürlich wusste ich das noch. Glücksburg. Johannes und ich und Peter und Dorothee und Maria und Anja – alle in einem Zimmer, in verschiedenen Betten, bis es sich so ergeben hatte, dass Katja und ich in einem Bett lagen, unter einer Decke. Und als die anderen allmählich eingeschlafen waren, einer nach dem anderen, hatte ich ihr *Krabat* vorgelesen. Und natürlich war die Liebesgeschichte dann unsere geworden, obwohl wir uns noch nicht mal geküsst hatten, in dieser ersten Nacht.

»Ach Katja«, sagte ich, auf einmal erschöpft von den Erlebnissen des Tages. Ich setzte mich neben sie auf die Stufen. Jetzt kam auf einmal die Traurigkeit darüber, dass alles verging, dass alles vergangen war. Großmutter. Meine Kindheit. Meine große Liebe. Die Traurigkeit über die Erkenntnis, dass von allem der Zauber abgewaschen wurde, bis nur noch ein Leben im Alltag blieb, in dem es keine großen Gefühle mehr gab, keine großen Abenteuer, und alle Farben immer abgetönt waren und nicht mehr so leuchteten wie früher. Eine Müdigkeit kam, die ich sonst nicht an mich heranließ, weil sie gefährlich war.

Katja fasste nach meiner Hand.

»Irgendwie hatte ich immer das Gefühl«, sagte sie im Gesprächston, »dass diese Geschichte noch nicht zu Ende ist. Dass wir ein Ende verpasst haben. Deswegen ... ich wollte dich sehen«, sagte sie dann.

Ich saß da, sah in den immer dunkler werdenden Himmel im Westen, sah, wie in der Straße hinter der Gartenmauer das Licht an den Straßenlaternen entlanglief und eine nach der anderen hell machte, und spürte Katjas warme Hand.

»Na gut«, sagte ich dann und musste grinsen, »das bringt uns zu der Frage, in welchem Zimmer du heute Nacht schläfst.«

Katja musste lachen und zog ihre Hand weg.

»Frag deine Mutter«, sagte sie.

Dann gingen wir ins Haus.

Spätabends gab es so etwas wie eine geheime Familienkonferenz. Obwohl das Haus, wie viele Häuser aus der Jahrhundertwende, wirklich sehr großzügig gebaut war, hatte es sich als nicht ganz einfach erwiesen, einen Raum dafür zu finden. Mama hatte überall Verwandte und Freunde untergebracht, die von weiter her kamen, und schließlich mussten ja auch wir Geschwister noch irgendwo schlafen. Am Ende hatten wir uns in Papas Arbeitszimmer versammelt. Maria war zunächst nicht dabei. Sie hatte die Kinder ins Bett bringen wollen und war dabei vielleicht auch eingeschlafen. Jedenfalls waren nur Johannes, Do, Mama, Papa und ich da. Udo stand an der Regalwand bei den Büchern und fühlte sich sichtlich unwohl.

»Was?«, fragte Mama vollkommen entgeistert, als Papa noch einmal kurz erzählt hatte, worum es ging. »Was? Du hast mich nach Indien fahren lassen, obwohl du bei einem ... du warst bei einem Mord dabei und ... warum hast du mir nie etwas davon erzählt?«

Sie war nicht nur verblüfft, sie war wütend. Dorothee und ich wechselten einen Blick. Wir kannten Mamas Stimme und wussten, wann sie wütend war. Jetzt war sie richtig wütend.

»Friedrich!« Ihre Stimme rutschte immer tiefer. »In fünfundzwanzig Jahren kein Wort! In fünfundzwanzig Jahren! Wie hast du das nur ... wieso hast du nichts getan?«

Papas Nerven waren nach diesem Tag auch nicht mehr sehr dick.

»Mein Gott!«, rief er ebenso wütend, »Was hätte ich tun sollen? Was denn? Du warst doch wegen der Fahrt schon völlig hysterisch! Und Klaus? Dein übertoleranter Bruder Klaus hat diesem blöden Idioten Udo ja sogar sein Auto geliehen! Er hat ihnen doch erlaubt, auf den Hof zu kommen. Und wenn er sich tausendmal eingeredet hat, dass sie gar keine richtigen Terroristen sind. Was haben sie gemacht? Sie haben sie in seiner Scheune umgebracht. Und dann – die Kinder!«

Er deutete auf uns. Wir sahen uns etwas verblüfft an.

»Was wäre denn mit euch gewesen, wenn sie mich verhaftet hätten? Glaubst du, ich habe nicht darüber nachgedacht, wieder und immer wieder? Glaubst du, es ist lustig im Gefängnis? Udo war doch damals total auf Heroin. Wer hätte mir denn geglaubt, wenn ich von dem großen Unbekannten erzählt hätte, der mit meiner Pistole eine Frau auf dem Hof meines Schwagers erschießt? Also, lass mich bitte damit zufrieden und hilf mir lieber.«

»Ich war nicht total auf Heroin«, sagte Udo, »ich war gerade runter. Ich ...«

»Du hältst den Mund!«, fuhr Mama herum, »Du bist schuld an allem. Wenn du die Pistole nicht geklaut hättest, damals, dann ...«

»Aber ich hab die Pistole gar nicht geklaut!«, verteidigte sich Udo. Er hatte ein Buch aus dem Regal genommen, um irgendetwas in der Hand zu haben. »Also, nicht mit Absicht, meine ich. Sam hat sie mir gezeigt, und wir wollten im Wald schießen üben, damals.«

Ich war vollkommen baff.

»Was?«, sagte ich fassungslos. »Was? Ich hab' dir die Pistole ...?«

Udo nickte.

»Weißt du noch, als ich das erste Mal bei euch war und ihr mich gefragt habt, ob ich schon mal eine Leiche gesehen habe und ob ich mit euch spiele? Da sind wir unten in der

Leichenhalle gewesen, und du hast mir ganz stolz gezeigt, dass du herausgefunden hast, wo dein Vater den Schlüssel zum Waffenschrank versteckt hat.«

»Ich?«, fragte ich immer noch genauso verblüfft, aber ganz allmählich dämmerte mir eine Erinnerung. Da war ein vages Bild von mir selbst, wie ich stolz auf die Waffen zeigte ...

»Bitte, Udo!«, sagte ich. »Ich war ein Kind! Du musst doch gewusst haben, was für ein Blödsinn das ist. Warum hast du sie mitgenommen?«

»Ich hatte mich immer gefragt, wie sie aus dem verschlossenen Schrank verschwunden ist«, sagte mein Vater düster, »mein eigen Fleisch und Blut.«

Udo bemühte sich um eine Erklärung.

»Da war doch dann in der Nacht dieser Unfall mit dem Panzer. Ich wollte sie wirklich zurücklegen«, sagte er zu Papa, »aber du warst ja damals den ganzen Tag unten bei den Leichen. Ich ... also es gab einfach keine Gelegenheit mehr, sie zurück in den Schrank zu tun. Und Klaus wollte fahren, also hab' ich sie einfach eingesteckt.«

Johannes sah zu mir herüber. Sein Blick war schwer zu deuten. »Das wird so eine Art antike Tragödie«, sagte er dann, »jeder hat Schuld, was?«

Er wandte sich an Papa. »Die Pistole ist doch ganz egal, wenn wir die Leiche ... vernichten. Ohne Kugel kein ballistischer Nachweis.«

Mama mischte sich ein.

»Wie ihr redet! Vernichten! Wir sprechen einfach mit der Polizei. Wir erklären das. Friedrich hat schließlich nichts damit zu tun. Das muss doch alles längst verjährt sein.«

Papa seufzte.

»Jaja«, sagte er, »eigentlich ist das alles verjährt. Vertuschung und das Wegbringen der Leiche und das alles. Was aber nicht verjährt, ist Mord. Und wenn die Polizei glaubt, dass ich den Mord begangen habe, dann wird ermittelt, und dann muss ich beweisen, dass nicht ich, sondern Gerhard mit meiner Pistole geschossen hat. Man wird mich fragen, warum ich damals den Diebstahl nicht gemeldet habe, und man wird annehmen, dass es gar keinen Diebstahl gegeben hat. Ich will das alles nicht. Ich will, dass diese Leiche verschwindet, und ich will, dass die Pistole verschwindet. Nur leider weiß ich nicht, wo sie ist.«

Udo regte sich: »Gerhard hat sie weggeworfen«, sagte er, »auf dem Herrenhof.«

Papa sah ihn an. »Woher weißt du das?«, fragte er ihn scharf. »Du warst die ganze Zeit bei mir in der Scheune!«

Udo sah zu Boden.

»Er hat's mir erzählt«, sagte er dann, »als er aus dem Knast raus war.«

Papa war überrascht. »Gerhard war im Gefängnis?«

Udo nickte. »Ja, aber nicht deswegen. Klar, oder? Sonst hätte ja die Polizei die Leiche ausgegraben und wir hätten uns das alles sparen können. Er war im Knast für so 'n Bombenattentat. US-Kaserne, glaube ich. Zwölf Jahre.«

»Nicht so der Typ, der zugeben würde, dass Papa nichts mit dem Mord zu tun hat, oder?«, fragte Dorothee.

»Nicht so«, bestätigte Udo.

»Also«, sagte ich, »Leiche entsorgen, Pistole finden. Papa vor dem Gefängnis bewahren. Sonst noch irgendetwas? Die Welt retten?«

Papa wandte sich einigermaßen verzweifelt an Johannes. »Kannst du sie irgendwie in die Pathologie bringen? Unbekanntes Opfer oder so?«

Johannes grinste freudlos.

»Papa, wir haben Polizeiberichte. Das ist genauso wie bei dir. Wir kennen jede Leiche beim Vornamen. Das ist nicht so, wie wenn man Inventur macht und plötzlich Altbestände vom Vorgänger entdeckt.« Er mimte Überraschung: »Oh, ein Mordopfer von 1979. Wo kommt die denn her? Sieht aus, als hätten wir sie in der Besenkammer vergessen. Ups – und noch dazu eine Wachsleiche ... hat die Putzfrau Einbalsamieren mit Bohnerwachs geübt?«

Ich musste wider Willen lachen. Papa und Mama sahen mich beide strafend an. Ich wurde wieder ernst. Johannes auch.

»Tut mir leid, Papa«, sagte er, »da geht gar nichts. Wir müssen uns was anderes überlegen.«

Mir fiel etwas ein. »Hör mal, Do«, sagte ich, »wie ist das bei euch im Krankenhaus in der Chirurgie? Was machen die da mit den Amputaten? Die werden doch verbrannt, oder?« Ich sah zu Johannes: »Wenn wir die Leiche zerteilen und Do sie nach und nach in die Klinik mitnimmt ...«

Johannes und Dorothee verdrehten beide die Augen.

»Ich arbeite in der Urologie«, sagte Dorothee, »wenn wir da was amputieren, sind das ganz kleine Teile. Ich habe keine Ahnung, was die Chirurgie macht, und ich werde nicht jeden zweiten Tag mit einer Alditüte voller Wachsleichenteile dort ankommen und fragen, ob es denen was ausmacht, wenn ich noch was in ihre Mülltonne tue.«

»Ausgezeichnet!«, knurrte Papa, »ich habe zwei Kinder, die ständig mit Toten zu tun haben, und keines von ihnen kann mir helfen, eine Leiche zu entsorgen.«

»Du bist der Bestattungsunternehmer«, sagte Mama spitz, »wo war sie denn bisher überhaupt?«

Papa erklärte ihr, wieso Udo sie ausgegraben hatte.

»Dann soll er sie wieder mitnehmen!«, bestimmte sie.

Heinz Rühmann knurrte im Schlaf und zuckte mit den Hinterläufen, als würde er jagen.

»Er träumt«, sagte Dorothee.

»Ich bin froh, dass er es immerhin bis hierher mit ihr geschafft hat!«, meinte Papa und wandte sich erbittert an Udo:

»Du bist ein Idiot. Wenn du damals getan hättest, was ich dir gesagt habe, dann hätten wir heute kein Problem. In den Brennofen, habe ich gesagt, oder? Der wäre heiß genug gewesen, und dann hättest du bloß noch die Knochen vergraben müssen. Wir müssen das jetzt aus der Welt schaffen, und zwar ein für allemal.«

Udo verteidigte sich. »Ich konnte das nicht. Wirklich! Ich mein', der Ofen war ja viel zu klein, ich hätte sie zerteilen müssen und alles. Ich konnte das wirklich nicht!«

Papa war wütend. »Du bist sogar als Terrorist ein Versager!« meinte er abfällig.

»So. Nachdem das geklärt ist, müssen wir die Sache wohl in Ordnung bringen«, sagte Johannes fast vergnügt. Dann wandte er sich an mich: »Kannst schon mal Vera anrufen, dass du noch ein paar Tage bleibst. So hat jeder Mord sein Gutes, was?«

Dorothee lachte leise.

»Udo«, fragte ich, »wo ist die Pistole genau? Hat Gerhard was gesagt?«

Udo zuckte die Schultern und sah mürrisch auf seine Hände. Papa trommelte mit den Fingern erregt auf dem Schreibtisch.

»Ich hätte den Diebstahl anzeigen sollen«, sagte er, wütend auf sich selbst, »damit hat alles angefangen.«

»Udo«, mahnte ich, »wo ist sie?«

Udo warf die Arme in die Luft. »Er hat's nicht gesagt. Er hat einfach nur gesagt, er hat sie auf dem Herrenhof weggeschmissen.«

Wir schweigen alle. Die Situation war so unwirklich, und gleichzeitig erinnerte sie mich an damals, als ich klein war.

Klaus war im Haus und schlief wie immer in seinem Schlafsack, Udo war da, und wir Kinder hatten das Gefühl, etwas angestellt zu haben, was wir in Ordnung bringen mussten. Dabei war es diesmal Papa.

»Das war ein verdammt langer Tag«, sagte ich, »und ich muss jetzt ins Bett. Wir fahren morgen zum Herrenhof und suchen die Pistole, Johannes und ich. Und währenddessen überlegen wir uns, was mit der Leiche geschieht. Wir brechen jetzt nichts übers Knie, ja? Udo fährt nach Hause. Wir rufen dich an, wenn wir wissen, was wir machen und ob wir deine Hilfe brauchen. Gib mir deine Handynummer.«

»Ich hab' kein Handy«, sagte Udo etwas hilflos.

Ich verdrehte die Augen.

»Willkommen im 21. Jahrhundert, Hippie!«

»Bis morgen«, verabschiedete sich Do und ging.

»Ich komme mit!«, sagte Johannes und sprang auch auf. Ich folgte ihm. Mama und Papa blieben alleine im Arbeitszimmer zurück. Das würde für die beiden eine kurze Nacht werden, dachte ich noch. Wir drei und Udo stiegen zusammen die Treppe hinauf. Dann ging Udo zu Klaus in das Gästezimmer, Do in ihre kleine Wohnung und ich mit Johannes in unser altes Kinderzimmer.

»Fast wie in alten Zeiten«, sagte Johannes, als er sich ausgezogen hatte und erschöpft auf sein Bett warf, »mach das Licht aus.«

Ich knipste den Schalter aus und stand noch ein wenig am Fenster. Draußen war Wind aufgekommen, und Wolkenfetzen zogen rasch über den Himmel. Jetzt war es richtig Herbst.

»Gute Nacht«, sagte ich, aber Johannes war schon eingeschlafen. Keine Nachtgespräche diesmal. Ich dachte an Katja, die nebenan schlief, aber irgendetwas hielt mich davon ab, zu ihr hinüber zu gehen. Morgen, dachte ich und legte mich auch hin. Und dann, trotz aller wirren Gedanken und Gefühle und Erlebnisse an diesem Tag, war ich auch schon eingeschlafen.

28

Gesine sah das erste Mal in der Nacht des 20. Januar 1945 einen Menschen sterben. Am Morgen war ihre Welt noch in Ordnung gewesen. Krieg war nur ein Wort, das sie hörte, wenn sie sich in den Pferdestall schmuggelte, weil es da so schön warm war und so gut nach Pferden und Heu roch. Und vom Krieg sprachen die Großen immer, das war schon immer so gewesen, seit sie denken konnte. Gesine war sechs, und sie hörte gar nicht mehr zu, wenn die deutschen Knechte über die Russen sprachen und über Artillerie (das waren Kanonen; sie hatte Großmutti gefragt) und mit Herrn Tiedemann über Heu und Stroh und Kartoffeln redeten. Herrn Tiedemann gehörte das Gut Schönsee, er war aber nur ab und zu da. Manchmal besuchte er Mama in der Schule, wo sie die polnischen Kinder unterrichtete. Herr Tiedemann war nett, fand Gesine; manchmal hob er sie auf eines der Pferde im Stall und ließ sie darauf sitzen, wenn er mit den Knechten zu reden hatte. Das war an diesem Morgen nicht anders gewesen, obwohl Herr Tiedemann sie nur zerstreut angelächelt hatte und sehr nervös gewesen war. Da war sie vom Pferd geglitten und hatte sich ins Stroh fallen lassen, um dann aus dem Stall hinüber zur Schule zu laufen. Die Schule lag ganz nah am See. Als sie sich auf die Zehenspitzen stellte und durch das Fenster hineinsah, konnte sie niemanden sehen. Gesine überlegte kurz, ob heute Sonntag war, denn sie wusste schon, dass sonntags keine Schule war, aber da sah sie Hedvig-Langa und Soltysiak auf dem Weg. Die Sonne glitzerte im Schnee auf den kahlen Ästen der Pflaumenbäume im Garten und auf den Zaunpfosten. Gesine stieß das Tor auf, und der Schnee stäubte. Es war sehr kalt, aber sie fror nicht und lief den beiden hinterher.

»Hedvig-Langa!«, rief sie. Soltysiak konnte sie nicht leiden, der ärgerte sie immer, aber Hedvig-Langa hatte so wunderschöne blonde Zöpfe und war immer nett. Die beiden blieben stehen, als das kleine Mädchen im Pelzmäntelchen den Weg entlanggelaufen kam. Hedvig-Langa lächelte.

»Gesine!«, sagte sie in ziemlich gutem Deutsch, »sollst du nicht in ... bei deine Mutter sein?«

»Wo ist Mama?«, fragte Gesine. »Habt ihr keine Schule heute?«

Soltysiak schüttelte den Kopf.

»Nie mehr«, sagte er.

Hedvig-Langa ging in die Hocke und sah Gesine ins Gesicht.

»Ihr geht weg«, sagte sie, »flieht heute. Die Russen kommen. Alle Deutschen gehen weg.«

Gesine lachte.

»Nein, nein«, widersprach sie. Hedvig-Langa wollte sie verkohlen, aber das kannte sie schon.

»Ich wohne doch hier!«, sagte sie, und dann sah sie auf dem See ihre Mutter. Sie war mit Alga eislaufen. Das war lustig. Mama hielt keine Schule, sondern ging eislaufen.

»Tschüs, Hedvig-Langa!«, rief Gesine und rannte zum Seeufer.

»Mama!«, schrie sie und winkte mit beiden Armen. Ihre Mutter hörte sie aber nicht. Sie lief Arm in Arm mit Alga und achtete überhaupt viel mehr auf die anderen polnischen Kinder, die am Südufer standen und ihr auch zuwinkten und irgendetwas auf Polnisch riefen, das Gesine nicht verstand. Aber sie lachten, und Gesine war ganz froh. Der Himmel war blitzeblau, und jetzt, nachdem die Sonne über dem Pflaumenbaum stand, war es auch nicht mehr so kalt. Gesine schlüpfte aus ihren Fäustlingen, die an einer Kordel um ihren Hals hingen, und nahm eine

Handvoll Schnee. Er war erst ganz trocken und stachelig und prickelte, wenn er in der Hand schmolz. Das war ein schönes Gefühl. Und dann sah sie die Soldaten. Auf der anderen Seite des Sees lief die Dorfstraße entlang, die von der Chaussee herführte, und auf der kamen jetzt Lastwagen und Soldaten zu Fuß und sogar ein paar zu Pferde. Gesine hielt einen Augenblick die Luft an. Soldaten zu Pferde. Vielleicht kam Papa zu Besuch. Papa hatte auch ein Pferd. Sie kniff die Augen gegen die Sonne zusammen und versuchte, die Uniformen zu erkennen, aber aus der Ferne und in dem hellen Sonnenlicht sahen alle schwarz aus. Man konnte gar nichts sehen. Gesine atmete ein paar mal schnell ein und aus, dann holte sie wieder tief Luft, hielt den Atem an und machte die Augen zu. Eins, zwei, drei … zählte sie. Wenn sie bis vierundzwanzig zählen konnte und nicht ausatmen musste, kam Papa. Zweiundzwanzigdreiundzwanzigvierundzwanzig zählte sie im Kopf, so schnell sie konnte, aber bei vierundzwanzig musste sie schon ausatmen und wusste nicht so recht, ob das gemogelt war.

»Mama!«, schrie sie atemlos, »Mama! Soldaten kommen!«

Ihre Mutter hatte sie auch gesehen und kam jetzt auf sie zugeglitten. Wunderschön sah sie aus, fand Gesine. In ihrem knielangen Pelzmantel, die Wangen rot, die Haare flogen, wie sie so mit Alga Arm in Arm auf sie zu schwebte.

»Du siehst aus wie eine Königin«, sagte Gesine, als ihre Mutter am Ufer war. Dann zeigte sie auf die Soldaten, die in einem langen Treck die Dorfstraße entlang zogen. Es wurden immer mehr. Jetzt waren auch Panzer dabei. Sie hielt es nicht mehr aus, obwohl sie wusste, dass Mama nicht wollte, dass man von Papa sprach.

»Glaubst du, Papa kommt auch?«, fragte sie atemlos, »es ist Kafall … Kavallarie dabei.«

Papa hatte ihr das Wort beigebracht, aber sie konnte es immer noch nicht richtig.

»Ach Gesinchen«, sagte Mama jetzt. In ihren Augen glitzerte es ein bisschen und Gesine kam sich schlecht vor, weil sie Mama zum Weinen gebracht hatte.

»Gesinchen, die Soldaten kommen, und das heißt, dass wir wegmüssen. Die werden in der Schule wohnen. Deswegen müssen wir weg.«

Gesine sah sie verständnislos an.

»Weg? Weg von Schönsee? Heim nach Danzig?«

»Nein«, sagte ihre Mutter, »wir müssen fliehen, Gesinchen. Wir können nicht mehr nach Danzig. Wir müssen ganz woanders hin. Nach Berlin.«

Dann wandte sie sich an Alga.

»Danke, Alga«, sagte sie, »wer weiß, ob wir noch mal zusammen eislaufen können. Das war so schön.«

Alga und Mama küssten sich, und jetzt verstand Gesine, dass wirklich etwas anders war, denn beide weinten. Gesine wurde auch traurig, ohne dass sie richtig wusste, warum.

»Komm«, sagte Mama dann und nahm ihre Hand, »wir müssen packen.« Sie blieb aber noch am See stehen und sah Alga nach, die auf die andere Seite glitt und sich immer wieder umdrehte und winkte. Gesine winkte zurück.

Als sie an der Schule vorbeikamen, waren die Soldaten angekommen. Gesine musterte jedes Gesicht aufmerksam. Vielleicht war Papa ja doch dabei. Aber es waren viele, und Mama zog sie so rasch fort, dass sie doch nicht alle sehen konnte. Zu Hause war ein großes Durcheinander. Klaus weinte andauernd, und Mama und Großmutti hatten keine Zeit, sich um ihn zu kümmern. Immer musste sie ihm sein Fläschchen geben oder mit ihm spielen, und dabei war sie immer im Weg. Schließlich setzte Großmutti Klaus in den Wagen und schickte sie raus. Gesine schob Klaus die

Dorfstraße entlang. Sie wollte doch noch einmal zu den Soldaten in der Schule gucken. Klaus hatte sich im Wagen aufgesetzt, streifte immer seine Handschühchen ab und hielt sich am Wagenrand fest. Er plapperte die ganze Zeit und lachte. Im Dorf war alles durcheinander. Gesine sah, wie in den Höfen die Leiterwagen aus den Ställen geholt und bepackt wurden. Die Kühe muhten, weil ständig jemand an ihnen vorbeilief. Obwohl es so kalt war, standen überall die Haustüren offen und die Leute trugen Schränke und Kisten heraus; riesige weiße Säcke aus Laken, die mit Kleidern gefüllt waren, Stehlampen, Bilder, Teppiche ... es hörte gar nicht mehr auf. Gesine überlegte, ob Mama ihre Puppe eingepackt hatte.

Als sie bei der Schule ankam, fuhr sie mit Klaus im Kinderwagen einfach auf den Hof. Dort parkten acht oder neun Lastwagen, und überall standen Soldaten herum. Manche lächelten sie an und fassten ihr ans Kinn. Einer schenkte ihr ein Bonbon. Gesine fasste sich ein Herz und fragte:

»Haben Sie meinen Papa gesehen? Er heißt Wolfgang Wagner und ist bei der Reiter-SS.«

»Soso«, sagte der Soldat, »weißt du denn, wo er stationiert war? Bei welchem Truppenteil?«

»Im Osten«, sagte Gesine, obwohl sie sich jetzt gar nicht mehr ganz sicher war, aber das hatte sie gehört, »ich glaube, an der Ostfront!«

Der Soldat lachte müde. »Alle sind an der Ostfront, Kindchen. Aber dein Papa ist nicht bei uns. Wir sind keine SS-Einheit. Wir sind Wehrmacht.«

»Aber Papa ist auch bei der Wehrmacht«, sagte Gesine, »bei der Kevall... Kavellerie.«

Der Soldat musste jetzt richtig lachen.

»Kavallerie heißt es. Aber hör mal«, sagte er dann, »du gehst jetzt nach Hause, ja? Deine Mama wird dich schon suchen. Und ihr müsst heute fliehen. Der Russe kommt. Hörst du das?«

Gesine horchte. Der Soldat meinte das Donnern, das man schon seit Tagen hörte.

»Das sich wie Gewitter anhört, meinen Sie?«, fragte sie wieder höflich.

»Das Gewitter«, bestätigte der Soldat, »das sind die russischen Kanonen. Und die kommen näher, und deshalb müsst ihr weg.«

»Und ihr?«, fragte Gesine. »Flieht ihr auch?«

Der Soldat machte ein halb trauriges, halb wütendes Gesicht.

»Wir dürfen nicht, Kleines«, sagte er dann, »und jetzt geh nach Hause, ja?«

Gesine winkte dem Soldaten zu, als sie den Schulhof verließ. Klaus war trotz des Lärms eingeschlafen und schlief auch noch, als sie wieder zu Hause ankam. Da stand jetzt Herrn Tiedemanns Heuwagen, und Mama hob eben ihr Fahrrad hinauf. Ihre vier Koffer und ein großer weißer Sack wie bei den anderen Leuten waren schon oben.

»Und wo sitzen wir?«, fragte Gesine.

»Im Heu«, gab ihre Mutter zur Antwort.

»Hast du meine Puppe eingepackt?«

Mama schüttelte den Kopf. »Geh und hol sie. Und dann essen wir.«

Nach dem Essen langweilte Gesine sich. Sie durfte nicht mehr aus dem Haus, und die Küche war leer geräumt. Mama und Großmutti stritten sich über das, was man einpacken sollte. Großmutti sagte immer wieder, was alles dableiben sollte. Gesine suchte sich ein Bilderbuch zum Ansehen, aber weil sie anscheinend überall nur störte, schlich sie sich schließlich wieder in den Stall und setzte sich ins Stroh. Da war es schön warm. Die Pferde schnoben ab und zu in ihre leeren Tröge, aber sonst war es still, und schließlich schlief Gesine ein.

»Gesine!«

»Gesine!«

Irgendwann drang das Rufen durch die wilden Träume, die Gesine hatte, und sie setzte sich auf. Einen Augenblick lang wusste sie nicht, wo sie war. Im Stall war es stockdunkel.

»Ja?«, rief sie schlaftrunken, »Mama?«

Schließlich öffnete sich die Stalltür, und das Licht aus der Petroleumlaterne blendete sie.

»Endlich!«, schrie Mama. Ihre Stimme bebte. Sie riss Gesine aus dem Stroh.

»Wo warst du? Ich hatte schon solche Angst! Wir müssen los! Alle haben dich gesucht! Die anderen sind alle schon auf den Wagen. Der Treck geht los.«

Als sie aus dem Stall kamen, fing Gesine an zu zittern. Es war eiskalt. Der Himmel war klar, und jetzt hörte man alle Geräusche viel lauter. In Schönleben heulten die Sirenen. Im Osten war der Himmel rot. Gesine wurde von Herrn Tiedemanns Kutscher in den Wagen gehoben, wo schon Großmutti mit Klaus auf dem Schoß saß. Dann kletterte Mama hoch. Es war ein bisschen wie eine Burg. Die Koffer waren hochkant gegen die Wagenwände gestellt und alles mit Heu ausgepolstert, und Gesine durfte auf dem großen weißen Sack sitzen. Großmutti verteilte die Bettdecken, und alle kuschelten sich ein. Dann warteten sie.

»Worauf warten wir, Mama?«, flüsterte Gesine. Sie war jetzt schrecklich aufgeregt und zitterte immer noch, obwohl ihr unter ihrer Decke gar nicht so kalt war.

»Weichholds kommen noch auf den Wagen«, sagte Mama leise, »und wir dürfen erst los, wenn der Kommissar es erlaubt.«

Gesine wusste nicht, wer Weichholds waren, aber als sie dann endlich kamen, erkannte sie die dicke Bauersfrau aus der Seegasse, bei der sie manchmal Eier geholt hatte. Die Weichholds waren zu fünft. Die Eltern und drei Kinder – eines war noch ganz klein. Als Frau Weichhold auf die Deichsel stieg, um auf den Wagen zu kommen, hob er sich ein wenig. Gesine zupfte ihre Mama am Ärmel. Mama beugte sich zu ihr hinunter.

»Erbarmung, Erbarmung«, sagte Gesine, wie sie es oft von den Großen gehört hatte, »die ist aber dick, Mama!«

»Pssst!«, machte Mama. Dann, endlich, ging es los. Ein Auto kam vorbeigefahren, wurde langsamer und hupte, und schließlich ruckten die Pferde an, und der große Leiterwagen rollte vom Hof.

»Leb wohl, Schönsee!«, flüsterte Mama, und Gesine sah, dass sie wieder weinte. Vor vielen Höfen standen Bauern und sahen zu, wie ein Wagen nach dem anderen auf die Landstraße in Richtung Chaussee einbog. Die Schlange wurde immer länger, und Gesine staunte.

»Fahren die alle nach Berlin?«

Großmutti nickte. »Alle.«

»Und die da?« Gesine wies auf die Bauern, die ihnen zusahen. »Was ist mit Alga? Was ist mit denen?«

»Das sind Polen«, sagte Großmutti, »die bleiben da. Nur wir Deutsche müssen fliehen.«

Gesine dachte kurz nach.

»Dann will ich nicht deutsch sein«, sagte sie trotzig, »ich will Pole sein und in Schönsee bleiben.«

Großmutti legte ihr die Hand auf den Mund.

»Still doch, Kind!«

Als sie Schönsee endlich verließen und auf der großen Chaussee waren, fing für Gesine eine Nacht an, die nicht aufhören wollte. Es war schrecklich laut. Immer wieder fuhren Lastwagen hupend an ihnen vorbei. Ab und zu hörte man Flieger, und alle duckten sich dann. Die Pferde wieherten und die Leute schrien, und außerdem wurde es immer kälter. Die Decken halfen nichts mehr. Gesine fror und fror. Sie kuschelte sich an Mama und Mama an Großmutti, aber es half nichts. Die Kälte kroch aus dem Heu die Beine hoch und an den Armen bis an den Hals. Die Pferde dampften. Großmutti hatte heißen Tee mitgenommen, aber der wurde immer kälter. Die Familie Weichhold, die nahe am Kutschbock saß, war eigentlich vor dem Wind geschützt, aber auch da jammerten die Kinder, und das Kleinste fing an zu schreien. Die Mutter wiegte es und hatte es in Decken gewickelt; ab und zu versuchte sie sogar, ihm trotz der Kälte die Brust zu geben, aber das Kind schrie immer weiter. Gesine kroch unter die Decke und hielt sich die Ohren zu. Und es wurde immer noch kälter.

»Mir ist so kalt, Mama«, klagte sie tonlos. Klaus war auch aufgewacht und weinte.

»Er muss gewickelt werden«, sagte Großmutti.

»Aber es ist so kalt!«, sagte Mama.

»Wenn die Windeln nass bleiben, erfriert er. Wir müssen ihn wickeln.«

Großmuttis Stimme war ganz anders, als Gesine sie kannte.

Mama und Großmutti legten Klaus in die Decken und zogen ihn aus. Klaus schrie unglaublich laut, als Mama ihm die Windel auszog.

»Schnell jetzt!«, drängte Großmutti und reichte ihr eine frische Windel. Die war aber auch kalt, und Klaus schrie weiter.

»Schau mal, Mama«, sagte Gesine und deutete auf Klaus' Wimpern. Die Tränen waren gefroren und glitzerten.

Mama hauchte Klaus an, während Großmutti ihn fertig anzog, aber Klaus weinte weiter, auch als Großmutti ihn wieder wiegte. Das andere Kind schrie und verschluckte sich, hustete und schrie weiter. Gesine hielt sich wieder die Ohren zu. Es war so eiskalt, und der Treck war so langsam. Immer wieder hielten sie an. Gesine fragte jedes Mal: »Sind wir da?«, und jedes Mal schüttelte Mama den Kopf. Allmählich sprach keiner mehr. Es war so kalt, dass man nicht mehr reden wollte. Und Gesine glaubte, dass die Nacht nie mehr aufhören würde. Sie würden immer und immer auf diesem Pferdewagen durch die Eiseskälte ziehen müssen, wie im Märchen von der Eiskönigin. Irgendwann merkte Gesine, dass Frau Weichholds Kind aufgehört hatte zu schreien. Endlich, dachte sie, endlich ist dieses blöde Bauernkind eingeschlafen. Sie schaute neugierig hinüber. Das Kind lag still in den Armen der Mutter. Aber es hatte die Augen offen. Und da wusste Gesine, lange bevor die dicke Frau Weichhold zu schreien begann, dass das Kind erfroren war. Und während der ganzen Nacht, dieser ganzen unendlichen Eisnacht, weigerte sich Frau Weichhold, das Kind aus den Armen zu legen, musste Gesine das Kind ansehen, immer wieder das tote Kind ansehen, das die Augen offen hatte und in den Sternenhimmel sah und ganz weiß schimmerte. Sie drückte sich immer mehr zwischen Mama und Großmutti und hauchte Klaus an, immer wieder, um die gefrorenen Wimpern aufzutauen, und hielt seine Händchen in ihren, rieb und rieb sie immer wieder, weil sie so schreckliche Angst hatte, dass Klaus in dieser Nacht auch sterben müsste.

Als sie, am späten Vormittag des nächsten Tages, endlich in einer Schule einkehren konnten und heiße, dünne Suppe bekamen, merkte Gesine, dass sie doch ihre Puppe vergessen hatte. Aber es machte ihr nichts aus, weil sie dachte, dass es vielleicht eine Strafe dafür war, dass sie sich über das weinende Kind geärgert hatte.

»Ich will nie wieder eine Puppe«, sagte sie ganz leise zu ihrer Mutter, als sie erneut auf den schrecklichen Wagen stiegen, »nie wieder, Mama.«

Ihre Mutter schaute sie nur fragend an, aber dann zuckte sie die Schultern und stopfte die Decken fester um sie.

Damit Klaus nicht stirbt, dachte Gesine den Gedanken zu Ende, und sie nahm sich fest vor, ihre Familie von jetzt an immer zu beschützen.

29

Regen. Die Scheibenwischer kamen kaum nach. Zischend zogen schwere Limousinen an uns vorbei, zischend zogen wir an Lastern vorbei. Auf den großen Talbrücken trafen einen die Böen des Herbststurmes schwer und überraschend, und ich musste gegenlenken, um nicht aus der Spur zu geraten. Johannes beugte sich zwischen den Sitzen vor, fragte Katja: »Macht's dir was aus?«, und schob, als sie den Kopf schüttelte, eine CD ins Autoradio. Düsterer irischer Folkrock dröhnte aus den Lautsprechern.

»Wieso fragst du eigentlich nie mich?«, fragte ich Johannes.

»Weil es dir was ausmacht«, erklärte er, »ich stelle keine Fragen, wenn ich die Antwort schon kenne.«

»Das erklärt, wieso du immer noch nicht verheiratet bist«, sagte Katja wie nebenbei.

Ich musste lachen.

»Du, Katja«, sagte Johannes heiter, »würde es dir viel ausmachen, wenn du von jetzt an im Kofferraum mitfährst?«

»Es hat sich nichts verändert«, sagte Katja lachend, »gar nichts. Ihr seid immer noch unfassbar blöd.«

Es hatte noch ein großes gemeinsames Frühstück gegeben, bevor die Beerdigungsgäste gefahren waren. Die Familie, Onkel Kurt, Udo, Onkel Klaus mit der Cellospielerin, die nicht ganz unerwartet über Nacht geblieben war, wir vier Geschwister und Katja. Klaus' ursprüngliche Begleitung war verschwunden, wütend oder weinend oder wehmütig, auf jeden Fall aber völlig unbeachtet. So war das bei ihm immer. Katja und Klaus hatten sich das erste Mal in ihrem Leben überhaupt getroffen. Klaus hatte sich immer geweigert, seinen Vater noch einmal zu sehen. Ich merkte erst später, dass keiner Klaus und Katja einander vorgestellt hatte. Natürlich nicht. Auf einer Familienfeier muss man sich nicht gegenseitig bekannt machen. Und da Klaus vor allem mit der Cellospielerin und Mozart beschäftigt gewesen war, Katja aber mit mir, war es zu der bizarren Situation gekommen, dass die beiden miteinander frühstückten, ohne voneinander zu wissen, dass sie Geschwister waren. Klaus hatte angekündigt, dass er noch für eine Woche in die Alpen fahren würde, deshalb hatten Johannes und ich die Gelegenheit ergriffen und gefragt, ob wir für ein, zwei Tage auf den Herrenhof könnten. Natürlich hatte Klaus zugesagt – wie immer. Und dann, in einer kurzen unbeobachteten Minute, hatte ich Katja ohne große Hoffnung gefragt, ob sie vielleicht Lust hätte mitzufahren.

»Gerne«, hatte sie gesagt und mich angesehen, »sehr gerne. Ich wollte den Herrenhof immer mal sehen.«

»Hast du denn Zeit?«, hatte ich überrascht gefragt. »Kein ...«, ich hatte gezögert, »... kein Freund? Keine Arbeit?«

»Ich habe mir freigenommen«, hatte Katja nach einem kleinen Moment eigenartig betroffen gesagt, »ich wollte noch ... ein paar Dinge zu Ende bringen.«

Dabei hatte sie mich angesehen, und ich hatte für einen Augenblick diesen kleinen Funken der Verliebtheit gespürt, der seit zwanzig Jahren irgendwo in mir glühte und mir manchmal ein Loch in meine anderen Gefühle brannte.

»Sehr gut«, hatte ich gesagt, und plötzlich hatte diese ganze Sache mit der Pistole und Papas Leiche einen Hauch von Abenteuer. Plötzlich war es wieder ein bisschen wie früher gewesen, als wir in Glücksburg nachts ins Auto gestiegen waren, um nach Hamburg zu fahren.

»Wenn du mich mitnehmen willst ...«, hatte sie dann gesagt.

»Ab nach Kassel«, hatte ich entgegnet, »aber ich warne dich. Johannes kommt auch mit, und es ist kein Spaß, mit einem wahnsinnigen Pathologen in einem Auto zu sitzen.«

»Ach«, hatte Katja gegrinst, »das ist gar nicht so schlecht. Wenn man tot umfällt, kann er einen aufschneiden und sagen, was einem gefehlt hat.«

»Wenn man im Auto sitzt«, hatte ich sie belehrt und meine Freude über ihr Mitkommen in Bosheit verpackt, »dann kann man nicht umfallen. Man sinkt einfach in sich zusammen.«

»Trottel!«, hatte Katja gelacht und ihre Sachen geholt.

Und deswegen machten mir jetzt weder der Regen noch Johannes' grauenvoller Folkrock noch die Aussicht auf eine sehr nasse Suche nach einer vor zwanzig Jahren weggeworfenen Mordwaffe irgendetwas aus. Ich war unterwegs. Mit Johannes und Katja. Wie damals und alles war richtig gut.

Es war gegen zwei Uhr Nachmittag, als wir von der Autobahn nach Homberg abfuhren.

»Was reimt sich auf ›Homberg Efze‹?«, sinnierte Johannes, als er das Schild an der Bundesstraße sah, »das frage ich mich, seit ich lesen kann.«

»Krätze«, schlug ich vor. Der Regen hatte aufgehört, aber es war immer noch windig.

»Unreiner Reim!«, sagte Katja strafend, »Strombergs Lefze.«

Johannes musste lachen.

»Blöd«, sagte er, »pass auf: ›Nicht *zu* dem, sondern *vom* Berg lefft se.‹«

»Ihr bleibt im Auto«, sagte ich demzufolge streng, als ich zu dem Eiscafé in Homberg abbog, in dem wir seit zwanzig

Jahren traditionell Kaffee tranken, bevor wir die letzten drei Kilometer zum Herrenhof fuhren, »ich lass' euch Kekse rausbringen.«

»Du bist überhaupt nur der Fahrer«, sagte Katja würdevoll, »und wer nicht reimt, kriegt keinen Kaffee.«

Ich stellte den Motor ab.

»Wir sind da, Dichtervernichter. Willkommen in Hessen. Raus.«

Wir stiegen aus, gingen hinüber in das leere Eiscafé und bestellten uns trotz des kalten Herbstwetters jeder einen Eisbecher.

»Setzt du übrigens gerade deine Beamtenpension aufs Spiel, oder hast du dem bürgerlichen Leben abgeschworen?« Johannes löffelte sein Eis und sah mich fragend an.

»Ich habe mich krankgemeldet«, sagte ich.

»Bei Vera auch?«, fragte Johannes beiläufig weiter.

Katja sah kurz zu mir herüber, sagte aber nichts. Ich hatte morgens mit Vera telefoniert. Zum einen mochte Vera es nicht, vom Telefon geweckt zu werden, zum anderen hatte ich gestern natürlich vergessen, sie noch einmal anzurufen und zum dritten war es mir dann nicht ganz einfach gefallen, Vera davon zu überzeugen, dass ich ein paar Tage wegbleiben musste. Es hatte sich auch für meine Ohren nicht gerade überzeugend angehört, als ich von Angelegenheiten gestottert hatte, die wir wegen der Beerdigung noch zu erledigen hatten. Vera war mit dem Sohn eines Bestatters verheiratet und wusste so gut wie ich, dass sich solche Angelegenheiten normalerweise innerhalb einer halben Stunde regeln ließen. Ich konnte ja schwerlich sagen: ›Hör mal, Schatz, mein Vater war früher Terrorist, und wir müssen jetzt seine Vergangenheit vertuschen.‹

»Vera«, sagte ich also, »hat, wenn man das in diplomatischer Sprache ausdrücken will, die Wiederaufnahme konsularischer Beziehungen zwischen uns von meinem zukünftigen Verhalten abhängig gemacht.«

Katja musste lachen und prustete etwas Eis über den Tisch. Johannes wischte sich über die Jacke.

»Also, wenn wir annehmen, dass ihr beide Nord- und Südkorea seid«, führte er sorgfältig aus, »dann hat Vera dir einen Krieg in Aussicht gestellt, wenn du eure Beziehung weiter mit Atombombentests belastest?«

Ich hob die Arme in gespielter hilfloser Entrüstung, obwohl ich immer noch verärgert war:

»Emotionale Sanktionen! Sie hat gesagt, bis ich zurück bin, wird Fräulein Titania eben hungern!«

»Geiselnahme!«, sagte Johannes grinsend. »Ein abscheuliches Verbrechen!«

»Wer ist Fräulein Titania?«, fragte Katja, die der Unterhaltung nicht ganz hatte folgen können, »Lebst du mit zwei Frauen in einem Haus?«

Ich erklärte ihr, wer Fräulein Titania war. Katja lächelte.

»Und ich bin dann der Atombombentest, ja?«, fragte sie.

»Du«, sagte Johannes genüsslich, »bist für die Ehe zwischen Sam und Vera mehr so etwas wie die San-Andreas-Verwerfung für San Francisco. Jeder weiß, dass es mal ein gigantisches Erdbeben geben wird, aber man macht einfach die Augen zu und lebt trotzdem weiter in seiner Villa am Strand.«

»Ach ja?«, machte Katja halb ironisch, halb fragend und sah mich an.

Ich zuckte die Schultern. Johannes hatte wahrscheinlich recht, und ich wollte es nur nicht wahrhaben. Meine Ehe mit Vera war wirklich an einem Punkt angelangt, wo alle Gespräche ganz schnell eskalierten. Wenn ich ehrlich war, dann musste ich zugeben, dass ich genau jetzt lieber hier mit Johannes und Katja in einem Eiscafé saß, boshafte

Gespräche nur der Pointen wegen führte und mich hier und jetzt, auf einer merkwürdigen Reise mit meinem Bruder und meiner Jugendliebe, tausendmal wohler fühlte als zu Hause.

»So«, sagte Johannes und schob seinen leeren Eisbecher weg, »fertig. Wollen wir jetzt die Mordwaffe suchen?«

Katja hob die Augenbrauen. »Was?«, fragte sie, zum Lachen bereit. »Ich habe nicht verstanden.«

Sie meinte, es sei wieder ein Witz zwischen Hannes und mir. Ich warf Johannes einen Blick zu, dass er still sein sollte. Aber der kümmerte sich nicht darum.

»Ob du das in deiner speziellen Beziehung zu meiner Tante Katja wahrhaben willst oder nicht«, sagte Johannes vergnügt und mit Lust an der Gefahr, »sie gehört zur Familie. Und sie sollte vielleicht doch wissen, was los ist. Sechs Augen sehen im Übrigen mehr als vier.«

Er sah mich an, und ich hob die Schultern. Und während er Katja erklärte, warum wir zum Herrenhof fuhren, fiel mir auf, was Hannes gesagt hatte. Dass wir alle zur Familie gehörten. Vielleicht war es das. Vielleicht war das der Grund, warum wir uns spontan verstanden, über dieselben Wortspiele lachten, dieselben skurrilen Ideen und Gedanken hatten; vielleicht fühlte ich mich deshalb mit Katja und Johannes wohler als zu Hause: weil sie Familie waren. Und weil Vera nie Teil der Familie geworden war. Sie hatte mich immer für sich haben wollen. Sie kam zu Familienfesten immer nur als Gast. Sie hatte meiner engen Beziehung zu Dorothee und zu Johannes und sogar zu Maria, obwohl die nicht immer einfach war, immer misstraut und sie nie nachvollziehen können. Vera machte sich lustig darüber, dass ich meine Eltern immer noch Mama und Papa nannte. »Wirst du nie erwachsen?«, hatte sie gefragt. Nein, dachte ich jetzt, als wir aufstanden und Johannes Katja aus der Tür schubste, einfach so, wie Kinder sein können, in einer Geste grober Zärtlichkeit, so erwachsen werde ich nie. Daher kam meine ewige Unterlegenheit gegenüber Vera. Daher kam es, dass ich immer in der Defensive war. Es lag daran, dass Vera vielleicht schon immer gespürt hatte, was ich eben erst feststellte, auf dieser eigenartigen Reise: Ich liebte sie nicht mit dieser Tiefe, dieser Unbedingtheit, dieser Selbstverständlichkeit, wie ich meine Familie liebte.

»Wenn du meine Tante noch einmal schubst«, sagte ich zu Johannes auf dem Weg zum Auto, »dann hau' ich dir eine rein.«

Und als Johannes nur grinste, wusste ich, dass es genau das war. Dass Johannes verstanden hatte, wie sehr ich mochte, dass er sich mit Katja verstand und wie sehr er mochte, dass Katja und ich uns geliebt hatten und wie gern er dabei war, wenn hier, was auch immer, zu Ende gebracht wurde. Familie war für uns beide einfach das große Abenteuer. Und dass sie diese ganze Geschichte mit der Leiche und dem Mord und der Pistole ziemlich gelassen aufgenommen hatte, das machte uns beide irgendwie stolz. Wir waren eben eine besondere Familie.

Als wir vor dem Herrenhof zum Halten kamen, sah sich Katja um.

»Was für ein Haus!«, bemerkte sie beeindruckt.

»Ja, nicht wahr?«, sagte ich mit einem Anflug von Stolz. »Ziemlich abgefahren, oder?«

»Es ist vor allem groß«, schaltete sich Johannes nüchtern ein, »wohingegen eine Pistole ziemlich klein ist. Wo fangen wir an?«

»Lasst uns erst mal die Sachen reinbringen«, sagte Katja, »ich will mir das Haus ansehen.«

Wir nahmen die Schlafsäcke und unsere Taschen aus dem Kofferraum, holten den Schlüssel aus dem Holzschuppen, wo er einfach an der Tür hing, wie immer, und brachten dann das Gepäck ins Musikzimmer, wo wir seit unserer Kindheit geschlafen hatten, wenn wir auf dem Herrenhof waren.

»Ein offener Kamin!« Katja kniete sich auf die völlig verzogenen, blank abgetretenen Dielen vor den Kamin und versuchte, in den Schornstein zu schauen.

»Ich habe hier mal im Januar geschlafen«, sagte Johannes, »und ich kann dir eines sagen. Offene Kamine sind im Sommer was ganz Schönes. Im Winter sind sie blanker Zynismus. Durch die Zugluft, die sie brauchen, kühlen sie das Zimmer sogar noch ab.«

Während Johannes den Herd anschürte, damit wir Kaffee kochen konnten, zeigte ich Katja das Haus. Das Bad im ersten Stock, das sein Wasser aus dem Brunnen im Hof bekam. Die Zimmertüren, auf deren Kassetten Ulrich den gesamten *Faust* illustriert hatte, mit dem Homunculus schwebend in einer Flasche auf der Türe zum Dachboden. Die Mosaike in den alten Vorratsräumen, die Großmutter gemacht hatte. Katja fuhr mit den Fingern die Linien der Figuren nach.

»Ist das auch von ihr?«, fragte sie und deutete auf ein großes Brett, das Klaus mit dem Gesicht zur Wand gestellt, aber nicht wie die anderen aufgehängt oder in den Putz eingearbeitet hatte.

»Ja«, sagte ich und drehte es um. Es war ein strenges Mosaikbild, fast nur in grauen Steinen gearbeitet. Auch die Kanten waren nicht einigermaßen glatt gebrochen wie sonst, sondern hatten ihre Spitzen und Schärfen behalten; oft waren sie sogar schräg gesetzt, was dem Bild eine große Tiefe gab, aber andererseits die Oberfläche abweisend machte: Man konnte sich verletzen, wenn man mit der Hand darüberfuhr.

»Er mag es nicht. Für einen notorischen Ehebrecher hat er einen unglaublich kitschreligiösen Geschmack.«

Katja berührte es vorsichtig. Das Mosaik zeigte eine junge Frau mit einem Kopftuch. Grau das Tuch, grau das Kleid, winterlich hellgrau der Hintergrund. Sie hatte ein graues Bündel im Arm – wahrscheinlich ein Kind – und drehte im Laufen den Kopf, als würde sie verfolgt.

»Flucht!«, las Katja auf der Rückseite, wo Großmutter mit Bleistift in ihrer schönen Schrift die Titel ihrer Mosaike vermerkt hatte.

»Es gibt viele Bilder davon«, sagte ich, »und ein paar Mosaike. Aber das hier ist das beste.«

Katja nickte.

»Auf der Flucht«, sagte sie auf einmal bedrückt, »so fühlt man sich auf der Flucht. Genau so.« Ich sah das Mosaik an und dachte: Ja. Wahrscheinlich ist es genau so, diese Mischung aus Angst und Heimweh und Not, und fragte mich wieder einmal, wie Großmutter es geschafft hatte, mit so groben Steinen ein so genaues Abbild von Gefühlen zu zeichnen. Katja sah das Mosaik immer noch an, und ich sah überrascht, dass sie auf einmal Tränen in den Augen hatte.

»Was?«, fragte ich sanft. »Was ist?«

Sie schüttelte den Kopf und lächelte.

»Nichts«, sagte sie, aber mir blieb eine kleine Unsicherheit.

Wir gingen ins Treppenhaus. An der Wand im ersten Stock lehnten zehn, fünfzehn riesige Gemälde. Katja kippte neugierig eines zu sich heran. Es war eine großformatige Szene aus der Karibik. Ein Markt.

»Von wem ist das?«, fragte sie. »Von Klaus?«

»Nein«, lachte ich, »erstens wäre das viel zu modern für ihn, und zweitens malt Klaus nicht. Die sind von Handel

Evans. Walisischer Maler. Lebt im Sommer meistens hier. Klaus führt immer noch ein offenes Haus, und er mag es, wenn Künstler bei ihm leben. Als Beuys noch in Kassel war, hat er sogar mal ein Seminar mit ihm hier auf dem Herrenhof gemacht. Blöderweise hat er sich kein Bild schenken lassen, sonst hätte er jetzt keine Schulden. Aber so war Klaus schon immer ...«

Katja sah sich die anderen Bilder an. Mir fiel erst durch diesen Rundgang mit ihr auf, dass der Herrenhof wie ein kleines zeitgenössisches Museum war. Für mich war es einfach immer ein großer Spielplatz gewesen. Und ihr gefiel das Haus. Ich zeigte ihr auf dem Dachboden die Räume, die Johannes und ich gebaut hatten, als wir mit sechzehn mal einen Sommer auf dem Herrenhof verbracht hatten. Wir kletterten auf den Schlafboden, wo Adornos Schriften aufgeschlagen auf einer Matratze lagen. Wir gingen in den Keller, wo Klaus sich eine Art Lager und zweite Werkstatt für kleine Arbeiten eingerichtet hatte. Die Decke war niedrig, und der Boden war nichts als gestampfte Erde. Eine einzelne Glühbirne hing von den Tragbalken herab. Durch ein winziges, verstaubtes Fenster im Eisenrahmen fiel Licht aus dem Garten. Es gab einen kleinen Brennofen und eine Töpferscheibe. Und ein Regal mit einer Reihe von Bildbänden berühmter Bildhauer. Katja stand davor und zog dann zwischen den Büchern ein paar Hefte heraus.

»Ist das auch für die Kunst?«, fragte sie lächelnd. Es waren verschiedene Herrenmagazine; vom *Playboy* über *Penthouse* bis zu ein paar Uraltausgaben der *Lui*. Wir blätterten darin.

»Nett, dass es auch in der Pornografie Moden gibt«, sagte Katja prustend und deutete auf das Bild einer an sich sehr hübschen Nackten, die aber leider Wollstulpen der achtziger Jahre trug und eine Frisur hatte, die stark an Olivia Newton-John erinnerte.

»Dass Männer so was mögen!«

»Ach«, sagte ich, »vielleicht finden wir hier noch irgendwo Stulpen und du probierst sie mal an.«

»Würde ich sogar tun«, sagte Katja lässig, »nur die Frisur wird schwierig.«

Wir dachten, glaube ich, beide nicht darüber nach, als wir uns küssten. Es war einfach der richtige Augenblick und der richtige Ort. Und wir sprachen nicht weiter darüber, als wir dann zehn Minuten später aus dem Keller kamen. Es war fast so, wie man sich küsste, wenn man schon sehr lange zusammen war und unzweifelhaft wusste, dass man zusammengehörte.

»Schön!«, schrie Johannes, als er uns sah. Er war beim Brunnen. »Schön, dass ihr euch der Soko Mordwaffe auch endlich anschließt. Ich suche schon seit Stunden!«

Was natürlich unverschämt übertrieben war, aber trotzdem stießen wir dazu. Johannes zerrte an den Brettern, die Klaus irgendwann über den Brunnen gelegt hatte, damit er nicht verschmutzte. Unten gab es irgendwo eine Pumpe, die dafür sorgte, dass genügend Druck in den Leitungen im Haus war, denn der Brunnen stand etwas unterhalb des Hauses.

»Was machst du da?«, fragte ich.

»Wenn ich ein Terrorist wäre, der eine Waffe entsorgen will«, sagte Johannes, »dann hätte ich sie in den Brunnen geworfen. Die Scheune ist dort drüben, die Autos stehen meistens hier – er liegt direkt auf dem Weg.«

»Du bist ja ein Terrorist«, sagte ich, »aber du hast keine Ahnung von Archäologie. Wahrscheinlich schneidest du deine Toten auch einfach mal von den Füßen anfangend auf, wenn du einen Schädelbasisbruch vermutest. Wir müssen das anders machen.«

Jetzt, nach all den Jahren, zeigte sich, dass der blöde Archäologiekurs, den ich damals an der Uni hatte machen müssen, doch nicht so sinnlos gewesen war. Ich holte Schnur und ein paar Holzstangen aus Klaus' Holzschuppen, und dann steckte ich Quadranten auf dem Hof ab. Johannes und Katja hatten sich unter das Vordach der Scheune verzogen, weil es zu nieseln begonnen hatte, und sahen mir zu.

»Ich glaube, die Schnur da unten beim Holunder ist nicht ganz im rechten Winkel!«, rief Katja, »du solltest dir ein bisschen mehr Mühe geben.«

»Du weißt, dass dich hier keiner hört, wenn ich dich misshandle, oder?«, schrie ich zurück. »Und es spricht im Übrigen nichts dagegen, jetzt schon mit der Suche anzufangen!«

Ich zog weiter Schnüre und teilte das Grundstück auf. Johannes schlenderte zum Auto, öffnete den Kofferraum und nahm zwei Geräte heraus, die wie Staubsauger aussahen.

»Was hast du da?«, fragte ich, als ich ziemlich nass zur Scheune zurückkam.

»Moderne Baumärkte«, sagte Johannes sehr selbstzufrieden, »verleihen gegen genügend Bares vom Bagger bis zum Sado-Maso-Zubehör wirklich alles.«

»Das sind Metallsuchgeräte«, sagte Katja, nahm sich eins und schaltete es mit professioneller Handbewegung ein.

»Aha«, machte ich. »Woher weißt du, wie ein Metallsuchgerät funktioniert?«, fragte ich dann doch neugierig. »Hast du einen neuen Beruf, von dem ich nichts weiß?«

»Mein Vater«, erwiderte Katja, als sie zum ersten Quadranten auf dem Hof ging und dabei das Metallsuchgerät über den Boden pendeln ließ, »mein Vater ...«

»Unser Großvater«, erklärte Johannes einem nicht vorhandenen Publikum.

»... mein Vater hat ja nie einen richtigen Beruf gehabt«, fuhr Katja ungerührt fort. »Mal hat er Strandkörbe vermietet, dann hat er Sachen gemacht, von denen ich bis heute nichts wissen will, dann hat er für die Fördeschifffahrt gearbeitet und dann ... auf jeden Fall hatten wir nie genug Geld. Und dann kam er irgendwann auf die Idee, im Oktober, nach der Saison, die Strände mit dem Metallsuchgerät abzugehen. Du glaubst gar nicht, wie viel Kleingeld in der Kieler Bucht am Strand liegt.«

Katja ging zum nächsten Quadranten, und ich hakte auf meiner Skizze den ersten ab. Onkel Wolfgang. Großvater Wolfgang, korrigierte ich mich im Kopf, Wolfgang. Ich musste gegen meinen Willen lächeln. Was hatte dieser Mann gehabt? Die Frauen hatten ihn geliebt. Und ich, obwohl ich wusste, dass er Großmutter schon im Krieg betrogen hatte, schon, als sie mit Klaus schwanger war, dass er sich fast fünfzehn Jahre nicht um Mama gekümmert hatte, ich konnte nicht anders, als ihn auf irgendeine Weise zu bewundern. Irgendwie hatte er sich immer durchgemogelt. War am Ende des Krieges gerade noch rechtzeitig desertiert. Hatte die Elbe durchschwommen, um nicht in russische, sondern in amerikanische Gefangenschaft zu geraten. Ach ja. Ausgezeichneter Schwimmer, mein Großvater, dachte ich bitter und sah zu Katja hinüber.

Später, dachte ich dann, ich spreche später mit ihr.

»Gold!«, schrie Johannes. »Ich habe Gold gefunden.«

Sein Metallsuchgerät piepte. Er bückte sich und buddelte in der Erde. Dann richtete er sich wieder auf und hielt ein völlig verrostetes eisernes Halbkilogewicht einer alten Sackwaage in die Höhe.

»Was du ererbt von deinen Vätern«, dozierte er, und ich fuhr fort: »Das grabe aus, um es in Zukunft zu besitzen. Der Schrottpreis ist ja in den letzten Jahren wieder stark gestiegen.«

Bei Katja piepte es auch.

»Ich hingegen habe soeben das Bernsteinzimmer entdeckt«, verkündete sie, und wir mussten beide lachen.

Als es dunkel wurde, lachten wir nicht mehr. Wir waren schweigsam geworden. Es war unglaublich, wie viel Metall in Hof und Garten des Herrenhofs steckte. Wir hatten alte Messer gefunden, Teile von Sicheln, Kleingeld, ungeheure Mengen von Nägeln, zwei verrostete Töpfe und sogar eine alte Fahrradfelge, über die man wohl über zwanzig Jahre immer wieder mit dem Auto gefahren sein musste, um sie so tief in die Erde zu stanzen. Die Pistole hatten wir nicht gefunden. Es blieb zwar noch ein Teil des Gartens, aber der war von der Scheune so weit entfernt, dass es ziemlich unwahrscheinlich war, dass Gerhard sie dorthin geworfen hatte. Wir hatten beide, Papa und Udo gefragt, und beide hatten gesagt, dass Gerhard gleich nach den Schüssen ins Auto gesprungen sein musste. Er konnte nicht viel Zeit gehabt haben.

Wir saßen in der Küche um den Eichentisch. Ich hatte den Herd wieder angeschürt, und wir hatten uns aus der Vorratskammer unter der Treppe mit Brot, Käse, Zwiebeln und Tomaten versorgt. Ein frugales Abendessen, aber Johannes hatte auch noch Wein gefunden.

»Also«, sagte Katja, »entweder ist in den letzten zwanzig Jahren jemand anderes über sie gestolpert, oder sie ist irgendwo, wo wir noch nicht gesucht haben, oder er hat sie nicht hier weggeworfen, sondern irgendwann aus dem Auto oder in einen Fluss oder so.«

»Wir suchen morgen die Scheune ab und den Brunnen«, sagte Johannes, »aber ich glaube sowieso, dass Papa das völlig übertrieben sieht. Wenn die Pistole bis heute nicht aufgetaucht ist, dann wird sie das auch nie. Und wenn wir uns überlegt haben, wie wir die Leiche loskriegen, ist die Pistole sowieso egal. Ohne Leiche kein Verbrechen. Papa wird im Alter einfach hysterisch.«

»So werden wir alle mal«, sagte ich und goss mir Wein nach, »aber wenn du sowieso denkst, dass das alles nichts bringt, warum bist du dann hier?«

Johannes grinste Katja und mich an. Dann griff er nach den Streichhölzern, die beim Küchenherd lagen, und zündete die Kerze an, die auf dem Tisch stand.

»Weil es Spaß macht, auf Reisen zu sein. Weil Spielen Spaß macht.«

Es war warm in der Küche. Der Nieselregen hatte sich allmählich in einen richtigen Herbstregen verwandelt, und das unablässige Rauschen vermischte sich mit dem leisen Knistern des Feuers im Herd. Das große Fenster in den Garten spiegelte uns drei um den Küchentisch, und wir erschraken, als plötzlich eine der Hofkatzen dahinter auftauchte und laut maunzend verlangte, man solle sie hereinlassen. Wir schwiegen. Jeder hing seinen Gedanken nach. Wie oft ich hier schon abends gesessen hatte, und mit wie viel verschiedenen Menschen. Mit Freunden. Einmal sogar mit Vera auf dem Weg nach Norden. Mit Klaus natürlich und Ulrich und Handel Evans. Tausend Gespräche über Kunst und Literatur und Philosophie. Manchmal hatte Klaus mitten im Essen die Frage aufgeworfen. Was ist Zeitgeist? Ein andermal hatte es ein Buch gegeben, in das jeder Gast ein Haiku schreiben musste. Wieder ein andermal hatten wir uns gestritten, Klaus und ich, das erste Mal und wirklich bis aufs Blut, und da war es um die Familie gegangen.

»Ich habe Klaus mal gefragt, warum er seinen Vater nie mehr sehen wollte«, sagte ich halblaut und mit Blick auf Katja, »vor allem, wo er ihm so unglaublich ähnlich ist.«

Katja sagte nichts.

»Mann, das war ein Streit«, erinnerte ich mich, »er wollte mir verbieten, von Wolfgang zu sprechen, solange ich auf dem Herrenhof war.«

»Im Ernst?« Johannes war jetzt doch interessiert.

»Im Ernst«, sagte ich, »das war, als wir aus Glücksburg kamen. Ich habe ihm erzählt, dass sie sich bis auf ihr Lachen gleichen. Das wollte er nicht hören, glaube ich. Und dann ging es generell um Familie und ob Blut wirklich dicker als Wasser ist.«

»Ist es«, sagte Katja kurz und stand auf, »ich bin müde. Gibt es warmes Wasser im Bad?«

Johannes zeigte auf den Küchenherd.

»Wenn du welches mitnimmst ...«

Katja und ich waren stillschweigend übereingekommen, in Klaus' Arbeitszimmer zu schlafen. Aus dem Musikzimmer hörten wir Johannes auf dem Klavier improvisieren. Es waren sehr melancholische Melodien, Töne voller Trauer und Sehnsucht. Ich kannte das. Manchmal war Johannes so gestimmt, auch wenn man es im Gespräch nicht merkte.

Klaus' Arbeitszimmer war ein bemerkenswerter Raum. Auf dem Boden stand ein grob gezimmertes Bettgestell, auf dem Felle und gewebte und bunt gestrickte Decken lagen, orientalische Kissen, Federkissen – es war eher eine Schlaflandschaft als ein Bett. An den Wänden schimmerte der fleckig sandige Putz in vielen verschiedenen Farben. An manchen Stellen war er bemalt worden, an anderen war er abgefallen und man sah den Lehmbewurf zwischen dem Fachwerk. Überall standen Regale voller Bücher, aber da die Bodendielen schief waren und das Haus sich in den Jahrhunderten gesenkt hatte, hatte Klaus sie manchmal an die Wände schrauben müssen, damit sie nicht umfielen. Die

Fenster waren natürlich einglasig, und man hörte nicht nur den Regen, sondern auch das Rauschen des Windes in den beiden großen Tannen, die im Garten standen.

Katja kam aus dem Bad. Sie trug nur noch ein langes, weißes T-Shirt, und ich konnte sehen, dass ihre Beine vielleicht noch schöner geworden waren; sie sahen trainiert aus, aber trotzdem weiblich. Ich mochte das.

»Wow«, sagte sie, als sie das Bett sah, »da ist Platz für vier.«

»Wir werden uns nicht in die Quere kommen, wenn es nicht sein muss«, sagte ich.

Ich hatte unsere Schlafsäcke ausgerollt. Schlafsäcke fand ich auf Zeltlagern früher schwierig. Man konnte sich nicht wie unter Bettdecken zufällig berühren und unkompliziert zueinander finden. Schlafsäcke machten erst dann eine völlig klare Aussage, wenn man den Reißverschluss öffnete, und das war in meiner Vergangenheit manchmal als etwas zu direkt empfunden worden. Aber für unsere Situation war es vielleicht gar nicht so schlecht, zumindest formal und durch zwei Zentimeter Daunen voneinander getrennt zu sein.

Katja knipste das Licht aus, kam ins Bett und schlüpfte in ihren Schlafsack. Meine Augen gewöhnten sich an die Dunkelheit, und die Formen des Zimmers wurden wieder sichtbar. Alles sah jetzt anders aus, weich, unsicher und viel näher. Der Wind schlug einen Zweig ans Fenster. Johannes' langsames, nachdenkliches Klavierspiel mit langen Pausen dazwischen tropfte in die Dunkelheit. In den Wänden hörte man das eilige, huschende Getrippel der Mäuse. Ein Geräusch, das schon immer zu den Nächten im Herrenhof gehörte. Sonst war Schweigen. Ich hörte Katjas Atmen neben mir und spürte ihre Nähe, aber auf einmal war alles wieder so unsicher wie damals.

»Schön, dass du mitgekommen bist«, sagte ich leise.

Katja sagte nichts. Ich spürte mehr als ich sah, dass sie auf dem Rücken lag und die Hände locker auf dem Bauch ruhen hatte. Ich hörte ihrem Atmen zu, hätte gerne etwas gesagt, wusste nicht, was, und wurde dabei gegen meinen Willen schläfrig. Ich begann, wegzutreiben, als Katja sagte.

»Sam, weißt du, ich bin ... ich bin nicht wegen der Beerdigung gekommen.«

»Hmhm«, machte ich vorsichtig.

Schweigen.

»Meinetwegen?«, fragte ich dann halb hoffnungsvoll.

»Auch«, sagte Katja, »aber in Wirklichkeit ...« – sie drehte sich auf einmal zu mir.

»Sam«, sagte sie, »ich glaube, ich muss sterben.«

In meinem Kopf war der Standardsatz eines Bestattersohnes: Wir sterben alle. Aber dann verstand ich und war so hellwach, als hätte man einen Schalter umgelegt.

»Ich wollte ...«, sagte Katja stockend, »... ich wollte einfach ein paar Sachen zu Ende bringen. Und die Beerdigung ist irgendwie genau richtig gekommen. Damit ich zu euch fahren konnte. Da sind ein paar Sachen ... Dinge, die ich einfach in Ordnung bringen wollte.«

Sie zögerte und sagte dann nichts mehr. Ich hörte auf Johannes' Klavierspiel und auf den Regen und auf den Wind. Eigentlich war alles so schön.

»Warum .. ich meine, warum musst du ...«, ich hasste mich in diesem Augenblick dafür, dass ich das Wort »sterben« nicht sagen wollte. Ich von allen hätte den Mut haben sollen. Aber irgendwie konnte ich es nicht. Katja verstand mich auch so.

»Keine Ahnung«, sagte sie, auf einmal mit all der Wut und all dem Zorn, der dazu gehört, »was es halt immer ist: Ich habe irgendeinen Tumor. Ein Geschwür, einen Knoten.

Krebs eben. Irgend so was. Irgendwie hab' ich's immer gewusst.«

»Und ... was sagen die Ärzte?«

»Ich gehe nicht mehr hin«, sagte Katja, setzte sich auf und wurde laut. »Sie haben mich untersucht und geröntgt und mit dem Kopf gewackelt, die blöden Schweine, und dann haben sie mir letzte Woche noch mal eine lange Nadel reingeschoben. Als ob das was bringen würde. Und dann hatte ich keine Lust mehr. Das ist wie ein Gefängnis. Sie fangen mit den Untersuchungen an, und dann kommen die Operationen und dann die Chemo und dann stirbst du. Ich hab das alles schon gesehen. Ich lasse mich nicht operieren. Ich bringe mein Leben richtig zu Ende. Ich will überhaupt leben. Ich will nicht sterben. Ich will leben, und auf gar keinen Fall werde ich ein halbes Jahr lang sterben.«

Ich lag neben ihr und hatte das Gefühl, als sei plötzlich die Welt tatsächlich aus den Fugen geraten. Als seien plötzlich alle Linien schief und nichts stimmte mehr. Nichts, was in den letzten Tagen passiert war, hatte mich wirklich umgeworfen. Großmutters Tod war traurig gewesen, aber irgendwie in der Ordnung. Großeltern starben eben. Und sie hatte ein Leben gehabt. Papas Vergangenheit. Die Pistole. Ein alter Mord auf dem Herrenhof. Das war alles irgendwie in einer großen Ordnung gewesen. Aber das hier, das stimmte nicht. Das war einfach falsch.

»Katja«, sagte ich, »es ...«, ich kapitulierte und war einfach ehrlich.

»Ich kann nichts sagen, Katja. Ich weiß nicht, was ich sagen soll. Ich kann dich nicht trösten. Ich kann nichts tun ... ich ... es ...«

»Du könntest mich festhalten«, sagte Katja mit schwankender Stimme, »weil ich nämlich nachts einfach eine Scheißangst habe. Halt mich fest, okay?«

Ich hielt sie fest; fast die ganze Nacht lang, so, als ob man mit Wärme und Festhalten und Gedanken irgendjemanden heilen könnte; so, als ob es eine Bedeutung hätte. Aber ich hielt sie fest, trotzdem, bis wir beide gegen Morgen einschliefen.

30

Udo hatte sich das alles ganz anders vorgestellt. Zum einen war es so ein bizarrer Zufall gewesen, dass er mit seiner Leiche ausgerechnet zu Margittas Beerdigung gekommen war. Er hatte Margitta gut leiden können. Damals war der Herrenhof irgendwie so was wie ein Zuhause gewesen. Und Klaus ein Vorbild. Als er das erste Mal aus dem Knast gekommen war, hatte Klaus ihn ganz selbstverständlich aufgenommen. Und es war schon irgendwie eine tolle Zeit gewesen. Künstler und Musiker und Studenten. Durchdiskutierte Nächte. Am Anfang war er sich immer unglaublich ungebildet vorgekommen. Er konnte sich noch erinnern, dass es einmal um Herrschaftssystem und Erziehung gegangen war und Klaus gesagt hatte, dass Autorität in der Erziehung protofaschistisch sei und dass es kein Wunder sei, wenn die Bundesrepublik sich niemals zu einer Demokratie entwickeln konnte. Dass Anarchie der natürliche Seinszustand des Menschen war und noch so manches mehr ... Er hatte Protofaschismus dann nachgeschlagen. Mit dem, was in Klaus' Lexikon stand, konnte er auch nichts anfangen. Aber das Gute an Klaus und am Herrenhof war, dass es ganz egal war, ob man alles verstand. Man war trotzdem dabei. Und wenn dann am nächsten Tag ein Ziegenstall zu mauern oder ein Dachstuhl aufzurichten war, dann war er derjenige, der den Studenten erklären konnte, was eine Pfette oder ein Balkenschuh war. Und dann gab es eine Statue von ihm. Sogar in Bronze. Udo lächelte, als er daran dachte. Klaus hatte ihn einmal modelliert. Und er war gemalt worden. Mehr als einmal. Am liebsten hatte er Margitta Modell gestanden. Margitta, die ungeniert in allen Räumen des Herrenhofs rauchte, was Klaus eigentlich hasste, was auch nur seiner

Mutter erlaubt war, weil er sie abgöttisch verehrte. Margitta, die auf dem Küchenboden des Herrenhofs, als die Küche noch nicht einmal Fenster hatte, auf einem großen Brett Strudelteig ausrollte und im Holzofen einen ganzen Vormittag lang Apfelstrudel für alle fünfzehn oder zwanzig Studenten und Künstler und natürlich Klaus' jeweilige Favoritin buk. Und während der Strudel im Ofen war, holte sie ihren Skizzenblock heraus und skizzierte Udo, wie er auf dem Dach arbeitete. Wie er schnitzte. Wie er sich eine Zigarette drehte. Ja, er hatte sie gemocht. Sie stand irgendwie für das, was den Herrenhof eben anders gemacht hatte als die anderen Kommunen und konspirativen Wohnungen, in denen er Gerhard kennengelernt hatte. Gerhard.

Udo saß im Zug nach Hause. Um ihn herum saßen sie mit ihren Eastpak-Rucksäcken und ihren iPods. Alle hatten sie die gleichen Rucksäcke, alle hatten iPods und alle hatten Klapp- oder Schiebehandys. Die Welt war trotz all der Farben viel eintöniger geworden als früher. Und alle waren jetzt so flippig, dass es schon wieder spießig war. Er dachte daran, welche Kämpfe er um seine Haare hatte führen müssen. Er dachte daran, wie er von seinem Vater verprügelt worden war, weil er den vierten Samstag hintereinander nicht beim Friseur gewesen war und das Geld einfach für Comics ausgegeben hatte. Die ganzen Tätowierungen und Piercings und all dieses Geklimper, das er da im Regionalexpress um sich herum sah – das störte doch niemanden mehr. Es war ungefährlich, in langen schwarzen Kleidern herumzulaufen, und es war ungefährlich, Punk zu sein, und es war ungefährlich, Miniröcke zu tragen oder was auch immer. Udo hatte das scheußliche Gefühl, dass er in diesem Augenblick auf verquere Art seinem Vater ähnlich war. Waren da Vorurteile? Er fand einfach nur, dass das alles nicht ... echt war. Es war alles Pose.

Er musste wieder an Gerhard denken. Der war überhaupt nicht Pose gewesen. Der hatte ihn beeindruckt. Der war echt gewesen. Udo hatte ja schon irgendwie von sich selbst gedacht, dass er kompromisslos gewesen war. Immerhin hatte er radikal mit seiner Familie gebrochen; er war sogar im Gefängnis gewesen. Aber Gerhard hatte darüber nicht einmal gelacht. Er hatte das alles einfach zur Kenntnis genommen und nicht mehr erwähnt, und man wusste ganz genau: Das hatte für ihn keine Bedeutung. Gerhard hatte ihn fasziniert, wie einen ein Revolutionär eben fasziniert. Wie einen jemand fasziniert, der auf einem Seil tanzen kann und der sich selbstverständlich nimmt, was er haben will.

Udo sah aus dem Fenster. Es regnete. Der Fahrtwind trieb die Tropfen schräg die Scheiben hinunter. Er hätte gerne geraucht, aber mittlerweile gab es ja nicht mal mehr Raucherabteile. Die Züge wurden immer sauberer und leiser. Aus den Ohrhörern des Jungen, der neben ihm saß, drang seit Stunden das Wispern und leise Klopfen irgendwelcher Musik, die man nicht erkennen konnte. Das war es wahrscheinlich, was dieses Geräusch so nervig machte. Gerhard hätte so jemandem einfach die Stöpsel aus dem Ohr gezupft, wenn sie ihn genervt hätten. Gerhard hatte ihm auch, als er die Pistole in seinem Rucksack gefunden hatte, der im Übrigen ein richtiger Rucksack mit Lederriemen und ordentlichen Taschen gewesen war, diese Pistole einfach weggenommen. »Das ist kein Spielzeug«, hatte er lachend gesagt, »das ist was für Soldaten.« Und Gerhard hatte auch einfach jemanden erschossen.

Udo starrte weiter aus dem Fenster. Er hatte die Frau gar nicht gekannt. Er wusste eigentlich gar nicht mehr, wie er da hineingeraten war. »Komm mit«, hatte Gerhard damals einfach gesagt, als sie in den Bus gestiegen waren,

»wir müssen was erledigen.« Und er war mitgefahren. Wie immer. Immer war er mitgegangen oder mitgefahren oder hatte mitgetrunken oder mitgeraucht. Komisch. Wenn er sich das so im Rückblick ansah, blieb nicht mehr viel übrig von dem, was er für sich an Revolution verbuchen konnte. Spontan holte er aus der Jackentasche den Tabaksbeutel und begann, sich eine Zigarette zu drehen. Der junge Mann neben ihm sah flüchtig einen Augenblick zu ihm herüber und widmete sich dann wieder seinem Gameboy. Das war noch so etwas. Der Typ war sicher fünfundzwanzig oder so und spielte immer noch mit dem Gameboy. Das verstand er nicht. Gerhard und er waren damals auch so um die fünfundzwanzig gewesen.

Wieso eigentlich er? Wieso war er derjenige, der die Leiche bei Friedrich hatte abliefern müssen? Wieso war er derjenige, der jetzt auf einen Anruf warten musste, falls er bei der endgültigen Entsorgung mithelfen musste? Ja klar. Gerhard war im Gefängnis gewesen. Dreizehn Jahre. Hochsicherheit und alles. Bewährung. Beobachtung danach und so. Klar. Gerhard konnte sich nicht leisten, mit seinem Mordopfer im Auto angetroffen zu werden. Aber Udo hatte sie ja schließlich nicht umgebracht, oder? Er hatte auch Schuld, klar, irgendwie schon. Aber woran lag es, dass ausgerechnet er sich immer noch verpflichtet vorkam? Natürlich konnte er Gerhard nicht noch einmal ins Gefängnis gehen lassen. Er würde auch nicht mehr ins Gefängnis gehen. Und immerhin hatte Gerhard für die anderen Sachen genug gesessen. Aber trotzdem. Irgendwie erwischte es immer ihn. Er hatte es satt.

Udo steckte sich die Zigarette zwischen die Lippen und zündete sie an. Eine kleine Revolution wenigstens, wenigstens das. Aber er wurde enttäuscht. Außer, dass der Gameboyjunge neben ihm den Platz wechselte, passierte gar nichts, und Udo hatte nach der Zigarette das Problem, wo er die Kippe ausdrücken sollte. Es gab ja keine Aschenbecher mehr. Schließlich drückte er sie verlegen an der Scheibe aus und warf sie in den Mülleimer.

Scheiße, dachte er unglücklich, so ist mein ganzes Leben gewesen. Wie diese Bahnfahrt.

Als er vier Stunden später endlich zu Hause war, nachdem er sich bei Aldi noch einen Sixpack Dosenbier geholt hatte, läutete das Telefon. Udo hatte eigentlich keine Lust, ranzugehen, aber dann gab er sich doch einen Ruck und nahm den Hörer ab.

»Ich bin's«, meldete sich Friedrich knapp, »du musst mit ... du weißt schon ... telefonieren. Johannes und Sam haben nichts gefunden, und wir müssen wissen, wo er ... also, wo er sie weggeworfen hat. Ruf ihn an, ja?«

Udo seufzte und sagte ja. Dann legte er auf, nahm den Hörer wieder in die Hand, legte wieder auf und ging zurück auf die Straße auf der Suche nach einer Telefonzelle. Es gab ja fast keine mehr, dachte er mürrisch, das machte diese konspirativen Sachen immer schwieriger. Schließlich fand er tatsächlich noch eine gelbe Zelle, aus der zwar die unteren Scheiben herausgetreten worden waren, in der aber Hörer und Apparat noch intakt waren. Er warf einen Euro ein und wählte Gerhards Nummer. Gerhard war sogar da. Er fragte sofort und in scharfem Ton, ob alles geklappt hatte.

»Nein«, sagte Udo, »das ist nicht so einfach.«

»Was?« fragte Gerhard nach, »Was ist nicht so einfach? Der Mann ist im Entsorgungsunternehmen! Wo ist die Schwierigkeit?«

Udo versuchte, Gerhard all das zu erklären, was Friedrich ihm gesagt hatte. Dass man ... einen Müllsack heute nicht einfach irregulär entsorgen konnte, sondern dass

Müll heutzutage registriert war und man nicht einfach einen gelben Sack in die Restmülltonne geben konnte. Er hoffte, Gerhard würde ihn verstehen. Schließlich fragte er:

»Sag mal, Gerhard, Friedrich fragt, wo du damals die ... also, wo du die Schleuder hingeworfen hast, als du aus der Scheune gerannt bist.«

Gerhard wurde misstrauisch.

»Wieso will er das wissen? Was geht ihn das an?«

Udo erklärte ihm, dass es Friedrichs »Schleuder« gewesen war und dass er jetzt, nachdem der »Müllsack« noch einmal aufgetaucht war, auch wissen musste, wo sich die »Schleuder« befand, denn schließlich hatte Udo sie Friedrich ja damals geklaut. Es war Friedrichs Schleuder.

Die Anzeige auf dem Telefondisplay blinkte. Udo kramte nach einem weiteren Euro. Diese Verschlüsselungsgespräche dauerten immer so lang.

»Ach nee«, sagte Gerhard, der erst nach einem Augenblick verstand, »die Schleuder hat dem Typen gehört?«

Udo hörte, wie sich Gerhards Ton plötzlich änderte, und fragte sich, ob er einen Fehler gemacht hatte.

»Sag ihm, ich weiß es nicht mehr«, sagte Gerhard schließlich, »das ist so lange her. Ich weiß es einfach nicht mehr.«

Irgendwie hörte er sich fast fröhlich an, fand Udo, und längst nicht mehr so genervt wie am Anfang.

»Okay«, sagte Udo unsicher und legte auf. Er wusste nicht, was er Friedrich sagen sollte. Immerhin hatte der jetzt den Ärger mit der Leiche. Als er aus der Zelle trat, fing es wieder an zu regnen. Der November kam, und der November, fand Udo, als er durch den Regen nach Hause trottete, der November war auch ohne alle Leichen und Pistolenprobleme schon immer ein Scheißmonat gewesen.

31

Friedrich legte auf dem Rückweg von Dänemark keinen Zwischenhalt ein. Er hätte den Herrenhof nicht ertragen. Deshalb war es schon fast ein Uhr nachts, als er nach drei einsamen, schier endlosen Wochen in den Dünen der dänischen Küste, abgeschnitten von der Welt, wieder auf sein Grundstück einbog. Hinten im Auto lagen die Kinder kreuz und quer und schliefen. Für ihn waren es schreckliche Wochen gewesen; voller Ängste und Unsicherheiten und Zweifel. Friedrich hatte immer wieder deutsches Radio gehört, um herauszufinden, ob in den Nachrichten vielleicht irgendetwas über den Mord zu hören war. Aber auch in den deutschen Zeitungen war der RAF-Terror in diesem Sommer gar kein Thema. In dem kleinen dänischen Städtchen gab es nur die *BILD-Zeitung* und die *Frankfurter Allgemeine*, und obwohl Friedrich jeden Tag auch die kleinen Nachrichten aus dem Polizeibericht las, fand er nichts, was mit den Ereignissen auf dem Herrenhof zu tun hatte. Er wusste nicht, ob das gut oder schlecht war. Der Mord auf dem Herrenhof verfolgte ihn auf seinen langen einsamen Spaziergängen durch die Dünen und am Meer entlang. Die windigen, düster wilden Abende am Meer verstärkten die Einsamkeit und die seltsam unwirkliche Atmosphäre, die Friedrich fühlte. Er war vage wütend auf sich selbst, dass er in diesen Mord hineingezogen worden war, aber noch viel wütender auf Klaus und natürlich Udo. Immer wieder beschimpfte er sich im Stillen selbst für seine Dummheit, aus falsch verstandener Familiensolidarität den Diebstahl der Pistole nicht angezeigt zu haben. Dann wäre er jetzt aus dem Schneider gewesen. Und dann kreisten seine Gedanken immer wieder um den Mann, der einfach so eine Frau erschießen konnte. Er hatte vorher ... na ja ... er war kein Sympathisant gewesen, aber er hatte sie verstehen können. Es war so viel schief gelaufen mit diesem Deutschland. Aber jetzt ... immer wieder sah er sich hilflos in der Scheune stehen. Immer wieder spielte er durch, was er hätte machen können. Es gab eine Version, in der er den Mörder entwaffnete, es gab eine, in der er sich vor die Frau stellte, es gab eine, in der er gar nicht in die Ferien gefahren war.

Friedrich vergaß diese drei Ferienwochen nie. Sie gehörten zu den düstersten und einsamsten Zeiten in seinem Leben.

Den Kindern dagegen hatte es anscheinend sehr gut gefallen. Sie hatten ein wildes Leben geführt. Friedrich hatte auch ihretwegen ein schlechtes Gewissen. Er hatte schon vorher nicht kochen können und es auch in diesem Urlaub nicht gelernt. Dosen mit Ravioli und Erbswurst und Rührei. Das hatte er fertiggebracht. Die Kinder hatten die meiste Zeit von Wurst- und Käsebroten gelebt, aber das schien ihnen gefallen zu haben. Vor allem, weil Friedrich ihnen ab und zu in einem Anfall von schlechtem Gewissen dänische Würstchen mit Röstzwiebeln, Mayonnaise und Ketchup gekauft hatte, die sie liebten. Friedrich war todmüde. An der dänisch-deutschen Grenze hatte er richtig Angst. Sie hatten seinen Pass für sein Gefühl viel zu lange angesehen, und er war fast sicher, dass er jetzt verhaftet würde. Er kam sich vor wie ein Mörder. Aber dann fragten die Grenzpolizisten nur, ob er allein mit den Kindern unterwegs sei; und erst da fiel ihm wieder auf, dass er ein eigenartiges Bild abgeben musste: zwei weiße Jungen, ein indisches Mädchen, ein vietnamesisches Mädchen und ein Irischer Setter in einem Leichenwagen. Ohne dazugehörige Frau.

»Meine Frau ist in Indien«, sagte er eilig, als ob das irgendetwas erklären würde. Da gab der Grenzbeamte ihm seinen Pass zurück und lächelte anzüglich.

»Na, dann sehen Sie man zu, dass sie nicht noch eins mitbringt«, erwiderte er und deutete auf Do, die eben mit Hannes und Maria 66 spielte.

Friedrich verstaute erleichtert die Pässe wieder im Handschuhfach und hatte keine Lust, auf diese Unverschämtheit zu antworten. Er war einfach losgefahren und gefahren und gefahren. Er wollte einfach nur nach Hause.

Er stellte den Motor ab. In seinen Ohren dröhnte der Fahrtlärm nach. Er stieg aus, schloss die Tür auf und roch diesen typischen Nachurlaubsgeruch des Hauses, der entsteht, wenn die Luft drei Wochen einfach still steht und in einem Haus nicht gelebt wird. Er ging in die Kinderzimmer, schlug die Betten auf und ging wieder hinunter zum Auto. Er öffnete die hinteren Türen und nahm zuerst Maria auf den Arm, um sie nach oben zu tragen. Sie hatte wie immer Arme und Beine weit von sich gestreckt und schlief ihren völlig vertrauten, völlig hingegebenen Schlaf. Friedrich hatte ein plötzliches, ganz warmes Gefühl einer großen Zuneigung, als er sie nach oben trug und in ihr Bett legte. Auch Dorothee, die er nur noch mit Mühe tragen konnte, schlief auf seinem Arm mit offenem Mund weiter. Johannes und Sam gingen schlaftrunken alleine nach oben. Friedrich deckte sie zu. Da schliefen sie. Alle vier. Es war ein gutes Gefühl, wieder zu Hause zu sein, und obwohl das, was auf dem Herrenhof geschehen war, nicht verblasste, hatte er zum ersten Mal seit Wochen das Gefühl, dass eine innere Ruhe zurückkehrte. Er ging wieder hinunter und räumte das Gepäck aus dem Auto ins Haus. Die Nacht war warm – es war später August. Friedrich sah, den Arm voller Schlafsäcke, plötzlich eine Sternschnuppe über dem Haus niedergehen.

»Uh ... auch noch Wünsche«, dachte er und musste, auch dies zum ersten Mal seit Wochen, befreit lächeln.

Am nächsten Tag kam Margitta. Mit ihr kam Leben und Farbe ins Haus. Sie hatte sich für eine Woche freigemacht, obwohl der Professor sie nur sehr ungern hatte gehen lassen. Friedrich war erleichtert. Er musste ja wieder arbeiten, und wenn er auch sein Arbeitszimmer im Hause hatte, war es doch so, dass er sich kaum um die Kinder kümmern konnte.

»Schön, dass du kommst, Margitta«, sagte Friedrich, als er sie vom Bahnhof abholte.

»Großmutter!«, schrien die Kinder, die im Auto gewartet hatten, »Großmutter Margitta!« Und Elf sprang schwanzwedelnd an ihr hoch, was allerdings nichts Besonderes war, denn Elf sprang an jedem Besucher hoch. Margitta klopfte sie lachend, küsste die Kinder, ließ sich ins Auto ziehen und musste sofort eine Geschichte erzählen. Sogar Sam und Johannes, die ja eigentlich schon zu alt für Märchen waren, liebten Margittas Geschichten noch immer. Das kam, weil sie nicht wie normale Märchen waren. Es waren Geschichten, in denen oft ganz unvermutet die Rollen vertauscht waren, und außerdem spielten sie nie in fernen Ländern, sondern immer an Orten, die den Kindern vertraut waren.

»Der Drache neigte den Kopf«, erzählte Margitta, »bog um die Ecke und zertrat bei dem Versuch, in die Turnhalle der Schule zu kommen, versehentlich das Fräulein Meerschwein, das in der Klasse 9c eben eine völlig missglückte Mathearbeit herausgeben wollte.«

Johannes und Sam grinsten. Sie waren beide in der 9c. Sam war letztes Jahr durchgefallen ... Maria und Dorothee jauchzten vor Vergnügen. Außerdem handelte es sich bei

Fräulein Meerschwein um die gehasste Mathelehrerin Frau Seeber, die Sam standhaft See-Eber aussprach, was ihm bereits zwei Nacharbeiten eingetragen hatte.

»Habt ihr einen guten Urlaub gehabt?«, wandte sich Margitta dann an Friedrich. Friedrich zuckte die Schultern.

»Anstrengend«, sagte er, »aber den Kindern hat es gefallen.«

»Davon abgesehen, dass ich nie wieder Ravioli essen werde«, mischte sich Johannes ein.

»Ich wollte heute Mittag Apfelstrudel machen«, sagte Margitta, »gibt es Einwände?«

Das Begeisterungsgeschrei im Auto stieg auf ungeahnte Lautstärken.

Nachmittags saß Margitta auf den Stufen der Terrasse und zeichnete. Das Wetter war spätsommerlich schön. Die Stadt war satt von Wärme, und die Bäume standen noch voll im Grün. Insekten summten im großen, urlaubsverwilderten Garten der Friedrichs. Margitta zeichnete Sam, der seit einiger Zeit nur noch Schwarz trug. Außerdem hatte er sich von Klaus eine schwarze Baskenmütze schenken lassen, die er nicht mehr ablegte. Auch die Haare hatte er sich wachsen lassen. Er sah aus wie ein junger Existenzialist aus den Fünfzigern. Margitta lächelte innerlich. Sie erinnerte sich daran, wie sie gewesen waren, diese jungen Männer mit ihren Rollkragenpullovern und den Baskenmützen, die jungen Künstler an der Münchner Akademie. Und dann die Ateliers – diese Ateliers mitten zwischen den tausend Baustellen der Stadt, in irgendwelchen Backsteinruinen von Fabriken, die es nicht lohnte, wieder aufzubauen. Aber alles voller Licht, voller Farben – eine spannende Zeit.

»Wo hast du zeichnen gelernt, Großmutter?«, fragte Sam zwischen den Zähnen. Margitta lächelte.

»Du musst nicht stocksteif dastehen«, sagte sie, »es genügt, wenn du dich nicht allzu sehr bewegst. In Berlin«, sagte sie dann, »an der Akademie. Und später in München, bei Mempel.«

»Wann warst du in Berlin?«, fragte Sam neugierig. Er mochte diese Geschichten. Außerdem erzählten Mama und Großmutter immer unterschiedliche Dinge.

»1937«, sagte Margitta, »eigentlich war ich ja noch nicht mal volljährig. Ich habe meine Eltern erpresst. Ich habe ihnen gesagt, ich ginge auf jeden Fall mit Wolfgang weg. Egal, was passiert. Und dann haben sie die Heirat erlaubt. Wolfgangs Eltern waren auch nicht glücklich damit. Ich war ihnen zu ...«

»Künstlerisch?«, fragte Sam. Margitta lachte.

»Nee«, antwortete sie und klang sehr preußisch, »zu sehr Mittelschicht. Mein Vater war ja bloß Redakteur. Wolfgangs Vater war der höchste Richter in Danzig. Glühender Nazi. Na ja ... ich auch, damals.«

»Du auch?«, fragte Sam sehr überrascht, »aber du hast doch ...«

Er schwieg einen Augenblick. Margitta sah von ihrem Block auf und merkte, dass Sam verunsichert war.

»Ich auch«, sagte sie noch einmal. »Alle Danziger, glaube ich, außer meinem Vater. Danzig war ja vorher nicht mal deutsch gewesen. Und wir fanden Hitler gut, weil er Danzig zum Reich geholt hatte. Aber jetzt lass mich mal erzählen.«

Sie radierte sorgfältig einen Strich, dann setzte sie wieder an und zeichnete, während sie sprach, sicher und schnell weiter.

»Heiraten durften wir nur, weil mein Schwiegervater uns beide eine Verpflichtung hat unterschreiben lassen, in der stand, dass wir in den ersten fünf Jahren keine Kinder haben durften. Und wir haben unterschrieben, damit wir nach Berlin konnten. Wolfgang ist Taxi gefahren, ich war Sekretärin beim Reichsbund, und abends war ich in der Akademie. Alle haben geglaubt, ich gehöre dazu, dabei hatte ich nicht mal Abitur.«

Sam musste lachen.

»Hast du ... hast du Onkel ... hast du Wolfgang geliebt?«, fragte er dann etwas schüchtern, aber neugierig.

Margitta hörte auf zu zeichnen und legte den Stift auf den großen Block. Dann hob sie den Kopf, und die Nachmittagssonne machte ihr Gesicht weich.

»Ich war so unsterblich verliebt«, sagte sie, »das kannst du dir gar nicht vorstellen. Ich wäre überall hingegangen mit ihm. Wir haben in so einem winzigen Zimmer gewohnt«, sagte sie, »und es war wunderschön. Auf dem Esbitkocher Tee machen. Im Volksbad duschen. Wir hatten nur einen Stuhl und ... nur ein Bett. Der Mann war die Liebe meines Lebens.«

Sam schwieg und dachte nach. Margitta zeichnete weiter. Von der anderen Seite des Gartens hörte man das Klingeln der Straßenbahn; weich und müde von einem langen, heißen Sommer. Oben übte Johannes Saxofon. Die Tonleitern stiegen und fielen. Im großen Zwetschgenbaum saßen die Stare.

»Warum hast du dich dann scheiden lassen?«, fragte er.

Margitta lachte wieder. »Ich dachte, du wolltest wissen, wo ich zeichnen gelernt habe!«, sagte sie, aber dann ließ sie sich doch weiter auf das Gespräch ein. Sie mochte Sam sehr. An ihm war so eine Art heiterer Ernst; eine Hingabe an alles, was er tat, die ihr gefiel. Sam und Johannes, die Dioskuren. Zwei Brüder, wie man sie eigentlich nur aus Geschichten kannte. Sie mochte, wenn sie musizierten oder selbst ausgedachte Theaterstücke spielten oder wenn Sam dichtete.

»Ich habe mich scheiden lassen«, sagte Margitta ohne Bitterkeit, »weil er, als er Fronturlaub hatte, nicht zu mir und Gesinchen und Klaus gekommen ist, sondern lieber seine Geliebte in Zoppot besucht hat. Ich wusste nicht einmal, dass er Fronturlaub hatte. Er hat seinen Sold nicht mir geschickt, sondern seinem Vater, dem Herrn Senatspräsidenten. Der hatte nämlich ein Treuhandkonto für ihn eingerichtet ... nur so für den Fall, dass sich der gute Junge doch noch auf etwas Rechtes besinnt. Na ja ... hat er dann auch. Aber ehrlich gesagt ...«

Sie stockte. Die Skizze war jetzt fast fertig, und sie sah prüfend zwischen Sam und der Studie hin und her. »Ehrlich gesagt: Ich hätte mich trotzdem nicht scheiden lassen, wenn meine Mutter mich nicht so gedrängt hätte.«

Sie riss das Blatt aus dem Block.

»Fertig. Stehen Sie bequem, junger Mann!«

Sam setzte sich neben sie und schaute das Bild an. »Und das malst du dann in Öl?«

»Das wird ein richtiges Porträt des Künstlers als junger Mann!«, sagte Margitta feierlich, »Ich verspreche es.«

»Und ... liebst du ihn immer noch?«, fragte Sam völlig unvermittelt.

Margitta spürte den kleinen, wohlbekannten Stoß in ihrem Magen. Eine Großmutter, ermahnte Margitta sich selbst, du bist eine Großmutter. Aber dann sah sie auf die Skizze und stellte fest, dass Sam Wolfgang ähnlich sah. Es fiel nicht auf, wenn man Sam betrachtete, weil er sich anders bewegte und anders sprach. Aber das Bild ... es ähnelte den Bildern aus Berlin, die sie von Wolfgang gemacht hatte. Akte von einem lachenden, selbstbewussten Wolfgang auf dem Bett. Porträts von ihm auf seinem Lieblingspferd. Wolfgang in der schicken schwarzen Uniform der Reiter-SS. Sie gab sich einen Ruck.

»Ja«, sagte sie, »ich hätte es nicht gedacht, aber irgendwie liebe ich ihn immer noch. Und wenn er kommt«, fuhr sie fort und senkte ihre Stimme, so dass sich Sam ihr unwillkürlich zuneigte, »wenn er hier im Süden ist, dann haben wir manchmal ein kleines Rendezvous in München, in dem Café, wo er mal einen Löffel für mich geklaut hat. Ich habe ihn noch«, sagte sie lächelnd.

Sam saß neben ihr und betrachtete seine Skizze. Er sah sich ähnlich, aber auf eine eigenartig fremde Weise. Er wusste nicht zu sagen, wie.

»Irgendwas ist anders«, sagte er.

Margitta sah auch noch einmal auf die Skizze.

»Klar«, sagte sie, »so ist das mit guter Kunst. Sie zeigt dich nicht, wie du gerade bist, sondern all das, was an Möglichkeiten in dir steckt. Ob's dir gefällt oder nicht. Und in dir stecken eben auch die Möglichkeiten deines Großvaters Wolfgang. Was bedeutet, dass du ein durchaus charmanter, skrupelloser Lügner werden kannst.«

Das Haus der Ehrlichs stammte aus einer Zeit, als die Vorstadt noch deutlich dörflicher geprägt gewesen war – es war im Kern weit über zweihundert Jahre alt. In früheren Zeiten war der Dachboden ein Heuboden gewesen. Zweistöckig und weitläufig. Das Beste daran war, dass er bis auf ein paar alte Fenster und einige Stapel Dachziegel leer war. Johannes und Dorothee kamen die Stiege hoch, nachdem sie die Tür unten sorgfältig verriegelt hatten. Friedrich war auf einer Beerdigung auf dem Westfriedhof, Maria spielte irgendwo im Haus und Großmutter war mit Sam im Garten. Dorothee hatte das Luftgewehr in der Hand und Johannes die Dose mit den Kugeln. Zuerst schossen sie auf einen Karton, den sie bemalt und an einen Balken geheftet hatten. Dann versuchten sie, Wäscheklammern abzuschießen. Das war nicht einfach, aber sehr befriedigend, wenn man traf. Die Wäscheklammern flogen auseinander und die Leine wirbelte hoch. Aber irgendwann waren die Wäscheklammern alle. Es waren aber noch eine Menge Kugeln da. Die Dose war noch halb voll. Johannes sah sich um, und sein Blick fiel auf die Fenster. Do sah auch hinüber.

»Nein«, sagte sie dann, »lieber nicht, oder? Vielleicht braucht man die noch.«

Johannes war in Versuchung, gab aber nach. Mit dem Gewehr in der Hand – er kam sich sehr gut vor – wanderte er etwas ziellos über den Dachboden, bis er schließlich an die Heutür unter der Blockrolle kam. Er riegelte sie auf. Sonnenlicht ließ sofort den Staub im Dachboden aufleuchten. Die Tür war wie eine ganz normale Holztür. Früher war sie dazu da gewesen, große Heuballen, die an der Blockrolle über ihnen hochgezogen wurden, auf den Boden zu bringen. Heute hatte sie nur noch einen besonderen Reiz, weil sie einfach ins Nichts führte. Johannes und Dorothee legten sich auf die staubigen Bodenbretter vor der Tür und sahen hinunter. Drei Stockwerke unter ihnen lag der leere Hof. Der Himmel war spätsommerlich hoch und blau. Der Nachmittag war träge. Es war heiß hier oben, aber durch die geöffnete Tür kam eine leichte Brise. Es war ein bisschen wie in den Western, die sie gerne sahen. Gegenüber lag die Kirche. Ein Falke strich eben ein. Die Uhr zeigte zehn nach vier. Johannes und Dorothee sahen sich an. Das Gewehr lag zwischen ihnen. Dorothee schob sich ein ganzes Stück über die Kante hinaus und sah die Straße hinauf und hinab. Die Vorstadt war sommerlich leer. Es brauchte gar nicht viele Worte. Johannes lud das Gewehr und zielte sorgfältig. Ein trockener Knall und ein Ping. Der Stundenzeiger zitterte. Johannes setzte das Gewehr ab und grinste Dorothee verschwörerisch an. Die streckte die Hand aus. Johannes lud für sie und gab ihr das Gewehr. Sie lagen auf dem Bauch, die Sonne schien schräg in den Dachboden und wärmte ihren Rücken, sie atmeten den Dachbodengeruch von sonnenwarmem Holz, den Geruch des Bleis der Kugeln und den glitzernden Staub. Wieder ein trockener, nicht zu lauter Knall. Wieder ein Ping. Diesmal erzitterte der Minutenzeiger. Dann schob er sich gemächlich um eine Minute vor. Das brachte Dorothee auf eine Idee.

»Meinst du, man hört das unten?«, fragte Johannes, aber eigentlich war es ihm egal. Dorothee schüttelte den Kopf und lud nach. Sie fühlten sich wie in einem Film. Papa hatte ihnen verboten, auf irgendetwas Lebendes zu schießen. Knall. Ping. Diesmal hatte Johannes den Zeiger ziemlich an der Spitze getroffen, und er zitterte ganz schön.

»Vielleicht kann man ihn um eine Minute vorschießen«, sagte Dorothee belustigt. Sie war wieder dran. Sie schoss, der Zeiger zitterte, und dann gab irgendetwas nach und der Minutenzeiger fiel einfach herunter, pendelte noch zwei-, dreimal zwischen der Acht und der Vier und blieb dann schlaff auf der Sechs hängen.

Johannes sagte so etwas wie »Booah!«, mehr brachte er im Augenblick nicht heraus. Halb bewundernd, halb panisch sah er zwischen Do und der Kirchturmuhr hin und her.

»Das gibt Ärger«, sagte er dann, »das gibt echt Ärger!«
»Scheiße!«, sagte Do.

Als Erstes machten sie die Tür zu. Dann sahen sie durch ein Astloch hinüber zur Uhr. Der Zeiger hing immer noch reglos auf sechs, während es von drüben weich Viertel nach vier schlug.

»Wenn das rauskommt ...«, sagte Johannes und ließ den Rest des Satzes in der Luft hängen. Dorothee malte sich eben verschiedene Möglichkeiten aus, wobei Taschengeldentzug das am wenigsten Schlimme war. Aber sie hasste es, eingesperrt zu werden, und danach sah es aus. Nach wochenlangem Hausarrest. Ihr grauste es.

»Wir müssen sie irgendwie reparieren«, sagte sie dann nervös.

Alle Kinder wussten, dass Friedrich einen Schlüssel für die Kirche hatte. Es gab eine Abmachung zwischen Pfarramt und Friedrich Ehrlich, Bestattungen, dass die Floristen und Bestatter die Kirche zum Schmücken betreten konnten, ohne jedes Mal im Pfarramt den Schlüssel holen zu müssen. Er hing im Schränkchen in Friedrichs Arbeitszimmer, das für die Kinder verboten war.

Im Hinunterhasten überschlugen sie rasch, wie lange ihr Vater noch auf dem Westfriedhof sein würde. Sehr viel Zeit blieb nicht, den Schlüssel zu besorgen, in die Kirche zu gehen und danach den Schlüssel wieder zurückzuhängen. Dorothee stand im Flur Wache, als Johannes in Friedrichs Zimmer schlich. Sie hetzten über die Straße und durch den Kirchhof zur Sakristei. Johannes sperrte auf und hinter Dorothee sofort wieder zu. Dann waren sie in der Sakristei. Ein kleiner Altar stand unter dem Ostfenster, ein Talar hing an einem Bügel an der Wand, und die Türen des großen, deckenhohen alten Schranks standen halb offen. Es war sehr still. Sie gingen befangen durch den kleinen Raum zu den beiden kleinen Türen, von denen die eine in die Kirche selbst, die andere zur Kanzel und zum Turm führte. Zum Glück steckten hier die Schlüssel, und sie rannten die Treppen hinauf, bis sie zum Uhrwerksboden kamen. Johannes war mit Sam schon einmal hier gewesen. Das Uhrwerk war groß wie ein Schrank. Durch die Glastüren konnte man die Räder und die Gewichte sehen, meist einfache Eimer, die man mit Steinen befüllt hatte. Aus der Decke des Schrankes liefen die Glockenseile und das

Gestänge zur Uhr, die noch einmal fünf Meter höher lag. Man musste eine schwankende Leiter hochklettern und eine Falltür aufstoßen. Do kletterte gut, aber Johannes fand die Leiter nicht lustig. Er hatte keine Angst, aber ab einer bestimmten Höhe durchaus Respekt. Er kroch hinter Do in den Turm. Über ihm war der Glockenstuhl, und die vier Glocken hingen schwer und unbewegt. Die Hämmer für die Stundenschläge waren auf die Balken geschraubt und durch Drahtseile mit dem Uhrwerk darunter verbunden. Die Sekunden tackten gemächlich und ziemlich laut von unten herauf. Im Glockenstuhl gurrten ein paar Tauben. Durch die Schalllöcher fiel das Licht wie durch Jalousien. Die Uhr ging nach Westen hinaus. Ein schmaler Laufgang erlaubte dem Mechaniker, sie zu warten. Dorothee faltete die Hände zu einer Räuberleiter, und Johannes kletterte hinauf. Es gab gar keine Frage: Er war derjenige, der die Fahrräder reparierte.

»Hey«, rief er vergnügt, »sieh mal! Es gibt ein Türchen!«

Er hob den Sperrhaken des Türchens, das sich im Ziffernblatt befand, das man aber von unten und von gegenüber gar nicht sehen konnte. Es war groß genug, dass man mit Mühe und Not seinen Oberkörper durchschieben konnte.

»Hoffentlich sind wir schnell fertig«, sagte Do in sorgenvoller Spannung, aber trotzdem von dem Gedanken erheitert, »sonst zerteilt dich der Stundenzeiger.«

Johannes antwortete nicht, sondern quetschte eben Kopf und Arme durch das Türchen nach draußen. Die Sonne blendete ihn.

»Was ist?«, fragte Do unruhig. Sie war jetzt auch auf den Laufgang geklettert und kniete neben ihm.

»Sieht ganz gut aus!«, kam Johannes' Stimme gedämpft von draußen. »Der Zeiger sitzt auf so einer Art Ring, und da ist er runtergerutscht, als du auf ihn geschossen hast.«

»Du hast auch auf ihn geschossen«, sagte Do. »Kriegst du ihn wieder drauf?«

»Halt meine Beine fest!«, sagte Johannes statt einer Antwort, und Dorothee setzte sich auf seine Beine. Johannes schob sich noch weiter nach draußen. Dann hörte man eine Minute lang nur gedämpftes Stöhnen, ein lautes »Au!« und danach ein Klacken. Do atmete auf.

»Zieh mich rein!«, kam es von draußen.

Do zerrte an Johannes' Beinen, und er wand sich wie eine Schlange wieder herein. Er war von oben bis unten voll mit Schmiere und Staub, aber er grinste zufrieden, als er die Tür zuhakte.

»Geschafft!«, sagte er erleichtert. »Gut zu wissen, wie man die Kirchturmuhr umstellen kann.«

»Schnell jetzt«, drängte Do, »Papa kommt gleich heim!«

Johannes ging als Erster. Er war schon fast unten. Do, vier Meter hoch auf der Leiter stehend, wuchtete die Falltür hoch und wollte sie über sich zumachen, als sie ihr aus der Hand glitt und auf den Kopf fiel. Sie verlor den Halt, griff noch einmal fuchtelnd nach der Sprosse, fing sich, verlor wieder den Halt, weil sie sich im Hängen drehte, fiel die Leiter hinab und landete vor Johannes mit einem schweren Schlag auf dem Rücken. Johannes sah, wie sie die Augen aufriss.

»Do?«, fragte er panisch. »Do, was ist?«

Aber Dorothee konnte nichts sagen. Sie bekam keine Luft. Sie war so schwer auf den Rücken gefallen, dass sie nicht mehr atmen konnte. Verzweifelt rang sie um Atem, aber sie machte nur den Mund auf und zu und wand sich immer wilder auf dem Boden, weil sie nicht atmen konnte, weil sie erstickte. Sie schlug mit den Fäusten auf den Boden und ihre Augen traten so voller Panik hervor, dass in Johannes Angst schreiend aufstieg. Kein Laut kam aus ihrem Mund. Da ließ er sich auf sie fallen. Drückte sie mit den Knien mit aller Gewalt nach unten und machte einfach das, was er mal im Fernsehen gesehen hatte: Er hielt ihr die Nase zu und pumpte Luft in ihren Mund. Noch einmal und noch einmal. Dann, mit einem qualvollen Stöhnen, konnte Do endlich selber Luft holen, rang wie verrückt und pfeifend nach Luft, keuchte, richtete sich krampfhaft auf und stieß Johannes weg. Schließlich ließ sie sich wieder auf den Rücken fallen, und ihr Keuchen wurde allmählich zu ruhigerem Atmen. Johannes sah sie an. Anders, als manche Freunde behaupteten, konnte man auch bei Do trotz ihrer Hautfarbe immer genau sehen, wann sie blass war und wann sie in der Sonne gewesen war. Aber so grau wie jetzt hatte Johannes sie noch nie gesehen.

»Oh Gott«, stöhnte Do schließlich, »oh Gott.«

Ihre Augen leuchteten weiß.

»Geht's ...«, Johannes musste schlucken, »... geht's wieder?«

Do nickte und kam allmählich auf die Füße. Sie stolperten eilig die Stiegen hinunter, schlossen die Tür, gingen durch die Sakristei und sperrten ab. Auf dem Friedhof erst blieben sie zitternd stehen.

»Das war echt knapp ...«, sagte Do mit brüchiger Stimme, und Johannes verstand, dass es sich um ein Danke handelte.

»Gut, dass ... dass nichts passiert ist«, sagte er.

Als sie den Schlüssel zurück ins Arbeitszimmer geschmuggelt hatten, setzten sie sich auf die Treppe vor dem Haus und sahen hinüber zur Kirche. Es schlug fünf. Do lächelte das erste Mal wieder und wies auf die Uhr. Der Minutenzeiger stand auf zehn vor.

»Das machen wir nicht mehr«, sagte sie dann, und Johannes schüttelte bekräftigend den Kopf. Das Luftgewehr hatte er oben auf dem Dachboden gelassen, aber er holte es nicht. Jahrelang fasste er es nicht mehr an. Und an diesem Abend, als Sam und er in ihren Betten lagen, lauschten sie beide durch das offene Fenster in die Spätsommernacht, und während Sam sich an den Ostseestrand eines unbekannten Danzig träumte, sagte Johannes unhörbar und an niemanden Bestimmten gerichtet »Danke« in die vielerlei nächtlichen Stadtgeräusche. Und mit ganz klarem Kopf und sehr bestimmt nahm er sich vor, Arzt zu werden. In der Ferne pfiffen die Güterlokomotiven, und noch weiter fort lag ihre Mutter im Malariafieber in einer Hütte in Auroville.

32

In der Nacht hatte es aufgeklart, und es war sehr kalt geworden. Wir waren erst gegen Morgen eingeschlafen, deshalb war es sicher schon neun Uhr, als ich aufwachte, und die Sonne schien durch das Ostfenster von Klaus' Arbeitszimmer aufs Bett. Ich wachte auf, und es gab keinen gnädigen Augenblick zwischen Schlaf und Wachen, in dem ich nicht gewusst hätte, was Katja mir gestern Nacht erzählt hatte. Ich sah sie an. Sie schlief noch und sah überhaupt nicht besorgt aus, sondern entspannt und schön, mit leicht geöffnetem Mund atmend; die Sonne ließ ihr Haar leuchten. Es hatte in dieser Nacht keinen Raum für Küsse oder sogar Sex gegeben. Lust war auf einmal seltsam unpassend und profan gewesen. Wir hatten uns nicht losgelassen und waren so eng beieinander gelegen wie Geschwister. Aber jetzt beugte ich mich leise vor und küsste sie ganz sacht. So war ich schon immer. Nach Fiebernächten oder auch in den Katastrophen, die es in jeder Familie und in jedem Leben gibt: Mit dem Morgen kam immer auch zumindest ein winziges Hoffen zurück – der Gedanke, dass es irgendwie weiterging, dass kein Unglück für immer war. Natürlich war es Betrug. Ich war der Sohn eines Bestatters. Ich wusste, dass es für manche nicht weiterging. Ich wusste, dass es Unfälle gab, nach denen man im Rollstuhl saß. Und ich wusste, dass Tumore nicht über Nacht verschwanden. Aber trotzdem kehrte mit jedem neuen Morgen dieser kleine Rest Wundergläubigkeit zurück, der vielleicht einfach daher kam, dass ich schon so viel Tod gesehen hatte und trotzdem noch lebte.

»Hi!« Katja hatte die Augen geöffnet und blinzelte mich an. »Hey, die Sonne scheint«, sagte sie dann.

»Ich dachte, du wolltest vielleicht einen schönen Tag haben, nach dieser Nacht«, antwortete ich.

»Was bist du doch für ein Gentleman«, sagte sie ironisch, »machst Geschenke, die nichts kosten.«

Ich wusste, was sie tat. Sie versuchte, den richtigen Ton zu finden. Sie versuchte, nicht in jedem Satz zu sagen: Ich muss sterben. Ich habe Krebs. Tu etwas.

»Ich«, sagte ich deshalb in übertrieben beleidigtem Ton, »bin seit zwei Stunden wach und habe den Himmel aufgeräumt. Sieh mal!« Und ich zeigte aufs Fenster.

Katja stand auf, kam zum Fenster und hakte den einen Flügel auf. Ein Schwall eisiger Luft kam in den Raum. Katja stand in ihrem T-Shirt neben mir, und ihre Schlafwärme war deutlich zu spüren.

»Raureif«, sagte sie. »Was für ein klarer Tag.«

Man konnte über den Garten und die Felder bis zum Waldrand sehen. Unter dem Fenster standen gelbe und rote Rosen und blühten noch, waren aber mit Raureif überzogen. Ich beugte mich weit aus dem Fenster und riss eine ab.

»Hier«, sagte ich, »guten Morgen.«

Sie nahm sie und hauchte sie an. Der Raureif schmolz sofort, und die Tropfen glitzerten auf den Blättern. Dann sah sie mich an ohne zu lächeln, überkreuzte die Arme und zog ihr T-Shirt über den Kopf.

»Ich finde«, sagte sie, »wenn wir jetzt nicht vögeln, schaffen wir's nie.«

Am Anfang hatte ich Angst, ihre Brüste zu berühren, aber dann sagte sie, wütend, atemlos: »Du kannst nichts mehr kaputt machen. Fass mich an!«

Ungeduldiger, fliegender Sex im Stehen am Fenster, in dem Strom kalter Luft, dann auf dem Bett zwischen den zerwühlten Schlafsäcken, Fellen, Decken und Kissen, und dann später noch einmal im Bad.

»Nach über zwanzig Jahren«, sagte ich, in der Badewanne in Klaus' uraltem Bad stehend und mich kalt abduschend, weil es kein warmes Wasser gab, während Katja ihre Haare trocknete, »was für eine Verschwendung!«

Katja schlug mit dem Handtuch nach mir.

»Ich war damals zu allem bereit«, sagte sie, »du hast dir keine Mühe gegeben.«

Es war ein Glück wie Glas, das von Anfang an einen Sprung hatte. Man ging sehr vorsichtig damit um.

Als wir in die Küche kamen, saß Johannes lesend am Tisch und trank Kaffee. Es war sehr warm. Er musste schon vor Stunden angeschürt haben.

»Ach«, sagte er amüsiert, »das junge Paar kommt zu Tisch. Es ist nur noch Kaffee für einen da.«

Es war gar nicht wahr. Johannes hatte eine zweite Kanne gemacht, die auf dem heißen Herd stand. Da Klaus Kaffeemaschinen ablehnte und Johannes keine Filter gefunden hatte, hatte er den Kaffee einfach in die Kanne gefüllt und aufgegossen. Aber so war auf dem Herrenhof schon immer Kaffee gemacht worden.

»Papa hat angerufen und sich beschwert, dass du nicht an dein Handy gehst«, sagte Johannes nach einer Weile, während wir frühstückten, »also musste ich mit ihm reden.«

»Sam konnte nicht an sein Handy«, sagte Katja boshaft, »weil er gerade Inzest betrieben hat.« Ich verdrehte die Augen, sagte aber nichts.

Johannes dagegen lehnte sich zurück, was die Katze vertrieb, die hinter ihm auf dem Fensterbrett gelegen hatte, grinste und sagte: »Na endlich. Ich dachte schon, es würde nie mehr passieren.«

Nachdem Papa uns auch nichts Genaueres sagen konnte, suchten wir noch den Vormittag über, aber viel flüchtiger als gestern und ohne große Hoffnung, etwas zu finden. Am Schluss gingen wir noch einmal in die Scheune.

»Das da haben Sam und ich gemacht«, sagte Johannes zu Katja, als wir vor der Tür der Scheune standen. Er deutete auf den gemauerten Bogen, der sich über dem Eingang wölbte. Irgendwo hatten wir damals »Haec fecunt Johann et Samuel« in den Mörtel geritzt. Ich war heute nicht mehr sicher, ob das korrektes Latein war, aber mit sechzehn und siebzehn Jahren hatten wir uns fast ein bisschen wie Dombaumeister gefühlt. Johannes stieß die Tür auf. Die Scheune war in den letzten Jahren immer wieder um- und ausgebaut worden. Der neue Brennofen nahm fast die Hälfte des Raumes ein, und es gab jetzt so viele Statuen wie nie zuvor. Kleine Bronzestatuetten, Büsten aus Ton, Speckstein, Sandstein und sogar ab und zu Marmor. Katja blickte um sich.

»Hier ist es passiert?«, fragte sie.

Ich zuckte die Achseln. »Muss wohl«, sagte ich, »Papa hat es so erzählt.«

Wir sahen uns um und suchten auch hier, aber ich konnte mir nicht vorstellen, dass in zwanzig Jahren eine Pistole in diesem Raum nicht gefunden worden wäre. Und wenn Klaus sie irgendwann beim Aufräumen zufällig entdeckt hätte, dann hätte er sie längst weggeworfen. Er hielt nicht sehr viel von Waffen.

Katja hatte eine kleine Statuette gefunden. Davon gab es ein paar Dutzend in einer Kiste. Neugierig zeigte sie sie mir.

»Was ist das denn?«, fragte sie. »Macht er auch Souvenirs?«

Johannes kam und lächelte breit. »Kunst geht nach Brot«, sagte er und drehte den kleinen Herkules in der Hand, »Onkel Klaus ist durch die vielen Alimente, die er seinen zahlreichen unehelichen Kindern zahlen muss, stets klamm. Also hat er sich gedacht, er könnte doch einfach mal den Kasseler Herkules in klein herstellen und an die Stadt verkaufen.«

»Und?«, fragte Katja.

»Na ja«, sagte Johannes gelassen, »von den zehntausend Stück, die er hat gießen lassen, hat die Stadt Kassel hundert gekauft. Ich würde mal sagen ... ein echter wirtschaftlicher Erfolg war das nicht.«

Katja sah sich die Statuette an, dann warf sie sie zurück in die Kiste. Es klirrte.

»Ganz der Vater ...«, sagte sie in bitterem Spott.

Kurz danach gaben wir auf. Wir waren am Brunnen gestanden und hatten halbherzig die Bretter abgedeckt, aber obwohl die Sonne jetzt ziemlich warm schien und der Raureif verschwunden war, hatte keiner von uns Lust, in den Brunnen zu steigen, um dort im Schlamm nach einer Pistole zu suchen. Wenn sie da unten war, dann würde sie da hoffentlich auch bleiben. Wir würden die Leiche entsorgen, und dann würde nie wieder die Rede von dieser Pistole sein.

»Fahren wir heim?«, fragte Johannes zögernd.

Katja und ich sahen uns an. Ich war mir nicht sicher, was sie wollte.

»Müsst ihr zurück?«, fragte sie.

»Nein«, sagte ich. Mir war in diesem Augenblick egal, was zu Hause war. Ich hatte ein schlechtes Gewissen, weil ich Vera immer noch nicht angerufen hatte, aber auf der Skala dessen, was wirklich wichtig war, stand Katja einfach höher, und ich war mir nicht sicher, ob das nur daran lag, dass sie krank war. Wenn ich ganz ehrlich vor mir selbst war, dann hatte ich natürlich genau darauf gehofft, als ich Katja gefragt hatte, mit uns auf den Herrenhof zu fahren.

Und jetzt? Jetzt wäre es mir wie ein Verrat vorgekommen, wenn ich gefahren wäre. Na ja, gut. Es war auch ein Verrat an Vera, mit Katja hier zu sein, aber ...

»Ach was!«, sagte ich laut und brachte meine Gedanken damit zum Schweigen. »Wir spielen einfach, dass wir frei wären.«

»Nun«, sagte Johannes gespreizt und besah seine Fingernägel, »zumindest ich brauche nicht so zu tun. Ich bin frei wie ein Vogel.«

Katja sah ihn schief an.

»Manche Leute finden, dass es noch nicht unbedingt Freiheit bedeutet, wenn man keinen Ehering trägt. Dorothee hat mir erzählt, es gäbe da eine Frau, mit der du zusammenziehen willst.«

»Was?«, schrie ich überrascht und vergnügt. »Ach nee! Ach was! Johannes, unser Hagestolz! Gemeinsame Wohnung!«

Johannes war einen Augenblick richtig verlegen. Das kam selten vor. Dann fing er sich.

»Von Ehebrechern ...«, er unterbrach und verbesserte sich mit sorgfältiger Betonung, »... von inzestuösen Ehebrechern brauche ich mir gar nichts sagen zu lassen. Wir fahren auf die Homberger Burg«, entschied er, »dann essen wir noch mal Eis, und dann fahren wir nach Kassel zum Herkules. Damit Katja mal das Original sieht. Packt zusammen!«

Es war einer von diesen Tagen, wie sie im Leben nicht sehr oft vorkommen. Ich konnte mich noch erinnern, wie ich als Kind das erste Mal merkte, dass ich glücklich war – und dass dieser Moment vergehen würde. Ich kannte das Wort »Wehmut« damals noch nicht, und deshalb war es ein unnennbares Gefühl, das ich da hatte: Genau dort zu sein, wo man sein wollte, und dabei zu wissen, dass man fortgehen musste. Und immer hatte ich als Kind zu diesem Gefühl das Bild von mir selbst an einem letzten Ferientag in den Dünen an der See. Ein windiger Sonnentag mit dem harten, knisternden Strandhafer und dem weichen Sand unter den nackten Sohlen und dem Geruch des Wassers in jedem Atemzug und dem eigenartig wunderbaren Gefühl von gleichzeitiger Sonnenwärme und Windkühle auf der Haut.

Es war schon fast Mittag, als wir fuhren. Aller Morgennebel war verschwunden, und die Sonne hatte noch einmal an Kraft gewonnen. Vom Herrenhof nach Kassel fuhr man zwanzig Minuten. Katja und ich saßen hinten, während Johannes vergnügt immer noch grauenvollere Musik-CDs aus dem Handschuhfach kramte und ins Autoradio schob.

»Kannst du mir sagen«, fragte ich ihn, »wie es kommt, dass du als Jazzmusiker pseudoirische Volksmusik hörst? Oder Grungerock? Hallo? Es ist November, und du hörst Musik, die sich anhört, als hätte man die Testamente von Selbstmördern vertont.«

»Du bist bloß neidisch, weil du so unmusikalisch bist«, sagte Johannes vollkommen ungerührt und sang leise weiter mit. Katja sah aus dem Fenster. Ihre Hand suchte meine.

»Ich war noch nie in Kassel«, sagte sie, als wir in das Tal hinunterfuhren und die Stadt sichtbar wurde, »ist Kassel schön?«

Johannes gab einen Laut von sich, den man beim besten Willen nicht als Zustimmung deuten konnte.

»Schön ... na ja«, antwortete ich, »früher war das mal eine Stadt der pensionierten Offiziere. Eine Rentnerstadt. Merkt man heute noch, finde ich. Es ist halt eine Stadt. Deutsch. Mit Fußgängerzone und Uni. Vor dem Krieg war sie vielleicht schön. Aber ich mag den Park.«

»Den Park mögen alle«, sagte Johannes, »und deshalb fahren wir da auch hin.«

Wir gingen durch den Schlosspark Wilhelmshöhe in Richtung Herkules. Wie es der Zufall wollte, hatten wir einen Parkplatz in einer Straße mit Jugendstilhäusern gefunden, und Katja hatte sich sofort beschwert, dass wir sie angelogen hätten: Kassel sei doch schön.

»Mit den Augen der Liebe betrachtet …«, sagte Johannes in gehobenem Ton und grinste Katja an. Es war eigenartig für mich, dass Johannes nicht wusste, wie es um Katja stand, aber sie hatte mir zu verstehen gegeben, sie wolle nicht, dass Johannes davon erfuhr.

Die Bäume waren leer, aber die Wiesen noch nicht winterlich vergilbt, sondern von einem alten Grün, das in der Novembersonne noch einmal strahlte. Wir waren an dem Teich angelangt, in dem die Kaskaden endeten. Man hatte das Wasser noch nicht abgestellt – diese großartigen künstlichen Wasserfälle über riesige Treppenstufen zwei-, dreihundert Meter den Berg hinab.

»Das ist wirklich nett«, sagte Katja beeindruckt.

»Rechts oder links?«, fragte Johannes und wies auf die beiden Treppen, die neben den Kaskaden hinaufliefen. Katja wandte sich nach rechts und fing an hinaufzusteigen.

»Tja«, sagte Johannes und stieg hinter ihr her, »das war die falsche Entscheidung.«

Katja drehte sich im Gehen um und fragte: »Wieso?«

»Weil die Treppe rechts 539 Stufen hat, links aber nur 535. Man fragt sich, ob diese Barockarchitekten überhaupt kein Gewissen hatten.«

Katja blieb stehen und sah ihn von oben herab mitleidig an. »Der arme alte Mann«, stichelte sie. Und dann drehte sie sich plötzlich um, rief: »Wer zuerst oben ist!«, und fing an, die Treppen hinaufzurennen.

»Oh nein!«, stöhnte Johannes, aber setzte schon zum Rennen an. Ich auch. Die Treppen waren eng, deshalb war es gar nicht so einfach, aneinander vorbeizukommen, vor allem, da Johannes keine Skrupel hatte, die Ellenbogen einzusetzen.

»Lass mich durch«, keuchte ich, »ich will nicht gegen Mädchen verlieren!«

Johannes, der Katja dicht auf den Fersen war, sagte gar nichts, rannte aber im Zickzack. Katja versuchte ein atemloses Lachen.

»Nie ... im ... Leben!«, keuchte sie.

Am Schluss gewann ich. Um drei oder vier Stufen. Mein Atem pfiff. Ich war das nicht mehr gewohnt. Katja kam gleichzeitig mit Johannes hochgestolpert, er hielt sie an ihrer Jacke fest und sie versuchte, atemlos lachend, sich loszureißen und ihn in die Kaskaden zu schubsen.

Johannes japste.

»Tu so was nie wieder«, sagte er schließlich, als er wieder ruhiger atmete, »einen armen alten Mann so zu hintergehen! Das lag nur an den vier Stufen. Auf der anderen Treppe hätte ich gewonnen!«

Immerhin waren wir jetzt alle warm. Die restlichen dreihundert Stufen zum Herkules hinauf rannten wir nicht, und als wir auf die Aussichtsplattform traten, zitterten uns die Beine. Katja sah sich den Herkules an.

»Das ist ein richtiger Mann«, bemerkte sie maliziös in meine Richtung, »sieh dir mal diese Muskeln an. Der hätte mich von da unten hochgetragen.«

»Der Mann ist fertig!«, widersprach Johannes vehement. »Sieh mal. Der muss sich auf seine Keule stützen, nachdem er mit einem einzigen Löwen gekämpft hat. Da ist unser

Sam aus ganz anderem Holz geschnitzt. Der würde Löwen mit der bloßen Hand umbringen.«

»Löwen sind in Deutschland geschützt«, sagte ich, »und außerdem schreibt das Jagdgesetz vor, dass man sie waidgerecht umbringen muss. Erwürgen ist verboten. Das dürfen bloß Türken.«

Johannes verdrehte die Augen.

»Da hat Papa sich solche Mühe gegeben und uns Ausländerschwestern gekauft, und du bist trotzdem Nazi geworden.«

Katja lachte, dann drehte sie sich um und trat an die Mauer um die Plattform. Kassel lag unter uns. Die Kaskaden glitzerten in der Sonne. Über sie hinaus führte in gerader Linie die Straße bis in die Innenstadt. Es war eine klar gegliederte, präzise Barockanlage, die auf Wirkung abzielte, die Erde umgeformt, Büsche und Bäume erzogen und dem Wasser eine exakte Form gegeben hatte. Aber das alles war mit leichter Hand geschehen, so, als hätte es gar keine Mühe gemacht, die Landschaft elegant zu machen.

»Für eine hässliche Stadt«, sagte Katja, »ist das hier sehr schön.«

Ich stand neben ihr und spürte ihre Schulter an meiner, ihren Arm an meinem, und es brauchte nicht mehr als diese Nähe.

»Einmal, weißt du noch?«, sagte ich, »habe ich dich im November besucht. Zehn Minuten haben wir uns gesehen, am Olympiahafen in Schilksee. Es war so dichter Nebel ...«

»Ja«, sagte Katja, »ich weiß noch. Ich musste ... ach, ich weiß gar nicht mehr, was ich gesagt habe, damit ich noch einmal schnell aus dem Haus konnte, um dich zu sehen. Ich hatte mich so gefreut, damals, ich war so überrascht, als das Telefon geläutet hat und du auf einmal dran warst. Nach Wochen und Monaten, wie aus dem Nichts. ›Ich bin in Kiel‹, hast du gesagt, ›kann ich kommen?‹ Du warst so verrückt.«

»Ich bin um die Förde gefahren wie ein Bekloppter«, sagte ich, »durch einen Nebel, in dem man nicht mal zwanzig Meter weit sehen konnte. Und dann bist du am Strand aus diesem Nebel aufgetaucht wie ... ach, ich weiß nicht. Es war irgendwie wie in dieser Abschiedsszene in Casablanca. Am Flughafen.«

»Verhaften Sie die üblichen Verdächtigen«, sagte Katja. Sie schwieg und sah über die Stadt. Johannes streunte um die Statue herum.

»Wir haben zu lang gewartet«, sagte Katja dann, und da war sie wieder, diese plötzliche Angst.

»He!«, rief Johannes, »Los, wir klettern hoch und nehmen ihm die Keule weg.«

Katja und ich hatten uns umgedreht. Hinter uns lag die Stadt. Vor mir zog sich mein verrückter Bruder eben am großen Zeh des Herkules hoch. Die Novembersonne wärmte unsere Gesichter.

Katja lächelte wehmütig. »So sollte es immer sein, oder?«

In diesem Augenblick wäre ich gerne ein Kind gewesen, das einfach weint und getröstet wird, und danach ist alles wieder gut.

»Ja«, sagte ich, »aber wenigstens heute soll es so sein, oder?«

Katja sah mir in die Augen.

»Dann könntest du mich küssen«, sagte sie, »bevor wir klettern.«

33

Es war wieder einmal Spätsommer, und wieder einmal fieberte Gesine. Man hätte den Kalender danach einteilen können. Jedes Jahr um diese Zeit kam ein Malariaanfall. Beim Einkaufen hatte sie noch nichts gespürt, aber als sie an der Kasse ihr Portemonnaie hatte herausnehmen wollen, hatte sie schon solchen Schüttelfrost gehabt, dass sie fast in die Knie gegangen war. Kaum, dass sie die Scheine hatte herausziehen, geschweige denn, das Wechselgeld vom Teller nehmen können. Und jetzt lag sie schlotternd in alle Decken gehüllt, die sie hatte finden können, auf dem Sofa im Wohnzimmer, hatte eine Kanne schwarzen Tees neben sich auf dem Mosaiktisch und fror, fror, fror. Ihr war entsetzlich kalt, und gleichzeitig war sie von einer unbestimmten Wut auf sich selbst und die Krankheit erfüllt. Die Kälte war das Schlimmste. Nur wenn sie einen Anfall hatte, war ihr so grauenvoll kalt wie damals auf der Flucht. Und dann hasste sie es, sich so schwach zu fühlen. Sie war noch nie ein geduldiger Mensch gewesen, und sie hätte sich gerne gezwungen aufzustehen, aber gegen die Malaria konnte man nichts machen. Sie erinnerte sich an ihren ersten Anfall im Ashram von Sri Aurobindo. Klaus hatte unbedingt nach Auroville gewollt. Er hatte wissen wollen, was die anderen alle so faszinierte – die Hippies und die Aussteiger und die deutschen Lehrer mit Vollbart und halblangen Haaren, die in sechs Wochen Sommerferien die Yoga-Erkenntnisse eines ganzen Lebens pressen wollten. Er war – genauso wie Gesine, die vorher von Aurobindo nie gehört hatte – neugierig gewesen. Aber wie es mit Klaus immer schon gewesen war – nach drei Tagen hatte er sich gelangweilt, hatte eine deutsche Klavierlehrerin mit den unvermeidlichen langen Haaren kennengelernt und war mit ihr in Richtung Madras abgereist. Gesine war geblieben. In einer dieser sehr schlichten Hütten am Rande von Auroville hatte sie zumindest zehn Tage bleiben wollen. Diese Welt war so neu gewesen. Zum ersten Mal in ihrem Leben hatte sie versucht zu meditieren.

Gesine klapperte zu sehr mit den Zähnen, sonst hätte sie über sich selbst gelächelt. Sie, die aus einem Danziger Großbürgerhaus kam, hatte in einer indischen Hütte meditiert. Ihre Großmutter hatte ihr sogar im Sommer noch verboten, ohne weiße Handschuhe und Hut aus dem Haus zu gehen. Da war sie schon mit Friedrich ausgegangen. Andere Mädchen hatten sich zu der Zeit im Petticoat auf Motorrollern herumfahren lassen.

Gesine langte nach der Teetasse, aber sie zitterte so, dass sie die Tasse mit beiden Händen festhalten musste. Sie stellte sie klirrend wieder zurück. Sie fühlte sich elend. Friedrich musste arbeiten und war nicht da, Sam war in der Uni, die Mädchen waren unterwegs, und Johannes hatte Dienst beim Roten Kreuz. Vier Kinder, und keines war da, wenn man es brauchte. Sie zog die Beine näher an den Körper. Kobold, der zusammengerollt auf ihren Füßen gelegen hatte, zuckte, stand auf und sprang vom Sofa. Eigentlich erlaubte Gesine den Hunden nicht, auf dem Sofa zu liegen, aber als er vorhin auf das Fußende gesprungen war, hatte sie zum einen nicht die Kraft gehabt, ihn hinunterzuscheuchen, zum anderen war sie froh über das bisschen Wärme an ihren Füßen gewesen.

Auroville. Das war schon so lange her. Jetzt, mit der Malaria in allen Knochen, wusste sie, wie es sich anfühlen würde, alt zu sein.

Als sie aus Indien zurückgekommen war, hatte sie das Fieber in Auroville schon wieder vergessen gehabt. Sie waren über Kairo zurückgeflogen, dann war sie in Frankfurt in den Zug gestiegen, in München noch einmal umgestiegen, und es war schon später Abend gewesen, als sie endlich am heimatlichen Bahnhof angekommen war. Aber dann, als sie aus dem Bahnhofsgebäude getreten war, hatte sie die Kinder gesehen. Und Elf. Und Friedrich. Nach zwei Monaten voller unglaublicher Eindrücke, nach Reisen in wahnwitzig überfüllten, unfassbar heißen Bussen, nach so vielen Begegnungen mit Fremden, mit neuen Sichtweisen, anderer Musik und exotischem Essen, nach Heimweh und Abenteuerlust war ihr Friedrich mit einem Mal fremd geworden. Er war so zurückhaltend gewesen. Auch Johannes und Samuel hatten so verhalten gewirkt. Nur Maria war ihr sofort mit einem Schrei an den Hals geflogen. Und der Hund hatte wie verrückt gewinselt. Aber am meisten hatte Friedrich sich verändert. Eine Zeitlang hatte sie schon geglaubt, er hätte eine Affäre. Sie neigte nicht zum Misstrauen, aber Friedrich war so abwesend, kühl und zerstreut gewesen, dass sie große Mühe gehabt hatte, ihre Enttäuschung über das kühle Willkommen zu verbergen. Er war kurz angebunden, wenn er vom Urlaub in Dänemark erzählte, er entzog sich ihr. Und auch wenn er immer schon viel gelesen hatte – diese sonderbare Gier nach Zeitungen, nach allen Nachrichten, war ihr auch komisch vorgekommen. Und er war bitterer als vorher. Ironisch war er immer schon gewesen, aber jetzt wirkte er manchmal hart und zynisch. Sie hatte sich gefragt, ob das mit ihrer Reise zu tun hatte, aber sie konnte sich doch nicht vorstellen, wieso das so war. Sie hatte so viele wunderbare Erlebnisse aus Indien mitgebracht. Ihre Welt war weiter geworden. Sie hatte Menschen gesehen, die gelassen von Wundern berichteten, die sie erlebt hatten. Sie hatte bei wildfremden Menschen übernachtet, war von ihnen überall mit Tee und Essen bewirtet worden, obwohl sie in einer Armut lebten, die Gesine nicht einmal nach der Flucht erlebt hatte. Gesine wusste, was Hunger bedeutete, aber die Hungerjahre waren doch nur zwei oder drei gewesen und nicht ein ganzes Leben. Ihr Blick auf die Welt war weiter geworden, heller und freundlicher, während sie den Eindruck hatte, dass Friedrichs Weltsicht dunkler und trauriger geworden war. Es hatte Wochen gebraucht, bis diese Fremdheit zwischen ihnen allmählich wieder gewichen war. Sie liebte Friedrich in ihrer praktischen, zupackenden Art. Sie hatte ihn ein paar Mal gefragt, warum er so traurig war, aber er war ihr immer ausgewichen und hatte sich in sein Zimmer verzogen, war nachts noch länger als sonst auf gewesen und hatte morgens noch länger geschlafen. Das hatte sich dann erst mit dem zweiten Malariaanfall geändert, der sie von jetzt auf nachher ins Bett geworfen hatte. Wie immer. Nur hatte sie damals noch nicht gewusst, dass es Malaria war. An Malaria hatte sie nie gedacht. Sie hatte doch Medikamente genommen. Und ihr Hausarzt wusste auch nicht weiter. Damals reiste man im Allgemeinen nach Italien, oder vielleicht nach Spanien. Aber Indien?

Friedrich hatte Stunden bei ihr am Bett gesessen und ihre Hand gehalten, hatte Bücher gewälzt und Ärzte angerufen. Und wenn er nicht konnte, dann war Johannes da gewesen. Ernst und mit unterdrückter Angst war er da gesessen und hatte gefragt: »Kannst du nicht wenigstens einmal aufhören zu zittern, Mama?«

Und es hatte eine ganze Weile gedauert, bis der Professor über ihre Mutter von diesem seltsamen Fieber hörte. Herrisch kam er ins Behandlungszimmer und hatte eine Schwester dabei, die ihr Blut abzunehmen hatte.

»Warum sind Sie nicht gleich zu mir gekommen?«, fuhr er sie an.

Gesine hatte ja eigentlich keine Angst mehr vor ihrem Stiefvater. Obwohl sie sich nach wie vor siezten. Sie hatte das Gefühl, er mochte sie. Eigentlich viel zu spät, aber Gesine hatte es hingenommen und gefreut. Er hatte begonnen, ihren Kindern Geschenke zu machen. Nachdem er sie geprüft hatte. Auch die Kinder mussten ihn siezen. Aber sie kannten es nicht anders. Er war ihr Großvater, auch wenn sie ihn mit »Herr Professor« ansprechen mussten.

»Wie lange haben Sie dieses Fieber schon?«, bellte er, nachdem er die Temperatur genommen hatte.

Gesine berichtete.

»Haben Sie vergessen, was ich Ihnen gesagt habe?«, fragte er fast böse, während er sich abwand und ihr wieder einmal einen Laufzettel fürs Labor gab. »Haben Sie vergessen, dass ich Ihnen abgeraten habe, weil die Zeit für die Prophylaxe zu kurz ist? Wie lange haben Sie die Tabletten genommen? Immer und immer wieder! Sie sind wie Ihre Mutter! Sprunghaft, viel zu hastig in Ihren Entscheidungen, völlig unüberlegt. Warum müssen Frauen so sein?«

Er war wirklich ärgerlich. Gesine fühlte sich müde und erschöpft und fast wieder wie das kleine, eingeschüchterte Mädchen.

»Es hat sich gelohnt«, versuchte sie eine schwache Verteidigung. Der Professor fuhr wütend herum.

»Sterben, meine Liebe«, sagte er kalt und böse, »lohnt sich nie. Und ich soll Sie jetzt in Ordnung bringen, ja? Gehen Sie nach Hause!«

Gesine war völlig zerschlagen zu Hause angekommen. Aber am nächsten Tag hatte er sie dann angerufen und ihr gesagt, dass sie Malaria hatte. Und dann hatte er ihr, knurrig wie immer, aber auch voller Erleichterung das Du angeboten.

»Es wird sich lohnen, es anzunehmen«, hatte er grob gesagt, als Gesine überrascht geschwiegen hatte, »denn ich kann Ihnen versprechen, dass Sie an dieser Malaria nicht sterben werden. Es ist eine Tertiana.«

Von da an hatten sie sich geduzt. Nur die Kinder sagten noch lange »Herr Professor«.

Es klingelte an der Tür. Gesine schrak aus ihren fiebrig gefärbten Erinnerungen hoch. Sie war beinahe eingeschlafen. Sie zitterte nicht mehr so stark, ihre Temperatur musste leicht gesunken sein. Wieder klingelte es an der Tür. Die Post. Gesine quälte sich hoch, warf die Decken ab und ging mit schweren, zittrigen Beinen hinunter zur Tür und öffnete. Der Postbote hatte ein Päckchen unters Kinn geklemmt, hatte ein paar Briefe unter seinem Klemmbrett und füllte eine Quittung aus.

»Bitte hier unterschreiben«, sagte er geschäftsmäßig und hielt ihr den Stift hin. Sie unterschrieb, er riss die Quittung ab und gab sie ihr mit dem Päckchen. Dann reichte er ihr die Briefe und sagte plötzlich mit veränderter Stimme: »Oh. Mein Beileid, Frau Ehrlich.«

Gesine sah auf die Briefe. Da war einer mit schwarzem Rand dabei.

»Danke«, sagte sie schwach, legte das Päckchen auf die Kommode im Flur und ging mit den Briefen wieder nach oben aufs Sofa. Dann nahm sie den Umschlag mit dem schwarzen Rand und sah auf den Absender. Kiel. Sie hielt ihn eine Weile in der Hand und wollte ihrer Ahnung nicht nachgeben. Dann, mit dem Messer, das auf dem Tellerchen neben der Teetasse lag, schlitzte sie den Brief auf.

Es war kein langer Brief. Ihr Vater Wolfgang, schrieb seine zweite Frau, hätte in den letzten Wochen eine Reise nach Jugoslawien gemacht, und dort, bei einem Schiffsausflug nach Rovinj, sei er aus der Bucht hinausgeschwommen. Er müsse sich überschätzt haben – er hätte es ja schon länger mit dem Herzen gehabt – und müsse wohl einen Infarkt gehabt haben. Man wisse es nicht, denn man habe seine Leiche nicht gefunden.

Gesine ließ den Brief für einen Augenblick sinken. Ihr Vater. War es nicht typisch, dass er so starb? Einfach so verschwinden, ohne Spur? Wie immer in ihrem Leben, wie immer. Aber so sterben? Ach Vater, dachte sie, du hast mal die Elbe durchschwommen ...

Dann las sie weiter und wünschte sich, es nicht getan zu haben. Man wünsche nicht, hieß es dort in dem Brief, vor allem nicht nach dem, was im letzten Jahr in Glücksburg zwischen Katja und Samuel geschehen sei, den Kontakt zwischen den Familien fortzusetzen. Und auch Briefe würden von nun an zurückgeschickt.

Gesine ließ sich in ihre Kissen zurücksinken. Den Brief faltete sie sorgfältig und steckte ihn zurück in den Umschlag. Im Meer war er gestorben. Er hatte die See immer geliebt, ihr unzuverlässiger Vater, der Betrüger, der einen mit seinem Lächeln so bestricken konnte. Ertrunken. Gesine spürte, wie das Fieber wieder stieg. Erneut begann sie zu zittern, ohne dass sie etwas dagegen tun konnte. Sie dachte kurz an Sam und an ihre kleine Halbschwester Katja ... was für eine Familie, dachte sie, während ihre Zähne unaufhaltsam klapperten und das Fieber sie am ganzen Körper schüttelte, was für eine Familie!

34

Wir saßen im Wintergarten eines Kasseler Cafés. Katja hatte sich zurückgelehnt, sah durch die bodentiefen Fenster in den sonnigen, frostigen, spätherbstlichen Park. Vielleicht dachte sie eben für einen Augenblick einfach nur etwas Schönes, denn sie wirkte ganz im Gleichgewicht. Ich hatte mich schon oft gefragt, ob ich so sein könnte. Wenn man mit dem Tod aufwächst, dann ist es unvermeidlich, dass man irgendwann Menschen begraben muss, die man auch vorher schon kannte. Die nette Bäckersfrau zum Beispiel, die uns als Kinder oft eine Kleinigkeit geschenkt hatte, wenn wir Brötchen kaufen kamen, und die immer dünner und dünner wurde, bis sie irgendwann nicht mehr im Laden stand. Schließlich sah ich sie im Aufbahrungsraum meines Vaters wieder. Ich hatte mich immer wieder gefragt, wie ich wohl wäre, wenn ich wüsste, dass ich Krebs hätte. Als ich siebzehn gewesen war, hatte ich noch gedacht, dass ich dann noch schnell soviel Sex wie möglich haben wollte, dass ich Kokain ausprobieren wollte, rauchen und trinken, um dann vom Dom zu springen. Und dann, als ich ein paar Jahre später tatsächlich aus heiterem Himmel todkrank wurde, hatte ich kurz vor der entscheidenden Operation gemerkt, wie viel Angst ich vor dem Sterben hatte, wie sehr ich mich ans Leben klammerte, obwohl ich auf der Liege lag und zu schwach war, um auch nur ein einziges dieser Dinge zu tun, die ich mir so vorgestellt hatte. Leben, einfach nur leben, das war alles gewesen. Alles andere hatte nichts bedeutet. Ich sah Katja an, die ihren Tee trank, hörte die leise Musik im Café und das Geräusch von Geschirr, das Zischen der Espressomaschine, die Gespräche der anderen Gäste und dachte, dass es wohl eben das war. Das Gefühl zu haben, am Leben zu sein.

»Es ist schön, dass du da bist«, sagte ich.

Katja sah zu mir herüber und lächelte.

»Ausgezeichnete Planung«, sagte sie dann aber in sarkastischem Ton. »Wann beginnen wir eine Affäre? Der eine ist verheiratet, der andere todgeweiht.«

Johannes kam eben wieder an den Tisch und klappte sein Handy zu. Den letzten Satz hatte er gehört. »Das ist ja oft dasselbe«, sagte er boshaft, ohne zu wissen, worauf wir uns bezogen. Dann wurde er ernst.

»Ich habe mit Papa gesprochen. Die Situation scheint sich geändert zu haben. Wir sollen nach Hause kommen.«

»Was?«, fragte ich völlig verständnislos. »Was meint er? Wieso?«

Johannes zuckte die Achseln und setzte sich wieder.

»Unser Vater hat sich nicht näher geäußert. Du weißt doch, wie er ist: ›Nicht am Telefon!‹ und so. Diese Geheimdienstparanoia aus dem Kalten Krieg. Wir sollen einfach heimkommen.«

Katja sah zwischen Johannes und mir hin und her.

»Das waren kurze Ferien«, sagte sie und bemühte sich, den Worten kein besonderes Gewicht zu verleihen.

»Du könntest doch ...«, begann ich vorsichtig und stockend. Johannes sah uns an und lächelte.

»Ja. Du könntest einfach mitkommen. Meine Wohnung ist groß. Da gibt es nicht einmal eine Katze.« Er grinste und fügte hinzu: »Meine Saxophone haben ein eigenes Schlafzimmer.«

»Was hast du doch für einen guten Bruder«, sagte Katja. Ihr Ton schwebte zwischen Erleichterung und Spott.

»Also, genauer gesagt«, gab ich zurück, »handelt es sich um einen deiner Neffen. Es ist also nicht ganz klar, wer für seine gute Erziehung verantwortlich gemacht werden kann.«

Johannes winkte der Bedienung und bestellte drei Kirschwasser. Die Frau hob kurz die Augenbrauen. Es war erst Mittag. Johannes lächelte sie so strahlend an, wie er konnte.

»Wir haben einen Grund zum Feiern«, teilte er ihr mit, »mein Bruder hier kriegt sein Alkoholproblem immer besser in den Griff.« Er sah auf die Uhr. »Diesmal hat er schon vier Stunden länger durchgehalten als sonst.«

Katja musste lachen und verschluckte sich an ihrem Tee. Sie hustete, und wir beide klopften ihr fürsorglich auf den Rücken.

»Tuberkulose«, sagte Johannes entschuldigend zur Bedienung, die sich rasch entfernte. Dann bemerkte er meinen Blick.

»Hallo?«, sagte er überrascht. »War nur ein Witz.«

Ich nickte nur, weil Katja mich unter dem Tisch anstieß.

»Jaja«, sagte sie ungeduldig, »ihr könnt jetzt aufhören zu klopfen.«

Dann kam der Schnaps, und wir tranken. Danach bestellte Katja noch eine Runde und dann ich. Johannes wunderte sich, aber er trank mit. Wir lachten und tranken in verzweifelter Heiterkeit, Johannes hielt zunächst mit, dann bestellte er für sich Kaffee, während Katja und ich immer weiter Schnaps tranken und schließlich ziemlich betrunken aus dem Café in den Nachmittag traten. Die Sonne stand schon schräg. Man merkte allmählich, dass die kurzen Tage des Winters kamen.

»Also!«, sagte Johannes mit dieser merkwürdigen Bestimmtheit, die er immer bekam, wenn er etwas getrunken hatte. Das Gepäck war im Kofferraum. Nach Hause, dachte ich mit der merkwürdigen Schwere des Betrunkenen, wie immer nach Hause. Johannes ließ den Motor an. Ich sah zu Katja. Warum sieht sie so schön aus, fragte ich mich mit dem kleinen Teil meines Bewusstseins, das kühl und klar in einer Ecke meines Kopfes saß und alles verzeichnete: meine Betrunkenheit. Die Tatsache, dass Katja wahrscheinlich sterben würde. Und dass ich sie in wenigen Tagen allein lassen würde, weil ich zurück zu Vera musste, zurück in mein Büro, zurück in ein völlig anderes Leben.

»Soll ich das Taxameter anstellen, oder machen wir eine Pauschale aus?«, fragte Johannes, als er aus Kassel in Richtung Autobahn abbog. »Wieso fahren wir eigentlich immer mit meinem Auto diese Spontantouren?«

»Halt jetzt mal die Klappe«, sagte ich in schwebender Trunkenheit, »den eigenen Bruder ausplündern. Wer hat die Zeche bezahlt, hm? Wer?«

»Ich«, sagte Johannes trocken und beschleunigte. Katja lehnte an meiner Schulter und war eingeschlafen. Ich strich über ihr Haar, aber so, dass ich es kaum berührte. Die Autobahn war fast leer. Johannes fuhr schnell, wie immer. Aus dem späten Nachmittag wurde Dämmerung, aus der Dämmerung wurde Nacht. Johannes fuhr gleichmäßig schnell. Wir hatten die Landesgrenze schon längst hinter uns, und ich hielt Ausschau nach meinem Lieblingsschild, das jetzt irgendwo kommen musste. Das Schild gab es seit meiner Kindheit. Ein klassisches Warndreieck, aber auf dem weißen Feld im roten Dreieck waren Linien eingezeichnet und drei Noten. »Straßengeräusche!« stand darunter. Da tauchte es auch schon auf, es gab einen kleinen Stoß, als der Straßenbelag wechselte und plötzlich die Reifen zu singen begannen. Katja schlief noch immer an mich gelehnt. Sie war warm, und ab und zu musste ich mich vorbeugen, um an ihrem Haar zu riechen.

Johannes sah mich über den Rückspiegel an.

»Das Auto singt«, sagte er leise und fragte dann überrascht, als er mein Gesicht sah: »Hallo? Was ist das denn? Weinst du?«

Ich hatte nichts dagegen tun können. Im Kino passierte mir das auch manchmal, wenn die Guten starben und die Musik genau dazu passte.

Ich zuckte die Schultern. »Nein.«

Aber dann erzählte ich ihm doch alles.

35

Es war ein kalter Spätwintertag, ein trister Tag voller Matsch auf den Straßen, die traurigste Zeit im ganzen Jahr, wie Sam fand. Der Winter hatte keine Kraft mehr, an den Dächern hingen Eiszapfen, von denen es unablässig tropfte. Im Februar steckte eine tiefe Traurigkeit. Sam hatte schon als Kind die Tage nach Fasching nicht gemocht. Wenn man über die Felder lief, blieb die schwere Erde an den Sohlen der ohnehin schon schweren Winterstiefel hängen und man konnte nicht rennen. Die Wollhandschuhe, die einem an einer Schnur um den Hals baumelten, waren immer nass vom ebenso nassen Schnee und wärmten kein bisschen. Nur wenn man an den Haselnusssträuchern vorbeikam, konnte man sich vorstellen, dass es wieder warme Tage geben würde, denn die schlugen manchmal schon aus. Sam versuchte, sich gegen diese Tristesse zu wehren, als er vom Supermarkt zum Atelier seiner Großmutter ging, aber er fror. Sein Vater hatte recht gehabt. In Berlin war es noch kälter als zu Hause. Aber Sam hatte in den Faschingsferien nicht zu Hause bleiben wollen, deshalb hatte er sich das Auto geliehen und war über eine völlig vermatschte Autobahn durch hässliches Schneetreiben zu Großmutter gefahren.

Sam war am Atelier angekommen und klingelte. Durch die Milchglasscheiben sah er die Silhouette seiner Großmutter, wie sie an die Tür kam. Er musste lächeln. Sie bewegte sich noch immer so schnell wie ihre Tochter.

»Hier«, sagte er, als sie die Tür öffnete, und gab ihr die Tüte, »Kaffee und Milch. Brötchen habe ich auch geholt.«

Margitta warf einen Blick in die Tüte. »Aber die Zigaretten vergessen«, sagte sie lächelnd.

»Großmutter«, sagte Sam fast in tadelndem Ton, »ich hab' noch welche.«

»Ach ja«, sagte Margitta, »natürlich. Ich vergesse immer wieder, dass du schon so alt bist.«

»Das ist ein Omaspruch, Großmutter«, sagte Sam, während sie in die kleine Teeküche des Ateliers gingen, die durch einen Vorhang vom großen Raum abgetrennt war. Der Vorhang hatte ein Muster wie die Schürzen der Hausfrauen auf Werbeplakaten der sechziger Jahre. Sam mochte ihn. Margitta setzte Kaffeewasser auf.

»Ich versuche nur, ein vernünftiges Enkel-Oma-Verhältnis herzustellen.«

Sam verzog das Gesicht.

»Das wird nie klappen. Du bist keine Oma. Du bist ...«

Margitta maß Kaffee ab, den sie in die Filtertüte kippte, dann sah sie zu Sam.

»Ja?«

Er zuckte die Schultern. »Na ja, eine Künstlerin eben.«

Margitta lachte und goss das sprudelnde Wasser auf.

»Das hat mir mein Mann auch immer vorgeworfen.«

Kaffeeduft machte das Atelier auf einmal trotz des Februarwetters draußen und des Neonlichts drinnen anheimelnd und gemütlich. Margitta gab Sam Tassen und Untertassen. Selbst im Atelier achtete sie darauf, dass es nicht irgendein Porzellan war. Es waren dünnwandige, elegante Kaffeetassen, die Sam an die zwanziger Jahre erinnerten.

»Wie bist du überhaupt an den Professor geraten?«, fragte er neugierig. »Ihr seid so unterschiedlich.«

»Ja«, erwiderte Margitta nüchtern, »deshalb lebe ich auch in Berlin und er nicht.«

Sie goss Kaffee ein, und dann holte sie einen der kleinen Mosaikaschenbecher, die Sam schon kannte, seit er klein war. Zu Hause hatten sie auch ein paar. Er holte seinen Tabaksbeutel heraus.

»Soll ich dir eine drehen?«, fragte er. Es war eine ganz überraschende Vertrautheit, die in diesem Satz lag, den man sonst nur zu Freunden sagte. Ältere Leute rauchten ja keine selbstgedrehten Zigaretten.

»Lass mal«, lehnte Margitta gelassen ab und nahm sich den Beutel, »nach dem Krieg mussten wir immer selber drehen. Und es gab nie Zigarettenpapier.«

Sie zog ein Papierchen aus der kleinen Packung, gab Tabak hinein und zupfte ihn geschickt zurecht.

»Meistens habe ich dann Bäckerseide genommen«, sagte sie lächelnd, »selber geschnitten und mit Gummiarabikum geklebt. Sehr gesund kann das nicht gewesen sein.«

Sie war fertig, und Sam gab ihr Feuer. Dann drehte er sich selbst eine. Margitta betrachtete ihn rauchend. Er war so jung, und gleichzeitig erinnerte er sie so sehr an sich selbst. Sie schwiegen eine Weile. Im Atelier war es still. Nur die Neonlampen hörte man summen und von draußen leise den Verkehr der Großstadt. Der Februarnachmittag ging schon allmählich in die Dämmerung über. Margitta ordnete ein paar Mosaiksteine auf dem Tisch neben ihnen.

»Den Professor habe ich 1948 kennengelernt«, sagte sie dann, »das war auch so im Februar. Ich war im Krankenhaus. Mal wieder. So wie du«, sagte sie mit Blick auf Sam, »du bist noch ganz schön dünn.«

Sam zuckte die Achseln und gab sich gelassen. Er war froh, dass er endlich wieder aus dem Krankenhaus heraus war.

»Immerhin lebe ich noch«, sagte er mit der eigenartigen Lust der Jugend an der Todesgefahr, »die haben mich dreimal operiert.«

»Ich hab's gehört«, sagte Margitta, »hat der Professor sich um dich gekümmert?«

Margitta sprach nur noch sehr selten mit ihrem Exmann. Sam nickte und grinste.

»Er hat in der Klinik angerufen, hat Mama gesagt. Und er muss einen ganz schönen Wirbel gemacht haben. Ich glaube, die wussten nicht, dass ich der Enkel von Professor Schäfer bin.«

Margitta lächelte. »Er wird es ihnen gesagt haben.«

»Ja«, sagte Sam, »angeblich hat er sich den Oberarzt geben lassen und ihn gefragt, wie aus einer einfachen Blinddarmentzündung eine Bauchfellentzündung werden kann, und ob er ihm vielleicht Ratschläge zur Krankenhaushygiene geben soll. Das dritte Mal hat mich dann nicht mehr der Oberarzt, sondern der Klinikleiter operiert.«

Margitta trank einen Schluck Kaffee.

»Ich hatte bloß eine schwere Blasenentzündung«, sagte sie, »und als dann der Professor damals in mein Zimmer gekommen ist, wusste ich sofort: Der ist es. Das war es für mich. Das Thema Männer war ab da für mich vorbei.«

»Halbgott in Weiß«, sagte Sam ironisch.

Margitta sah ihn mit einem rätselhaften Blick an. »Ja. Genau. Das kannst du dir vielleicht nicht vorstellen, aber genau so war es. Und er war damals noch viel härter als heute.«

Sie stand auf und ging zu einem Schrank, in dem eine Reihe Kunstbücher standen, aber auch ihre Tagebücher. Sie suchte einen Band hervor und holte einen Bogen alten Papiers heraus, den sie Sam gab.

»Das habe ich damals unterschreiben müssen«, sagte sie.

Sam las. Es war so eine Art Vertrag. Seine Großmutter verpflichtete sich, ihre Kinder in Flensburg zu lassen, wenn sie zum Professor nach München zog. Sie verpflichtete sich, auf jeden Unterhalt zu verzichten, sollte sie vom Professor schwanger werden. Sam dachte daran, dass seine Tante Johanna ausgezogen war, sobald sie ihren achtzehnten Geburtstag gefeiert hatte. Margitta verpflichtete sich, nicht zu rauchen. Sie verpflichtete sich, neben ihrer Arbeit und dem Haushalt höchstens zwei Stunden am Tag an ihren Mosaiken zu arbeiten. Es gab noch einiges mehr, und Sam las fasziniert. Er wusste, dass sein Großvater früher ein harter Mann gewesen war, aber zu ihm war er immer großzügig gewesen. Er mochte ihn. Aber das hier ... Sam ließ den Bogen sinken.

»Warum ... warum hast du das unterschrieben?«, fragte er Margitta.

Seine Großmutter stand schon wieder an einer der Werkbänke und brach Mosaiksteine, pinselte Leim auf schweres Packpapier, auf das sie die Schablone gezeichnet hatte, und klebte Steine.

»Sam«, sagte sie nach einer Weile, »ich weiß nicht genau, ob das bei dir auch so ist, und ich weiß nicht, ob das bei dir jemals so sein wird. Aber wenn du liebst«, sagte sie, »wenn du dich so verliebst wie ich damals, so total und bedingungslos, dann unterschreibst du alles. Dann machst du dich sogar mit Freuden zum Sklaven. Aber das ...«, sie unterbrach sich und sah Sam halb lächelnd an, »... ich weiß nicht, ob ich dir wünschen soll, dass du mal so liebst.«

Sam war still geworden und sah das Blatt an. Er dachte an den Sommer mit Katja, aber er wusste, dass er Großmutter nicht davon erzählen wollte. Er wollte niemandem mehr davon erzählen. Seit Wolfgang gestorben war, seit diesem Herbst hatte er nichts mehr von ihr gehört. Erst war es ein wütender Schmerz gewesen, dann hatte er wilde Pläne geschmiedet, die darum kreisten, mit ihr wegzulaufen, er hatte Briefe geschrieben, die keine Antwort bekamen, und er war irgendwie immer verrückter geworden, bis er schließlich ins Krankenhaus kam und diese ganze Sache mit den Operationen angefangen hatte. Und jetzt? Jetzt wollte er nicht mehr so denken und so lieben. Es war irgendwie nicht gut, so zu lieben. Er stand auf und trat zu Margitta. Sie arbeitete an einem großen Bild. Man sah einen großflächigen blauen Hintergrund und davor eine Szene, die ein wenig aussah wie ein Maskenball.

»Was ist das?«, fragte Sam.

»Jahrmarkt der Eitelkeiten«, sagte Margitta kurz und arbeitete konzentriert weiter, »mein Leben.«

Sam sah sich das Bild genauer an. Es hatte kubistische Elemente, was der Arbeit mit Mosaik wunderbar entgegenkam. Ein Harlekin, ganz grau in grau, kniete vor einem Mann in fliegendem Umhang, dessen Kopf an ein Hochhaus erinnerte; statt der Augen hatte es Fenster, statt der Nase Balkons. Der Harlekin küsste ihm den Fuß, eine barbusige Tänzerin im Arm eines Chinesen in traditioneller Tracht; auch hier Hut und Kimono kubistisch eckig und in faszinierenden Farben. Das Gesicht des Chinesen war eine Fratze: Lust und Härte um den Mund und die Augen. Eine Schlange wand sich um die Füße der Figuren; ein Fuß – man wusste nicht, wessen – trat auf die Schlange, aber fast zärtlich und nicht so, als könne er sie zertreten. Das Mosaik faszinierte Sam auf schwer zu erklärende Weise. Dunkle Leidenschaften und die Verzweiflung darüber – beides war in dem Bild.

»Dein Leben?«, fragte Sam.

Margitta arbeitete, ohne ihn anzusehen. Goldsteine wurden gebrochen und setzten trügerisch lichte Akzente in die düster lockende Gesellschaft.

»1948«, begann Margitta in gleichmäßigem Ton, »habe ich deine Mutter und Klaus in Flensburg gelassen. Bei meiner Mutter. Deiner Urgroßmutter. Ich bin nach München gegangen.«

»Du hast Puppen gemacht, oder? Um Geld für Mama und Klaus zu verdienen.«

Margitta sah ihn nicht an, atmete aber kurz und scharf ein.

»Ja«, sagte sie dann knapp, »das habe ich allen erzählt und mir selber auch. Ich habe schon auch Puppen gemacht und für Leute Kleider genäht. Aber in Wirklichkeit«, fuhr sie fort und drehte den Hebel der Brechmaschine so vehement, dass grüne Glassplitter durchs Atelier flogen, »in Wirklichkeit wollte ich einfach leben. Ich wollte Künstlerin werden und ein Künstlerleben führen. Endlich weg von den Eltern. Wolfgang hatte mich ja sowieso sitzen lassen. Der hat mich nur ab und zu besucht, für eine Nacht oder zwei.«

Sam schwieg. Er wusste nicht, warum seine Großmutter ihm das erzählte, aber er wollte nicht, dass sie damit aufhörte. Er hatte das Gefühl ... irgendwie wusste er, dass ihn das anging, und nicht nur, weil es eine Familiengeschichte war. Er reichte ihr schweigend den Lappen, mit dem sie den überschüssigen Leim aufnahm.

»Es gab ein Mosaikatelier, Mempel. Die hatten da gerade den Auftrag für die Säulen im Frankfurter Sportstadion bekommen. Da habe ich mein Geld verdient. Aber daneben war ich ja heimlich an der Akademie, und in meinem Atelier habe ich damals schon Tische gemacht. Und da kam eines Tages Herr Gärtner. Mit seiner Frau. Er ist da so durch mein Atelier gegangen wie ein Gutsherr und ...«

Sam unterbrach sie: »Kanntest du ihn denn nicht? Wer ist Gärtner? Was hat er bei dir gemacht?«

Margitta sah zu ihm herüber und lächelte.

»Ich weiß schon, ich bin zu schnell. Du kennst die alle nicht. Gärtner war damals ein großer Künstler. Mit

Kokoschka befreundet und mit Bele Bachem. Die hat ihm sogar Modell gestanden.«

Sam merkte sich den Namen Bachem. Er wollte nicht noch einmal fragen.

»Gärtner also«, erzählte Margitta weiter, »Mempel hatte ihn zu mir geschickt. Der war immer auf der Suche nach neuen Künstlern. ›Frisches Blut‹, hat Mempel gesagt und anzüglich gegrinst. Gärtner ist also durch mein Atelier gehinkt – er hatte nur ein Bein – wie ein Gutsherr. ›Das ist scheiße‹, hat er ganz kühl gesagt, ›das hier auch.‹ Bis er den einen Tisch gesehen hat, den ich in der Nacht noch fertig gemacht hatte. ›Und das hier ist ganz groß.‹ Im selben Ton wie vorher. Und dann hat er mich eingeladen ...«, sie verbesserte sich, »... dann hat er mir befohlen mitzukommen. Und ich bin in sein Auto gestiegen. Unterhaching war damals noch ein Dorf, und wir sind auf diesen halb verfallenen Bauernhof gefahren, wo er sein Atelier hatte.«

Sam hatte angefangen, den Kaffeetisch abzuräumen, machte dazwischen aber kleine Geräusche, um zu signalisieren, dass er zuhörte. Er fragte sich, worauf die Geschichte hinauslief, aber er wollte sie nicht drängen. Margitta richtete sich auf und sah Sam durchdringend an. Die Atmosphäre hatte sich verändert. Sam hatte schon immer das Gefühl gehabt, dass seine Großmutter Kinder nicht wie Idioten behandelte, aber ein Gespräch wie dieses, so ganz auf Augenhöhe, war doch noch neu für ihn.

»Bekomme ich noch eine Zigarette?«, fragte sie ihn. »Meine Hände sind voller Leim.«

Sam holte den Tabak heraus und drehte ihr und sich eine Zigarette, zündete beide an und steckte seiner Großmutter die andere zwischen die Lippen. Margitta schob sich mit dem Handrücken eine Haarsträhne aus dem Gesicht.

Für einen Augenblick sah Sam, wie attraktiv sie gewesen sein musste, damals, als junge Frau.

»In der Scheune«, erzählte sie weiter, »hatte er sein Atelier. Mit seiner Frau. So was hast du noch nicht gesehen! Heute kennt ihn kein Mensch mehr, aber die Entwürfe waren phantastisch. Da war fast nichts Schlechtes dabei. Alles, was im Krieg verboten gewesen war, Sachen, die ich noch nie gesehen hatte. Surrealistische Sachen. Kubistische. Expressionistische. Und Aktzeichnungen ohne Ende. Er war auch ein toller Grafiker. ›Sie können mit uns arbeiten‹, hat er dann gesagt, ›wir bringen Sie ganz groß raus. Meine Frau ist Lesbierin, wenn Sie der auch gefallen, dann machen wir alles gemeinsam. Auch im Bett.‹«

Sam war überrascht und wusste nicht genau, wo er hinsehen sollte. Er hatte nicht mit dieser Offenheit gerechnet. Seine Großmutter sah ihn an, lächelte schief, atmete Rauch aus und sagte:

»Ja. Hat mich auch überrascht, diese Offenheit. Und dummerweise habe ich seiner Frau sehr gut gefallen.«

»Und?«, fragte Sam zögernd und ärgerte sich, dass er dabei rot wurde.

»Ach Sam«, sagte seine Großmutter gelassen, »ich komme aus einer Danziger Bürgerfamilie. Ich hatte ja bis nach dem Krieg nicht mal gewusst, dass es so was wie Lesbierinnen gab.«

Sie zuckte die Schultern.

»Nein«, sagte sie dann, »sie wollten mich einladen, über Nacht zu bleiben. Ich wollte nicht. Aber in die Stadt zurückfahren wollten sie mich auch nicht. Dann bin ich einfach gelaufen.« Sie machte eine kleine Pause und sah Sam voll an.

»Leider«, sagte sie. Dann drehte sie sich wieder zu ihrem Tisch um und arbeitete weiter an dem Bild.

»Ich war zu jung und zu dumm«, sagte sie wie nebenbei, »heute würde ich nicht mehr weglaufen. Es war eine schöne Frau.«

Sam wusste nicht, was er sagen sollte. Er war vielleicht selbst noch zu jung, und die Vorstellung, dass seine Großmutter ... aber dann fragte er doch.

»Und dann?«

»Dann«, sagte Margitta, »hatte ich eine vierzehntägige Affäre mit meinem Großcousin Willi. Er wollte sich München ansehen.« Sie musste wider Willen lachen.

»München war damals noch zur Hälfte eine Ruinenstadt. Da gab es nicht viel zum Ansehen. Aber zum Tanzen sind wir doch gegangen. Obwohl ich mit Erich Hubel verlobt war. Aber der konnte sich nicht leisten, auf Willi eifersüchtig zu sein.«

Sam war wieder aufgestanden und an das Bild getreten. Der Chinese erinnerte ihn an den Professor: harte Züge, aber trotzdem irgendwie attraktiv.

»Warum?«, fragte er.

»Willi«, sagte Margitta lässig, »war fünfzehn. Auf einen Jungen eifersüchtig sein ... das wäre gegen seine Ehre gegangen. Aber Willi ...«, sie wandte sich an Sam: »Weißt du, was ein Cherubino ist?«

Sam nickte zögernd. Margitta sah ihn an und lächelte.

»Willi war mein Cherubino.«

Es gab eine Pause. Sam fuhr mit den Fingern über die rauen Kanten des halbfertigen Mosaiks. Das schwere Packpapier, auf das die Steine geklebt waren, bevor man das Mosaik auf den Stein übertrug, knisterte. Von zwei Figuren konnte man erst den Körper erkennen, aber eine hatte unzweifelhaft die schlaksige Figur eines Jungen.

»Für wen ist das überhaupt?«, fragte Sam und deutete auf das Mosaik. Manchmal vermittelte sein Vater ihr einen

Auftrag – das hatte sich in den letzten Jahren immer häufiger ergeben.

»Für mich«, sagte seine Großmutter Margitta ruhig und klebte einen weiteren Stein, »das wird mein Grabstein.«

36

Papa saß im Arbeitszimmer. Er hatte seinen Morgenmantel an. Katja sah dieses Stück wohl zum ersten Mal, denn sie betrachtete es mit einer Mischung aus Faszination und Widerwillen. Es sah ja auch bizarr aus: Die grauenvolle Farbkombination, der Schnitt aus den Sechzigern, der Stoffgürtel, der schon vor langer Zeit alle eindeutigen Merkmale verloren hatte und von dem man beim besten Willen nicht mehr sagen konnte, ob er aus Frottee oder Leinen oder Wolle war. Und darunter wie immer Hemd, Krawatte, schwarze Anzughose. Es war schon nach Mitternacht. Wir waren nur kurz in Johannes' Wohnung gewesen, und dann waren wir noch einmal eine halbe Stunde quer durch die Stadt zu Papa gefahren. Draußen war es richtig kalt geworden, und es hatte angefangen zu regnen. Ab und zu waren sogar ein paar Schneeflocken darunter. Wir waren müde, und vielleicht lag es daran, dass Johannes Papa verständnislos anstarrte.

»Was meinst du damit: Die Leiche ist weg? Was soll das heißen: Die Leiche ist weg?«

Papa war gereizt und antwortete ungehalten: »Na, was ich sage! Hörst du schlecht? Die Leiche ist weg. Weg!«

Er holte tief Luft und rettete sich in Sarkasmus.

»Ich meine, ich führe ein Bestattungsunternehmen. Klar. Leichen kommen und gehen. Jeden Tag. Aber normalerweise nicht ohne meine Erlaubnis und ohne mein Zutun.«

Johannes grinste. »Diese Leiche führt ein bewegtes Leben für eine Tote.«

Papa fuhr auf. »Jetzt ist keine Zeit für dumme Witze!«, herrschte er Johannes an.

»Papa!«, sagte ich. Ich war müde. Ich wollte wissen, was los war. Aus irgendeinem Grund waren diese Tage alle so bizarr. »Papa, bitte! Was ist passiert?«

Papas Finger spielten mit dem Tintenlöscher. Der stand seit vierzig Jahren auf dem Schreibtisch, wurde alle paar Jahre mit Löschpapier neu bezogen und war noch nie benutzt worden. Ich hatte als Kind Jahre gebraucht, um herauszufinden, wozu diese nette kleine Schaukel aus schwarzem Bakelit eigentlich da war.

»Es ist eingebrochen worden«, sagte er leise und schluckte. Johannes und ich tauschten Blicke. Papa war wirklich sehr, sehr nervös. Wir hatten ihn selten so gesehen. Normalerweise verlor er nicht die Fassung, auch in Krisen nicht.

»Die Tür zum Leichenraum ist aufgebrochen worden, und dann haben sie die Leiche herausgeholt. Sonst ist nichts verschwunden.«

»Udo?«, fragte ich, obwohl ich mir nicht vorstellen konnte, wieso Udo die Leiche zurückholen sollte, die er eben erst losgeworden war.

Papa schüttelte düster den Kopf. Johannes lehnte sich in seinem Stuhl zurück, aber er wirkte nicht entspannt.

»Ich nehme mal an, dass es sich nicht um einen Fall von Nekrophilie handelt«, sagte er, »da würde man sich ja denn doch eher eine frische Leiche wünschen. Und dann bleiben nicht so viele Möglichkeiten, oder? Es gibt ja nur eine begrenzte Anzahl von Leuten, die von dieser Leiche wissen.«

Papa ging hin und her. Er warf den Tintenlöscher von der einen in die andere Hand, bis er ihm entglitt, krachend auf den Holzboden fiel und zerbrach.

»Ach, Scheiße!«, entfuhr es ihm, und er bückte sich, um die zwei Teile aufzuheben. Etwas hilflos hielt er die Bruchstellen aneinander. In diesem Augenblick merkte ich, dass er wirklich unsere Hilfe brauchte.

»Gerhard also«, stellte ich fest. »Aber wieso sollte der … ich meine, der hat doch am allerwenigsten ein Interesse daran, mit seinem Opfer von damals erwischt zu werden!«

»Vielleicht will er sie selber entsorgen, weil ihm das mit Papa zu unsicher ist«, sagte Johannes, zuckte aber dann die Achseln und fügte an: »Ich habe auch keine Ahnung. Das ist wirr.«

Wir diskutierten hin und her, aber wir fanden keine Lösung. Natürlich nicht. Zum einen waren wir alle einfach müde, zum anderen war das Ganze unlogisch und erklärte sich nicht. Schließlich einigten wir uns auf »aggressives Zuwarten«, wie es Johannes ausdrückte.

»Die meisten Probleme lösen sich von allein, wenn man sie in Ruhe lässt«, sagte er, als wir aufstanden, aber er wirkte nicht ganz überzeugt.

Papa war damit beschäftigt, den Tintenlöscher zu kleben. Leider verwendete er das uralte Gummiarabikum aus demselben Set, aus dem der Tintenlöscher stammte, und ich war ziemlich sicher, dass diese Verbindung niemals halten würde. »Wenn ich morgen nicht zum Frühstück komme«, sagte er mürrisch, »dann ruft mal bei der Polizei an. Vielleicht bin ich dann schon im Gefängnis.«

»So schnell geht das nicht«, antwortete ich, aber ich war auch verunsichert. Vielleicht ging es doch so schnell.

»Willst du hier schlafen?«, fragte Johannes mich, als wir im Treppenhaus standen. Ich schüttelte den Kopf.

»Ich komme mit zu dir«, sagte ich dann, »wenn's dir nichts ausmacht.«

»Mir nicht«, sagte Johannes mit seinem unverwüstlichen dunklen Humor, »aber Vera wahrscheinlich.«

»Danke«, sagte ich, als wir hinuntergingen, »ich bin immer wieder froh, dass du dich um meinen Bezug zur Realität kümmerst.«

»Gern geschehen«, sagte Johannes leichthin. Manchmal fragte ich mich, wie er das machte.

Dann fuhren wir durch den Schneeregen zu ihm. Es war ein wirklich langer Tag gewesen.

Der Alkohol am Tag zuvor, die lange Fahrt, das mitternächtliche Gespräch mit Papa und die Gespräche mit Katja danach – das alles hatte wahrscheinlich dazu geführt, dass Katja und ich unglaublich lange schliefen. Als ich die Augen öffnete, war es vormittagshell. Wir hatten das Klappsofa ausgezogen. Unsere Schlafsäcke hatten wir ja noch dabei gehabt. In der Nacht war es stürmisch geworden, und draußen zogen die Wolken rasch über den Himmel. Ab und zu kam sogar die Sonne durch. Neben uns standen Hannes' Saxophone in ihren Ständern auf den abgetretenen Dielen und glänzten, wenn sie ein Sonnenstrahl traf. Johannes hatte eine riesige Altbauwohnung mit vier Zimmern für sich ganz allein. Ich hatte diese Wohnung schon immer gemocht. Außerdem hatte man aus den Westfenstern einen Blick auf den Park. Aus der Küche hörte ich Musik und das Zischen der schicken Espressomaschine, die Johannes sich geleistet hatte. Katja lag mit verwuscheltem Haar neben mir und atmete tief. Ich küsste ihren Nacken.

»Ach, wie süß!«, sagte eine boshafte Stimme. Ich fuhr herum. Da saß Johannes in einem Sessel, fertig angezogen, eine Tasse Kaffee in der Hand, und beobachtete uns.

»Hannes!«, zischte ich wütend. »Was wird das? Hol dir eine eigene Frau.«

»Keine Zeit dafür«, versetzte Johannes hoheitsvoll, »ich habe schließlich ein Berufsleben. Übrigens: Vera hat angerufen und nach dir gefragt.«

»Was?«, fragte ich und richtete mich auf. Jetzt war ich wirklich wach.

»Jaja«, erwiderte Johannes und trank geziert einen Schluck Kaffee aus der winzigen Tasse, »ein Morgen der interessanten Telefonate. Ich habe ihr gesagt, dass du noch schläfst, aber nicht, mit wem.«

Katja wachte auf. Sie drehte sich zu mir, gähnte, strubbelte durch ihr Haar und setzte sich auch auf.

»Und ein Morgen der interessanten Anblicke«, sagte Johannes noch immer ungerührt und betrachtete ihre zugegebenermaßen hübschen Brüste. Sie hatte vergessen, dass sie nackt war. Ich musste wider Willen lachen, und Katja zog den Schlafsack hoch.

»Ich ... ich bin noch ... kein Doppelinzest!«, sagte sie verschlafen und trotzdem in dem Bemühen, witzig zu sein.

»Ich muss mit dir reden, Katja«, sagte Johannes unvermutet ernst, »soll ich Sam zum Brötchenholen schicken?«

Katja schüttelte den Kopf, um klar zu werden. Dann sah sie von Johannes zu mir. Ich hob die Schultern.

»Nein«, sagte sie, »oder ist es was Wichtiges?«

Johannes nickte. »Könnte man sagen«, meinte er, stellte die Tasse weg und lehnte sich zurück, wie er es immer tat, wenn er sich ernsthaft unterhalten, aber dem Gespräch trotzdem kein zu großes Gewicht geben wollte.

Katja war jetzt richtig wach und drehte sich zu mir. Sie sah auf einmal wütend aus.

»Hast du's ihm gesagt?«, fragte sie schneidend.

Ich hob die Achseln. »Ja«, gestand ich zögernd und in beschwichtigendem Ton, »ich meine, Hannes ist Arzt ... und er ...«

»Danke!«, sagte Katja bitter, »vielen Dank. Das ist genau das, was ich wollte. Mitleid und all diese ...«

Johannes unterbrach sie gelassen. »Das ist ja alles ganz wunderbar«, sagte er nachsichtig, »diese wildromantische Vorstellung: Wir bringen unser Leben in Ordnung, wir holen all die Versäumnisse nach, haben noch einmal jede Menge Spaß und am Ende des Tages reiten wir dann dem Sonnenuntergang entgegen, um in den Armen unseres Liebsten hinzuscheiden. Sehr hübsch.«

Ich sah Johannes entgeistert an. Der Sturm rüttelte an den Fenstern und pfiff um die Ecken. Die Musik aus der Küche war ein lässiger Bossa Nova.

»Was?«, fragte Katja ungläubig. »Was? Und wenn? Du bist ja nicht krank, oder? Du hast keine Ahnung, wie das ist!«

Sie griff sich ihr Hemd von der Sofalehne und schlüpfte hinein.

»Für dich ist das komisch, ja? Glaubst du, ich mache das, weil ich's lustig finde oder so?«

Johannes war völlig ungerührt sitzen geblieben. Ich verstand nicht, was er da tat. Draußen gaben die Wolken für einen Augenblick die Sonne frei, und ein Lichtbalken erschien schräg auf den Dielen. Man sah den Staub tanzen. Die Musik perlte.

»Ich habe heute morgen schon zweimal den hippokratischen Eid gebrochen und mehrfach unverschämt gelogen«, erzählte Johannes ruhig. »Ich habe in der Kieler Uniklinik angerufen und behauptet, ich sei dein behandelnder Arzt. Und dann habe ich mir deine Befunde faxen lassen.«

Eine wilde Hoffnung war plötzlich in mir. Vielleicht war alles anders! Katja war fortgelaufen. Sie hatte ja gar nicht mehr auf die Befunde gewartet. Ich sah zu ihr und wollte ihre Hand nehmen, aber sie machte nur eine ungeduldige Handbewegung.

»Und?«, fragte sie in schnoddrigem Ton. »Was ist? Habe ich doch keinen Krebs?«

Johannes sah sie an und beugte sich dann ein wenig vor.

»Doch«, sagte er ruhig, »du hast Krebs. Aber«, sagte er dann und zog ein paar Papiere heraus, die er in der Tasche gehabt hatte, »wenn du tust, was ich dir sage, wirst du mit ziemlicher Sicherheit nicht sterben. Jedenfalls nicht am Krebs«, fügte er hinzu, »als Pathologe kann ich Verkehrsunfälle und so natürlich nicht ausschließen.«

Katja war durcheinander. Man konnte sehen, dass es in ihr tobte. Mir ging es ganz ähnlich.

»Was ...«, ihre Stimme überschlug sich, und sie nahm sich zusammen. »Was ... also, was soll ich tun?«

»Zuallererst«, sagte Johannes, »werdet ihr beide mal duschen. Und dann frühstücken wir. Und dann sage ich dir, was du tun sollst. Aber ich verspreche dir«, sagte er fast fröhlich und sah noch einmal auf die Bögen in seiner Hand, »wenn nicht alles schief geht, dann wirst du ziemlich sicher nicht an diesem Krebs sterben.«

Später, nach hektischen Gesprächen im Bad, in denen Katja und ich uns stritten und versöhnten und alles in einer merkwürdigen Spannung zwischen Angst und Aufregung und plötzlicher Zuversicht schwebte, einer Atmosphäre, in der plötzlich wieder alles eine neue Bedeutung hatte, kamen wir endlich in die Küche, wo Johannes eine säuberlich angelegte Akte neben sich liegen hatte. Und dann, beim Kaffee und immer noch mit dem unvermeidlichen Radio im Hintergrund, setzte er Katja auseinander, wie es sich mit Operationen und Bestrahlungen verhielt, dass ihr Krebs in einem frühen Stadium entdeckt worden war und wen er aus dem Studium noch kannte und empfehlen konnte.

»Was du jedoch auf keinen Fall tun wirst«, endete er und sägte ein viertes Brötchen auf, »ist nichts. Nichtstun ist ganz schlecht. Alles andere wird zwar nicht schön, und du wirst wahrscheinlich wochenlang kotzen.« Er machte eine Pause und schlug für einen Augenblick die Augen nieder. »Und ich weiß auch nicht, ob du die Brust behalten kannst. Die Chancen sind nicht schlecht, weil sie heute eine ganze Menge minimalinvasiv machen können und so, aber ich weiß es nicht«, sagte er und trotzte Katjas und meinem Blick. »Aber eins weiß ich: Das ist alles besser als tot sein. Und wenn du noch so romantisch stirbst. Ich habe dir einen Termin bei mir an der Klinik gemacht«, sagte er schließlich zufrieden und ließ Honig auf sein Brötchen laufen, »nächste Woche. Dann kann ich nämlich dabei sein.«

Katja sagte nichts und rührte in ihrem Kaffee. Vor dem Küchenfenster tobte der Wind in den kahlen Bäumen im Park und riss an den Zweigen. Sie sah lange hinaus. Ich konnte nicht sagen, was sie dachte. Dann sah sie wieder zu Johannes.

»Okay«, sagte sie, »aber bis dahin ...« – sie sah ihn mit schief gelegtem Kopf und einem so schönen Lächeln an, dass ich auf einmal ein dickes Gefühl in der Kehle hatte, »bis dahin kriege ich eine romantische Woche, ja?«

»Ja, da kann ich helfen«, sagte Johannes jetzt in sehr beiläufigem Ton und biss in sein Brötchen.

»Wir könnten zum Beispiel alle zusammen etwas dagegen tun, dass Papa von Gerhard mit seiner Wachsleiche und einer plötzlich aufgetauchten Pistole erpresst wird.«

Manchmal hasste ich Johannes einfach dafür, dass er im Leben immer die besseren Pointen kriegte, obwohl ich doch der Ältere war.

37

»Geh aus, mein Herz, und suche Freud ...«, sang Friedrich, als er auf der Suche nach Brot durch das leere Haus streifte. Gesine war einkaufen. Die Kinder waren entweder im Freibad oder in der Stadt. Es war ein klarer, durchsichtiger Augustmorgen. Es war, als sei die Zeit stehen geblieben. Man konnte für einen Moment das Gefühl haben, es würde für immer Sommer sein. Friedrich ging, nachdem er sich ein Brot gemacht und Butter, Teller, Käse und Messer wie immer einfach auf dem Küchentisch liegen gelassen hatte, hinaus auf die Veranda und sah in den Garten. Der Obelisk glänzte in der Vormittagssonne. Der Rasen war eine hoch gewachsene Wiese geworden. Ab und zu konnte man Elfs rostroten Rücken sehen, während sie durch den Garten streifte.

»... in dieser schönen Sommerzeit ...«, sang Friedrich mit vollem Mund weiter. Er mochte die alten Lieder aus seiner Jugend, und er sang gerne. Vor allem, wenn keiner da war. Er mochte es manchmal überhaupt, wenn keiner im Haus war. Und nur im Sommer gab es diese besondere Art der Stille, die ja eigentlich voller Geräusche war, aber trotzdem einen großen Frieden vermittelte. Anders als im Frühjahr sangen nicht so viele Vögel, es gab nur das Locken einiger Tauben und das Getschilpe der Spatzen. Und dann natürlich die Bienen. Bienengesumm war immer etwas Friedliches. Sein Vater hatte ein paar Bienenvölker gehabt ... Friedrich ließ seine Gedanken wandern und seinen Blick über den Garten und die Silhouette der Stadt schweifen. Die große Kastanie. Der weit entfernte Fernsehturm zwischen Obelisk und Linde. Die Wiese. Elf sprang eben hoch, versuchte, eine Wespe zu schnappen, und verschwand wieder im hohen Gras. Der neu renovierte Kirchturm mit der wie poliert glänzenden goldenen Kugel an der Spitze. Friedrich war dabei gewesen, als Bürgermeister, Pfarrer und Gemeinderäte zur Vierhundertjahrfeier eine Zeitung, die Baupläne, eine Abschrift der Schenkungsurkunde und noch so dies und das in die Kugel gegeben hatten, bevor sie wieder auf den Turm gesetzt worden war. Der Kirchturm leuchtete in der Augustsonne freundlich gelb – er war auch frisch gestrichen worden.

Auf einmal hörte Friedrich einen Knall. Und dann noch einen. Friedrich sah sich um. Das hatte sich wie ein Gewehrschuss angehört. Und er war von irgendwo hinter der Kirche gekommen. Er ging hinein und holte ein Fernglas. Dann stieg er die Treppen hoch zum Dachboden, weil man von dort den besten Blick auf die Kirche hatte, und öffnete die Bodentür nach außen. Er hob das Fernglas vor die Augen und lehnte sich an den Rahmen der Tür, damit das Glas ruhig blieb. Blau. Alles war blau. Eine Taube flatterte, und Friedrich konnte jede Feder sehen. Dann kam die Kugel ins Bild. Sie strahlte so verlockend schön wie ein goldener Apfel vor dem Sommerhimmel. Für ihn wäre sie, musste er sich eingestehen, eine Verlockung gewesen, der man nur schwer widerstehen konnte, wenn man etwa ein Jagdgewehr hatte, das man sonst nicht benutzen konnte. Aber die Kugel war rund und ganz. Trotzdem war der Knall von irgendwo dort hinten gekommen. Er suchte mit dem Fernglas die Gegend ab. Er stellte die Schärfe nach. Und dann sah er, was er gesucht hatte.

Er ließ das Glas sinken und schmunzelte. Eigentlich war die Vorstadt ja schon sehr lange Teil der Stadt. Die Straßenbahn, die Geschäfte, die Häuser – das meiste war richtig städtisch. Aber ein paar Reste der dörflichen Vergangenheit gab es eben doch noch. Wie den Hof vom Heuberger, der immer noch alle paar Samstage sein Pferd anschirrte und mit dem großen Leiterwagen in die Stadt zum Markt fuhr. Friedrich war sich schon immer ziemlich sicher gewesen, dass der alte Mann in der allmählich zerfallenden Scheune noch irgendwo ein Jagdgewehr hatte. Und wahrscheinlich hatte er jetzt an einem der letzten Sonnentage einfach der Versuchung nachgegeben. Dort hinten, auf den abgeernteten Frühkartoffelfeldern, dort, wo der Wald begann, hatte Friedrich eine Gestalt gesehen, die in einer der Furchen lag. Sie hatte sich nur ganz kurz aufgerichtet und sich dann wieder fallen lassen. Friedrich hatte in den Nachkriegsjahren mit seinen Brüdern selber gewildert. Er wusste, wie man sich verstecken musste, wenn man nach Hasen ging. Er nahm das Glas wieder hoch. Er sah den Pfarrer aus seinem Garten kommen und sich umsehen. Ach ja. Der hatte den Knall wohl auch gehört. Friedrich beobachtete ihn, wie er etwas ziellos zwischen der Friedhofsmauer und der Kirche hin- und herging. Dann ging er ein paar Schritte auf die Straße, die in Richtung Wald führte, blieb aber dann wieder stehen. Friedrich lächelte spöttisch. Der Pfarrer war einer von denen, die neuerdings gerne Jeans unter dem Talar trugen und das Musical *Hair* komplett missverstanden hatten, weil er sich seine Haare nicht nur lang wachsen ließ, sondern auch selten wusch. Von Waffen hatte der mit großer Sicherheit keine Ahnung.

Aber Friedrich selbst hatte jetzt ein Jagdfieber gepackt. Er wollte doch zu gern wissen, ob es wirklich der alte Heuberger war, der seit vierzig Jahren im Kirchenvorstand saß und sonst an den Sonntagen durchaus mal zu den Vorlesern gehörte. Er steckte das Fernglas in die Tasche und lief rasch nach unten und aus dem Haus. Dann sah er sich um. Sein eigenes Fahrrad benutzte er so gut wie nie, deshalb waren die Reifen fast platt. Aber Gesines Fahrrad stand an die Wand gelehnt. Er stieg auf und fuhr eilig rechts neben dem Friedhof vorbei, von wo man nach ein paar hundert Metern auf einen Feldweg kam, der weit aus der Vorstadt hinaus zum Steinbruch führte, von dem aus man aber einen sehr schönen Bogen fahren konnte, wenn man einen Wilderer von hinten überraschen wollte. Friedrich beeilte sich. Die letzten Häuser der Vorstadt wichen zurück, und er war auf freiem Feld. Ihm wurde warm; die Ledertasche des Fernglases schlug rhythmisch gegen seine Schenkel. Irgendwo in den Furchen schrie ein halbwüchsiges Falkenjunges seinen hohen, klaren Schrei. Noch ein Jäger, dachte Friedrich und grinste vergnügt. Es war ein ganz und gar sinnloses Vergnügen, das er sich da machte. Es ging ihm um gar nichts, als nur zu wissen, ob er recht gehabt hatte. Und ob er den alten Heuberger richtig eingeschätzt hatte. Er war jetzt am Waldrand angekommen, ließ das Fahrrad vorsichtig in den Abzugsgraben gleiten, damit man es nicht gleich sah, wenn man etwa rasch über die Schulter blickte. Er holte das Fernglas heraus und suchte die Furchen des Kartoffelackers ab. Ein leichter Wind ging, und der Staub, der in dünnen Schwaden über das Feld getrieben wurde, sah durch das Glas im Sonnenlicht doppelt schön aus. Friedrich suchte methodisch, bis er die Gestalt entdeckte. Beinahe hätte er über sie hinweg gesehen. Es war tatsächlich der Heuberger. Er hatte das Gewehr neben sich liegen und wartete. Friedrich ließ die Tasche des Fernglases beim Fahrrad und hängte sich das Glas um. Dann ging er, immer im Schatten des Waldrandes, den Acker entlang, bis er fast auf derselben Höhe wie der Heuberger war. Langsam und vorsichtig schritt er dann quer über die Furchen. Er wusste selbst nicht, was er tun wollte, wenn er ihn erreicht hatte; es war wie ein Spiel aus der Jugend. Dann geschah es plötzlich, und ihm blieb fast das Herz stehen. Eine blitzartige

Bewegung zu seinen Füßen, etwas Braunes – er hatte einen Hasen aufgeschreckt, der bis eben tief hingekauert gesessen war. Jetzt schoss er im Zickzack über die Furchen, sprang über die Haufen Kartoffelkraut und floh in Richtung Vorstadt. Da richtete sich auch der Heuberger auf; in einer einzigen fließenden Bewegung zog er das Gewehr an die Wange, hielt einen Augenblick still und schoss. Mit dem Knall überschlug sich der Hase drei-, vier-, fünfmal und blieb liegen. Der Heuberger war sofort wieder in der Furche verschwunden. Friedrich atmete tief ein. Der Hase hatte ihn unglaublich erschreckt, und er fand, dafür sollte jetzt jemand büßen. Er ging die restlichen zwanzig Schritte leise über das Feld, bis er direkt hinter dem Heuberger stand, der sich eben vorsichtig aufrichtete, um den Hasen zu holen.

»Waidmannsheil, Herr Heuberger!«, grüßte Friedrich freundlich von hinten.

Der höfliche Gruß war äußerst befriedigend und hatte eine ähnliche Wirkung auf den Heuberger wie der Hase vorhin auf Friedrich. Der Heuberger fuhr so zusammen, dass er Gewehr und Jagdtasche fallen ließ und dazu noch ein Stück in die Knie sank. Dann drehte er sich um und sah Friedrich.

»Oh mein Gott!«, rief der alte Mann. »Oh mein Gott, Herr Ehrlich! Wie können Sie so was machen ... ich ... mein Gott, haben Sie mich erschrocken.«

»Erschreckt«, korrigierte Friedrich sanft, »ich habe Sie erschreckt, aber Sie sind erschrocken. Tut mir leid.«

Der Alte kniete sich jetzt doch hin und nahm sein Gewehr auf. »Ich ... das ist nicht, wie Sie denken«, sagte er stotternd und wirkte wie ein ertappter Schuljunge, was Friedrich sehr amüsierte, denn eigentlich war der Heuberger ein alter Fuchs.

»Aber ich bitte Sie«, sagte Friedrich jetzt sehr zufrieden, »wo soll man denn sonst so ein Gewehr ausprobieren als auf freiem Feld. Solange man nicht versehentlich irgendwas trifft ...«

Der Heuberger brauchte einen kleinen Augenblick, bis er verstand.

»Ausprobieren ... ja. Ausprobieren, genau«, sagte er dann mit wachsender Sicherheit, »ist ja schon alt. Ich hab's noch von meinem Vater.«

Er zeigte es Friedrich, und Friedrich bewunderte es, und dann sprachen sie zwei, drei Minuten über Jagdgewehre und andere Waffen. Daraufhin gab es ein kurzes Schweigen. Friedrich konnte sehen, dass die Augen des alten Mannes immer wieder in die Richtung abirrten, wo der Hase lag.

»Ja, ich muss dann wieder«, sagte Friedrich seufzend, »die Arbeit ruft. Auch wenn es draußen noch so schön ist.«

Er gab dem Heuberger die Hand und hatte sich schon in Richtung seines Fahrrads gewandt, als er sich noch einmal umdrehte.

»Ach«, sagte er leichthin, »als ich vorhin an der Kirche vorbeigekommen bin, war der Pfarrer im Garten. Falls Sie auf dem Heimweg noch wegen Sonntag mit ihm reden wollen ...«

Wieder brauchte der Heuberger ein bisschen, bis er begriffen hatte. Dann gingen seine Augen noch einmal dorthin, wo der Hase lag, aber diesmal machte er sich nicht die Mühe, seinen Blick zu verbergen.

»Verstehe«, sagte er und grinste ein zahnlückiges, bäuerlich schlaues Lächeln, »wegen Sonntag.«

Friedrich hob die Hand zum Gruß und ging über den staubenden Acker mit einer sonnenwarmen Brise im Rücken zu seinem Fahrrad und war für einen dieser sehr seltenen Augenblicke glücklich.

Als er zu Hause angekommen war und das Fahrrad wieder an die Wand lehnte, hörte er schon im Hof das

Telefon klingeln und beeilte sich, ins Arbeitszimmer zu kommen.

Arbeit, dachte er und seufzte, der Tag hatte auch einfach zu gut angefangen.

»Ehrlich«, meldete er sich, als er im Arbeitszimmer den Hörer abnahm, »Bestattungen aller Art.«

Als er eine halbe Stunde später im Benz vom Hof rollte, sah er Sam, der trotz der Hitze über dem gerade üblichen schwarzen Hemd und abgetragenem Jackett auch noch einen schwarzen Mantel und den schwarzen Hut trug, den Klaus den beiden Jungen bei einem kürzlichen Besuch gekauft hatte. Er dachte einen flüchtigen Augenblick an seine eigene Kindheit: Er hätte sich nicht getraut, sich so extravagant zu kleiden. Aber Sam machte fast einen Kult daraus, Gesine hatte ihm erzählt, dass für Sam im Augenblick sogar die Unterwäsche schwarz sein musste. Wahrscheinlich war das so, wenn man heute jung war, dachte Friedrich. Und er musste lächeln. Es war schon sehr melodramatisch, wie sein Sohn da die leere, sommerliche Straße heraufkam und die Mantelschöße sich im Wind bewegten. »Spiel mir das Lied vom Tod«, murmelte Friedrich ironisch. Sam sah ihn und winkte ihm im Vorbeigehen mit lässiger Handbewegung zu. Aus einer spontanen Laune heraus hielt Friedrich an, lehnte sich aus dem offenen Fenster und rief Sam zu: »Willst du mit? Wir haben einen Ermordeten. Du könntest mir tragen helfen.«

Meier, der sonst im Sommer aushalf, hatte heute nämlich seinen freien Tag. Es wäre zwar auch so gegangen, weil auch bei Unfällen meistens einer der Polizisten half, wenn er alleine kommen musste, aber so war es doch schöner. Außerdem, dachte Friedrich mit mildem Schuldbewusstsein, sollten die Kinder ja auch mal mehr von seinem Beruf sehen. Samuel war schließlich schon sechzehn.

Sam hatte die Straße überquert und stieg ein.

»Wo denn?«, fragte er neugierig.

»Südstadt«, antwortete Friedrich kurz, »wo sonst. Ich glaube ja, dass es dort irgendwo einen direkten Zugang zur Hölle gibt«, fuhr er dann im Plauderton fort, als er den Gang einlegte, »wahrscheinlich können die gar nicht anders, als sich gegenseitig umbringen. Oder es liegt an den Erdverwerfungen. Die bringen das Erdmagnetfeld durcheinander.«

Sam war sich nie sicher, wie ernst sein Vater es meinte, wenn er solche Dinge sagte. Papa las so viel und beschäftigte sich mit so skurrilen Dingen, dass man ihm manchmal nur schwer folgen konnte.

»Wir kommen ins Wassermannzeitalter«, sagte Friedrich vergnügt, »wenn es nicht vorher zum Atomkrieg kommt. Aber für diesen Fall habe ich vorgesorgt.«

Das stimmte, dachte Sam. Es gab niemanden, der so viele Überlebensmesser mit Säge, eingebautem Kompass, Schraubenzieher und Ahle besaß. Er kannte niemanden, der nachts mit seinem privaten Geigerzähler das Haus durchwanderte, um herauszufinden, wie stark der Fernseher strahlte. Es gab auch niemanden, der vorsorglich Schwefel, Salpeter und Holzkohle in großen Gläsern aufbewahrte, um sich nach dem Zusammenbruch der Zivilisation sein Schwarzpulver selber mischen zu können.

Sie bogen am Bahnhof ab, unterquerten die Bahnlinie und folgten dann der Straßenbahn bis in die Düsseldorfer Allee. Es war nicht schwer, das richtige Haus zu finden. Krankenwagen und Polizeiautos standen davor. Das Blaulicht des Krankenwagens drehte sich schweigend vor sich hin und hatte in der hellen Augustsonne etwas sehr Verlorenes, fand Sam. Sein Vater stellte den Wagen ordentlich hinter die Einsatzfahrzeuge in die zweite Reihe, und sie stiegen aus.

»Fass an«, kommandierte er, als er die Hecktüren geöffnet hatte und er den schon ein wenig mitgenommenen Metallsarg herauszog, den man für die Überführungen verwendete. Sam und Friedrich trugen den Sarg zur Haustür, in der ein Polizist an den Rahmen gelehnt stand und rauchte.

»Dritter Stock!«, sagte er mitleidig und deutete mit dem Daumen nach oben. Friedrich schnaubte nur, und dann stiegen sie die engen Treppen hoch. Es roch nach billiger Seife und nach Staub und nach kaltem Zigarettenrauch. Ein typischer Armutsgeruch, fand Sam, der hinten ging und den Sarg immer hochstemmen musste, damit er um die Ecken kam. Schließlich waren sie oben und trugen den Sarg durch die offene Wohnungstür in den Flur, dort blieben sie einen Augenblick stehen. Es roch irgendwie nach indischem Laden. Vielleicht hatte jemand Räucherstäbchen angezündet. Sam sah sich neugierig um. Er war noch niemals bei einem Mordopfer dabei gewesen. Er war ein bisschen enttäuscht, weil alles viel ruhiger wirkte, als er das aus dem Fernsehen kannte. Zwei Männer standen herum, von denen man nicht wusste, wer sie eigentlich waren. Vielleicht waren es Polizisten. Die Sanitäter, über die er sich unten gewundert hatte – wozu brauchte ein Toter Sanitäter? –, kümmerten sich in der Küche um eine Frau, die fast lautlos weinte. Immerhin gab es einen Fotografen. Der stand im Wohnzimmer und blitzte regelmäßig. Sam reckte neugierig den Kopf, weil er immer noch hinter dem Sarg im Flur stand und nichts sehen konnte. Dann war der Fotograf fertig, und einer der Männer sagte zu seinem Vater: »Bitte.«

Sie kamen ins Wohnzimmer und stellten den Sarg ab. Der Tote lag auf dem Rücken und sah nach oben. Er wirkte eigentlich völlig entspannt. War er ja auch, dachte Sam und erschrak ein bisschen über seine Bosheit. Zuerst konnte er gar nicht sehen, woran der Mann gestorben war. Er hatte einen dunkelbraunen Pullover und eine beigefarbene Cordhose an, und erst beim zweiten Hinsehen sah man, dass der Strickpullover einige Risse hatte und blutig war. Friedrich schraubte den Sarg auf und stellte den Deckel vorsichtig an die Wand.

»Kopf oder Beine?«, fragte er Sam.

»Kopf«, sagte Sam rasch und ging hinter dem Toten in die Knie.

»Und auf«, sagte sein Vater, der den Toten unter den Knien gefasst hatte. Leichen waren immer unfassbar schwer, dachte Sam, als sie den Toten in den Sarg wuchteten. Das kam, weil alle Muskeln schlaff waren. Einen lebenden Menschen von gleichem Gewicht konnte man viel leichter tragen.

»Schraub den Sarg zu«, sagte Friedrich, »ich muss noch mit der Polizei reden.«

Er ging in den Flur, während Sam den Deckel auf den Sarg legte und ihn zurechtschob. Der Tote sah teilnahmslos zu. Sam hatte gar keine Gefühle dabei – der Mann sah unsympathisch aus. Mit einem Anflug von schlechtem Gewissen verschraubte er rasch den Deckel und wartete. Das Wohnzimmer war kleinbürgerlich spießig. Er sah jetzt, dass auf den Kacheln des scheußlichen Couchtisches auch Blut war. Bierflaschen standen herum, und der Aschenbecher war voll. Er war aus Jade geschnitzt und hatte die Form eines Buddhas. Irgendwie hätte er jetzt auch gerne geraucht, aber es wäre ihm pietätlos vorgekommen, und außerdem wusste er nicht, ob man in der Wohnung irgendetwas verändern durfte. Friedrich kam zurück.

»Also«, sagte er zu Sam, »verdien dir dein Essen.«

Sie nahmen den Sarg hoch. Diesmal ging Friedrich voran. Als sie durch den Gang kamen, warf Sam noch einen Blick in die Küche. Die Frau hatte aufgehört zu weinen und putzte sich die Nase. Die zwei Männer und die Sanitäter waren immer noch bei ihr. Sie sah zu Friedrich und Sam hinüber.

»Passen Sie mit die Bilder auf, dass Sie nicht hinhutzen!«, sagte sie dann in verwaschenem Dialekt und mit einer Stimme, die noch dick vom Weinen war. Sam nickte und murmelte etwas wie »Mein Beileid!« Dann waren sie draußen und trugen den Sarg hinunter.

»Wir müssen erst noch zur Pathologie«, sagte Friedrich, als Sam ihn fragend ansah, weil er die falsche Abbiegung nahm, »wir kriegen ihn erst, wenn sie ihn untersucht haben.«

»Aha«, sagte Sam. Dann dachte er nach.

»Die Frau war komisch«, sagte er dann, »ihr Mann ist tot, und sie macht sich Sorgen wegen der Bilder.«

Friedrich sah ihn an. Für einen Augenblick fühlte er eine Art liebevollen Mitleids für seinen Sohn und so etwas wie eine kleine Sehnsucht nach der für immer verlorenen Naivität der Jugend.

»Sam«, sagte er dann, »die Frau hat ihren Mann umgebracht.«

Sam sah kurz zu seinem Vater hinüber.

»Ach so«, sagte er dann, »aha.«

Dann schwieg er eine Weile. Der Vormittag war in einen heißen Augustmittag übergegangen. Sam kurbelte das Fenster herunter. Heiße, trockene Sommerluft wirbelte durchs Auto. Friedrich grinste plötzlich.

»Deshalb«, sagte er vergnügt zu Sam, als sie in den Hof des pathologischen Instituts einbogen, »deshalb bin ich zu deiner Mutter immer so höflich wie möglich. Die meisten Morde passieren nämlich in vermeintlich glücklichen Ehen.«

»Ich«, sagte Sam nach einer Pause, »werde sowieso nie heiraten.«

Vier Tage später holen sie den Toten aus der Pathologie. Sam war auch diesmal dabei. Nicht nur, weil er sich in den Ferien etwas Geld verdienen wollte, es war auch so, dass er sich auf seltsame Weise verpflichtet fühlte, bei dieser Bestattung von Anfang bis zum Ende dabei zu sein. Bizarrerweise hatte sich herausgestellt, dass dieser spießige Kleinbürger aus der Südstadt, dieser notorische Biertrinker und Marlbororaucher, schon vor Jahren aus der Kirche ausgetreten war. Das allein wäre kein Problem gewesen. Aber er hatte auch ein Testament hinterlassen, dem zu entnehmen war, dass er seit Jahren gefühlsmäßig Buddhist gewesen war und auch so beerdigt werden wollte. Das stellte Friedrich vor ein wirkliches Problem.

»Wir haben auf dem Hauptfriedhof eine jüdische Abteilung«, erklärt er Sam auf dem Weg nach Hause, »und auf dem Innenstadtfriedhof haben wir eine kleine muslimische. Wir haben eine russisch-orthodoxe auf dem Westfriedhof und eine für Atheisten. Was wir nicht haben, ist eine für Teufelsanbeter und für Buddhisten.«

»Bestattungen aller Art!«, erinnerte ihn Johannes, der auch mitfuhr, weil Sam ihm von dem Mord erzählt hatte. »Das steht auf deinem Schild.«

»Ja«, sagte Friedrich fröhlich, »bei mir ist der Kunde König. Obwohl keiner je wiederkommt«, sagte er mit einem plötzlichen Anflug gespielter Düsterkeit.

Sam und Johannes mussten lachen.

So kam es, dass Friedrich an einem späten Septembertag mit seinen beiden Söhnen auf einer Lichtung ganz im Nordosten des Friedhofs an einem offenen Grab stand.

»Wieso begraben wir ihn erst jetzt?«, fragte Johannes seinen Vater. Da niemand sonst am Grab war, gab es keinen Grund, seine Stimme zu dämpfen. Es gab keine nahen Verwandten, und die Frau des Toten saß im Gefängnis.

»Weil man Buddhisten eigentlich innerhalb von drei Tagen beerdigen muss«, erklärte Friedrich. »Wenn man das nicht kann, dann ab dem neunundvierzigsten Tag. Und das ist jetzt.«

Sie ließen zusammen den Sarg hinunter. Es war ein bedeckter, frühherbstlicher Tag, und es war windig. Die Luft roch nach Erde und ein wenig nach Rauch. In den Linden rauschte es.

»Muss man noch irgendetwas sagen?«, fragte Sam seinen Vater.

Der schüttelte den Kopf und holte eine Leine heraus, deren eines Ende er an einem Baum festband, das andere an einem Stab, den er in das Gras am Kopfende des Grabes gesteckt hatte. Dann zog er ein paar Wimpel aus der Tasche und gab sie Sam und Johannes.

»Gebetswimpel«, erklärte er, »man muss sie aufhängen oder an einen Baum binden.«

Sam und Johannes nahmen jeder drei Wimpel, auf die Friedrich Gebete aus einem Buch kopiert hatte, das er sich extra von der Unibibliothek hatte besorgen lassen, und hängten sie an die Leine. Die Wimpel flatterten. Es war ein schönes Bild vor den herbstlich bunten Bäumen auf der Lichtung. Man hatte nicht das Gefühl, auf einem Friedhof zu sein.

»Fertig«, sagte Friedrich nach ein paar Minuten zu seinen Söhnen. Johannes sah ihn überrascht an.

»Das war's schon?«

»Das war's«, nickte Friedrich. »Kein Grund zu weiterer Trauer. Der Mann wird jetzt sowieso wiedergeboren.«

Sie verließen das Grab und wanderten zum Auto, das weit entfernt an der Aussegnungshalle stand.

»Glaubst du das?«, fragte Sam nach einer Weile. »Dass man wiedergeboren wird?«

Friedrich blieb einen Augenblick stehen und sah Sam an.

»Keine Ahnung«, sagte er schließlich mit einem halben Lächeln, »aber ich war durchaus schon mal Priester in Atlantis.«

Johannes und Sam sahen sich an und wussten wieder einmal nicht genau, ob ihr Vater nun ernst war oder scherzte.

»Du«, prophezeite ihm Johannes schließlich mit einer Mischung aus fünfzehnjährigem Pathos und frühreifer Ironie, als sie ins Auto stiegen, »wirst auf jeden Fall im nächsten Leben wieder Bestatter. Ich glaube, du bist der beste Bestatter, den es gibt.«

»Jaja«, sagte Friedrich überrascht und barsch, um seine plötzliche Rührung zu verbergen, »steigt endlich ein.«

Dann verließen sie den Friedhof, Ehrlich und seine Söhne.

38

Ich war selten so häufig nacheinander im Arbeitszimmer meines Vaters gewesen wie in diesen Tagen. Papa hatte Katja mit ziemlich kritischer Miene gemustert, als sie mit in den Raum gekommen war, aber er hatte für seine Verhältnisse fast kein Wort über sie verloren; vielleicht, weil Johannes ihm bereits angedeutet hatte, dass sie im Bilde war.

»Wenn sich die Neuigkeiten weiter in dieser Schnelligkeit verbreiten«, hatte er nur schlecht gelaunt geknurrt, »wird jeder Erpressungsversuch gegenstandslos werden.«

Familienrat also, dachte ich, während ich im Türrahmen lehnte und den Raum übersah. Dorothee saß müde in einem Sessel. Sie hatte Nachtdienst gehabt. Maria saß neben mir. Zum ersten Mal seit Jahren, dachte ich überrascht. Maria, die früher mein Liebling gewesen war. Als sie noch ganz klein und süß gewesen war. Sie war furchtlos und fröhlich gewesen. Maria hatte schneller schwimmen gelernt als ich, obwohl sie nur eine Hand hatte. Maria war in Höhlen geschlüpft, in die keiner von uns konnte und in die zumindest ich mich auch niemals getraut hätte. Immer waren wir vier gewesen, und immer hatten wir zusammengehalten. Wie hatte sie nur jemanden heiraten können, der so ganz anders war als wir? Der am liebsten fernsah und der beim Begriff »Ironie« wahrscheinlich an einen gemeinen Zusatzstoff im Joghurt dachte?

»Andi kommt gleich«, sagte sie.

Ich konnte es nicht glauben.

»Maria«, sagte ich so sanft wie möglich, »echt, das ist ... das ist eine Familiensache. Das geht nur die Familie etwas an.«

Maria sah mir ruhig ins Gesicht. Sie hatte die Arme über der Brust verkreuzt. Es war schon oft passiert, erkannte ich plötzlich, dass sie für ihren Mann kämpfen musste.

»Ich bin mit ihm verheiratet«, sagte sie nüchtern. Dann deutete sie auf Katja: »Und was ist mit ihr?«

Ich wollte etwas sagen. Aber Johannes war schneller. Er war viel pragmatischer als ich und fand, dass man sich über Andi einfach amüsieren konnte, wenn er wieder einmal ein futuristisches Telekommunikationsnetzwerk im Haus aufbaute, das sich letztlich so auswirkte, dass weder Mama und Papa noch Dorothee ohne die PIN telefonieren konnten. Leider änderte Andi die PIN fast jeden Monat, und es gab Tage, an denen keiner von uns die Eltern erreichen konnte.

»Ich weiß nicht, ob wir Andi damit belasten sollten«, sagte er ruhig zu Maria, »und ich bin ziemlich sicher, dass er da nicht hinein verwickelt werden will.«

Maria sah ihn an, und für einen Moment dachte ich, dass sie aufstehen und gehen wollte, aber dann sagte sie: »Familiensache, hm?«

Sie war immer lakonisch gewesen. Wahrscheinlich war ich deshalb so empfindlich, weil auch ich immer das Gefühl gehabt hatte, meine Frau sei nicht vollkommen akzeptiert worden. Aber Vera war zumindest kein Freak, der die Heizungsanlage des Hauses mit zwei alten Laptops überwachte und steuerte und die Fenster manisch geschlossen hielt, damit entweder die Luftfeuchtigkeit nicht herein oder nicht hinaus konnte – ich hatte das nie genau verstanden. Vera mochte meine Familie auf eine distanzierte Art, hatte sich aber nie ganz auf sie eingelassen. Andi wollte ein Teil der Familie sein und machte immer die falschen Witze.

»Maria«, sagte ich, »es wäre schön, wenn du ... wenn du ihn einfach mal außen vor lassen könntest. Andi ... ich meine, ich mag Andi, aber ich glaube, er würde das hier nur noch viel komplizierter machen. Aber dich brauchen wir umso mehr, ja? Du ... du denkst manchmal viel praktischer als ich.«

Das stimmte. Aber ich hatte es wahrscheinlich einfach noch nie gesagt. Komisch, dass selbst in großen Krisen die kleinen Familienanimositäten eine Rolle spielten. Maria konnte ihre Gefühle restlos hinter einer vietnamesischen Maske verbergen, aber jetzt verzog sie den Mund zu einem schiefen Lächeln.

»Also!«, sagte sie knapp, und das war eine Art Zustimmung.

Mama sah müde aus. Bei ihr sah man immer am deutlichsten, wie sie sich fühlte. Sie konnte gebeugt und abgeschafft aussehen wie eine alte Frau und zwei Stunden später strahlend, sprühend und jugendlich; schlank, attraktiv und voller Energie. Heinz Rühmann war auch da. Er lag unter Papas Tisch, obwohl er sonst nicht ins Arbeitszimmer durfte. Do streichelte ihn abwesend. Und dann kam durch die zweite Tür aus dem Gästezimmer auch noch – höchst überraschend – Klaus.

»Ach was!«, sagte Johannes, »Klaus? Schon zurück aus den Alpen? Wo ist die Cellistin?«

»Sie konnte nicht mal Bach fehlerfrei spielen«, sagte Klaus, und man wusste nicht, ob er das ernst meinte oder ob es sein spezieller Humor war.

»Tja«, sagte ich, »das disqualifiziert sie natürlich auch als Mätresse.«

Klaus sah interessiert zwischen Katja und mir hin und her und fragte dann mit völlig ungewohnter Ironie: »Muss Vera arbeiten?«

Johannes sprang für mich in die Bresche. Er deutete lässig auf Katja und sagte zu Klaus: »Darf ich dir deine Schwester Katja vorstellen?«

Unsere Familie, fand ich, war manchmal wirklich anstrengend. Aber sogar Papa genoss trotz der angespannten Situation das seltene Vergnügen, Klaus überrascht zu sehen.

»Es grenzt an ein Wunder, dass wir bloß wegen einer Sache erpresst werden«, sagte er trocken. Dann machte er eine Handbewegung und fuhr fort:

»Können wir uns jetzt bitte um diese Erpressung kümmern? Es sieht nämlich so aus ...«

Er setzte sich in seinen Stuhl hinter den Schreibtisch. Heinz Rühmann schnappte zweimal im Traum, sonst war es still. Papa legte einen Augenblick die Hände vor dem Gesicht aneinander, wie er es manchmal tat, wenn er bei nicht konfessionellen Beerdigungen die Rede halten musste. Dann setzte er uns allen noch einmal sehr präzise und sehr knapp auseinander, wie die Lage aussah. Klaus war wohl schon von Mama informiert worden, was damals auf dem Herrenhof geschehen war, jedenfalls fragte er nicht nach.

»Das Problem ist«, sagte Papa schließlich, »dass Gerhard eine Pistole hat, die auf mich zugelassen ist. Und er hat eine Leiche, in der die Kugeln aus meiner Pistole stecken. Und dummerweise ist dieser Mord auf dem Hof meines Schwagers passiert, auf dem ich damals eben war, was sich alles ohne Weiteres nachprüfen lässt.«

Mama war aufgestanden.

»Aber du warst es doch nicht!«, sagte sie mit ihrer typischen Logik. »Ich meine, Udo hat es gesehen, oder? Wie soll man dir einen Mord beweisen, den du nicht begangen hast?«

Johannes grinste freudlos.

Papa warf ungeduldig die Arme in die Luft. »Darum geht es doch überhaupt nicht«, sagte er zu Mama in dem ärgerlich-resignierten Ton, den man wohl nach vierzig Jahren

Ehe annimmt, wenn man den Partner in bestimmten Dingen nicht mehr ändern kann, »es geht darum, ob ich beweisen kann, dass ich nichts damit zu tun habe.«

Johannes gab Papa recht. »Es wird schwer sein, Papa da rauszuhalten«, stimmte er sachlich zu, »selbst wenn Udo für Papa aussagt – es ist seine Pistole, und Richter mögen keine komplizierten Wahrheiten. Wer wird glauben, dass Udo bei einem Besuch deine Pistole geklaut hat, dass du den Diebstahl nicht gemeldet hast, weil Udo Klaus' Freund war, dass du rein zufällig auf dem Herrenhof warst, als man sie ermordet hat? Das will keiner hören. Das ist viel zu schwierig.«

»Was will er denn eigentlich?«, fragte Klaus Papa.

»Ach«, sagte Papa müde, und in diesem Moment kam er mir alt vor, und ich erschrak fast vor der Welle des Mitgefühls, das in mir hochstieg und ihn beschützen wollte, »er ist ja nicht dumm. Er will keine Phantasiesummen. Er will eine Viertelmillion Euro. Das ist so ziemlich genau das, was ich an Kredit aufnehmen könnte, wenn ich das Haus und das Geschäft belaste. Sonst, sagt er, werden Leiche und Pistole von der Polizei gefunden werden. Er ist wirklich nicht dumm – er hat mir drei Tage gegeben. In der Zeit kann man einen Kredit bekommen.«

»Er ist ja Terrorist gewesen«, sagte Do pragmatisch, »da muss man wohl organisieren können. Gibt es irgendeinen Plan?«

»Na ja«, sagte Papa, »wie wir alle wissen, kann man eine Leiche nicht so einfach verstecken. Ich dachte an eine Doppelstrategie. Ich nehme auf jeden Fall mal den Kredit auf ...«

»Was?«, unterbrach ihn Mama entsetzt. »Auf keinen Fall! Du kannst doch ... das ist ein Mörder!«, sagte sie wütend. »Der kriegt doch kein Geld von uns!«

»Mama«, sagte ich, »lass Papa doch erst mal ausreden.«

»Danke«, sagte Papa. »... wir nehmen den Kredit auf. Im schlimmsten Falle zahlen wir. Oder wir reden doch mit der Polizei. Aber in der Zwischenzeit versuchen wir, ihn zu finden. Er kann sich sicher nicht so frei bewegen, mit seiner Vorgeschichte. Ihr versucht, ihn zu finden. Oder besser, die Leiche und die Pistole.«

»Hört sich spannend an«, kommentierte Katja spöttisch, »die Bestattungs-GSG 9.«

Papa sah sie einen Augenblick lang an.

»Entweder du hilfst oder du bist still«, sagte er dann und hörte sich so an wie vor zwanzig Jahren. Aber es wirkte. Katja warf mir einen unergründlichen Blick zu. Ich zuckte die Achseln.

Klaus sagte nachdenklich: »Wir sollten auf jeden Fall auch Udo finden. Wenn er für dich aussagt, ist schon viel gewonnen. Außerdem weiß er vielleicht, wo Gerhard ist.«

Auf einmal zog er die Schultern hoch, als fröre er.

»Auf dem Herrenhof«, sagte er missbilligend, »ein Mord. Bei mir!« Es hörte sich an, als sei er persönlich enttäuscht.

Papa straffte sich. Nun wirkte er wieder wie der Chef der Familie.

»Johannes und Sam suchen die Leiche und die Pistole. Klaus«, wandte er sich an seinen Schwager, »du versuchst, Udo zu finden. Vielleicht kann er uns irgendetwas über Gerhard sagen. Oder er sagt für mich aus. Und Dorothee«, sagte er schließlich, »wir müssen einen Weg finden, die Leiche verschwinden zu lassen, wenn wir sie womöglich zurückbekommen. Bitte mach dir Gedanken, ja?«

»Und du?«, fragte Mama.

»Ich buche schon mal einen Flug nach Argentinien«, antwortete Papa düster.

Dann hatten wir zusammengetragen, was wir an Informationen besaßen. Keiner wusste genau, wo Gerhard wohnte. Wir hatten uns von Papa wieder und wieder erzählen lassen, wie oft Gerhard angerufen hatte – zweimal –, was er zu einer möglichen Geldübergabe gesagt hatte – nichts – und wie er sich angehört hatte – fast gelangweilt und sehr sicher. Wir hatten überlegt, wo man eine Leiche verstecken konnte, wenn man sie bald wieder zur Hand haben wollte. Wir hatten versucht zu denken wie ein ehemaliger RAF-Terrorist. Manchmal war es überraschend gut gelungen. Schließlich waren wir trotzdem ziemlich deprimiert auseinandergegangen, nur mich hatte Papa noch kurz zurückgehalten.

»Ihr müsst das nicht machen«, hatte er zögernd gesagt, »vielleicht sollte man sich einfach der Polizei stellen ...«

Ich hatte das auch kurz überlegt. Aber ich musste im Innersten vor mir selbst zugeben, dass es auch einfach ein Abenteuer war.

»Das kannst du dann immer noch«, hatte ich ihn beruhigt, »wir versuchen jetzt erst mal, das so zu lösen.«

Papa hatte immer noch gezögert. Dann hatte er gesagt: »Komm mal mit.«

Wir waren auf den Dachboden gegangen. Ich war lange nicht mehr dort gewesen. Es war staubig wie immer, und es roch ein wenig nach Stroh, weil vor wer weiß wie vielen Jahren irgendjemand Stroh zwischen die Dachluken und die Sparren gestopft hatte. Papa war unsicher mitten im Raum stehen geblieben. Graues Licht sickerte zwischen Lücken in den Dachziegeln durch.

»Willst du ... vielleicht solltest du ... ich meine ... schließlich ist der Mann ein Mörder!«, war es schließlich aus ihm herausgebrochen »Willst du was mitnehmen?«

»Etwas mitnehmen?«, hatte ich gefragt und noch nicht verstanden, worauf das hier hinauslief. Aber Papa hatte sich schon hingekniet und mit einem seiner Überlebensmesser begonnen, eine Diele abzulösen.

»Ach Papa«, hatte ich gesagt, »das ist nicht wahr, oder?«

Es war ein längliches Paket, und ich wusste schon, was darin war, bevor Papa das Ölpapier aufgeschnürt hatte.

»Und?«, hatte ich ohne Überraschung gefragt, als ich ein altes, aber gut gepflegtes Jagdgewehr in der Hand hatte. »Wo kommt das her?«

Papa hatte die Achseln gezuckt und, was selten vorkam, verlegen etwas vor sich hin gemurmelt.

»Was?«, hatte ich gefragt, »Ich habe dich nicht verstanden.«

»Es ist das Gewehr vom alten Heuberger«, hatte Papa erklärt. »Als er damals gestorben ist, hat mich seine Witwe gebeten ... also, es war halt nicht angemeldet, und sie wollte es nicht mehr im Haus haben, und ...«

»Und da hast du ihr ein Angebot gemacht, das sie nicht ausschlagen konnte«, hatte ich gesagt und lächeln müssen. »Papa! Wird das nie anders?«

»Es war mitten im Kalten Krieg«, hatte Papa sich verteidigt, »man musste ständig damit rechnen, dass der jüngste Tag kommt. Und da wollte ich vorbereitet sein. Sie hat den Eichensarg mit großer Ausstattung dafür bekommen«, hatte er sich weiter zu rechtfertigen versucht. »Auf jeden Fall ist das hier nirgends registriert. Wenn ihr's nicht braucht, lasst es danach irgendwo verschwinden, ja?«

Und als ob das noch nicht genug gewesen wäre, hatte er mir dann noch den leeren Bratschenkoffer gegeben, damit ich das Gewehr unauffällig aus dem Haus schaffen konnte.

»Papa«, hatte ich gesagt, als ich auf die Straße gegangen war, wo Katja und Johannes bereits im Auto warteten, »bist du ganz sicher, dass deine Vorfahren Hugenotten waren und keine Sizilianer?«

»Familie ist Familie«, hatte Papa erklärt, »in jedem Land!«

Johannes hatte lässig den Arm auf die Rückenlehne des Beifahrersitzes gelegt, als er sich umgedreht hatte: »Da ist nicht das drin, was ich befürchte?«, hatte er gefragt und auf den Bratschenkoffer gedeutet.

»Doch«, hatte ich entgegnet, »so denkt Papa: Vorsprung durch Technik.«

»Romantisch«, hatte Katja gesagt, »romantisch sollte die Woche werden. Nicht gewalttätig.«

»Ach«, hatte Johannes eingeworfen und Gas gegeben, »ich stelle mir da so ein Bonnie-and-Clyde-Shootout am Schluss vor, und Sam stirbt in deinen Armen den Heldentod.«

»Haha«, hatte ich erwidert, »gib mir dein Telefon. Wenn ich nämlich jetzt nicht endlich Vera anrufe, kommt der Heldentod sofort.«

Und jetzt waren wir schon wieder auf dem Weg nach Berlin, um Udo zu finden. Es war ganz einfach gewesen. Klaus hatte ihn angerufen und ihn gefragt, ob er zu Hause wäre. Er wolle bei ihm übernachten. Und Udo hatte ja gesagt. Aber Udo war ja immer schon ein bisschen dämlich gewesen.

39

»Vera«, sagte ich, als ich zu Wort kam, »ich kann dir das am Telefon einfach nicht erklären. Wirklich nicht.«

Die Autobahnraststätte war laut und trostlos. So wie das Telefonat. Es war in den letzten zehn Minuten wahrhaftig kein Vergnügen gewesen, aber das hatte ich schon vorher gewusst. Ich war schließlich seit Tagen unterwegs. Ich hatte den Kontakt mit meiner Frau auf ein Minimum reduziert. Ganz abgesehen davon, dass ich mit meiner Tante unterwegs war, die zwischendurch meine Geliebte geworden war, und ich außerdem gerade damit beschäftigt war, in einem Erpressungsfall unbeholfen Polizist zu spielen. Nichts davon eignete sich für ein Beziehungsgespräch am Telefon. Ich stand im Nieselregen vor den Fenstern des Selbstbedienungsrestaurants. Drinnen standen Johannes und Katja in der Schlange vor der Theke. Immer noch.

»Ich muss diese Scheißkatze jeden Tag dreimal füttern. Seit du sie nach Hause gebracht hast, habe ich mich um sie kümmern müssen. Du rufst nicht an. Und dann kannst du mir am Telefon nicht erklären, wieso du schon wieder nach Berlin fährst!«

Veras Stimme war schneidend. Ich fühlte mich schlecht.

»Vera«, versuchte ich schwach, das Ganze irgendwie zu retten, »ich ... also, ich versuche, morgen nach Hause zu kommen, okay? Aber wir müssen wirklich nach Berlin. Es ist ... es ist eine dringende Familienangelegenheit.«

Es hörte sich blöd an. Vera nahm das auch sofort so auf.

»Eine Familienangelegenheit«, sagte sie mit eisigem Sarkasmus, »wie gut, dass ich nicht zu dieser Familie gehöre. Ich bin ja bloß mit dir verheiratet. Hör zu, Samuel«, sagte sie dann so eindringlich und voller unterdrückter Wut, dass ich nur tief Luft holen konnte, »wenn du nicht sehr bald hier auftauchst und mit mir redest, dann brauchst du überhaupt nicht mehr heimzukommen. Tschüs.«

Sie hatte aufgelegt. Ich klappte resigniert Johannes' Handy zu und ging ins Restaurant. Es roch, wie alle diese Autobahnraststätten riechen: nach billigem Kaffee, nach Pisse aus den Klos, die immer im selben Flur wie der Restauranteingang liegen, und nach Frittierfett. So superromantisch fand ich diesen Ausflug gerade nicht.

»Und?«, fragte Johannes. Er aß Pommes und streckte die Hand nach seinem Handy aus. Katja trank bloß einen Kaffee.

»Nicht so gut«, sagte ich bedrückt und gab es ihm zurück, »man könnte von einem Ultimatum sprechen.«

Katja sah kurz zu mir, sagte aber nichts. Sie hatte auch ein schlechtes Gewissen. Wir hatten natürlich darüber gesprochen. Andererseits hatten wir beide seit Großmutters Beerdigung das Gefühl, als sei das Ganze schicksalhaft. Vorbestimmt. Unausweichlich. Wir wussten natürlich auch, dass man sich so was gerne einredet, aber trotzdem: Das Gefühl war da. Ich reichte über den Tisch und fasste nach ihrer Hand. Katja sah auf und lächelte mich an.

»Du solltest wirklich heimfahren«, meinte sie, »du musst mit ihr reden.«

»Nero«, sagte Johannes mit vollem Mund, »Nero hat ja die Überbringer schlechter Nachrichten oft köpfen lassen.«

»Ich bin so froh, dass du mein Bruder bist«, sagte ich, »kein anderer könnte so viel Mitgefühl für eine emotionale Notlage aufbringen wie ein Blutsverwandter.«

»Gut, dass noch eine weitere Blutsverwandte da ist«, bemerkte Katja, und ich musste trotz meiner Niedergeschlagenheit lachen.

»Wut ist gut«, sagte Johannes und schob seinen leeren Teller von sich, »Wut ist sehr gut, wenn man Udo überzeugen will, seinen Erpresserfreund zu verraten. Können wir?«

Er war aufgestanden. Katja trank noch einen Schluck aus ihrer Tasse und ließ dann den Rest stehen.

»Wir können«, sagte sie und stand auf. »Berlin, wir kommen!«

Wir hatten vor Udos Haus keinen Parkplatz gefunden, weil überall Baustelle war. Also hatten wir fast einen Block weit gehen müssen. Es nieselte auch in Berlin. Die gelben Straßenlaternen wirkten trüb, und das Licht der Ampeln spiegelte sich rot, gelb, grün auf den schwarzen, nassen Straßen. Es war schon ziemlich spät am Abend, und der Verkehr hatte nachgelassen. Ab und zu zischte ein Auto durch die Pfützen. Der breite Gehsteig war uneben, die Platten hatten sich gehoben oder gesenkt, und alles wirkte ein bisschen heruntergekommen. Neukölln war kein netter Stadtteil. Wir standen vor Udos Haus. Das Tor war angelehnt. Die Klingelschilder waren bis auf ganz wenige Ausnahmen nicht mehr aus Messing, sondern aus Papier und trugen Namen wie Özdemir, Yildirim und Cidem. Kniest stand nirgends.

»65«, verglich Johannes die Hausnummer mit dem Zettel, den ihm Klaus geschrieben hatte, »stimmt.«

»Wollt ihr nicht einfach klingeln und jemanden fragen?«

Katja war ungeduldig. Johannes und ich sahen uns kurz an.

»Och«, sagte ich, »warte mal, wir finden das auch so raus.«

»Männer!«, schnaubte Katja verächtlich, drückte die ersten vier Knöpfe und stieß dann das Tor auf. Wir folgten ihr eilig. Das Treppenhauslicht im Parterre war kaputt. Eine der Türen öffnete sich, und ein schnurrbärtiger Mann beäugte uns misstrauisch.

»Bitte?«, fragte er.

»Wir suchen Udo Kniest«, sagte Katja, »wohnt der hier?«

Der Mann deutete mit dem Daumen nach oben. »Vierter Stock«, antwortete er knapp und schloss die Tür wieder.

Katja wandte sich zu uns um. »So geht das«, sagte sie und fing an die Treppen hochzusteigen.

»Pah«, machte Johannes höhnisch, »auf die Mädchenart kann das jeder. Wir machen das sonst so, dass wir einfach jede Tür eintreten, dann hätten wir ihn schon gefunden ...«

Wir dämpften automatisch unsere Schritte, als wir vom dritten in den vierten Stock stiegen, ohne darüber nachzudenken. Im vierten Stock gab es drei Wohnungen und tatsächlich stand an einer Tür »Kniest«. Johannes sah Katja überlegen an. Die hob nur die Brauen und dann klingelte sie. Es dauerte eine Weile, bis Udo an die Tür kam. Aber er kam tatsächlich und öffnete.

»Ihr?«, fragte er völlig überrascht.

»Wir«, sagte ich bestimmt. »Können wir kurz reinkommen, Udo?«

Er gab zögernd die Tür frei, und wir traten ein. Udo war ziemlich spartanisch und auf eigenartige Weise total modern eingerichtet, wenn man das so sagen konnte. Vielleicht wäre »retro« das bessere Wort gewesen, aber Udo war ja nicht rückwärtsgewandt, sondern lebte immer noch so wie damals. Sein Futonbett war noch so ziemlich das Modernste. Alles andere stammte aus den Siebzigern und war immer wieder mit umgezogen. Die schrillfarbigen Plastikstühle. Die Stereoanlage, auf der man nur Kassetten und LPs hören konnte. Die indischen Tücher an den Wänden, die Esoterik- und Politmagazine aus dreißig Jahren bewegten Stadtindianerlebens in den Holzregalen, die Kifferutensilien, der Geruch nach Räucherstäbchen, die Sitzsäcke ...

»Wow«, sagte Katja beeindruckt, »du wohnst aber nett.«

Udo machte eine unsichere Handbewegung und strich das lange graue Haar zurück. Ich kannte ihn nur mit Zopf. So, mit offenem Haar, sah er auf einmal ziemlich alt und verletzlich aus. Einen Moment lang tat er mir leid.

»Udo«, sagte ich, »weißt du, wo Gerhard ist?«

Udo gab sich Mühe, nicht heftig zu reagieren, aber man sah, dass seine Fassung brüchig wurde.

»Keine Ahnung«, sagte er, »wir ... wir sehen uns nicht. Nur, als wir ... als wir in Bad Oeynhausen waren.«

»Aber du weißt, wo er wohnt, oder?« Johannes stand am Plattenregal und hatte eine LP herausgeholt. Blue Öyster Cult. Ich hatte schon vergessen, dass es die mal gegeben hatte.

Udo zögerte wieder.

»Hör mal«, sagte Katja sanft, aber fest, »ich kenne dich ja nicht so gut. Aber es wäre wirklich klasse, wenn du uns sagen könntest, wo wir ihn finden. Wir brauchen ihn echt dringend.«

Wie machte sie das? Ich war überrascht. Es waren nur ein, zwei Worte, ein anderer Tonfall, mit dem sie sich an Udos Diktion anpasste. Udo seufzte und drehte sich eine Zigarette.

»Also, ich hab' eine Telefonnummer«, sagte er schließlich, »aber nur fürs Handy. Ich glaube aber, dass er in München wohnt. Er hat irgend so was gesagt, als er zu mir nach Bad Oeynhausen gekommen ist.«

Johannes und ich sahen uns zweifelnd an. Wir wussten nicht genau, ob Udo die Wahrheit sagte.

»Udo«, sagte ich, »es geht um die Leiche. Wir müssen Gerhard finden, sonst zieht der uns alle da mit rein. Dich auch. Ich meine, es geht da um einen Mord. Ist dir doch klar, oder?«

»Was soll das bringen?«, fragte Udo plötzlich laut. »Ich meine, was machst du da? Glaubst du, mir macht das Spaß, ja? Der hat mich schon längst reingezogen, und wenn ich wüsste, wo er wohnt, dann würd' ich's euch sagen. Ich hab' keine Lust, noch mal in irgendein Scheißgefängnis zu gehen. Ich will mit dem ganzen Dreck nichts mehr zu tun haben, aber es hört einfach nie auf. Was wollt ihr eigentlich? Ich hab gedacht, ihr helft mir da raus! Dein Vater war auch dabei, damals, oder?«

»Ja«, sagte Johannes, »aber er hat niemanden ermordet, und er hat auch Gerhard nicht zum Herrenhof gebracht und ihm bei einer Entführung geholfen. Das warst du!«

Johannes hatte ganz ruhig gesprochen und dabei die Platte aus dem Cover geholt, auf den Plattenspieler gelegt und angeschaltet. Das war mal Heavy Metal gewesen und hörte sich jetzt an wie Pop. *I'm on the Lamb but I Ain't No Sheep* erklang aus den Lautsprechern.

»Ein Lamm«, sagte Johannes und lächelte ohne Vergnügen, »bist du ja nicht.«

Udo zuckte die Schultern und ließ sich auf sein niedriges Futonbett fallen.

»Ich kann nichts machen«, erwiderte er fatalistisch, »ich kann euch die Telefonnummer geben, aber ich weiß nicht, wo er wohnt. Und wenn er Stress mit euch hat, dann wird er sowieso nicht zu Hause sein. Wenn der nicht gefunden werden will, dann findet ihr ihn auch nicht. Sam«, sagte er beschwörend zu mir und richtete sich wieder auf, »der Mann war ein richtiger Terrorist. Du weißt doch überhaupt nicht, wie das war. Den findest du nie, wenn er nicht will.«

»Vor allem«, sagte Johannes gelassen, »ist er auch nicht mehr jung. Er ist über sechzig. Und er hat wahrscheinlich nicht mehr so viele Freunde nach all den Jahren im Knast.«

Udo zuckte wieder nur die Schultern und rauchte. Das Lied ging zu Ende, und ein kurzes, knisterndes Schweigen drang aus den Lautsprechern, bevor das nächste begann.

Katja sah zu mir, und ich hob kaum merklich die Augenbrauen, um anzudeuten, dass ich auch nicht weiterwusste. Ich neigte dazu, Udo zu glauben. Jemand wie Gerhard würde ihn wahrscheinlich wirklich nicht ins Vertrauen ziehen. Aber man hatte es versuchen müssen.

»Gib uns mal die Nummer«, forderte ich, und Udo stand auf, um sie zu holen. Johannes fiel noch etwas ein.

»Sag mal«, rief er hinter ihm her, »der Bus, mit dem ihr die Leiche zu uns gebracht habt, wer hat den gemietet?«

Udo kam mit einem Zettel in der Hand wieder.

»Rate mal«, sagte er dann, »wer wohl? Der dumme Udo.«

»Udo«, sagte Johannes enttäuscht und ärgerlich, »ich glaube, du bist wirklich dumm.«

Dann gingen wir. Hinter uns klang *Then Came the Last Days of May* ins Treppenhaus.

»Dafür sind wir nach Berlin gefahren?«, fragte Katja, als wir auf der Straße standen. Es regnete immer noch. »Für eine Telefonnummer?«

»Gab es Alternativen?«, fragte Johannes zurück. »Wir müssen einfach alles probieren. Und am Telefon hätte er uns sowieso keine Antwort gegeben. München! Das Arschloch lebt also in München.«

»Weiß man nicht genau«, gab ich zu bedenken, »Udo glaubt das bloß.«

»Ich bin müde«, sagte Katja.

Wir gingen um den Block bis zu unserem Auto, dann fuhren wir noch zwanzig Minuten bis zu Großmutters Wohnung.

»Wir müssen morgen ganz früh los«, sagte Johannes, als ich das Tor zu Großmutters Haus aufsperrte, »ich muss auf jeden Fall zum Dienst.«

Ich nickte. Wir waren alle drei ziemlich frustriert und wortkarg. Oben in Großmutters Wohnung teilten wir uns auf. Johannes schlief im Wohnzimmer und Katja und ich im Schlafzimmer, obwohl das ein sehr komisches Gefühl war, als wir die Tür schlossen.

»Ich glaube, sie hätte es okay gefunden«, sagte ich, als ich Katjas Gesicht sah, »sie war ... ziemlich ungewöhnlich.«

»Wie wir alle«, seufzte Katja ohne erkennbare Ironie. »Das war heute kein guter Tag.«

Wir legten die Schlafsäcke aufs Bett. Dann gingen wir nacheinander ins Bad. Johannes schlief schon. Als Katja zurückkam, hatte sie ein Bild in der Hand, das sie irgendwo von der Wand genommen haben musste. »Sieh mal«, sagte sie und zeigte es mir.

Es war ein Bild von Großmutter und Großvater Wolfgang. Schwarzweiß; die Ränder weiß und unregelmäßig gezahnt, wie es bei den Bildern in den Vierzigern Mode war. Sie gingen irgendwo an einem verschneiten Strand spazieren, wahrscheinlich in Danzig. Zwischen ihnen meine Mutter als ganz kleines Mädchen. Meine Großmutter lachte und trug einen eleganten Pelz, Wolfgang war in Ausgehuniform. Sie sahen glücklich aus.

»Was für eine Familie«, sagte Katja müde.

»Was für eine Familie«, stimmte ich zu, in einem seltsamen Gefühl zwischen Verlorenheit und plötzlicher Ferne zu all denen, die ich liebte.

Es gab eine Pause. Katja löschte das Licht. Wir lagen nebeneinander.

»Glaubst du, er hat gelogen?«, fragte Katja nach einer Weile. Meine Gedanken waren noch bei dem Bild, deshalb verstand ich nicht.

»Natürlich hat er gelogen«, sagte ich und bemühte mich, nicht bitter zu klingen.

Katja antwortete eine ganze Weile nicht.

»Wieso?«, fragte sie dann, und ich hätte eigentlich ihre Angst heraushören können, aber ich war mit mir und meinen Gedanken beschäftigt, deshalb kam dieses alte Gefühl der Verletzung, des Verrats wieder hoch, und ich sagte heftiger, als ich eigentlich wollte:

»Wieso? Wieso – du musst das wissen, oder? Wieso hat er gelogen? Wieso täuscht jemand vor, dass er ertrinkt? In der jugoslawischen Adria ...«, mein Ton wurde zynisch und doch bitter, »... ein Herzanfall. Ach ja! Wie wunderbar dramatisch. Was für ein wunderbarer Tod. Und dann der Brief ...«

Ich bebte. Ich hatte nicht geglaubt, dass mich das noch so berührte. Die Nacht war durch den Regen so dunkel, dass ich Katja neben mir kaum sehen konnte.

»Das hast du also gewusst«, sagte sie leise, »seit wann?«

»Weißt du noch, als ich im Herbst im Jahr danach noch einmal da gewesen bin? Dieser Abend am Wasser?«

Ich gab mir keine Mühe, versöhnlich zu klingen. Es war eine plötzliche, seltsame Lust an der Zerstörung, von der ich selber merkte, dass sie in eine Katastrophe führen konnte, und die ich doch nicht aufhalten wollte.

»Was war da?«, fragte Katja sehr knapp, sehr sachlich.

»Wir haben um unsere bescheuerte, blöde Liebe herumgeredet«, sagte ich wütend, »wir haben über alles andere gesprochen, nur nicht über uns. Dass du mit der Schule bald fertig sein würdest. Dass du gerade den Führerschein machtest. Und dass dein Vater dich schon manchmal fahren ließ. Deine Mutter, hast du dich verbessert. Es war alles nur nebenbei gesagt, und ich habe es zuerst gar nicht gehört. Ich hatte gedacht, du hast dich versprochen. Wenn man absolut sicher weiß, dass jemand tot ist, dann glaubt man zuerst – na, es war ja noch nicht lange her, dass dein Vater gestorben war. Du hattest dich verhaspelt.«

Katja schwieg. Ich hörte sie atmen. Vielleicht ein bisschen schneller als gewöhnlich. Ich hatte mich in eine alte Wut geredet. Ich wollte, dass alles gesagt würde. Endlich.

»Und wie das so ist mit unseren wenigen Gesprächen, meine große Liebe«, redete ich schnell und laut weiter, »wie das immer so war: Ich bin sie im Kopf immer wieder durchgegangen. Und irgendwann kam mir das doch komisch vor. Ich saß zu Hause, habe mich nach dir gesehnt und bin krank geworden.«

»Oh«, sagte Katja mit tief verletzendem Spott, »krank.«

Ich hörte es und versuchte, darüber hinwegzugehen. Natürlich war ich nicht so krank gewesen, wie sie jetzt war. Natürlich nicht.

»Und dann bin ich im Jahr darauf«, erzählte ich weiter, »wieder nach Norden gefahren und habe angefangen, die Friedhöfe bei euch abzusuchen. Das war dumm, denn Wolfgang war ja angeblich verschollen. Und dann bin ich endlich auf den Gedanken gekommen, auf die Standesämter zu fahren und nachzufragen. Wolfgang Wagner? Sie meinen *den* Wolfgang Wagner? Heiterkeit auf dem Standesamt. Nein! Wo denken Sie hin? Den habe ich doch gestern erst beim Einkaufen ... tja«, sagte ich mit wütender Befriedigung, »da war dann alles klar. Mein Großvater sagt sich von seinen Kindern los, von all seinen Verpflichtungen, von seiner Familie, indem er eben mal ertrinkt. Und meine Liebe, meine große Liebe, die erzählt mir das nicht. Ist ja auch nicht so wichtig. Lebt er eigentlich immer noch?«, fragte ich Katja zum Schluss.

Katja hatte sich aufgesetzt. Ich spürte das mehr als ich es sah. Ich zitterte immer noch. Idiot, dachte ich jetzt, wütend auf mich, Idiot. Warum hatte ich bloß nicht einfach die Klappe halten können?

»Er ist schon vor acht Jahren gestorben«, sagte Katja in völlig ausdruckslosem Ton.

Ich wartete. Es geschah nichts. Ich hörte sie atmen. Von draußen hörte man ganz leise den Regen fallen und ab und zu ein Auto, das durch die nächtlichen Straßen fuhr. Die Wut war verflogen, und auf einmal tat es mir leid, dass ich damit angefangen hatte. Dass ich die Dinge nicht einfach hatte ruhen lassen können.

»Mann, Katja«, sagte ich hilflos, »warum?«

Sie stand auf und ging zum Fenster. Man konnte ihre Silhouette mehr ahnen als wirklich sehen.

»Tja«, sagte sie in bemüht leichtem Ton, »vermutlich, um genau das hier zu vermeiden. Dass wir in einem Bett liegen.«

Plötzlich drehte sie sich um und fuhr mich an:

»Glaubst du, mir hat das Spaß gemacht? Ein Leben voller Lügen? Der Mann war nicht gerade das, was man den idealen Vater nennt! Was glaubst du, wie oft er einfach verschwunden ist! Ich meine ... du bist nicht der Einzige, den er belogen und betrogen hat. Aber er ist auch einfach mein Vater gewesen ... da ... was soll man dagegen tun?«

Ja, was sollte man tun? Wir schwiegen. Katja war immer noch am Fenster. Ohne nachzudenken stand ich auf und kam zu ihr.

»Es tut mir leid«, sagte ich leise, »ich hätte nicht davon anfangen sollen.«

Katja zögerte lange, bis sie sich umdrehte.

»Ja. Hättest du nicht.«

Aber dann, nach einer ganzen Weile, legte sie ihre Stirn an meine und sagte ganz nah an meinem Mund: »Ich habe dich sehr vermisst, damals.«

»Es tut mir wirklich leid«, gab ich ebenso leise zurück, »ich werde nicht mehr darüber reden. Es musste einmal gesagt werden, aber jetzt ist es vorbei. Ich rede nicht mehr darüber, ja?«

Katja zögerte einen Augenblick, aber dann sagte sie doch:

»Du ... du hast mich missverstanden vorhin. Ich habe nicht gefragt, ob ... mein Vater gelogen hat. Ich wollte wissen ...«, sie zögerte wieder.

»Was?«, fragte ich.

»Ob du glaubst, dass Johannes gelogen hat. Dass er das nur gesagt hat, damit ich noch ... damit mir die restliche Zeit ...«

Ich spürte ihr Schlucken.

»Nein«, sagte ich dann und verbarg meine Unsicherheit, »ich glaube nicht, dass er gelogen hat. In solchen Sachen lügt er nicht.«

»Gut«, beschloss Katja nach einer Weile.

Dann gingen wir ins Bett. Wir hatten beide so das Gefühl, dass die nächsten Tage nicht ganz einfach sein würden.

40

Nichts hatte geklappt. Natürlich hatten wir die Telefonnummer ausprobiert, aber es war sowieso klar gewesen, dass Gerhard nicht so blöd sein würde, dieses Handy zu benutzen. Wir waren sehr früh von Berlin nach Hause gefahren – mit diesem schalen Gefühl, das man hat, wenn alles in der Schwebe ist und man selbst nichts tun kann. Johannes und Katja hatten mich zu Hause abgesetzt. Katja hatte Johannes' Angebot angenommen, für die nächsten Tage bei ihm zu wohnen. Ich musste doch mal wieder bei der Arbeit erscheinen, genauso wie Johannes. Es war nicht gerade hilfreich, dass Johannes und ich nicht in derselben Stadt wohnten und dass es nur noch zwei Tage waren, bis Gerhard das Geld wollte. Wir hatten mit Papa telefoniert, und Johannes hatte ihm versprochen, dass er versuchen würde, über einen Kriminalkommissar, den er kannte, Näheres über Gerhard herauszubekommen. Soweit wir wussten, hatte er Auflagen und musste sich regelmäßig irgendwo melden. Aber viel Hoffnung hatte Johannes nicht.

»Schöne Idee«, hatte er sarkastisch auf der Heimfahrt gesagt, »ich sage zu Bertram: ›Du, Bertram, wir würden gerne einen alten RAF-Mord vertuschen, in den mein Vater verwickelt ist, und dazu bräuchten wir die Adresse von Gerhard.‹ Warum stellen sich immer alle vor, dass ich die Welt in Ordnung bringen kann, nur weil ich Polizeipathologe bin? Das sind all diese Polizeiserien im Fernsehen«, hatte er düster hinzugefügt, »diese Serien zerstören mein Leben.«

»Aber sie helfen dir, Frauen kennenzulernen, oder?«, hatte Katja gefragt, was die triste Heimfahrt wenigstens kurzfristig aufgeheitert hatte, während Johannes Katja auseinandersetzte, dass der Typ Frauen, der sich für einen Mann interessierte, der sich wiederum mit Leichen auseinandersetzte, das exakte Gegenbild zu den Frauen war, für die sich Johannes interessierte.

»Esoterikschlampen«, hatte Johannes abfällig gesagt, »diese Frauen, die für alles Verständnis haben. Sogar für Axtmörder. Solche, die an Reinkarnation glauben, ein abnormes Interesse an meinen Leichen haben und ihre Wohnung nach Feng Shui einrichten.«

Er hatte sich geschüttelt, und Katja hatte gelacht. Und dann hatten sie mich abgesetzt und waren weitergefahren.

Ich dagegen stand jetzt mit meinem Schlafsack unter dem einen und dem Bratschenkoffer unter dem anderen Arm vor meiner Wohnungstür und hatte überhaupt keine Lust, die Tür aufzuschließen. Die letzten Tage waren so eigenartig gewesen, dass es mir schwer fiel, in die Wirklichkeit meiner Ehe und meines Alltags zurückzufinden. Immer vorausgesetzt, dass ich noch eine Ehe hatte. Ich stellte alles ab, atmete tief ein und schloss die Tür auf.

»Hallo?«, rief ich in die Wohnung. Es roch nach Kaffee. Wir waren in Berlin sehr früh losgefahren, und es war erst acht Uhr. Um neun musste ich im Büro sein.

»Hallo«, sagte Vera, die aus der Küche kam. Okay, dachte ich, als ich ihren Ton hörte, Eiszeit. Meinem schlechten Gewissen half das gar nicht. Sie war schon angezogen und geschminkt. Perfekt. Wie immer.

»Was ist das?«, fragte sie kühl und machte eine Kopfbewegung zum Bratschenkoffer.

»Von meinem Vater«, antwortete ich nervös.

»Die liebe Familie«, sagte Vera, deckte den Tisch mit diesen Bewegungen, die ich nur zu gut kannte und die nichts Gutes bedeuteten. Na ja. Was hatte ich auch erwartet.

»Frühstück ist fertig«, sagte sie und setzte sich.

Es war diese Genauigkeit, diese exakte Pflichterfüllung angesichts meiner nur allzu offensichtlichen Schludrigkeit, meiner Vergesslichkeit, meiner Verletzung der Regeln, die mich immer noch weiter ins Unrecht setzte. Das geschah einfach viel zu oft. Ich war immer derjenige gewesen, der zu spät kam, der Freunden Geld lieh, wenn wir eigentlich gerade selber keins hatten, der dreihundert Kilometer fuhr, um einen Schrank für Dorothee abzuholen, wenn Vera Geburtstag hatte. Ich hasste es, aber ich war trotzdem immer wieder der Schwächere. Heute besonders.

»Ich muss mit dir reden«, sagte ich und setzte mich an den Tisch.

Das war keine gute Idee. Ich hätte warten sollen, bis wir mehr Zeit gehabt hätten. Abends vielleicht, womöglich mit einem Glas Wein, das die Dinge nicht mehr in so einem unerbittlich scharfen Licht wie morgens vor dem Frühstück zeigte. Aber irgendwie hielt ich es einfach nicht mehr aus. Ich wollte einfach reinen Tisch machen und wusste dabei nicht einmal, was ich wirklich wollte. Aber, wie gesagt, es war keine gute Idee.

Vera sah mich über den Tisch hinweg an. Zwischen uns standen Kaffee und Tee und Brötchen, und alles duftete auf einmal wunderbar nach Normalität und den schönen Seiten des Ehealltags und wirkte gerade wie unwiederbringlich verloren.

»Du schläfst also mit der Schwester deiner Mutter. Aus Mitleid, ja?«, fragte sie mit schneidendem Spott, »weil sie Krebs hat, ja? Das finde ich rührend.«

Ich wusste nicht, was ich sagen sollte. So, wie es Vera sagte, hörte sich alles ganz furchtbar falsch an. Ich hatte ihr nur von Katja und mir erzählt, nicht aber von dem Problem, das Papa gerade hatte. Dadurch sah es irgendwie noch schlimmer aus, dass ich mit Katja auf den Herrenhof gefahren war.

»So ist es nicht«, versuchte ich mich zu verteidigen, »also nicht genauso ... es ist ...« Ich wusste nicht mehr, was ich sagen sollte. Ich trank einen Schluck Tee und kam mir schon deswegen schuldig vor.

Vera ordnete ihre Haare. Ich sah überrascht, wie ihre Hände flogen, aber sie hatte sich trotzdem ganz in der Gewalt. Zitternd, aber geschickt wie immer streifte sie den Haargummi in raschen Bewegungen über einen kurzen, straffen Pferdeschwanz.

»Ja?«, fragte sie knapp. »Wie ist es?«

Sie wartete und ich schwieg. Ich dachte daran, dass wir Zeiten gehabt hatten, in denen wir Nächte hindurch geredet und gelacht hatten. Zeiten, in denen wir gerne aufeinander gewartet hatten und nicht mit diesem mühsam unterdrückten Missmut. Dass wir uns über dieselben Sachen amüsiert hatten. Dass wir gemeinsam über Flohmärkte gezogen waren, um für das erste gemeinsame Bad abstruse Lampen aus den siebziger Jahren zu kaufen. Aber die waren dann auch irgendwann aus der Wohnung verschwunden.

»Tja«, sagte sie sarkastisch, »gegen die Familie habe ich ja nie eine Chance gehabt.«

»Das ist nicht wahr«, sagte ich, »Vera, das stimmt einfach nicht. Du hast dich nie auf meine Familie eingelassen. Dir war ja sogar meine Mutter peinlich, wenn wir mal zum Essen ausgegangen sind. Immer und immer wieder höre ich, dass es ja kein Wunder ist, wie beziehungsunfähig ich bin, wenn man sich ansieht, wie meine Eltern nebeneinander her leben. Dass ich ...«

Vera unterbrach mich. »Darum geht es überhaupt nicht«, sagte sie mit beherrschter Wut, »es geht darum, wie das hier weitergeht zwischen uns. Wirst du sie wiedersehen?«

Ja. Das war so die Frage, die ich jetzt gerade gar nicht brauchen konnte. Ich zögerte. Aber dann zuckte ich die Achseln und sah Vera an.

»Ja, ich denke schon. Ich kann sie nicht ...« Es hörte sich vollkommen bescheuert und wie in einem schlechten Film an, aber das Leben, dachte ich zornig, ist eben manchmal einfach wie ein Scheißfilm, und deshalb sprach ich weiter.

»Ja. Ich kann sie jetzt nicht allein lassen.«

Da stand Vera auf, nahm meine Teekanne und ließ sie auf den Boden fallen. Dann meinen Teller und meine Tasse.

»Das war's«, sagte sie mit schwankender Stimme. »Sam, du bist ein Arschloch. Du bist einfach nur ein blödes Arschloch. Raus aus meiner Wohnung! Raus aus der verdammten Wohnung, und bleib weg!«

Ich war auch aufgestanden. Ich hatte Vera noch nie so wütend gesehen, und ich wusste nicht, wie ich das hier jemals wieder in Ordnung bringen sollte.

»Vera«, sagte ich, »hör zu. Bitte! Ich will ... ich kann jetzt nicht ...«

»Raus, Arschloch«, sagte Vera laut und voller Wut und ging zur Wohnungstür, die sie weit aufriss. »Raus, und komm nicht wieder! Komm nie wieder!«

Wir sahen uns ein paar Augenblicke an, aber ich war hier einfach in der sehr viel schwächeren Position, und deshalb musste ich wegsehen, meine Jacke anziehen und gehen. Vera war an der Tür stehen geblieben, und als ich sie ansah, musste ich trotz meiner hilflosen und ungerechtfertigten Wut, trotz dieses Gefühls, völlig missverstanden zu werden, zugeben, dass sie selbst in dieser Situation Herrin der Lage war. Das hatte ich immer an ihr gemocht.

Aber dann lief ihr Fräulein Titania, die die offene Tür bemerkt hatte, zwischen die Beine. Vera sah sie, und völlig unerwartet bückte sie sich, packte sie heftig am Nackenfell und schleuderte sie mir entgegen: »Und nimm deine Scheißkatze mit!«, schrie sie zum ersten Mal unkontrolliert und voller Verachtung.

Ich duckte mich, als mir ein zischendes Fellbündel knapp über den Kopf flog und mir mit einer Pfote quer über den Nacken eine tiefe Furche riss.

»Gott, Vera!«, fluchte ich wütend.

Aber da kam schon der Bratschenkasten geflogen und die Tür knallte zu.

Ich sah die Katze an. Fräulein Titania maunzte aufgebracht.

»Scheiße!«, sagte ich aus tiefstem Herzen.

Es war wirklich keine gute Idee gewesen.

»Sagen Sie, Ehrlich«, fragte Schneider in einem Ton zwischen Widerwillen, Erstaunen und Hass, »gibt es irgendeinen tieferen Grund dafür, dass Sie eine Katze und eine Geige mit ins Amt bringen?«

Ich hatte den Bratschenkasten und Fräulein Titania dabei, war aber gerade wirklich nicht in der Laune, mit Schneider auch noch einen Streit anzufangen.

»Wir haben Mäuse, wussten Sie das nicht?«, sagte ich. »Das ist eine von den städtischen Katzen. Sie ist jetzt für eine Woche hier. Ist Ihnen das Getrippel in der Decke noch nie aufgefallen?«

Ich deutete nach oben und ließ Fräulein Titania von meinem Arm auf den Boden springen.

Schneider sah mich misstrauisch an.

»Städtische Katze?«, fragte er nach.

Ich nickte. »Eigentlich gehört sie dem Tiefbauamt, aber die leihen sie uns aus. Wir müssen noch so einen Inventarschein ausfüllen«, fügte ich hinzu. Ich empfand gerade eine Art grimmige Lust, auch die anderen leiden zu lassen.

»Wollen Sie das machen oder soll ich? Warten Sie, ich sehe mal nach der Nummer.«

Ich bückte mich und tat so, als suchte ich in Fräulein Titanias Ohr nach einer Nummer.

»Vierzehn Dreiunddreißig«, verkündete ich.

»Tü tü tü«, machte Schneider zu meiner totalen Verblüffung und lockte Fräulein Titania. Die sah ihn erst neugierig an, dann kam sie näher und sprang auf seinen Schoß. Ich verdrehte angewidert die Augen, aber Schneider sah gar nicht zu mir.

»Nette Katze«, sagte er in mürrischer Zuneigung und streichelte sie. Fräulein Titania, die Verräterin, begann zu schnurren.

»Verwöhnen Sie sie nicht«, sagte ich schlecht gelaunt, »sie soll Mäuse fangen.«

Es wurde ein furchtbarer Tag. Schneider hatte peinlich genau dafür gesorgt, dass er nicht etwa aus Versehen einen meiner Vorgänge erledigt hatte. Ich arbeitete mich durch Finanzpläne, neue Bauvorschriften für Kirchenrestaurierungen, Genehmigungen für Gerüstbauten und all diese Dinge, die ich an meinem Beruf hasste. Gleichzeitig dachte ich an Papa und Gerhard und dass ich nichts tun konnte, und schließlich überlegte ich, ob Vera mich an diesem Abend womöglich doch noch in die Wohnung ließ. Vera und ich hatten schon manchmal massive Streits gehabt, aber es war das erste Mal, dass ich aus der Wohnung geflogen war. Kurz gesagt: Ich hatte das Gefühl, dass ich mich sehr geschickt in eine Katastrophe manövriert hatte. Außerdem regnete es immer noch. Die Heizung im Büro war wohl noch auf Sommer eingestellt, und es war unangenehm kühl. So passte mal wieder alles zusammen, und die Außenwelt gab sich Mühe, meine Lebenssituation mit den richtigen grauen Farben und trostlosen Geräuschen zu untermalen.

Nachmittags rief ich Johannes an, aber der hatte nichts Neues in Erfahrung gebracht. Danach telefonierte ich mit Papa. Er hatte sich schon fast damit abgefunden, dass wir nichts hatten ausrichten können, klang äußerst deprimiert und war dabei, sich um den Kredit zu bemühen.

Die Stunden im Büro tropften zäh. Zum ersten Mal fiel mir auf, wie früh es jetzt schon dunkel wurde. Die Energiesparlampen über unseren Schreibtischen waren weit davon entfernt, freundlich zu wirken, und das blaue Leuchten der Bildschirme machte die Stimmung noch schrecklicher. Schneider ging um fünf Uhr, nicht ohne Fräulein Titania noch einmal zu streicheln. Ich hatte den ganzen Tag nichts essen können, und mir war dabei fast übel vor Ärger.

Obwohl es im Büro schrecklich war, dehnte ich den Arbeitstag trotzdem aus, so lange ich konnte. Gegen halb acht ging ich dann doch nach Hause. Vielleicht würde Vera trotz allem mit mir reden. Ich hatte den Schlüssel dabei, aber ich klingelte. Es dauerte eine Weile, bis Vera mir öffnete.

»Auf dem Sofa«, sagte sie reserviert, »ich habe es schon bezogen.«

So war Vera. Selbst am Ende einer Ehe hielt sie die Spielregeln exakt ein. In dieser Nacht träumte ich, ich sei auf dem Weg in den Dom zur Arbeit versehentlich in einen Arbeitskreis der RAF gekommen, in dem gerade ein Bombenbaukurs stattfand. Fräulein Titania war auch irgendwie dabei. Als ich aufwachte, saß Vera mir gegenüber auf dem Sessel und sagte:

»Also, reden wir.«

41

Der Sommer in Dänemark schien fast unendlich. Gesine saß in einem unbequemen Holzstuhl auf der Veranda eines Ferienhauses in der Nähe von Hvide Sande und las. Es war halb zehn Uhr morgens, der Frühstückstisch war noch nicht abgedeckt, weil Friedrich noch schlief. Die Kinder waren längst im nahe gelegenen Wald verschwunden. Friedrich hatte – wie in jedem Urlaub – den Wünschen der Kinder in einem der vielen kleinen Läden in der Hafenstadt nicht widerstehen können. Deshalb hatte Johannes jetzt ein Zehnmetertau, das zu allen möglichen Spielen gebraucht wurde, Sam hatte einen Fiberglasbogen, Dorothee ein Finnmesser und Maria eine Kapitänsmütze. Gesine las konzentriert in dem Buch über antiautoritäre Erziehung, das sie von Klaus bekommen hatte, als sie auf der Hinreise auf dem Herrenhof Station gemacht hatten. Manchmal lächelte sie abwesend, wenn sie das ferne Geschrei der Kinder hörte, das aus dem lichten Kiefernwald kam. Elf lag zu ihren Füßen in der Sonne und schlief. Gesine hörte Friedrich im Schlafzimmer rumoren und lächelte ihn an, als er herauskam.

»Es ist kalt!«, sagte er halb mürrisch, halb freundlich. Gesine kannte diesen Ton. Friedrich wollte umsorgt werden, wenn er schon so früh aufstehen musste.

»Diese Kinder kommen ins Heim«, sagte Friedrich düster, »ich bin ziemlich sicher, dass es ein Gesetz gibt, das uns erlaubt, sie alle vier auf der Autobahn auszusetzen, wenn sie versuchen, ihren Vater durch Lärm umzubringen.«

»Unsere sind alle im Wald«, sagte Gesine freundlich, »das sind dänische Kinder.«

Friedrich setzte sich an den Frühstückstisch in die Sonne, zog den unvermeidlichen Morgenmantel über der Brust fester zusammen und starrte auf die Kaffeekanne unter der dicken Wärmehaube, die aussah, als hätte man sie aus einer Tagesdecke aus den fünfziger Jahren geschnitten.

»Die machen das mit Absicht«, sagte Friedrich und goss sich Kaffee ein, bis die Tasse fast voll war. Gesine zwang sich, woanders hinzusehen, als er Kondensmilch dazugab, die nach allen physikalischen Gesetzen in der Tasse keinen Platz mehr haben konnte.

»Die Dänen«, erklärte er, während drei weitere Löffel Kaffee als Ausgleich für drei Löffel Zucker in die Untertasse schwappten, »die Dänen machen mit Absicht Lärm und den Sommer mit Absicht kalt, weil sie uns Deutsche hassen. Wegen des Krieges!«

Er rührte heftig um. Die Tasse war jetzt wieder normal voll. Die Untertasse auch.

»Dreißig Jahre Lärm und Kälte für vier Jahre Besatzung«, murrte er, »das nenne ich nachtragend. Ist das die Zeitung?«, fragte er schon etwas heiterer, und als Gesine ihm die *Süddeutsche* gab, die sie mit den Brötchen gekauft hatte, hellte sich seine Miene endgültig auf. Er liebte es, beim Frühstück Zeit für ungestörtes Zeitunglesen zu haben.

»Immerhin drucken sie ihre Zeitungen auf deutsch«, sagte er, und Gesine musste lachen. Dann las sie weiter. Friedrich trank seinen Kaffee und las auch. Allmählich wärmte ihn die Sonne doch. Es war schön, Nachrichten zu lesen, die ihn im Augenblick nichts angingen. Die Watergate-Affäre beherrschte die Titelseite. Aber Friedrich hatte Nixon sowieso nie leiden können. Er fand, der Mann hatte keinen Humor. Er schlug die Seite um und fand einen Bericht über eine neue Mondmission der Sowjets. Er hielt einen Augenblick inne und dachte daran, dass seine Mutter das Essen für neun Kinder auf dem Holzherd gekocht hatte. Dass er mit dem Geruch von Schürholz aufgewachsen war und dass sie nach dem Krieg das Wasser noch anderthalb Jahre aus dem Dorfbrunnen in Obbach geholt hatten, wohin sie vor den Bombenangriffen aus Schweinfurt geflohen waren. Und jetzt flog man auf den Mond. Die Welt änderte sich so schnell, dass man außer Atem kam, wenn man den Blick nicht auf die ewigen Dinge des Lebens richtete: Brot. Schlaf. Wein. Und Kaffee natürlich. Er goss sich nach. Gesine las in ihrem Buch und hatte die nackten Füße auf den Rücken des Hundes gesetzt, der sich das gefallen ließ und nur den schlanken Körper ein wenig mehr in die Sonne streckte, ansonsten aber faul auf dem warmen Holz weiterschlief. Friedrich blätterte wieder um und rührte abwesend in seiner Tasse. Sein Blick flog über die Artikel, nahm etwas auf und war schon weiter geschweift, als es Friedrich plötzlich kühl wurde. Er suchte die Seite noch einmal ab, bis er den Artikel, eigentlich nur eine Notiz, gefunden hatte. »Kein Fahndungserfolg bei RAF-Terroristin.« So ging es seit Jahren, wenn er das Wort »Terrorist« oder »RAF« las. Immer gab es einen Stich. Immer fühlte er sich plötzlich verletzlich und ausgeliefert. Hastig las er weiter. Der Artikel berichtete über zwei Terroristinnen, von denen man seit mehr als zwei Jahren nichts mehr gehört hatte. Die Fahndungsbehörden meinten dazu, es sei zwar durchaus möglich, dass sie entweder in einem palästinensischen Lager oder eventuell auch in der DDR untergetaucht seien, doch sei es schon sehr ungewöhnlich, dass man nicht einmal vage Hinweise zu ihrem Aufenthalt hätte. Selbst die Meistgesuchten aus der RAF-Führungsebene hätten immer wieder Hinweise hinterlassen. Es sei nicht auszuschließen, las Friedrich, dass diese beiden Frauen einer Exekution innerhalb der RAF zum Opfer gefallen wären. Dann folgten die Namen und die Beschreibungen. Eigentlich wollte Friedrich nicht weiterlesen, als er von den langen braunen Haaren las, vom Geburtsjahr, das die Frau so schrecklich jung machte – fast noch zu einem Mädchen. Er wollte nichts von dem Muttermal lesen, das sich ihm so eingeprägt hatte und das er sich so bemüht hatte zu vergessen. Und nicht den Namen. Ingeborg. Obwohl die Sonne immer noch schien und Gesine immer noch las, hatte sich dieser friedliche dänische Morgen verdunkelt. Friedrich gab sich Mühe, andere Artikel zu lesen, vom Wetter und von der deutschen Politik, aber es fand alles an der Oberfläche statt. Gesine sah zu ihm herüber.

»Was ist?«, fragte sie besorgt. Dass man ihm seine Emotionen so ansehen musste!

»Nichts«, wehrte er ab, »nur ein blödes Gefühl.«

Später dachte Gesine manchmal, dass Friedrich gespürt hätte, dass etwas mit den Kindern war, aber jetzt beugte sie sich nur hinunter und streichelte den warmen Leib des Hundes.

Friedrich dagegen legte die Zeitung zusammen und sah ins Leere. Das würde ihn immer wieder einholen. Immer wieder würde er sich fragen müssen, ob er alles getan hatte, was zu tun gewesen war. Ob er irgendetwas hätte ändern können. Er war immer dankbar gewesen, dass er zu den Weißen Jahrgängen gehörte und keinen Wehrdienst hatte leisten müssen. Er mochte seinen Beruf, weil er bedeutete, dass man dem Menschen im Tod noch Würde gab – manchmal sogar zurückgab. Und jetzt hatte er zu leben mit einer Erinnerung an eine Exekution, an einen ungesühnten Mord, und mit Bildern, die er nie loswerden würde. Er hätte viel darum gegeben, dachte er bitter, sehr viel, wenn er diesen Tag ungeschehen machen könnte. Schweigend stand er auf und ging sich anziehen. Plötzlich hatte er keine Lust mehr auf Gespräche. Gesine sah ihm nach. Seit ihrer Indienreise, dachte sie, war er so. Diese plötzlichen Stimmungsschwankungen. Diese Verschlossenheit, die manchmal kam und Tage dauerte. Sie seufzte auch und setzte die Füße wieder sacht auf den Rücken des Hundes. Tiere waren da doch so viel einfacher.

Im Wald hatte Dorothee die Führung übernommen.

»Es muss hier irgendwo sein«, sagte sie atemlos und lief weiter. Sie war eine schnelle Läuferin, aber sie wartete auf Maria, die mit ihren kurzen Beinen kaum hinterher kam. Johannes ließ ein Ende seines Seils über den sandigen Waldboden schleifen, und Sam hatte sich den Bogen malerisch über den Rücken gehängt. Einen Pfeil hatte er schon verloren, den anderen trug er in der Hand und peitschte ab und zu die Luft damit. Die Sonne schien durch die Brombeerhecken, deren Entdeckung sie ihrer Mutter ohne weitere Absprache verschwiegen hatten, denn Gesine hatte in diesem Urlaub plötzlich begonnen, Brombeermarmelade einzukochen. Jedes verfügbare Gefäß war bereits mit Brombeermarmelade gefüllt worden, und die Kinder hatten von jedem Ausflug ein Spieleimerchen voller Brombeeren mitbringen müssen. Deshalb war völlig klar, dass es in diesem Wald jetzt keine Brombeerhecken mehr gab, wenn man auch noch Zeit zum Spielen haben wollte.

»Da ist es!«

Dorothee war eine kleine Anhöhe hinaufgerannt und stand jetzt auf einem halb versunkenen Betonblock, von dem aus man das Meer sehen konnte.

»Das ist ein Bunker«, sagte Sam fachmännisch, der sich seit einiger Zeit mit Kriegsgeschichte befasste.

Der Bunker war mit Strandhafer überwachsen und mit feinem Sand fast zugeweht. Der Eingang war so hoch verschüttet, dass man sich auf den Bauch legen musste, um hineinzuspähen. Es gab noch zwei freie Luken, durch die ein wenig Licht in den Bunker sickerte.

»Darf ich rein?«, krähte Maria.

Johannes schüttelte den Kopf. »Du bist noch viel zu klein«, sagte er, »du kannst Wache halten.«

Maria hatte keine Ahnung, was Wache halten war, wehrte sich aber dagegen, viel zu klein zu sein.

»Ich bin nicht zu klein!«, rief sie.

Die drei anderen beachteten sie nicht, sondern hatten angefangen, den Eingang des Bunkers frei zu graben.

»Vielleicht ist noch eine Kanone drin«, sagte Dorothee hoffnungsvoll.

Maria war beleidigt. Eine Weile spielte sie mit dem Seil, das Johannes aufs Dach des Bunkers gelegt hatte, aber dann hatte sie keine Lust mehr. Dorothee, Johannes und Sam waren schon halb im Bunker verschwunden. Der Sand flog aus dem Eingang.

»Ich will auch rein!«, rief Maria.

»Später!«, rief Sam von innen zurück. »Halt Wache, ja?«

Sie buddelten mit großer Begeisterung weiter. Irgendwann rutschte plötzlich eine Menge Sand aus einer der Luken nach, und Johannes fand, man müsste sein Seil holen und draußen festbinden, damit man sich bei weiteren Sandrutschen ins Freie ziehen könnte. Als er aus dem Bunker krabbelte und in die Sonne blinzelte, war Maria verschwunden. Er holte sein Seil und band es an einer der nahe stehenden Kiefern fest, dann rutschte er wieder in den Bunker. Aber nach zehn Minuten wollte er doch noch einmal nach Maria sehen. Sie war immer noch weg.

»Sam, Do«, rief er nach innen, »Maria ist weg.«

Die beiden Geschwister kamen aus dem Bunker. In Dorothees blauschwarzem Haar hing weißer Sand. Sie sahen sich um. Sie riefen. Dann, allmählich beunruhigt, suchten sie im Wald ringsum. Maria war erst sechs. Sie konnte zwar schwimmen, aber noch nicht gut. Sam und Johannes liefen durch die Dünen hinunter zum Strand. Der Strand war ziemlich leer – es war das Ende der Saison –, aber Maria war nirgends zu sehen. Do wurde es flau.

»Vielleicht ist sie heim?«, fragte sie die anderen.

Sam wollte noch nicht zurück.

»Vielleicht versteckt sie sich bloß«, sagte er. Die Dünen waren unübersichtlich. Überall gab es Mulden und Senken – Maria konnte in hundert Meter Entfernung sein, ohne gesehen zu werden. Sie rannten durch die Dünen und riefen. Allmählich machte ihnen die Angst die Kehlen eng.

»Wir müssen es Mama sagen«, keuchte Do, die leicht Asthma bekam, wenn sie sich aufregte. Ihre Lunge pfiff.

Sie rannten den Weg durch den Wald zurück zum Ferienhaus, immer in der Hoffnung, Maria würde irgendwo aus dem Wald auftauchen.

»Mama«, schrie Johannes schon auf halbem Wege zum Haus, »Maria ist weg.«

Gesine schrak hoch. Ihre Kinder waren im Allgemeinen nicht ängstlich, und sie gingen nicht leicht verloren. Wenn sie so aufgeregt waren, war es ernst.

»Wo ist sie hin?«, fragte sie Johannes.

»Wissen wir nicht«, sagte Johannes ängstlich, »wir waren beim Bunker, und dann ist sie verschwunden.«

»Ich komme«, sagte Gesine.

Sie lief mit den Kindern durch den Wald, und Elf, froh, dass man endlich mit ihr spazieren ging, rannte fröhlich mit.

»Maria!«, schrie Gesine, als sie beim Bunker angekommen waren, »Maria!«

Sie suchten den Bunker ab, den Wald ringsum, die Dünen und den Strand. Es war jetzt schon elf Uhr, und die Flut kam allmählich. Gesine merkte, wie die Angst in ihr hochstieg, die alte Angst, die sie seit ihrer Kindheit kannte.

»Renn zu Papa«, sagte sie zu Sam, »der soll mit dem Fernglas kommen. Mach schnell!«

Sam war froh, dass er irgendetwas tun konnte, und rannte los. Gesine sah an der Küstenlinie hin und her. Nach Norden? Nach Süden? Elf rannte ins Wasser, leckte Gischt, wurde von einer Welle umgeworfen und kam fröhlich zurück. Dann rannte sie auf einmal los.

»Elf!«, schrie Gesine, »Komm! Komm her!«

Aber Elf kam nicht. Sie spielte am Wasser, rannte immer wieder ein Stück hinein, bis sie fast an einem der Boote war, die dort an Bojen festgemacht schaukelten.

Gesine schickte Do und Hannes in die Dünen, die sich nach Süden zogen. Irgendwie sah der Strand ja überall gleich aus. Alle fünfhundert Meter gab es einen Durchstich mit einem Strandweg zu einer Feriensiedlung, überall ähnliche Kiefernwäldchen, überall ähnliche Molen. Sie selbst rannte auf der Düne nach Norden.

»Maria! Maria!«

Nachdem sie fast zwanzig Minuten gelaufen war, hielt sie an. Es hatte keinen Sinn. So weit war Maria wahrscheinlich gar nicht gekommen, wenn sie wirklich in die Dünen gegangen war. Vielleicht hatte sie ja auch versucht, ins Dorf zu gehen. Oder sie war schon wieder beim Haus. Gesine kehrte um. Der Rückweg dauerte länger, obwohl sie sich zur Eile antrieb. Als sie ungefähr auf der Höhe des Bunkers war, sah sie schon von weitem, wie Friedrich mit Sam von der anderen Seite kam. Sie hatten Maria auch nicht gefunden. Nur Elf tollte immer noch am Strand, rannte ins Meer und war die Einzige, die von der Angst nichts spürte.

»Elf!«, schrie Gesine über den Strand, »Elf!«

Aber Elf kam nicht. Elf rannte hechelnd ins Meer, wurde umgeworfen und schwamm ein paar Kreise. Gesine kniff die Augen gegen das Glitzern im Wasser zusammen. Und dann sah sie es. Das Boot, um das Elf immer wieder herumtobte. Eine plötzliche, wilde Hoffnung schoss in ihr hoch. Sie rannte die Dünen hinab, sie rannte durch den schweren Sand, der sie bremste, dann rannte sie durchs Wasser. Elf bellte fröhlich und versuchte, im Wasser Schritt zu halten. Gesine stolperte im Wasser und fiel, stand wieder auf und lief weiter, so schnell sie konnte. Als ihr das Wasser bis zur Hüfte ging, warf sie sich ungeduldig nach vorn und schwamm. Und dann war sie beim Boot. Dort schlief Maria in der Plicht auf einem zusammengelegten Segel; wie immer die Arme und Beine weit von sich geworfen, voller Vertrauen in die Welt.

»Danke, Elf«, haspelte Gesine, als sie Maria aus dem Boot hob und diese langsam aufwachte, während Gesine mit ihr durch die Wellen watete, »danke. Danke. Danke.«

Die Kinder und die Hunde – für Gesine gehörten sie von nun an noch mehr zusammen.

42

Papas Anruf kam am Samstag spätabends, während ich mit Vera gerade ein weiteres erschöpfendes Gespräch führte. Immerhin redeten wir wieder miteinander. Im Großen und Ganzen zeichnete sich gerade eine Zwischenlösung ab, die zwar für die nächste Zeit gemeinsames Wohnen vorsah, ansonsten aber unsere Ehe, wie sich Vera technisch abgeklärt ausdrückte, auf Standby schaltete. Ich hatte, was Gerhard anging, nichts mehr ausrichten können. Zum einen war die Zeit zu knapp, zum anderen war die Vorstellung, wir könnten Polizeiarbeit leisten, völlig illusorisch, und zum letzten war ich mit meiner persönlichen Situation etwas überfordert.

»Morgen Abend um sieben«, sagte Papa. Er hörte sich auch erschöpft an und sprach noch langsamer als sonst, »wäre schön, wenn ihr Jungen dabei sein könntet.«

»Soll ich Hannes anrufen?«, fragte ich.

»Ich mach' schon«, antwortete Papa, »also, mir wäre es wirklich recht, wenn ihr dabei wärt. Ich habe keine Lust, ihn alleine zu treffen. Deine wahnsinnige Mutter hat schon gesagt, dass sie mitkommt, aber ich will das nicht.«

Ich drehte die Augen nach oben. Mama!

»Papa«, sagte ich hastig, »sag Mama, dass wir kommen. Sie soll bloß nicht auf blöde Gedanken kommen.«

»Sie will die Hunde mitnehmen. Sie glaubt, dass die uns schützen ...« Papa seufzte schwer. »Hunde gegen Terroristen. Unsere Hunde!«

»Ja«, sagte ich, »Papa, ich bin morgen rechtzeitig da. Wo will er sich denn mit dir treffen?«

Vera hatte sich in ihrem Küchenstuhl zurückgelehnt, spielte mit ein paar Brotkrümeln und stellte dann unsere

Teller zusammen, während ich redete. Papa erklärte mir währenddessen am Telefon, dass Gerhard dazu noch nichts gesagt hätte und er es wahrscheinlich erst kurz vorher erfahren würde. Dann betonte er noch einmal, dass es gut wäre, wenn ich käme. In dem Augenblick klang er wie ein alter Mann, und das bewegte mich besonders. Als ich auflegte, sah Vera mich an.

»Das ist auch so etwas«, sagte sie sachlich, »du bist nie erwachsen geworden. Du bist eigentlich nie ausgezogen. Dein Bruder ist dein bester Freund, du telefonierst zweimal in der Woche mit deiner Mutter ... du lebst gar nicht richtig mit mir. Du lebst mit deiner Familie.«

»Aber das ist doch normal«, sagte ich ärgerlich, »Familie ist Familie. Die gibt man doch nicht auf, wenn man heiratet.«

»Ach ja«, sagte Vera spitz, »und deine Geliebte ist deine Tante. Ist das auch normal?«

Ich sah auf den Tisch, wo das Telefon lag und blinkte. Johannes hatte wohl auch schon angerufen.

»Ich muss morgen zu meinen Eltern«, sagte ich zögernd.

»Fahr nur«, erwiderte Vera und ging ins Bad. Dann öffnete sie noch einmal die Tür und sah heraus zu mir. »Und nimm die Katze mit«, fügte sie noch in beiläufigem Ton an.

»Drive carefully. Death is so permanent!«, hatte Großmutter immer gesagt, wenn ich sie mit dem Auto besucht hatte und wieder fuhr. Das war so ihre Art des Reisesegens gewesen. Ich musste daran denken, als ich aus dem Dom kam und ins Auto stieg. Ich hatte noch mit den Archäologen sprechen müssen, die das Grab des Heiligen Laurentius wieder versiegeln lassen wollten. Ich mochte diese Arbeit ja eigentlich. Aber heute war ich mit den Gedanken ständig woanders gewesen. Dann hatte sich auch noch der Chef des Archäologenteams mit dem Bauleiter gestritten, weil sie sich nicht einigen konnten, wann das Grab zu verschließen wäre. Jeder Tag, den es länger offen stünde, sei eine Katastrophe für die Innenbemalung der Gruft, hatte der Professor gewettert, und der Bauleiter hatte ihm hitzig entgegnet, ob er den anderthalb Tonnen schweren Granitdeckel vielleicht mit der Hand auflegen möchte und dass man mit dem Gerüst noch nicht fertig sei und er ja wohl nicht wollen konnte, dass man mit dem Autokran quer durch die Kirche fuhr.

Ich hatte Großmutter mal gefragt, wo sie den Spruch her hatte.

»Die Amis haben das über die zerstörten Tore in München gehängt«, sagte sie und musste bei der Erinnerung lachen. »Als ob wir Autos gehabt hätten. Das war auch nur für ihre Soldaten. Aber so ein Transparent über einer Stadt, die komplett zerbombt war – das hatte was. Death is so permanent! Das stimmte ja irgendwie für alle ...«

Im Auto lag Fräulein Titania auf dem Bratschenkoffer und schnurrte träge, als ich den Motor anließ. Zwischen den Regenschauern hatte die Sonne immer wieder mal geschienen und den schwarzen Koffer aufgeheizt.

»Sobald ich auf der Autobahn bin, setze ich dich aus«, versprach ich ihr, »Unglückstier.« Fräulein Titania blieb unbeeindruckt.

Death is so permanent. Ich fuhr den Zubringer entlang. Die Bäume entlang der Leitplanken sahen so aus, als wären sie lieber woanders. Irgendwie konnte ich nicht fassen, dass Großmutter erst so wenige Tage tot war. Ich wusste nicht, was sie von dieser ganzen Erpressergeschichte gehalten hätte, aber ich war ziemlich sicher, dass ihr die Sicherheit der Familie wichtig gewesen wäre. Ich dachte über das Gewehr im Bratschenkoffer nach und war nicht sicher, was sicher bedeutete. Sollte ich das Ding mitnehmen oder nicht? Einerseits war Gerhard ein Mörder, wenn alles so geschehen war, wie Papa es erzählt hatte. Andererseits war er jetzt fast sechzig. Wahrscheinlich wollte er das Geld für einen Lebensabend in Argentinien oder wo alternde Terroristen sonst hingingen. Ich war mir wirklich nicht sicher. Death is so permanent. Der Satz ging mir im Kopf herum. Ich war nicht mal beim Bund gewesen! Ich konnte schießen – wie alle Kinder meines Vaters, dachte ich müde sarkastisch – aber ich hatte noch nie ernsthaft auf einen Menschen gezielt.

Ich war schon fast an der Autobahnausfahrt, als mein Handy läutete. Es war Johannes. Er war aufgeregt.

»Okay«, sagte er, »alles anders. Er hat angerufen. Er will jetzt, dass wir schon um sechs da sind. Nicht dumm, der Mann.«

Ich warf einen Blick auf die Uhr am Armaturenbrett. Es war halb sechs, und an diesem regnerischen Tag begann die Dämmerung früh.

»Wo?« Johannes' Aufregung übertrug sich auf mich, und meine Stimme überschlug sich.

»Du wirst es nicht glauben«, antwortete Johannes mit einem Anflug von Galgenhumor, »im alten Steinbruch beim Sommerkeller.«

»Aber das ist doch gut!«, sagte ich überrascht. Gerhard hatte sich eine Stelle herausgesucht, die wir von Kindheit an kannten. Wahrscheinlich hatte er sie aus demselben Grund gewählt, aus dem wir dort gerne gespielt hatten. Außer ein paar Jägern oder Pilzsammlern war der Ort verlassen. Der Steinbruch selbst war eine Art Tal, das nach beiden Seiten offen war. Es gab einen Feldweg, der hindurch führte, von dem ein paar Forstwege in den nahegelegenen Wald abzweigten. Auf jeden Fall sah man näherkommende Autos schon von fern. Wenn ich so darüber nachdachte, war es vielleicht doch kein so guter Platz für uns.

»Sam? Bist du noch dran?« Johannes war ungeduldig.

»Jaja«, sagte ich zerstreut, »wir können nicht mit den Autos hin, wenn er uns nicht sehen soll. Wer weiß, vielleicht ist er schon da. Wir ... Johannes, wir treffen uns oben am Sommerkeller. Wir können dann von dort alles überblicken, falls es Probleme gibt. Sag Papa Bescheid.«

Johannes dachte kurz nach, dann stimmte er zu.

»Katja will mit«, sagte er zum Schluss kurz.

»Mann!« Ich rollte die Augen, was zum Glück außer Fräulein Titania niemand sah.

»Ich kann dich hören!«, rauschte es fern aus dem Handy, »Johannes hat auf laut gestellt. Sag nicht ›Mann‹! Ich komme auf jeden Fall mit.«

»Ja«, sagte ich ins Handy, »ich liebe dich auch. Ich beeile mich. Und nicht hinfahren! Ihr müsst das Auto an der Landstraße abstellen!«

»Ich bin nicht doof!«, antwortete Johannes und legte auf.

Ich gab Gas. Sechs Uhr! Dieses Schwein. Ich wusste nicht, ob das zu schaffen war.

Zwanzig Minuten später hetzte ich, den Bratschenkoffer in der Hand, schwitzend über einen aufgeweichten Rübenacker. Es hatte aufgeklart, aber dafür war es neblig geworden. Zum Glück kannte ich mich aus, aber es war trotzdem knapp. Obwohl ich immer wieder angestrengt lauschte, konnte ich außer meinem Atem und ein paar Krähen nichts hören. Ich war wie ein Verrückter durch die Vorstadt gerast und hatte das Auto fast in den Graben gefahren, als ich angehalten hatte. Es war zu Fuß eigentlich eine Viertelstunde von der Landstraße bis zum Steinbruch, aber ich lief, so schnell ich konnte. Der Nebel stieg aus den abgeernteten Feldern, und der Waldrand wurde erst unwirklich und dann immer mehr zur dunklen Ahnung. Der Mond war eben aufgegangen, aber sein Licht war unsicher, und auch er verschwamm immer mehr. Es ging jetzt hügelan, und ich wusste, dass ich schon nah beim Sommerkeller sein musste. Der Sommerkeller war eine völlig zerfallene Wirtshausruine über dem Steinbruch. Das Dach war schon eingebrochen gewesen, als wir noch Kinder waren. In den Räumen wuchsen Birken und Haselsträucher. Der ideale Ort zum Spielen. Plötzlich hörte ich ein Auto und drehte mich um. Auf dem Feldweg aus Richtung der Stadt sah man funzelig gelbe Lichter. Das musste Papa sein. Ich rannte jetzt. Plötzlich tauchten aus dem Nebel die Umrisse der Ruine auf, und ich atmete auf.

»Johannes!«, rief ich leise, als ich durch die Türöffnung trat. »Johannes?«

Die Zimmerböden waren zentimeterdick mit Erde und Laub bedeckt. Es raschelte, wenn man hindurchging. Der Nebel hing, kaum wahrnehmbar, als feiner Dunst auch in den verfallenen Räumen, was die Atmosphäre nicht gerade anheimelnder machte.

»Hier!«, hörte ich Katjas leise Stimme. »Hier drüben!«

Ich ging durch den Flur in die ehemalige Küche. Dort standen Johannes und Katja an den beiden Fenstern und starrten nach unten in den Steinbruch. Die Außenwand des Wirtshauses stand dicht an der westlichen Abbruchkante. Deshalb konnte man etwa fünfzehn Meter tief in den Steinbruch hineinsehen.

»Ist Papa schon da?«, fragte ich hastig, kniete nieder und öffnete den Bratschenkoffer.

Johannes drehte sich zu mir um.

»Ja«, sagte er resigniert, »Papa und Do und Mama. Mit Heinz Rühmann.«

»Was?«, fragte ich entsetzt. »Die ganze bescheuerte Familie?«

»Du hast keine Ahnung, was es für Diskussionen gab«, sagte Katja in einem fast amüsierten Ton, aus dem aber doch die Anspannung zu hören war, »deine Mutter hat gedroht, die Polizei anzurufen, als dein Vater alleine fahren wollte. Und Do hat gesagt, dass sie deine Mutter auf keinen Fall alleine lässt.«

Ich hatte das Gewehr herausgeholt und riss das Magazin heraus. Aus der Tasche holte ich mit fliegenden Fingern die Schachtel Patronen, die Papa mir mitgegeben hatte. Als ich die Schachtel öffnete, wurde mir flau. Alle Patronenhülsen hatten schon Flugrost angesetzt, so alt war die Munition.

»Wo ist er? Ist er schon da?«

So. Wunderbar. Jetzt hatte ich richtig Angst. Ich nestelte die Patronen in das Magazin, stieß es in das Gewehr und lud einmal durch. Ich konnte nicht glauben, was ich da tat.

Johannes und Katja standen gespannt an den leeren Fensterhöhlen.

»Man sieht nichts. Auf dem Feldweg ist noch nichts.«

Ich war fertig und stand auf. Ich konnte den Benz sehen. Und dahinter stand Dos Auto. Papa hatte das Licht angelassen, ein kurzes Stück des Feldwegs war erleuchtet. Der Nebel war jetzt richtig dicht, und alle Konturen waren weich. Man konnte keine fünfzig Meter weit sehen.

»Hat Papa das Geld?«, wisperte ich.

»Nur hundertachtzigtausend«, antwortete Johannes, »die Bank hat ihm nicht mehr gegeben.«

Wir warteten. Ich hatte mich wieder hingekniet, um den Lauf auf die morsche Fensterbank stützen zu können. Meine Hände flogen noch immer.

»Er kommt!«, wisperte Katja aufgeregt.

Von ferne hörte man gedämpft ein Auto. Dann malten sich langsam zwei gelbe Flecken in den Nebel. Der Wagen kam nicht auf dem Feldweg, sondern schräg aus dem Wald, bevor er in den Steinbruch einbog. Ich nahm an, dass es Gerhard war. Er fuhr sehr langsam. Dann, als er wohl den Benz erkannte, stoppte er, wendete und ließ den Motor laufen, als er ausstieg.

»Hey!«, rief er überraschend laut und ging ziemlich locker ein paar Schritte auf Papas Auto zu. Papa war auch ausgestiegen. Do und Mama ebenfalls. Mama hielt Heinz Rühmann an der Leine. Als Gerhard die drei und den Setter sah, fing er an zu lachen.

»Ach was!«, rief er hämisch. »Die ganze Familie ist da. Hast du dir Verstärkung mitgebracht?«

Heinz Rühmann zerrte an seinem Halsband, das Do festhielt, aber nicht, weil er Gerhard angreifen wollte. So waren unsere Hunde nie gewesen. Unsere Hunde freuten sich normalerweise über Fremde. Heinz Rühmann zerrte aus Neugierde. Gerhard stand breitbeinig vor seinem Wagen im Scheinwerferlicht. Er war Herr der Situation.

»Hast du das Geld?«, rief er.

Papa kam nun auch ein paar Schritte vor. In dem Nebel und von oben wirkte er klein und gebeugt. Er hatte eine Leinentasche in der Hand.

»Hier!«, sagte er. Immerhin war seine Stimme fest. Er legte die Leinentasche auf den Feldweg und wartete.

»Es sind aber nur hundertachtzigtausend«, sagte er dann noch, »mehr habe ich nicht gekriegt.«

Es war, als hätte man einen Schalter umgelegt. Gerhard explodierte in einem Satz nach vorn. Er stand direkt vor Papa und brüllte ihn an.

»Was?«, schrie er. » Was? Zweihundertfünfzigtausend, du Arschloch! Kein Euro weniger. Zweihundertfünfzigtausend!«

Und dann ohrfeigte er Papa. Zweimal. Dreimal. Keiner hatte mit so einem plötzlichen Ausbruch gerechnet. Mama schrie etwas, mir schoss Adrenalin durch die Adern, Johannes zischte und streckte die Hand nach dem Gewehr aus, als ich panisch aufstehen wollte. Es war so weit! Und dabei geschah es. Ich wollte Johannes das Gewehr überlassen, er hatte die Hand schon zurückgezogen, und das Gewehr entglitt mir. Es fiel aufs Fensterbrett, ich griff hektisch danach und stieß es hinunter. Es klapperte ungeheuer laut den steinernen Abhang hinunter auf den Feldweg – fast vor Gerhards Füße. Ich erstarrte mitten in der Bewegung. Katja biss sich auf die Lippen. Papa und Gerhard hatten sich beide nach dem Lärm gedreht, sahen das Gewehr auf dem Boden liegen und bückten sich gleichzeitig. Aber Gerhard war schneller, stieß Papa zurück, nahm das Gewehr auf und richtete es auf Mama.

»Okay, ihr Arschlöcher!«, schrie er hektisch und voller Wut in unsere Richtung, »Kommt runter. Kommt sofort runter oder ich knalle sie alle ab. Alle! Kommt runter!«, schrie er noch einmal in höchster Lautstärke, außer sich vor Wut. Heinz Rühmann winselte. Er spürte die Gefahr, die in der Luft lag, und drückte sich an Do.

»Wir kommen!«, rief Johannes, um die Situation ein bisschen zu entspannen. »Wir kommen. Wir sind hier.«

Er zeigte sich. Wir kamen langsam aus dem Haus und kletterten die steile Treppe hinunter, die vom alten Biergarten in den Bruch führte. Jetzt, als wir näherkamen, konnte ich sehen, dass er auch zitterte. Er war hager und sein Gesicht aufs Äußerste angespannt – man hätte nicht einmal sagen können, dass er unbedingt böse aussah. Aber gefährlich.

»Ihr beschissenen Arschlöcher!«, sagte er mit zusammengebissenen Zähnen. »Alle da rüber!« Er ließ das Gewehr nicht sinken, während er mit der Hand zu Mama deutete. Wir gingen vorsichtig, rückwärts, zum Auto.

»Und jetzt auf den Boden legen!«

Wir legten uns auf den Boden. Alle nebeneinander. Mir war schlecht vor Angst. Ich hatte keine Ahnung, was er tun würde. Katja lag neben mir und zitterte so wie ich. Do war noch auf den Knien. Heinz Rühmann wollte sich nicht legen.

»Leg dich hin, du blöde Kuh!«, schrie Gerhard nervös. Do ließ das Halsband los und legte sich auch hin. Gerhard beobachtete uns, als er ganz vorsichtig in die Knie ging, nach dem Leinenbeutel griff und ihn umdrehte. Geld fiel in Bündeln heraus. Trotz der Gefahr, trotz der grauenvollen Situation dachte ich, nach wie wenig hundertachtzigtausend Euro doch aussahen. Mit einer Hand blätterte Gerhard die Bündel durch. Dann stopfte er sie in den Leinenbeutel zurück.

»Bleib!«, wisperte Do. Sie meinte Heinz Rühmann, der zunächst uns auf dem Boden beschnuppert hatte, aber jetzt wohl Gerhard interessant fand. Er schnürte auf ihn zu. Gerhard sah hoch.

»Ruf den Hund zurück!«, sagte er gefährlich leise. Er hatte sich beruhigt. Er hatte die Lage wieder unter Kontrolle. Wir waren Dilettanten, dachte ich, komplette Dilettanten. Der Mann war uns allen zehnmal überlegen. Heinz Rühmann schnupperte an irgendetwas auf dem Weg, dann tappte er weiter auf Gerhard zu.

»Heinz Rühmann!«, rief Do mit kieksender Stimme. »Hier! Komm!«

»Heinz Rühmann?« Gerhards Stimme triefte vor Spott. Dann senkte er plötzlich das Gewehr und richtete es auf den Hund.

»Na komm, Heinz«, sagte er, »Komm zu Papa.«

»Nein!«, schrie Mama und wollte sich aufrichten. Sofort schwenkte der Lauf zu ihr.

»Mama!«, zischte ich panisch. »Bleib unten. Bleib unten!«

»Ihr wolltet doch eine Leiche!«, sagte Gerhard mit hörbarer Befriedigung. »Na, für hundertachtzigtausend kriegt ihr höchstens einen Hundekadaver.«

Noch einmal lockte er den Hund: »Komm, Heinz Rühmann, na komm!«

Heinz Rühmann kam vertrauensvoll, schnupperte an Gerhards Hand mit dem Leinenbeutel, der wohl nach unserer Familie roch, schnupperte an Gerhards Füßen und schnupperte am Gewehrlauf. Das war der Augenblick, in dem Gerhard abdrückte.

»Nein!«, schrien Mama und Do gleichzeitig in den ungeheuer lauten Knall. Wir anderen waren alle zusammengefahren.

»Liegen bleiben!«, schrie Johannes und drückte Do zu Boden.

Der Knall kam als Echo vom Waldrand zurück, und dann klapperte es plötzlich. Ich hob den Kopf. Gerhard hatte das Gewehr fallen lassen. Heinz Rühmann lag auf der Seite und zuckte mit den Hinterläufen. Der Leinenbeutel war rot gesprenkelt. Und dann brach Gerhard in die Knie und fiel vornüber. Wir lagen alle auf dem Bauch, zitterten, starrten Heinz Rühmann und Gerhard an, der still auf dem Gesicht lag, und fragten uns, was das sollte. Das Gewehr rauchte immer noch, und Papa kam auf die Knie.

»Es ist explodiert«, sagte er verwundert, stand auf und machte ein paar vorsichtige Schritte dorthin, wo Gerhard und Heinz Rühmann lagen.

»Ja«, sagte er immer noch ungläubig, »die Patronenkammer ist explodiert.«

Dann trafen sich Papas und mein Blick, und ich konnte sehen, dass er für einen Augenblick richtig weiß wurde, als uns beiden gleichzeitig bewusst wurde, was geschehen wäre, wenn ich abgedrückt hätte. Gerhard lag auf dem Gesicht, aber ich sah sogar bei einem flüchtigen Blick, dass sein rechtes Ohr zur Hälfte abgefetzt war – Blut sickerte. Papa bückte sich nach dem Gewehr.

»Liegen lassen!«, rief Johannes scharf, »Lass es liegen, Papa!«

Wir kamen jetzt alle hoch. Der Nebel waberte in Schwaden durch das Tal. Das Licht der Scheinwerfer machte den Feldweg zu einem eng abgeschlossenen Raum in einer unwirklichen Nebelwelt. Noch einmal sagte Johannes: »Nichts anfassen!«

Papa war stehen geblieben. Wir anderen kamen zu ihm. Katja ergriff meine Hand. Ich drückte sie. Wir lebten noch!

»Lasst mich überlegen«, sagte Johannes hastig, »wartet.«

Do war herangekommen, kniete sich neben Gerhard und fühlte am Hals seinen Puls. Auch Johannes hockte sich daneben und fühlte. Dann sahen sie einander kurz an und nickten.

»Tot«, sagte Do.

»Okay«, sagte Johannes, »okay. Wir lassen alles so, wie es ist.«

Der Motor von Gerhards Auto lief immer noch. Das gleichmäßig leise Schnurren des Audis ging mir auf die Nerven, aber ich verstand jetzt, was Johannes meinte.

»Das ist ganz einfach«, sagte er: »Ehemaliger Terrorist will sein Gewehr ausprobieren, es explodiert, er stirbt. Wir waren gar nicht hier. Ein Unfall.«

»Ja«, sagte ich mit wachsender Hoffnung, »das geht. Wir müssen nur noch die Leiche und Papas Pistole aus dem Auto holen.«

Mama hatte sich neben Heinz Rühmann hingekniet.

»Dieses Schwein«, zischte sie wütend, »dieses miese Schwein!«

»Lass mal, Gesine«, sagte Papa und kam zu ihr, »er ist tot. Es ist vorbei.«

Ich fand, es war ein schönes Bild, wie die beiden da bei unserem toten Familienhund knieten, aber Johannes trieb uns zur Eile an. Er holte Handschuhe aus dem Leichenwagen und öffnete Gerhards Kofferraum. Dort lag, in Laken gehüllt, die Leiche.

»Warum ...« Katjas Stimme war rau von der Aufregung. »Warum lassen wir sie nicht einfach im Wagen? Ich meine, das ist doch bloß ein Risiko, wenn wir sie mitnehmen ... bitte, der Mann war Terrorist!«

Johannes und ich zögerten keinen Augenblick. Wir zogen sie heraus und trugen sie hinüber zu Papas Auto, der einen Metallsarg mitgebracht hatte. Währenddessen erklärte Johannes kühl, als hielte er eine Vorlesung in der Anatomie:

»Weil ein Mord aufgeklärt werden muss, wenn eine Leiche da ist. An diese Leiche hat seit dreißig Jahren niemand gedacht, aber wenn sie auftaucht, wird man den Mörder suchen. Üblicherweise anhand der Tatwaffe. Und die ist, wie wir schon wissen, auf Papa registriert.«

»Ich suche die Pistole«, sagte Katja statt einer Antwort.

»Wo ist das Scheißding?«, fragte sie zehn Minuten später in zunehmender Hektik. Sie hatte sich auch Handschuhe anziehen müssen. Johannes dachte klar und klug an alles. Sie klappte das Handschuhfach zu und suchte unter den Sitzen. Ich tastete die Kopfstützen ab. Der Motor lief weiter und der CD-Player auch. Gerhards Musikgeschmack ging mir zunehmend auf die Nerven, aber irgendwie passte das Lied zu seiner Situation: Supertramp. *Take the long way home* ...

»Ich hab' sie!«, sagte Do. Sie war so ruhig und kaltblütig wie Johannes und hatte vorsichtig in Gerhards Taschen gesucht.

»Alles klar«, sagte ich, »wir verschwinden!«

Johannes zeigte mir mit einer Handbewegung, dass ich noch kurz warten sollte. Mama und Do schleppten Heinz Rühmann zum Leichenwagen.

»Keine Fehler machen«, murmelte Johannes, während er sich konzentriert umsah, »jetzt keine Fehler machen!«

Der Motor lief. Der Nebel war vielleicht noch dichter geworden und dämpfte alle Geräusche. Alles sah schwarzweiß aus. Das Gewehr lag, wo Gerhard es hatte fallen lassen. Katja und ich sahen uns auch noch einmal um. Um Gerhards Kopf sickerte es schwarz ins Gras.

»Soll ich nicht doch lieber den Motor ausmachen?«, fragte ich Johannes. »Womöglich findet man ihn dann erst später.«

Johannes schüttelte den Kopf.

»Nein«, sagte er, »das ist ganz egal. Das wirkt auf jeden Fall echter. Passt alles zusammen. Er will das Gewehr ausprobieren und sofort wieder abhauen. Er ist vorbestraft, er war Terrorist – niemand wird zweifeln. Aber ich hab' was vergessen. Irgendwas habe ich vergessen.« Er ließ den Blick wieder über die Szene schweifen. Gerhard. Gewehr. Auto.

»Ihr seid so blöd!«, sagte Katja plötzlich mit einem Lachen in der Stimme, das immer noch von der Erleichterung kam. »So ungeheuer dumm!«

Sie trat neben Gerhard und hob den Leinenbeutel mit dem Geld auf.

»Das war's!«, sagte sie.

»Ich will dich heiraten«, sagte Johannes grinsend, »und jetzt hauen wir ab.«

Papa und Mama waren im Leichenwagen vorausgefahren. Wir anderen fuhren zunächst mit Do bis zu meinem Auto, dann stiegen Katja und ich um. Johannes blieb bei Do. Es war in dieser Nacht irgendwie besser, wenn keiner allein sein musste. Katja schlug die Autotür zu, und ich sah sie an. Sie war bleich und aufgeregt, und trotzdem spürte man in ihr dieselbe große Erleichterung, dass wir noch am Leben waren. Dass wir zusammen waren. Ich beugte mich zu ihr hinüber und küsste sie.

»Johannes darf dich nicht heiraten«, sagte ich.

»Wir werden sehen«, sagte Katja immer noch ein wenig atemlos. »Und wir haben immer noch eine Leiche zu viel. Was machen wir?«

Fräulein Titania sprang vom Rücksitz auf Katjas Schoß.

»Wer bist du denn?«, fragte sie verblüfft.

»Ich möchte dich«, sagte ich und ließ den Motor an, »mit einer weiteren Geliebten bekannt machen. Das ist Fräulein Titania.«

Katja streichelte sie. »Sie sieht aus wie eine kleine Göttin«, sagte sie.

Ich wusste nicht genau, ob es das Wort »Göttin« war, das die Assoziationskette in Gang gesetzt hatte, aber plötzlich wusste ich ganz genau, was wir mit der Leiche tun mussten. Ich gab Gas.

»Katja«, warnte ich sie, »das wird noch einmal eine lange Nacht.«

Katja sah zu mir herüber.

»Lange Nächte mit dir machen mir im Moment wirklich Spaß«, sagte sie zwischen Spott und Zärtlichkeit, »man lebt sehr intensiv.«

Trotz aller Katastrophen der letzten Tage hätte ich in diesem Augenblick mit niemandem tauschen wollen.

43

Es war Sams Geburtstag. Und es schneite zum ersten Mal in diesem Jahr richtig. Der Obelisk bekam eine weiße Haube und sah auf einmal nicht mehr feierlich, sondern heiter aus. Der braungrüne Rasen wurde weiß und die Stadt wurde leiser. Gesine rannte aus dem Haus, um ihre Mutter vom Bahnhof abzuholen. Sie wollte zurück sein, bevor Sam und Johannes aus der Schule kamen. Von den beiden Leichenwagen stand der Opel vorne, und sie hoffte, er würde ausnahmsweise sofort anspringen, was selbstverständlich nicht der Fall war. Gesine sah zweifelnd auf die verschneite Straße. Sie konnte das Auto aus dem Hof und dann die leicht abschüssige Straße hinunter rollen lassen, um dann den zweiten Gang einzulegen und die Kupplung kommen zu lassen, aber das war ein riskantes Spiel, denn sie durfte bei der Ausfahrt nicht anhalten, sonst würde sie es nicht auf die Straße schaffen.

»Hm«, sagte sie, streckte die Zunge leicht zwischen die Zähne, wie sie es immer tat, wenn sie sich konzentrierte, wartete die Straßenbahn ab und löste dann die Handbremse. Sie passierte das Tor und den Gehsteig, es gab erbostes Hupen vom Fahrer eines Lieferwagens, der ihretwegen bremsen musste, und dann war sie auf der Straße. Als sie schnell genug war, ließ sie die Kupplung schnalzen und der Opel sprang spuckend an. Der Ruck ließ es hinten rumpeln. Gesine hatte sofort ein schlechtes Gewissen. Sie hatte vergessen, Friedrich zu sagen, dass ihre Mutter kam und sie das Auto brauchte. Jetzt war der Sarg von heute früh noch im Wagen. Ärgerlich. Blieb nur, sich zu beeilen. Gesine fuhr zum Bahnhof, so rasch sie konnte. Das Gute an einem Leichenwagen war, so dachte sie, als sie auf einem Taxiplatz stehen blieb und den Warnblinker einschaltete, dass man nur ganz selten einen Strafzettel bekam. Sie hetzte in die Bahnhofshalle und suchte auf der Anzeigetafel das Gleis, auf dem ihre Mutter ankommen sollte. Dann drängte sie sich durch die Menschen zum Zug.

Der Bahnsteig war auch überfüllt, aber trotzdem entdeckte sie ihre Mutter sofort. Sie war, wie immer im Winter, in Pelz und Pelzmütze gehüllt und sah sehr elegant aus. Einen flüchtigen Augenblick lang dachte Gesine bedauernd, dass sie nie so aussehen würde.

»Mama!«, rief sie und winkte heftig. Ihre Mutter sah sie, lächelte und kam auf sie zu. Es war gut, dachte Gesine, so eine junge Mutter zu haben, die noch immer so schön war.

»Wie geht's dir?«, fragte sie, als sie Margittas Koffer nahm und sie durch die Menschen zur Rolltreppe lotste. »Wir müssen uns beeilen. Die Kinder kommen bald aus der Schule.«

»Gut«, sagte Margitta gelassen, »ich ziehe nach Berlin.«

Gesine blieb völlig überrascht stehen. »Wie kommt das? Ihr zieht nach Berlin?«

»Ich, Gesine«, sagte Margitta, »nur ich.«

»Aha«, sagte Gesine und verstand. Als sie draußen waren, schloss Gesine die Hecktüren auf, sah, dass kein Platz war, und wuchtete den Koffer kurzerhand auf den Sarg. Margitta sagte:

»Aber Gesine!«

Gesine eilte um das Auto herum und schloss ihrer Mutter auf. »Ach was«, sagte sie, »du darfst es bloß Friedrich nicht sagen, ja?«

Diesmal war der Motor warm und sprang sofort an. Gesine fädelte sich in den Verkehr ein und begann erneut: »Wieso? Ist es ... hat es einen Streit gegeben?«

Margitta kramte in ihrer kleinen Handtasche.

»Ich habe Sam eine Prachtausgabe von *Faust* besorgt«, sagte sie dann, »meinst du, das ist schon das Richtige für ihn?«

»Mama«, sagte Gesine ungeduldig, »natürlich. Er wird fünfzehn. Aber wieso trennst du dich vom Professor? Nach all den Jahren! Als wir Kinder damals wollten, dass du dich von ihm trennst, als wir gebittelt und gebettelt haben, weil wir anfangs nicht mal bei euch im Haus wohnen durften, da hast du immer nur gesagt, dass du nicht anders kannst, als ihn zu lieben! Dass es leider nicht anders geht. Und jetzt, wo wir uns gut verstehen ... ich hätte das nie gedacht, aber der Professor liebt meine Kinder.«

Margitta hatte ihre Zigarettendose gefunden.

»Ich nehme nicht an, dass ich im Auto rauchen darf?«, fragte sie.

»Nein«, sagte Gesine, »darfst du nicht. Und nun sag endlich! Warum gerade jetzt?«

»Tja«, seufzte Margitta gedankenverloren, »wie das so geht. Am Anfang wollte er euch nie sehen und jetzt, mit deinen vier Kindern, bist du ihm lieber als seine leibliche Tochter Johanna. Gesine«, drehte Margitta sich im Auto zu ihrer Tochter, »wir reden später darüber, ja?«

Gesine sah zu ihr hinüber und nickte dann. Als sie in den Hof einfuhr, stand Friedrich schon da.

»Oje«, seufzte Gesine und stieg aus.

Friedrich war wütend, was selten vorkam.

»Gesine«, schrie er, »diese Frau da hinten sollte seit zehn Minuten in der Aussegnungshalle stehen! Wieso zum Teufel nimmst du nicht den anderen Wagen? Weg!«, rief er und drängte sich an Gesine vorbei auf den Sitz. »Hallo, Margitta«, knurrte er, so höflich er unter den Umständen konnte, dann schlug er die Tür zu und wendete.

»Friedrich!«, schrie Gesine hinter ihm her. »Der Koffer!«
Aber Friedrich war schon losgefahren. Margitta sah ihm amüsiert hinterher.

»Hoffen wir, dass die Trauergemeinde nicht dabei ist, wenn er den Sarg herausholt.«

»Hoffen wir, dass er sich nicht scheiden lässt, wenn er den Koffer sieht!«, sagte Gesine düster. »Besser, wir kochen was Gutes.«

»Ich bin keine gute Ehefrau«, sagte Margitta selbstbewusst, »aber kochen kann ich. Und ich kenne alle Leibgerichte meines Schwiegersohnes.«

Später, als Mittagessen und Geburtstagskaffee vorbei waren und Sam mit Johannes verschwunden war, um die eigentliche Feier mit den Freunden vorzubereiten, ging Margitta mit ihrer Tochter spazieren. Das Schöne an der Vorstadt war, dass man nicht weit zu gehen hatte, bis man auf freiem Felde war. Eine dünne Schicht Schnee lag über den Äckern. Die Bäume waren überzuckert. Die Hunde zogen an den Leinen, bis Gesine sich bückte und sie losmachte. Margitta und Gesine sahen ihnen nach, wie sie zusammen über die Wiesen jagten. Sie gingen schweigend nebeneinander her. Die Sonne schien schräg durch den Frühwintertag. Es war alles sehr friedlich.

»Kannst du dich an Warnke erinnern?«, fragte Margitta ihre Tochter unvermittelt.

Gesine dachte nach.

»Irgendwas ... warte ... war das nicht einer ... ach ich weiß«, sagte sie, »das war doch der Offizier beim Bundesgrenzschutz, nicht? Der, dessen Frau sich umgebracht hat. Da haben wir noch in der Elsenheimer Straße gewohnt, oder?«

Margitta sah Gesine von der Seite an.

»Warnkes Frau hatte das Gas aufgedreht«, sagte sie, »das war ein paar Monate, nachdem Johanna auf die Welt gekommen war.«

Gesine erinnerte sich lächelnd. »Johanna. Sie war so unglaublich süß.«

»Ja«, stimmte Margitta zu. »Ich lag damals sieben Tage in der Entbindungsklinik, weißt du noch? Der Professor hat sich geweigert zu kommen. Er wollte das Kind nicht sehen. Und erinnerst du dich an die Taufe?«

»Natürlich«, sagte Gesine, »ich war vierzehn und Taufpatin. Unglaublich stolz war ich.«

»Und du hast dich nie gewundert, dass wir Johanna im Krankenhaus haben taufen lassen? Vom Krankenhauspfarrer?«

Gesine schüttelte den Kopf.

»Ging es ihr denn schlecht?«, fragte sie mit nachträglicher Besorgnis. Margitta fand das hübsch und lächelte über ihre Tochter. Die Hunde hatten den Waldrand erreicht, waren stehen geblieben und sahen sich nach Gesine um. Gesine nahm die Trillerpfeife, die ihr um den Hals hing und pfiff. Die Hunde kamen zögernd über das Feld getrabt.

»Nein«, antwortete Margitta, »es ging ihr nicht schlecht. Der Professor hat mir aber verboten, sie später in der Kirche taufen zu lassen. Am liebsten hätte er mit dem Kind nichts zu tun gehabt. Im ersten halben Jahr durfte ich ihn nur alleine sehen. Nur ohne seine Tochter.«

»Mama«, erinnerte Gesine sie ungeduldig, »das weiß ich alles. Was hat das mit Warnke zu tun?«

Margitta seufzte kurz und blieb stehen. Sie sah über die Felder.

»Das war eine ganz schlechte Zeit, und ich war todunglücklich. Ich musste wieder arbeiten, du hast dich um

Johanna gekümmert, und deine Noten wurden immer schlechter ...«

»Ich habe trotzdem einen Mann gefunden«, sagte Gesine spitz, »zwar nur einen Bestatter, aber immerhin Akademiker.«

Margitta lächelte. »Und keinen schlechten«, sagte sie, »du hast Glück gehabt. Mehr als ich. Jedenfalls war es so: Warnke und ich sind uns näher gekommen. Es gab da einen Tag, an dem Warnke gerade im Büro war und ich mit der Pforte telefoniert habe. Das war auch im Winter, und die beiden Wachsoldaten haben sich immer gerne im Pförtnerhäuschen aufgewärmt. Da ist ja der Grenzschutz eben erst aufgebaut worden, und die waren blutjung. Und während ich telefoniere, höre ich plötzlich einen Schuss durchs Telefon. Und der Pförtner schreit los. Da sind Warnke und ich aus dem Büro die Treppen hinuntergerannt und zum Pförtnerhäuschen.«

»Und?«, fragte Gesine. »Die Geschichte hast du nie erzählt!«

»Nein«, sagte Margitta, »ich ... es ist keine schöne Geschichte. Diese beiden jungen Kerle, diese Idioten«, sagte sie mitleidig, »die haben mit ihren Gewehren gealbert. Aufeinander gezielt. Zum Spaß. Und dann hat sich eben der Schuss gelöst. Als wir hinkamen, war der eine schon tot.«

»Ja und?«, fragte Gesine immer ungeduldiger. Wieder pfiff sie nach den Hunden. Die Hunde hatten keine Lust zu kommen. Sie hatten im Acker einen Fleck gefunden, auf dem sie sich wälzten. Gesine ahnte schon, wie sie riechen würden, wenn sie nach Hause kamen.

»Mama!«, sagte sie, »Erzähl endlich! Was hat das mit dem Professor zu tun?«

»Man muss die ganze Geschichte erzählen«, sagte Margitta, »und das gehört eben dazu. Warnke und ich sind nach diesem ganzen Trubel und nach Dienstschluss noch etwas trinken gegangen. Wir waren ganz erschüttert. Und Warnke war wohl ähnlich unglücklich wie ich. Jedenfalls ...« Sie stockte und sprach dann schnell weiter: »Jedenfalls sind wir spätabends zusammen zu mir gegangen. Ihr habt schon geschlafen. Und dann ... als wir ... wir lagen dann zusammen im Bett, und dann kamst du auf einmal herein.«

»Ich?«, fragte Gesine völlig verblüfft. »Ich?«

»Ja«, sagte ihre Mutter, »ich wusste nicht, was du gesehen hast, aber so war das. Du bist hereingekommen, weil du nicht schlafen konntest. Aber das war nicht das Schlimmste. Das Schlimmste war, dass Warnke es seiner Frau erzählt hat. Und die hat dann ein paar Tage später den Kopf in den Ofen gelegt und das Gas aufgedreht.«

Gesine sah überrascht, dass ihrer Mutter Tränen in den Augen standen. Margitta holte tief Luft, und dann nahm sie eine Zigarette aus ihrer Dose und zündete sie an.

»Das wusste ich nicht«, murmelte Gesine voller Mitleid. Sie dachte daran, wie es als Kind gewesen war. Wie selten sie ihre Mutter gesehen und wie sehr sie sich immer nach ihr gesehnt hatte. Immer war sie fort gewesen: in München oder in Kiel oder später beim Professor oder in Berchtesgaden. Und sie war allein mit Klaus bei ihrer Oma gewesen.

»Ach Mama«, sagte Gesine und legte ihren Arm um ihre Mutter, »und dann?«

Margitta hatte sich beruhigt. Obwohl Gesine nie geraucht hatte, roch sie den Duft des Tabaks gern.

»Damals habe ich beschlossen, mein Leben in Ordnung zu bringen. Das war eines der wenigen Male, dass ich stärker als der Professor war. Ich habe ihn dazu gebracht, dass wir alle zusammen in sein Haus ziehen durften. Ich habe mich gefügt. Ich habe die Kunst fast ganz aufgegeben. Ich war eine Hausfrau, wie er sie sich gewünscht hat. Ich habe mir geschworen, alles richtig zu machen. Aber jetzt ist Johanna erwachsen. Sie ist mit dem Studium fertig. Und ich«, sagte sie dann und lächelte ihre Tochter an, »ich habe einen großen Auftrag für den Laurentiusdom bekommen. Durch die alten Beziehungen. Der Professor hat mir aber verboten, ihn anzunehmen. ›Nicht in meinem Haus‹, hat er gesagt, ›das ist kein Atelier.‹«

Sie machte eine kleine dramatische Pause. Die Hunde hatten sich ausgetobt und kamen mit hängenden Zungen zurück. Sie stanken wirklich, aber Gesine beachtete sie gar nicht.

»Und?«, fragte sie gespannt.

»Na ja«, sagte Margitta, »dann hat es auf einmal in mir geklickt, und ich habe einfach nur gesagt: ›Dann eben nicht in deinem Haus.‹ Und deshalb ziehe ich nächste Woche nach Berlin. Ich habe schon eine Wohnung. Und ein Atelier«, sagte sie glücklich, »ein sehr schönes Atelier. Vielleicht können mir deine Jungs beim Umzug helfen.«

Gesine nahm die Hunde an die Leine. Sie gingen weiter durch den sonnigen Winternachmittag, und Gesine erinnerte sich plötzlich an einen Winternachmittag an der See in Danzig, als sie noch ein ganz kleines Mädchen gewesen war. Damals hatte sie zu ihrer Mutter hochgesehen, die im Pelz wunderschön ausgesehen hatte. Und wie kleine Mädchen sind, hatte sie gefunden, dass ihre Mutter eine Königin war.

»Mama«, sagte Gesine und hakte sich bei ihrer Mutter unter, »Mama, du bist eine wunderschöne Königin. Ich bin stolz auf dich. Und der Dom wird großartig werden.«

Margitta lächelte nicht, aber sie drückte Gesines Arm enger an sich. Mutter und Tochter, dachte sie, Mutter und Tochter.

44

Es war kurz nach zwei Uhr morgens, als wir den Dom erreichten. Wir waren im Konvoi gefahren: Katja, Johannes und ich in meinem Wagen, Papa mit Mama im Leichenwagen, Do und Maria in Dorothees Auto. Ich hielt vor der Fußgängerzone an und stieg aus. Dann ging ich zum Dom, öffnete das Baugitter hinter dem Chor des Domes und winkte Papa mit dem Leichenwagen durch.

»Du solltest ein Dankgebet für die Werbeindustrie sprechen«, sagte Katja leise und deutete auf die Banner, die das Gerüst und auch den Bauzaun so verdeckten, dass man nicht sehen konnte, was dahinter vorging. Dorothee und Maria hatten hinter mir geparkt und kamen jetzt auch.

»Beeilung!«, drängte ich. Wir schlüpften alle durch den Bauzaun, dann schloss ich ihn wieder. Der Motor des Benz kam mir wahnsinnig laut vor, als Papa wendete, damit er mit dem Heck zum Turm stand. Ich beeilte mich, die Tür zur Sakristei zu öffnen. Sie war nicht sehr groß, aber den Zinksarg würden wir hindurchtragen können.

»Ach«, sagte Johannes leise und ironisch, während ich die Tür aufsperrte, »wie da Erinnerungen an die Jugend wach werden. Wie kommt es nur, dass wir immer im Besitz von Schlüsseln zu Kirchen sind, in denen wir nichts zu suchen haben?«

»Klappe«, zischte ich, »ich setze hier gerade meinen Job aufs Spiel! Können wir uns beeilen?«

Johannes half Papa mit dem Sarg. Maria, Do und Katja holten die Kisten mit dem Hebezeug aus dem Leichenwagen. Johannes und Papa stießen mit dem Sarg an die Kanten.

»Leise!«, wisperte ich. Schließlich waren wir drinnen, und ich konnte die Nebentür wieder abschließen.

»Okay«, sagte ich etwas ruhiger, »wir müssen uns das jetzt mal ansehen.«

Mama schaltete sich ein. »Was heißt ansehen?«, fragte sie besorgt. »Ich denke, du hast dir das überlegt!«

»Mama«, sagte Do, »lass ihn. Er war der Einzige, der eine Idee hatte, wie wir die Leiche los werden. Hör einfach mal zu.«

Ich hatte schon die Tür von der Sakristei zum Chor geöffnet. Die anderen kamen nach. Der Dom war durch das Licht der Straßenlaternen, das durch die hohen Fenster fiel, schwach erhellt. Man konnte immerhin Umrisse erkennen. Licht konnten wir ja schlecht machen. In einer Nische flackerte ein ewiges Licht vor einem Seitenaltar. Im Dom selbst standen die Gerüste, die ich sonst nur bei Tag kannte. Das Kirchenschiff verlor sich im Dunkel. Man hätte glauben können, unter der Erde in einer riesigen Höhle zu sein.

»Ist es das?« Katja wies mit dem Finger auf die Gruft, diesen riesigen Marmorklotz, der sich in der Mitte des Chores befand und gleichzeitig der Altar war. Ich nickte. In dem schwachen Licht sah die Gruft mit ihren gewaltigen bronzenen Löwenfüßen und seinen Verzierungen aus wie ein großes, schlafendes Tier. Ihr Deckel ruhte daneben auf sechs oder sieben Querbalken.

»Dreieinhalb Tonnen!«, flüsterte ich und zeigte auf den Deckel.

Dann kletterte ich auf das Gerüst, das um die Gruft herum aufgebaut war. Ich kannte die Gruft ja eigentlich, aber man täuscht sich oft, wenn man Größen abschätzen muss. Vom Gerüst aus konnte man hineinsehen. Dort lag der Heilige Laurentius. Oder vielmehr sein Sarkophag. Nachdem man letzte Woche Knochenmaterial entnommen hatte, um es genetisch untersuchen zu lassen, wusste man noch nicht, ob er es wirklich war.

»Aha«, sagte Papa, der jetzt neben mir stand, »und wie kriegen wir den auf?«

Die anderen waren jetzt auch auf dem Gerüst und sahen hinab. Die Gruft war innen sehr eng, und der Sarkophag passte exakt in den Schacht. Rechts und links waren nur ein paar Zentimeter frei. Man konnte nicht einmal daran denken, hinunterzusteigen, um den Deckel zu heben.

»Tja«, sagte ich, »hier kommt Maria ins Spiel.«

Ich sah zu ihr hinüber. Maria zog den einen Mundwinkel hoch, wie sie es schon als Kind gemacht hatte, wenn sie sich ärgerte.

»Ich hab' gewusst, dass ihr mich bloß mitnehmt, weil ich so klein bin«, sagte sie gespielt mürrisch. »Seit meiner Jugend immer das Gleiche. Ob es eine Höhle oder ein Fenster oder ein Grab ist: Maria, wir passen da nicht rein! Ich nehme an, ich muss da runter?«

Ich nickte. Johannes und Katja hatten die Gurte bereits über den Rand der Gruft gelegt.

»Du musst unten die Gurte um den Sarkophag fädeln«, sagte ich, »du bist die Einzige, die so schmale Hände hat. Wir müssen den ganzen Sarkophag heben, damit wir an den Deckel kommen.«

»Besuchen Sie den Dom!«, sagte Johannes, während Maria sich über den Rand schwang. »Maria, die menschliche Schlange, in der Gruft des Laurentius!«

Katja lachte leise und angespannt. Papa verzog den Mund. Mama hatte sich über den Rand gebeugt und flüsterte Maria Ratschläge zu, die von unten dumpf kommentiert wurden. Wir reichten ihr die Hebegurte hinunter, die Papa seit einem sehr kurzen Intermezzo mit einem mehr oder weniger versehentlich ersteigerten Segelboot aufbewahrt hatte. Maria fluchte leise und zwängte sich mit aller Kraft und einer unglaublichen Geschmeidigkeit in den

Spalt zwischen Sarkophag und Gruftwand, um die Gurte unter dem Sarkophag durchzuwerfen und auf der anderen Seite wieder hochholen zu können.

»In was für eine Familie bin ich da geraten?«, flüsterte Katja mir ins Ohr. »Grabräuber. Leichenschänder. Kriminelle.«

»Du warst immer schon drin!«, wisperte ich zurück und küsste ganz schnell und flüchtig ihr Ohr.

»Ich hab's!«, meldete Maria. »Holt mich hoch!«

»Och«, sagte Do, während sie den Arm hinunterstreckte, »bleib doch, wo du bist.«

Jetzt kam der schwierige Teil. Wir konnten zwar das Gerüst benutzen, aber die elektrischen Winden, mit denen man den Sarkophag vor einer Woche gehoben hatte, waren längst abgebaut. Wir hatten zwei Flaschenzüge und eine zwanzig Jahre alte Bootswinde. Deswegen hatten wir alle kommen müssen. Der Sarkophag wog sicher anderthalb Tonnen. Johannes, Mama und ich befestigten die Gurte und die Kette des Flaschenzuges an dem Tragbalken über der Gruft. Dann verteilten wir uns.

»Ich bin bloß adoptiert«, sagte Do ächzend, als wir begannen, die Winde zu drehen, »ich brauche das alles nicht zu machen!«

»Wer erben will, muss auch arbeiten«, stöhnte Papa. »Zieht!«

Do und Johannes waren an der Winde, Katja, Maria und Mama an einem Flaschenzug, Papa und ich am anderen. Die Gurte begannen zu knarren. Der Balken über uns bog sich leicht. Der Sarkophag begann sich zu heben.

»Oh Gott, ist das schwer!«, fluchte Johannes. Mama hatte die Zähne zusammengebissen und atmete stoßweise. Papa kämpfte. Dos Atem pfiff und verriet, wie aufgeregt sie war.

»Noch ein bisschen«, sagte ich, »weiter, los!«

Der nächtliche Dom hallte von unserem Atmen und Flüstern wider. Die Schatten tanzten im flackernden Kerzenlicht. Die Gurte knarrten und die Winde klickte. Es war eine bizarre Szenerie. Schließlich kam der Sarkophag aus der Grube und begann sofort, sich an den Gurten zu drehen.

»Halt fest!«, sagte ich zu Papa und sprang hoch, um den Sarkophag so zu bewegen, dass er quer über der Gruft zu liegen kam. Er war ungeheuer träge.

»Pass auf, Sam!«, sagte meine Mutter atemlos.

»Langsam runter!«, wies ich die anderen an. »Langsam.«

Der Sarkophag setzte knirschend auf.

»War ja leicht«, sagte Johannes in gespielter Enttäuschung und völlig außer Atem. Er wischte sich den Schweiß vom Gesicht.

»Rasch jetzt«, sagte ich und begann die Gurte zu lösen, »den Deckel!«

Wir machten die Gurte am Deckel fest, und diesmal ging es viel leichter. Die Winde reichte, um ihn zu heben. Katja und Mama drehten sie, und wir ließen den Deckel über dem Sarkophag schweben.

»Das ist der Heilige?«, fragte Maria, als sie die Knochen sah. »Er sieht aus wie alle anderen.«

Dann stiegen wir hinunter, öffneten den Zinksarg und holten die Leiche heraus.

»Auf!«, stöhnte Johannes, als wir sie das Gerüst hochstemmten. Die Tote trug immer noch ihre Kleider von vor dreißig Jahren. Die halb vermoderten Schlaghosen strichen mir übers Gesicht, und ein muffiger Geruch von Zement und Fäulnis stieg mir in die Nase.

»Bah«, sagte ich angewidert.

»Uh, werden wir empfindlich?«, fragte Do spöttisch, die oben stand und mit Papa die Leiche in Empfang nahm.

Ich erwiderte nichts. Ich hätte gerne ausgespuckt, aber ich fand, wir entweihten die Kirche gerade schon genug, da wollte ich nicht auch noch auf den Boden spucken. Wir kletterten wieder alle aufs Gerüst. Und dann legten wir ohne weitere Worte Papas Leiche in den Sarkophag zum Heiligen Laurentius. Sie passte eben so hinein.

»Ich sollte irgendetwas sagen«, meinte Papa verlegen, als wir den Deckel wieder hinabließen.

»Sag bitte nicht ›Auf Wiedersehen‹«, sagte Katja von unten.

»›Lebwohl‹ passt auch nicht«, fügte Johannes an.

Der Deckel senkte sich mit einem schweren, schabenden Geräusch auf den Sarkophag. Ich klopfte vorsichtig und schnell die eisernen Klammern fest. Dann legten wir noch einmal die Gurte um den ganzen Sarkophag und ließen ihn endgültig wieder hinab. Wir waren alle am Rande unserer Kräfte, und deshalb war es nicht verwunderlich, dass Maria und Do im allerletzten Moment das Seil des Flaschenzuges entglitt und das eine Ende krachend aufsetzte. Es hallte durch den Dom, und wir erstarrten. Papa war der Erste, der sich fing.

»Schnell jetzt«, sagte er grimmig, und wir ließen das Seil durch die Hände laufen, dass sie brannten. Diesmal musste Maria nicht in die Gruft. Wir konnten die Gurte von oben lösen und sie herausziehen.

»Schnell!«, sagte ich. Wir hatten über zwei Stunden gebraucht. Es ging auf halb fünf. Wir sammelten die Gurte auf, Johannes ging noch einmal um die Gruft und vergewisserte sich, dass wir nichts vergessen hatten, Papa, Do und Katja trugen den Zinksarg zurück, und dann waren wir fertig. Die Gruft sah aus wie immer. Morgen würden sie den Deckel darauf heben, und dann war das Ding für die nächsten hundert Jahre zu.

»Ob sich die Welt jetzt ändert, wenn die Leute statt eines Heiligen eine RAF-Terroristin um Segen bitten?«, fragte Katja, als wir durch die Sakristei eilten.

Papa musste zum ersten Mal in dieser Nacht lachen.

Wir waren auch nach Hause im losen Konvoi gefahren. Papa hatte mich gefragt, ob ich fahren könnte. Deswegen saßen Katja und ich im Leichenwagen, Johannes fuhr Papa und Mama, während Do und Maria den Schluss bildeten. Do hatte aber Frühdienst, weshalb sie mich irgendwann überholte. Als wir endlich von der Autobahn abfuhren, wurde es hell, dafür setzte ein leichter Regen ein. Katja war auf der Autobahn eingeschlafen, nachdem die Anspannung allmählich abgeklungen war. Ich hatte auch Mühe, die Augen offen zu halten. Zwar hatte ich keine Lust, jetzt, nachdem wir diese Nacht überlebt hatten, bei einem Verkehrsunfall ums Leben zu kommen, aber ich wollte heim und schlafen. Die Straßen waren noch leer, und die meisten Ampeln abgeschaltet. Ich fuhr mit siebzig auf der zweispurigen Hauptstraße in Richtung Vorstadt. Trotzdem überholte mich ein Motorrad. Ich war viel zu müde, um mir an die Stirn zu tippen, aber ich bereute zwei Sekunden später, dass ich es nicht getan hatte. Der Motorradfahrer war in Uniform und hielt eine rote Kelle heraus. Und da wusste ich auch schon, dass die Freuden dieser Nacht noch nicht zu Ende waren.

»Den Führerschein und die Fahrzeugpapiere bitte!«, sagte der Polizist, nachdem er vom Motorrad gestiegen und zu mir herübergeschlendert war.

»Können wir's für heute einfach mal lassen?«, fragte ich ihn, aber ohne rechte Hoffnung. »Ich bin todmüde.«

»Die Papiere«, wiederholte er, »und dann öffnen Sie bitte ... die hinteren Türen.«

Ich reichte ihm beide Scheine. Dann fiel es mir auf: »Ach was – Sie haben ja dazugelernt! Sie haben nicht ›Kofferraum‹ gesagt.«

Der Polizist studierte im Schein der Taschenlampe meinen Führerschein.

»Dieses Bild macht mir immer wieder große Freude«, sagte er spöttisch. »Wissen Sie, warum ich Sie angehalten habe?«

Ich sah, wie Johannes mit Papa und Mama an uns vorbeifuhr. Ich konnte sogar erkennen, dass Johannes die Augen verdrehte und Papa sich an die Stirn tippte. Dann waren sie auch schon vorbei. Katja auf dem Beifahrersitz schlief immer noch.

»Lassen Sie mich raten«, sagte ich, obwohl ich wirklich todmüde war und einfach heim und ins Bett wollte, »ist es bloßer Sadismus, oder haben Sie einfach keine Freunde, weil Sie den falschen Beruf gewählt haben?«

»Und aussteigen«, sagte der Polizist fast fröhlich, »die Hände aufs Dach und die Beine auseinander.«

»Sie gehen mir auf die Nerven«, sagte ich ärgerlich, »ich habe keine Lust auf solche Spiele. Geben Sie mir einfach meinen Strafzettel, ja?«

Er sah mich ausdruckslos an.

»Erst steigen Sie aus. Drogenkontrolle. Wer ist die Dame neben Ihnen?«

»Meine Tante«, sagte ich, als ich die Tür öffnete und ausstieg, »wir waren zusammen in der Kirche.«

Der Polizist, obwohl er doch schon einiges gewohnt war, ließ sich für einen Augenblick verunsichern. Das freute mich.

»Was?«, fragte er rasch nach. »Haben Sie wirklich Drogen genommen?«

Er stieß mit seinem Motorradstiefel leicht gegen meine Beine, damit ich sie weiter auseinander nahm. Der Regen war stärker geworden. Es war jetzt auch schon egal. Ich hatte die Hände auf dem Dach des Leichenwagens und ließ mich gottergeben abtasten als ich sah, wie Johannes aus der nächsten Seitenstraße vor mir kam, an deren Ecke der Polizist sein Motorrad abgestellt hatte. Er machte mir Zeichen, dass ich still sein solle. Als hätte ich das nicht von alleine gewusst. Der Polizist fühlte meine Jacke ab, und ich war sehr froh, dass Papa die Pistole noch vor dem Heimweg auseinandergenommen hatte und wir bis auf den Griff und das Magazin alles im Altmetallcontainer entsorgt hatten.

»Wecken Sie Ihre Freundin«, sagte der Polizist.

Nun begann er mich wirklich zu ärgern.

»Muss das sein? Wir hatten wirklich einen harten Tag, und die Fahrt war auch nicht lustig. Können wir einfach so tun, als hätten wir ein normales Verkehrsteilnehmer-Polizisten-Verhältnis? Sie geben mir meinen Strafzettel und ich kann heim?«

Der Polizist wirkte einen Augenblick so, als dächte er nach. Dann beugte er sich hinunter und leuchtete ins Auto. Als er sah, dass Katja immer noch schlief, richtete er sich wieder auf und sagte jovial: »Hey, wissen Sie was?« Er machte eine Pause, und einen Augenblick lang dachte ich, ich hätte gewonnen, bis er seine Stimme senkte, um Katja nicht zu wecken: »Nein, ich glaube nicht! Ich konnte Sie schon vom ersten Augenblick an nicht leiden. Sie sind genau diese Sorte arrogantes, superintellektuelles Arschloch mit supercoolen Sprüchen. Und deshalb machen wir heute Nacht das ganze Programm. Und jetzt wecken Sie Ihre Begleitung!«

Er hatte das Wort »Begleitung« so unverschämt betont, dass ich ihm am liebsten eine gelangt hätte, aber das hatte ja auch keinen Sinn. Ich holte tief Luft und weckte Katja. Als ich mich zu ihr beugte, sah ich durch ihr Fenster Johannes, der fast völlig verdeckt hinter dem Polizeimotorrad lag und seltsamerweise einen der Gurte aufrollte, die wir fürs Heben dabei gehabt hatten. Katja brauchte ein paar Augenblicke, bis sie die Situation erfasste.

»Der Herr Wachtmeister will deinen Ausweis sehen!«, sagte ich.

Sie reagierte zunächst fast panisch, als sie den Polizisten sah, bis sie begriff, dass wir nicht wegen Leichenentsorgung verhaftet wurden, sondern dass es sich nur um eine Verkehrskontrolle handelte. Trotzdem blieb sie schweigsam. Der Polizist sah sich ihren Ausweis an und fragte dann mit beiläufiger Tücke: »Sagen Sie, Fräulein, in welchem Verwandtschaftsverhältnis stehen Sie eigentlich zu Herrn Ehrlich?«

Katja hatte mittlerweile mitbekommen, dass es sich bei mir und diesem Polizisten nicht um eine herzliche Liebesbeziehung handelte, deshalb sagte sie: »Das ist mein Neffe.« Und dann fügte sie mit weicher Stimme an: »Wir gehen dann später aber trotzdem noch zusammen ins Bett. Meinen Sie, dass Sie als Polizist heute auch noch Sex haben werden?«

Der Mann starrte sie an. Dann fasste er sich.

»Und aussteigen!«, ordnete er an.

Auch Katja wurde abgetastet, dann musste ich den Verbandkasten und das Warndreieck herausholen und schließlich noch den Zinksarg öffnen. Der Polizist starrte lange Zeit hinein.

»Sie sind so ein Schwein!«, flüsterte er dann. »Sie machen das wirklich, oder?«

Wir hatten Heinz Rühmann für den Rückweg in den Zinksarg gelegt. Wir hatten erst beim Dom gemerkt, dass sein Kadaver immer noch im Auto war. Und Mama hatte dann, als wir fertig waren, gewollt, dass ihr Hund in den Sarg kam. Ihr war das würdiger vorgekommen.

»Das ... das ist nicht so, wie Sie denken«, sagte ich schwach, aber man spürte seinen Hass, als er seine Formulare ausfüllte.

»Sie dürfen einsteigen«, sagte er dann voller Verachtung. Katja und ich setzten uns wieder in den Wagen. Sie stieß mich schweigend an, und ich folgte ihrem Blick. Johannes kroch eben rückwärts vom Motorrad weg und verdrückte sich um die Straßenecke. Noch während ich mein Messprotokoll bekam und der Polizist den Strafzettel unterschrieb, sah ich, wie Johannes, nun wieder im Auto, um die Kurve bog und verschwand. Ich fragte mich, was er getan hatte.

»Das wären dann wieder drei Punkte mehr«, sagte der Polizist düster, »und zehn Euro für den unvollständigen Verbandkasten. Schade, dass ich Ihnen nicht mehr verpassen konnte. Aber Sie sind Ihren Führerschein bald los. Das garantiere ich Ihnen, Herr Ehrlich«, sagte er noch, als er sich den Helm aufsetzte und im Regen zu seinem Motorrad ging.

»Was hat Hannes gemacht?«, flüsterte Katja.

Ich hob die Schultern. »Keine Ahnung«, sagte ich und ließ den Motor an, fuhr aber noch nicht los. Ich wollte sehen, was passieren würde. Der Polizist stieg auf, kickte den Motor an und ließ das Gas aufheulen. Er drehte sich im Sattel noch einmal um und starrte zu mir herüber, schüttelte den Kopf und fuhr los. Im selben Moment gab es einen ungeheuren Ruck, den Polizisten hob es aus dem Sattel, seine Beine tanzten wild in der Luft, als er fast elegant über seinen Lenker hinweg ein Rad schlug und vor seinem Gefährt auf den Boden krachte. Die Straßenlaterne hinter ihm zitterte, das Motorrad blieb noch kurz stehen und fiel dann mit einem ordentlichen Krachen um. Der Polizist hatte gerade noch die Beine wegziehen können. Und jetzt saß er fassungslos auf der nassen Straße und sah zu, wie sein Motorrad sich langsam von ihm fortbewegte, als hätte es einfach keine Lust mehr, für seinen Besitzer noch irgendeinen Dienst zu tun. Johannes nämlich hatte, das sahen wir jetzt, den Hebegurt an der Hinterachse befestigt. Und weil der erste Gang noch eingelegt war, wickelte sich der Gurt allmählich um das Hinterrad und zog die Maschine immer näher zur Lampe. Der Polizist begriff das nicht gleich. Er kam auch nicht hoch, sondern versuchte auf allen vieren, nach der Maschine zu greifen, die ihm zweimal entkam. Katja und ich lagen uns in den Armen. Wir lachten Tränen. Die ganze Anspannung dieser Nacht entlud sich in diesem hysterischen Lachanfall. Als der Gurt sich ganz um das Hinterrad gewickelt hatte, begann es, sich gemächlich im Kreis um die Laterne zu drehen. Der Polizist lief immer mit, versuchte es zu halten und sah dabei aus wie Stan Laurel in einem alten Stummfilm. Ich lachte, bis ich Seitenstechen bekam. Endlich hatte er es geschafft, den Gang herauszukicken. Das Motorrad lag tuckernd am Boden. Der Polizist stand außer Atem daneben. Er fasste sich an den Kopf und wusste immer noch nicht, was da eben geschehen war.

Ich fuhr an, bis ich mit ihm auf einer Höhe war, dann kurbelte ich die Scheibe herunter. Er kam bleich und zitternd näher. Ich kramte eine von Papas Visitenkarten aus dem Handschuhfach und reichte sie ihm hin. Er nahm sie und sah sie verwirrt an.

»Falls Sie uns dann doch noch brauchen«, sagte ich höflich. »Sie erinnern sich? Am Ende kriegen wir sie alle!«

Dann gab ich Gas. Im Hintergrund trat der Polizist hasserfüllt gegen sein Motorrad, aber er sah sehr klein und sehr nass dabei aus. Der Regen strömte nur so. Als wir außer Sicht waren, holte ich mein Handy heraus; eine SMS von Johannes war eingegangen. Ich klappte es auf und reichte es Katja. Sie las laut: »*American Graffiti*. Wunderbarer Film!«

Katja steckte mir das Handy wieder zu und lachte für einen Augenblick völlig unbeschwert. Das war alle Punkte und Strafzettel wert gewesen.

45

An diesem Tag schliefen wir alle lang, und für einmal noch waren wir Kinder alle unter einem Dach. Nur Papa hatte nicht schlafen können, und wir waren ihm bei einem sehr späten Frühstück im Morgenmantel am Tisch begegnet; in einer Stimmung gelassenen Ernstes und eines nicht enden wollenden Staunens über die Eigenartigkeit dieser Welt. Es war Sonntag, ein seltsam stiller Tag. Wir fühlten uns alle ein bisschen, als hätten wir die letzten Tage in irgendeinem Rausch verbracht, unter Drogen. Alles wirkte beinahe unwirklich, als wir um den großen Tisch saßen, Tee oder Kaffee tranken und über andere Dinge redeten, über Alltagsdinge, vielleicht noch über den toten Heinz Rühmann.

Am Spätnachmittag gingen Katja und ich spazieren. Es war ein diesiger Tag. In großen Abständen fuhren leere Straßenbahnen an uns vorbei, hinunter in die Stadt. Die hohen Kastanien in unserer Straße waren kahl, und auch das Laub war schon fortgefegt. Der Herbst hatte die Vorstadt aufgeräumt. Ich fühlte mich an meine Kindheit erinnert. Katja und ich gingen Hand in Hand, und unser Gespräch hatte lange Pausen. Die Straßen waren auch leer, und nur in der einen Konditorei, die von früher übrig geblieben war und die nicht zu einer Bäckereifiliale oder zu einem Secondhandshop geworden war, nur in dieser Konditorei saßen ein paar Frauen bei Torte und dünnem Kaffee.

»Diese Frauen«, sagte ich zu Katja, als wir an den Scheiben vorbeigingen, »die hat es schon vor dreißig Jahren gegeben.«

Katja nickte, sagte aber nichts. Durch das Viertel klang gedämpft und weich der Glockenschlag, mit dem ich aufgewachsen war. Ich hätte ihn überall wiedererkannt. Ich sah zu Katja, die den Mantelkragen hochgeschlagen hatte, und wusste, was sie dachte.

»Johannes hat gesagt, du kannst bei ihm wohnen, solange du willst, die ganze Zeit, wenn du nicht in der Klinik bist«, sagte ich. »Ich komme an den Wochenenden. Ich ...«

Katja zog ihre Hand aus meiner und legte ihren Arm dann um meine Hüften. Wir gingen Arm in Arm, das fühlte sich eng und vertraut an.

»Ich habe Angst«, sagte sie dann leise, »ich habe Angst davor zu sterben.«

»Ja«, sagte ich nach einer Pause hilflos, »ich weiß. Aber ... ich ...«, ich stotterte, aber dann nahm ich mich zusammen, weil ich an Papa dachte und daran, dass ich mit dem Tod aufgewachsen war und eigentlich wissen sollte, was wichtig war.

»Ich werde die ganze Zeit da sein«, sagte ich, »und wenn ich nicht da bin, dann ist Johannes da. Du wirst nicht allein sein.«

»Gut«, sagte Katja nach einer Weile. Sonst nichts.

Dann gingen wir weiter, aus der Vorstadt hinaus und die Landstraße entlang, bis es dunkel wurde und wieder ein wenig neblig.

»Der Mond«, sagte Katja und wies nach Osten. Dort, über dem Wald, stieg der Mond aus dem Bodennebel.

»Es war ja dann doch noch eine wildromantische Woche«, sagte sie mit leisem Spott. »Solche Familientreffen laufen doch häufig völlig aus dem Ruder.«

»Ja«, gab ich zu, »das hat man oft in dieser Familie.«

Dann blieben wir stehen, weil die Stimmung eben so passte, und küssten uns.

Am nächsten Morgen brachten wir sie zur Klinik. Johannes und Katja standen am Eingang, während ich mich verabschiedete, und obwohl ich doch wusste, dass ich schon am Freitag wiederkommen würde, war es kein schöner Abschied.

»Verschwinde jetzt«, sagte Johannes, »im Gegensatz zu dir habe ich das hier gelernt, und außerdem bin ich sowieso viel sensibler als du. Hau ab.«

Ich stieg ins Auto. Fräulein Titania lag auf dem Rücksitz und schnurrte. Mama hatte sie nicht behalten wollen, weil sie sich mit den anderen Katzen nicht vertrug.

»Tschüs, Tante Katja«, sagte ich.

»Tschüs, Neffe Sam«, sagte Katja und lächelte.

Dann fuhr ich.

46

»Noch eine Beerdigung?«

Schneider starrte mich mit ungläubigem Zorn an.

»Sie werden es nicht glauben, Schneider«, sagte ich, »aber das waren genau die Worte meiner Frau. Der Tonfall war auch derselbe«, fügte ich noch an.

»Treiben Sie es nicht zu weit«, sagte Schneider mit zusammengebissenen Zähnen, »Ehrlich, treiben Sie es nicht zu weit!«

Hab' ich schon, wollte ich eigentlich sagen, aber ich beherrschte mich.

»Ein Geschäftsfreund meines Vaters«, sagte ich stattdessen und bemühte mich, aufrichtig zu klingen, während ich beiläufig mit den Achseln zuckte, »lässt sich leider nicht vermeiden. Ich muss hin. Anstandshalber.«

Dann kam mein Schachzug.

»Würden Sie sich für die zwei Tage um Vierzehn Dreiunddreißig kümmern?«, fragte ich und fügte beiläufig hinzu: »Ich denke, sie mag Sie. Wirklich.«

Fräulein Titania strich um unsere Beine. Sie kannte sich im Amt jetzt schon ganz gut aus und hatte auch tatsächlich schon eine Maus gefangen. Schneiders Stimmung wechselte sofort, als er sie sah.

»Na ja«, sagte er mürrisch, »kann ich machen. Wenn Sie ja wieder nicht da sind.«

Es klang deutlich versöhnlicher. Mama hat recht, dachte ich, als ich ging, Tiere sind manchmal die besseren Menschen.

Drei Stunden später war ich auf dem Friedhof, von dem ich als kleines Kind geglaubt hatte, er gehöre meinem Vater.

Johannes, Dorothee, Maria, Mama und Papa – alle waren da und standen am Grab. Es regnete, und der Pfarrer bemühte sich, den Schirm so zu halten, dass die Predigt nicht nass wurde. Johannes und ich wechselten Blicke, und ich musste mir auf die Zunge beißen, um nicht zu lachen. Es war derselbe Pfarrer wie bei Großmutters Beerdigung, und man konnte sehen, wie unangenehm es ihm war, mit uns an einem Grab zu stehen. Außer uns war aber niemand da, deshalb wurde er immer nervöser.

»Der Verstorbene«, haspelte er mit dünner Stimme, »ist durch einen tragischen Unglücksfall mitten ins Leben gerissen ... mitten aus dem Kreis des Lebens ... mitten aus dem Leben gerissen worden, und er ...«

Papa hob die Augenbrauen. Der Pfarrer schluckte.

»Nicht in allem war Herr Bennewitz mit den Regeln der Gesellschaft einverstanden ...«

Bennewitz. Ich hörte zum ersten Mal Gerhards Familiennamen. Es war ein bizarrer Zufall gewesen, dass ausgerechnet Papa zu Gerhards Sterbeort gerufen worden war, dass ausgerechnet er es war, der von der Stadt den Auftrag bekam, die Bestattung des Mannes durchzuführen, der sich von seiner Familie losgesagt hatte, die deshalb auch jede Forderung vehement abgelehnt hatte.

»Wir wollen beten!«, sagte der Pfarrer.

Papa nahm seinen Hut ab. Wir standen mit gesenktem Kopf. Dann traten wir vor, Johannes, Maria, Dorothee und ich, wir fassten die Gurte und ließen den Sarg ins Grab hinab. Papa trat ans Grab, nahm das Schäufelchen und warf dreimal Erde auf den Sarg. Sie prasselte dumpf hinab. Der Pfarrer sprach einen eiligen Segen und verschwand im kalten Novemberregen. Wir waren allein.

»Warum hast du das gemacht?«, fragte Do Papa. »Der Mann war ein Mörder. Er hat dich erpresst!«

Papa sagte zunächst nichts, sondern ging mit Mama, die er untergehakt hatte, ein paar Meter zum Hauptweg, auf dem das Auto stand.

»Ich bin Bestatter«, sagte er dann gelassen, »das ist mein Beruf.«

Dann stiegen sie ein, er ließ den Motor an und beugte sich aus dem Fenster zu uns.

»Wir sind noch nicht fertig. Geht rüber zur buddhistischen Abteilung.«

»Es gibt keine ...«, begann ich, aber dann erinnerte ich mich. Papa fuhr an, und wir wanderten quer durch den großen Friedhof zu der Lichtung, auf der wir vor vielen Jahren ein Mordopfer beerdigt hatten. Dort war schon ein Grab ausgehoben.

»Ein Kindergrab?«, fragte Maria entsetzt.

Johannes hob die Schultern. Da kam Papa schon. Er hielt an, und Mama und er stiegen aus, gingen um den Wagen und holten einen kleinen Sarg heraus, den sie zusammen zum Grab trugen. Plötzlich verstand ich.

»Papa«, sagte ich fassungslos, »ist das Heinz Rühmann in dem Kindersarg da?«

Papa sah etwas verlegen aus.

»Das ... das war eigentlich nicht meine Idee«, sagte er dann, »aber ich finde, er hat ihn verdient.«

Sie ließen den Sarg in das kleine Grab hinab, und Do hielt die Trauerrede. Sie war kurz und sehr bewegend.

»Dieser Hund«, sagte sie, »war ein Held.«

Der Regen fiel und fiel, als wir das Grab zuschaufelten. Am Schluss steckte Mama noch ein Kreuz in die weiche Erde, das sie zu Hause gemacht hatte. Dann gingen wir.

»Es wird später mal für Irritationen sorgen«, sagte Johannes, »wenn man herausfindet, dass Heinz Rühmann auf zwei

Friedhöfen mit unterschiedlichen Sterbedaten beerdigt liegt.«

»So entstehen Verschwörungstheorien«, sagte ich, »wahrscheinlich nennt Mama den neuen Hund Elvis.«

Johannes grinste. Wir gingen über den abendlichen Friedhof. Mama und Papa fuhren an uns vorbei, und Papa schüttelte nur missbilligend den Kopf, als er uns lachen sah. Dorothee und Maria gingen untergehakt durch die verwilderte israelitische Abteilung zum Ostausgang. Johannes und ich gingen durch den ältesten Teil hinunter zum Ausgang in den Park. Die Grabsteine waren hier tief eingesunken oder umgefallen, die alten Gräber von Blättern und Zweigen bedeckt. Es regnete still und gleichmäßig. Jeder hing seinen Gedanken nach. Aber dann waren wir am Ausgang, Johannes schloss den linken und ich den rechten Torflügel, und ich sagte das, was ich schon immer gesagt hatte, wenn wir gemeinsam den Friedhof verließen:

»Ehrlich und Söhne.«

Und Johannes ergänzte:

»Bestattungen aller Art.«

»Einer der intellektuell charmantesten, literarisch stilvollsten und dabei auch unterhaltsamsten Schriftsteller seiner Generation.«

Hajo Steinert in ›Deutschlandfunk Büchermarkt‹

ALLE LIEFERBAREN TITEL, INFORMATIONEN UND SPECIALS
FINDEN SIE ONLINE

---

www.dtv.de dtv

»Was Ulrich Woelk schreibt,
ist eine großartige Prosa,
ganz auf der Höhe der Zeit.«
Süddeutsche Zeitung

ALLE LIEFERBAREN TITEL, INFORMATIONEN UND SPECIALS
FINDEN SIE ONLINE

Auch als eBook   www.dtv.de   dtv

»Ihre schriftstellerische Anmut besteht darin, dass sie schreibend spricht oder sprechend schreibt.«
Luc Bondy

dtv
Barbara Honigmann
Ein Kapitel
aus meinem Leben

dtv
Barbara Honigmann
Alles, alles Liebe!
Roman

dtv
Barbara Honigmann
Chronik meiner Straße
Roman

dtv
Barbara Honigmann
Eine Liebe aus nichts
Roman

dtv
Barbara Honigmann
Roman von
einem Kinde

dtv
Barbara Honigmann
Bilder von A.

ALLE LIEFERBAREN TITEL, INFORMATIONEN UND SPECIALS
FINDEN SIE ONLINE

www.dtv.de   dtv

NEUÜBERSETZUNGEN

H. G. Wells, Der Krieg der Welten
James Baldwin, Von dieser Welt
Jack London, Martin Eden
Pearl S. Buck, Die Welt voller Wunder
Henry James, Daisy Miller
F. Scott Fitzgerald, Der große Gatsby

ALLE LIEFERBAREN TITEL, INFORMATIONEN UND SPECIALS
FINDEN SIE ONLINE

---

www.dtv.de dtv

DTV WIEDERENTDECKUNGEN
Große Werke der Weltliteratur – wiederentdeckt und neu übersetzt

BESUCHEN SIE UNSER ONLINE-SPECIAL:

www.dtv.de/wiederentdeckungen

Auch als eBook   www.dtv.de   dtv